D1531763

Les Éditions du Boréal
4447, rue Saint-Denis
Montréal (Québec) H2J 2L2
www.editionsboreal.qc.ca

IL N'Y A PLUS
D'AMÉRIQUE

DU MÊME AUTEUR

CONTES ET POÈMES

L'Illusionniste suivi de *Le Guetteur,* Écrits des Forges, Trois-Rivières, 1973

ROMANS

L'Emmitouflé, Robert Laffont, Paris, 1977 ; Boréal compact, Montréal, 1991

Le Bonhomme sept-heures, Robert Laffont, Paris, 1978 ; Le Seuil, Paris, 1984

Les Fils de la liberté. I : *Le Canard de bois,* Boréal, Montréal, Le Seuil, Paris, 1981 et 1982 ; Points-Romans, Le Seuil, Paris, 1982 ; Boréal compact, Montréal, 1989. II : *La Corne de brume,* Boréal, Montréal, Le Seuil, Paris, 1982 ; Boréal compact, Montréal, 1989. III : *Le Coup de poing,* Boréal, Montréal, Le Seuil, Paris, 1990 et 1991 ; Boréal compact, Montréal, 1998

Les Chemins du nord. I : *La Tuque et le Béret,* L'Archipel, Paris, Édipresse, Montréal, 1992. II : *Le Bouleau et l'Épinette,* L'Archipel, Paris, Édipresse, Montréal, 1993. III : *L'Outarde et la Palombe,* L'Archipel, Paris, Édipresse, Montréal, 1999

RÉCITS

Racontages, Boréal, Montréal, 1983

Le Vrai Voyage de Jacques Cartier, Art Global, Montréal, 1984 (édition d'art à tirage limité)

ESSAI

La Vie d'artiste (le cinquantenaire de l'Union des artistes), Boréal, Montréal, 1987

LITTÉRATURE POUR ENFANTS

Au fond des mers, Boréal, Montréal, 1987

EN COLLABORATION

Marco Polo — Le Nouveau Livre des merveilles, Boréal, Montréal, Solin, Paris, 1985

Montréal un parfum d'îles, textes et légendes accompagnant des photos de François Poche, Stanké, Montréal, 1994

Louis Caron

IL N'Y A PLUS D'AMÉRIQUE

roman

Boréal

Les Éditions du Boréal remercient le Conseil des Arts du Canada
ainsi que le ministère du Patrimoine canadien et la SODEC
pour leur soutien financier.

Les Éditions du Boréal bénéficient également du Programme
de crédit d'impôt pour l'édition de livres du Gouvernement du Québec.

Couverture : *The Boston Globe* via www.Merlin-Net.com

Dépôt légal : 1er trimestre 2002
Bibliothèque nationale du Québec

Diffusion au Canada : Dimedia

Données de catalogage avant publication (Canada)
   Caron, Louis, 1942-
   Il n'y a plus d'Amérique
   ISBN 2-7646-0160-3
   I. Titre.

PS8555.A76114   2002   C843'.54   C2002-940130-5

PS9555.A76114   2002

PQ3919.2.C3714   2002

*Carmen,
ce roman est un passage.
Franchissons-le ensemble.*

Un fait divers survenu en juillet 1979 a servi de déclencheur à ce roman. Comme pour tous les autres ressorts dramatiques que j'y ai fait jouer, je ne me suis pas contenté de reproduire les événements tels que les médias les ont rapportés. Au contraire, je me suis servi de la réalité comme un sculpteur recueille de la glaise pour modeler son œuvre. Aussi ne faut-il pas chercher de ressemblance entre mes personnages et les individus qui les ont inspirés. Il en va de même pour les organismes et les circonstances évoqués ici, dont je n'ai retenu l'ombre que pour en faire de la lumière.

Un mot, enfin, à ceux que le rappel du drame de 1979 pourrait affliger. Ce n'est jamais par opportunisme que je mets mes mains dans le sang. Si je l'ai fait, encore une fois, c'était pour tenter dans un effort désespéré de transmuer ce sang en espérance.

Pour rassembler certaine documentation spécialisée, j'ai bénéficié du concours d'amis fidèles. Jacques Marquis, un ancien directeur de l'École nationale de police du Québec, m'a conseillé pour tout ce qui concerne son domaine. Le professeur Guy Boyer, de la Faculté de dentisterie de l'Université de

Montréal, a partagé avec moi ses connaissances biomédicales. Un ingénieur, Pierre Genest, m'a apporté le soutien technique partout où c'était nécessaire. Johanne Ménard, documentaliste à l'époque, a réuni une masse imposante de renseignements sur les sectes religieuses.

Ensuite, je me suis adjoint un comité de lecture composé de parents, d'amis et de connaissances. D'abord ma femme, Carmen Nadeau, qui a relu au cours des années les versions successives du manuscrit et m'a fait un grand nombre de suggestions pertinentes. En France, ce furent Claude Boissol et Bertrand Flye Sainte-Marie ; au Québec, Robert Maltais, Geneviève et Benoît Caron, Guy Genest, Anthony Smith et Marie Anne Rainville. Le journaliste Gilles Normand m'a aidé dans la recherche de faits supplémentaires. Mon confrère écrivain Michel Noël a confirmé mon intuition à propos de la signification mythique de la tortue. À l'étape de la mise au point du manuscrit définitif, Hélène Girard, du comité éditorial des Éditions du Boréal, a endossé avec sollicitude le destin de mes personnages.

À tous ces collaborateurs compétents et consciencieux, que j'ai parfois sollicités à l'extrême mais qui m'ont néanmoins toujours réconforté, j'exprime ma profonde gratitude. Puissé-je avoir réussi mon entreprise dans une mesure équivalente au soutien qu'ils m'ont apporté.

Il convient enfin de signaler que la pensée du personnage qui porte la sagesse dans ce roman, Billy Memory, s'est enrichie à la lecture des œuvres suivantes : *L'Heure de s'enivrer* et *Oiseaux, merveilleux oiseaux* d'Hubert Reeves, *Les Belles Imprudences* de Jean Hamburger, ainsi que *Care of the Soul* et *The Re-Enchantment of Everyday Life* de Thomas Moore.

L. C.

Bien sûr il y a les guerres d'Irlande
Et les peuplades sans musique
Bien sûr tout ce manque de tendre
Et il n'y a plus d'Amérique

JACQUES BREL

PREMIÈRE PARTIE

Quelque part au-dessus de la terre

C'étaient de très grands vents sur toutes faces
[de ce monde,
De très grands vents en liesse par le monde,
[qui n'avaient d'aire ni de gîte,
Qui n'avaient garde ni mesure, et nous
[laissaient, hommes de paille,
En l'an de paille sur leur erre… Ah! oui,
[de très grands vents
sur toutes faces de vivants!

SAINT-JOHN PERSE

La nuit. Ce qui se terre au fond du noir finit toujours par nous frôler. À plus forte raison si on a survécu à sa propre mort.

Un Chevrolet Tahoe capitonné de cuir souple filait en direction du sud sur l'autoroute 87, dans le moutonnement qui déboule des monts Catskill, dans l'État de New York. L'autoroute contournait des collines endormies. Les phares du gros véhicule sport utilitaire débusquaient des pans de rochers. Des bouquets de sapins jaillissaient en plein ciel. Minuit, peut-être une heure du matin, aux portes de septembre.

La femme qui tenait le volant abritait un homme dans sa poitrine et, dans le cœur de cet homme, se blottissait un enfant. Lourdes présences pour une femme qui n'avait plus qu'un filet de souffle pour elle-même.

Le Tahoe quitta l'autoroute. La bretelle déposa le véhicule dans l'unique rue d'un village étiré dans une étroite vallée. Des lampadaires dessinèrent un motel, un restaurant, une pharmacie et quelques maisons oubliées par l'histoire. Central Valley dormait.

Non, Central Valley grondait dans l'ombre. La conductrice aurait cent fois préféré éviter cet endroit mais, pour aller au bout d'elle-même, il lui fallait passer par là.

Le Tahoe raya le silence et se retrouva, à la sortie du village, sur une route butant tous les cent mètres sur des bois sans fond. Des broussailles montraient les dents derrière chaque courbe. Le Tahoe gravit un escalier de collines.

Un pays maléfique. Le lieu de tous les impossibles. Ce genre d'endroit où les souvenirs surgissent des profondeurs pour effrayer les passants. Squelettes de la mémoire.

Le Tahoe s'immobilisa enfin au bout d'une allée bordée d'arbres, devant une caravane emmitouflée sous les pins, une Airstream toute ronde, recouverte de tôles d'aluminium. Malgré l'heure tardive, une chaude lueur irradiait des fenêtres de la petite habitation. La lumière débordait sur le tapis d'aiguilles de pin qui l'entourait. Une île dans la forêt.

La femme gara le Tahoe à côté d'une camionnette Sierra d'un modèle plutôt ancien. Elle descendit et fit quelques pas. Un grand chien jaune bondit vers elle en aboyant. La porte de la caravane s'ouvrit.

— *Sun!*

L'animal trotta vers celui qui l'appelait. La femme ne saurait jamais si le chien répondait au nom de *Soleil* en raison de la couleur de sa toison, ou si son maître lui faisait l'honneur de le considérer comme son *Fils*. Les deux termes sont des homophones en anglais.

— N'ayez pas peur. Il est gentil.

Grand, mince, tout en jambes, l'occupant des lieux était vêtu d'un jean et d'un t-shirt sous lequel se devinait une poitrine musclée. Des bottes aux pieds. Il avait le visage franc, de petites lunettes rondes et les cheveux d'un noir profond. Lissés vers l'arrière, ceux-ci étaient rassemblés sur le cou par une natte. Il fronça les sourcils. Ceux qui viennent la nuit n'apportent pas toujours de bonnes nouvelles.

— Je suis Suzanne, dit la femme.

Ce fut comme si elle avait déclaré : je suis le bon Dieu, ou mère Teresa, ou Lady Di. Quelqu'un qui n'existe plus.

L'homme enfonça les doigts dans la fourrure de son chien, pour se donner le temps de se faire à l'idée qu'il ne s'agissait pas d'une apparition. C'était une femme sur laquelle la vie avait écrit des messages : souffrance et maturité. Comme pour le verre : la matière rendue transparente par le feu. Un être épuré.

Il se tenait sur le perron de la roulotte. Elle était restée au pied de l'escalier. Il descendit les marches en ouvrant les bras. Elle refusa l'invitation en faisant un pas de côté.

— Je savais bien que vous finiriez par venir me voir, dit-il.

— Plus tôt, je n'aurais pas pu.

— Oh ! je ne vous fais pas de reproche.

Elle leva les yeux vers la ramure des pins éclairés par en dessous. Quand on regarde avec le cœur, on voit des choses imperceptibles aux yeux de tout le monde, des présences qui se balancent dans les branches. Le silence creusait un grand trou dans la nuit.

Il la trouvait belle. Mûre et désirable. Des fils d'argent couraient dans ses cheveux. Elle avait les pommettes saillantes de qui réserve sa gourmandise pour l'essentiel. Sa robe de coton défaiait la saison qui venait, mais un caban de laine brute compensait cette légèreté. Une femme intense.

Ils ne pouvaient rester là. L'éternité ne mène à rien. Le chien percevait leur trouble. Pour alléger la tension, il lécha les doigts de la femme.

— Entrez donc, suggéra l'homme.

Sans attendre de réponse, il la guida vers l'intérieur. Il avait laissé le chien dehors. Ils avaient la roulotte pour eux seuls. Ni l'un ni l'autre ne voulait encore faire allusion aux apparitions que leur conversation ne manquerait pas de faire surgir.

Dans un arrangement qui tirait profit du moindre espace étaient disposés les instruments indispensables à la vie, un réfrigérateur, une cuisinière à gaz, un four à micro-ondes et un évier à deux bacs en inox. Dans un angle de ce qui tenait lieu de salon, un petit téléviseur éteint. Des armoires suspendues ceinturaient le haut des murs. Là-dessus, une lumière dorée comme le miel.

— C'est beau chez vous, dit-elle.

— La plupart des gens trouvent que c'est trop petit.

— C'est peut-être pour ça que c'est beau.

— Moi, en tout cas, je me sens comme dans un cocon, ici.

Sur la table devant laquelle l'homme devait être assis quelques minutes plus tôt, un iBook d'Apple ouvrait son écran illuminé sur le monde. Une pile de dossiers à côté et des papiers recouverts d'une fine écriture. Sur le divan, des livres entassés. Suzanne laissa son regard glisser sur le titre de ceux qui surmontaient la pile, *Poussière d'étoiles* et *Les Belles Imprudences*.

— Je peux vous parler franchement? Je ne vous voyais pas comme ça.

— Je sais. Ça ne fait pas très indien.

Pendant qu'elle s'installait parmi les livres, sur le divan, il prit place dans le fauteuil. Pour ce faire, il lui avait fallu déloger un gros chat noir tacheté de blanc, qui semblait détenir un droit de propriété sur ce siège. La bête contrariée s'en fut se creuser un autre nid dans la chambre.

— Vous voulez boire quelque chose ?

Elle murmura « merci ».

— Vous avez faim ?

Elle secoua la tête.

— Vous roulez depuis Montréal. Vous devez être épuisée.

— J'ai appris à vivre avec ma fatigue. Je ne m'en passerais plus. C'est comme la roulotte, pour vous. Je me blottis dans ma fatigue comme dans un cocon.

Puis, quelques instants après, elle lui demanda avec une candeur d'enfant :

— Memory... c'est votre vrai nom ?

— Billy Memory, oui. C'est de circonstance, vous ne trouvez pas ?

— Et qu'est-ce que vous faites avec tous ces livres et ces papiers ?

— Je traque le mystère.

Il s'enflamma.

— Récemment, j'ai fait une découverte extraordinaire...

Elle l'interrompit :

— Hubert m'a toujours dit que vous trouviez vos réponses là où les autres ne les cherchent pas.

Il écarquilla les yeux.

— Vous avez bien fait de venir, l'assura-t-il. Ce que j'ai découvert pourrait changer votre vie.

* * *

Au moment d'appareiller vers l'inconnu, Billy Memory balançait la tête et mettait les coudes sur les genoux, pour bien montrer à Suzanne qu'il entendait lui consacrer toute son attention. Elle referma les pans de son caban. Elle se préparait à cette rencontre depuis des mois et, au moment de se jeter dans le vide, elle sentait son cœur battre des ailes dans sa poitrine.

— Je ne vous ai jamais vue, commença l'Indien, mais j'ai l'impression de vous connaître depuis toujours.

Elle ferma les yeux et les rouvrit sans avoir apaisé son oiseau.

— C'est impossible, rectifia-t-elle. Je ne suis plus la femme que j'ai été.

— Je comprends que vous n'ayez pas envie de retourner dans le passé, hasarda-t-il.

— Croyez-moi, ce n'est pas la curiosité qui me pousse à revenir en arrière. Encore moins la nostalgie. Il y a une grosse pierre qui me bloque le chemin. Je veux aller plus loin.

L'Indien s'employait à tisser des liens, dans sa tête, entre les propos de Suzanne et son aspect physique. Une équation qui laissait subsister une inconnue. Elle habitait tout son espace, et débordait même sur ce qui l'entourait, les meubles, la lumière et jusqu'à la pensée de son interlocuteur. Elle faisait irradier la flamme qui la consumait. Ses gestes — écarter une mèche de cheveux, effleurer la couverture d'un livre — révélaient une intime communion avec toutes les formes de vie. Mais, en même temps, les énoncés de Suzanne témoignaient d'une rigueur qui ne dissimulait rien, n'épargnait personne. Surtout pas elle-même. Une femme tendre et ferme à la fois.

— Ce n'est pas tant de vivre qui est difficile, ajouta-t-elle, mais d'avoir vécu.

Billy Memory, qui croyait avoir beaucoup appris, se retrouvait décontenancé devant tant de lucidité.

— Qu'est-ce que vous attendez de moi, au juste?

Le visage de Suzanne s'imprégna de gravité.

— Que vous m'aidiez à me pardonner à moi-même. Pour ça, il faut que j'arrive à comprendre ce qui est arrivé à mon mari.

Il ôta ses lunettes et se passa les mains dans les cheveux.

— On en a pour la nuit... fit-il valoir.

— Une nuit, ce n'est pas beaucoup pour résoudre les énigmes de toute une année. Surtout que, pendant cette période, j'étais absente de ma propre vie.

Elle s'étreignit elle-même, en croisant les bras sur sa poitrine pour étaler les mains sur ses flancs.

— Je veux que vous m'aidiez à me confronter à ma propre méchanceté.

Avant même de rencontrer Suzanne, Billy Memory était persuadé d'avoir affaire à une femme que la vie avait lavée de toute malveillance, et voici qu'elle évoquait sa malignité.

— Vous allez m'aider? dit-elle avec plus d'insistance.

Toute l'attitude de l'Indien disait qu'il était là pour ça.

— Si je mets mes pas dans ceux d'Hubert, raisonna-t-elle, et si je prends chacun des tournants qu'il a pris, je finirai sûrement par aboutir au même cul-de-sac que lui.

Il admit le fait d'un signe de tête.

— Et il n'y a rien d'autre à faire dans un cul-de-sac que d'en sortir, conclut-elle.

Il acquiesçait toujours.

— Vous êtes le seul et le dernier témoin de ce qui s'est passé ici.

Elle enfouit son visage dans ses mains. Certaines personnes, quand elles ferment les yeux, laissent deviner toute leur profondeur. Elle répéta encore :

— Vous allez m'aider ?

Quand elle fit à nouveau face à la lumière, il apparut qu'elle irait jusqu'au bout de la nuit. Billy Memory n'avait plus qu'à lui emboîter le pas.

* * *

— Tout est de ma faute, avoua Suzanne à Billy Memory. Il ne serait rien arrivé si je n'avais pas recommencé avec mes anges.

Suzanne était pourtant une personne raisonnable, redoutable en affaires, entreprenante en amour. La tête trop bien organisée, peut-être ? Ses anges devaient lui être un rempart contre l'inexplicable, la maladie, la vieillesse, la planète pas plus grosse qu'un grain de sable dans l'univers. Tous les mystères.

C'était par une chaude soirée de juillet, dans le jardin d'un cottage de la rue Grant à Longueuil, sur la rive sud du fleuve Saint-Laurent, en face de Montréal. Une maison à talons hauts, s'amusait à répéter Suzanne qui s'y connaissait en la matière.

L'été finissait de déboussoler les Québécois en imbibant la canicule d'une humidité accablante. Une ouate d'ormes chinois, de poiriers et de lilas protégeait le jardin de la rumeur de la ville. Un bouleau pleureur tenait lieu d'abat-jour à un lampadaire voisin. Les plates-bandes débordaient d'annuelles et de vivaces. Une girouette couronnait le toit de la remise. Au fond de la propriété, devant une clôture, prospérait un potager sur lequel veillait un hibou en plastique. Après le coucher du soleil, vers les neuf heures, une minuterie avait mis en marche un système d'irrigation souterraine qui rafraîchissait les plantes. Un monde contrôlé, les oiseaux tenus à distance et l'humidité bien réglée.

Sur un patio de briques roses, quatre personnes conversaient autour d'une table de jardin maintenant dégarnie, sur laquelle ne se voyaient plus qu'une bouteille de Château Talbot presque vide, la croûte d'un morbier et les vestiges d'une salade de fruits au porto. Au paradis des chiens, entre les pattes des chaises, somnolait une bête sans race, tachetée de noir sur fond blanc. Ses maîtres l'appelaient Gremlin parce que l'animal tenait les oreilles à l'horizontale. Suzanne emplit son verre et le porta à ses lèvres.

— Mon Dieu! qu'on est bien!

Suzanne Demers et son mari Hubert Gendron recevaient Bertrand Ponsot et sa femme Constance, des Français de Lyon qu'ils voyaient deux ou trois fois par an, alternativement en France et au Québec. Bertrand était le principal partenaire commercial d'Hubert. L'amitié autant que l'intérêt liaient les deux couples. Chaque été ou presque, les Ponsot venaient se refaire une âme de pionnier à Longueuil.

Depuis plus de vingt ans, ils occupaient un appartement au quatrième étage d'un immeuble gris du quartier de Fourvière, à proximité du Théâtre des Célestins. Le grondement de la circulation automobile sur les quais et surtout le bruit strident des motocyclettes lancées au feu vert rythmaient leurs jours et leurs nuits. Raides dans leurs fauteuils XVIIIe, les Ponsot planaient sur des rêves d'immensité.

— Depuis qu'on se connaît, lança Constance, j'ai toujours été persuadée qu'il ne pouvait rien vous arriver, dans votre île, en Amérique.

— Malgré tout, lui répondit Suzanne, je ne manque jamais, chaque matin, de demander à mes anges de veiller sur moi. Bien sûr, personne ne me prend encore au sérieux, dans cette maison, mais ça viendra…

Hubert versait du vin dans le verre de Bertrand. Il suspendit son geste et regarda sa femme par en dessous.

— Ne recommence pas, veux-tu?

Bertrand voulut prévenir l'incident.

— C'est vrai, on parle beaucoup des anges, ces temps-ci.

— Trop, trancha Hubert.

Et il entraîna son ami dans l'évocation de fabuleux raids en traîneaux motorisés au pays des peuples du froid. Cependant, Hubert ne pouvait s'empêcher de prêter l'oreille aux propos de sa femme. Comme d'habitude, Suzanne parlait sans prendre le temps de respirer.

— J'ai vérifié dans mon livre, poursuivit-elle à l'intention de Constance. Tu es née un 30 avril, n'est-ce pas? Alors, ton ange se nomme Cahétel. C'est à lui que tu dois ton goût de la terre, de la campagne et de l'élevage.

— Un vieux rêve que je n'ai pas encore réalisé…

— Demande à ton ange de te guider.

— Comment dis-tu qu'il se nomme, déjà, cet ange ?

— Cahétel.

— C'est tout de même bouleversant, frissonna Constance, de penser que des entités invisibles nous frôlent en ce moment même. Mais comment m'assurer qu'il est bien là, le mien, parmi tous les autres ?

— Tu n'as qu'à l'appeler par son nom. Je t'invoque, Cahétel, au nom d'Adonay, d'Eye, d'Acim, de Cados, d'Ina, de Vel Ima et de Saday. Apparais ici dans toute ta puissance, veille sur moi et mets ta bienveillance à mon service.

— Je ne retiendrai jamais tout ça !

— Je te copierai la formule sur un bout de papier.

Les deux hommes avaient délaissé leurs traîneaux imaginaires pour écouter Suzanne attester l'existence des furtives créatures qui peuplent notre univers, du moins pour certains. Hubert grimaça pour signifier son agacement. Constance relançait Suzanne.

— Et les mauvais anges, ils existent de la même façon ?

— Bien sûr ! Tu en as un, toi aussi. Il se nomme Barbatos. Rassure-toi, il ne te fera pas de mal. S'il se manifeste, tu n'as qu'à lui opposer ton ange gardien. C'est toujours le bon qui l'emporte.

Le téléphone sonna. Hubert saisit son portable. Après un bref échange, il conclut :

— Non, je ne peux pas aller te chercher maintenant. Je suis encore à table avec nos amis. Tu as de l'argent ? Rentre en métro. La prochaine fois, je prendrai la peine de mieux contrôler tes mensonges avant de te laisser partir.

Et il raccrocha. Suzanne l'interrogeait du regard.

— C'était François. En partant, il m'a juré que le père

de Fanny irait les chercher à la Ronde à neuf heures. Bien entendu, il n'y avait rien de vrai là-dedans.

— Et tu lui as demandé de rentrer en métro ?

— Évidemment ! Il ne deviendra jamais un homme si je ne lui remets pas le nez dans ses manigances.

— Heureusement, fit observer Constance, le métro de Montréal n'est pas celui de Paris.

— De toute façon, se permit de railler Hubert, son ange veille sur lui.

* * *

Billy écoutait attentivement Suzanne.

— Et pourtant, ils existent, vos anges ! s'exclama l'Indien. Seulement, avec les ailes que vous leur mettez dans le dos, ils ressemblent beaucoup trop à des oiseaux. Les esprits n'ont pas d'ailes, et surtout ils ne sont en aucun cas à notre service.

Suzanne n'en était plus aux certitudes. On peut rejeter ce à quoi on s'est accroché sans perdre son intégrité. Les humains ont droit à leurs saisons, comme tout le reste de la création.

— C'était tellement plus simple, soupira-t-elle, à l'époque où je pouvais opposer mes anges au mystère.

— La plupart des gens tombent dans le piège, renchérit Billy Memory.

— Vous avez raison. Croire est la chose la plus facile du monde. Le père Noël, les anges, la justice, la bonté…

— Alors qu'il suffit d'accepter… suggéra-t-il.

— Accepter quoi ?

— Que nous ne savons rien.

— Je n'étais pas prête à vivre sans certitudes, déclara Suzanne. J'avais encore besoin de m'accrocher à des plumes.

* * *

Ce soir-là, à Longueuil, l'ange de François devait être distrait car, à vingt-deux heures, l'enfant n'était pas encore rentré à la maison. Trop tôt pour s'affoler, assez tard pour s'inquiéter. Suzanne se redressa dans son fauteuil. Hubert s'énerva :

— Il est comme tous les enfants d'aujourd'hui. Il s'imagine que la vie est un jeu de Tomb Raiders.

— J'ai une excellente histoire pour vous, proposa Bertrand.

Suzanne s'éclipsa pendant que Bertrand replaçait sa mèche de cheveux pour mettre en train son propos. Elle connaissait déjà toutes ses histoires. Constance les avait également entendues cent fois. Elle se résigna pourtant à écouter son mari une fois de plus…

— C'est le petit Esquimau — ça se passait à l'époque où vos Inuits étaient encore des Esquimaux — qui s'en va à la pêche avec tout son attirail. Il arrive sur la glace, sort son pic, creuse un petit trou, cric, cric, cric, s'accroupit devant et descend sa ligne. Soudain, il entend une voix venue de nulle part : « Il n'y a pas de poisson à cet endroit. » Résigné, l'Esquimau remonte sa ligne, prend son pic et s'en va un peu plus loin. Il creuse un autre trou, cric, cric, cric, s'accroupit, déroule sa ligne, et la voix se fait à nouveau entendre, plus insistante : « Il n'y a pas de poisson à cet endroit. » Cette fois, l'Esquimau commence à la trouver moins drôle. Il remballe ses affaires et va creuser un troisième trou, cric, cric, cric, encore plus loin. Et, pour la troisième fois, la voix se fait entendre, au bord de l'exaspération : « Il n'y a pas de poisson à cet endroit. » Alors, le petit Esquimau lève les yeux et demande : « Mais qui me parle ? » Et la voix répond dans un écho glacial : « Le directeur de la patinoire. »

Ils rirent et oublièrent un peu. Pas longtemps. Suzanne revint. Elle avait pris le temps de se remettre du rouge à lèvres.

— J'ai téléphoné chez les Leduc. Fanny non plus n'est pas rentrée.

Du regard, elle chercha un peu de réconfort dans le jardin. Les poiriers, les lilas, les ormes chinois et le bouleau pleureur traversaient la nuit dans l'indifférence. La minuterie avait coupé l'eau de l'arrosoir. Rien pour fournir une réponse. Hubert saisit les bras de son léger fauteuil d'aluminium.

— Tu ne crois pas que tu lui donnes trop d'argent ? demanda-t-il à Suzanne. Cinquante dollars, c'est une fortune pour un garçon de son âge.

— Il apprend à gérer son allocation hebdomadaire.

— Et puis, la Ronde, je me demande si c'est bien un endroit pour un enfant de treize ans, un samedi soir…

— Et moi, je me demande si tu n'aurais pas dû aller le chercher quand il t'a téléphoné.

Hubert se défendait.

— Il m'a menti. C'était mon devoir de lui donner une leçon. Il a treize ans après tout ! S'il avait pris le métro à neuf heures, quand je lui ai parlé au téléphone, il serait déjà là. Mais non ! Il s'est attardé comme d'habitude ! Je ne sais comment nous avons fait pour mettre au monde un enfant aussi déconnecté de la réalité.

Il fit grincer les pattes de sa chaise sur le pavé.

— Je vais voir où il peut bien traîner.

— Je t'accompagne, lui proposa Bertrand en se dressant à son tour.

— S'il revient avant moi, recommanda Hubert à Suzanne, donne-moi vite un coup de fil et prépare-le à ce qui l'attend à mon retour.

Ils se dirigèrent vers l'allée où était garée l'auto. Le chien les suivit. Au passage, Hubert ferma la bonbonne de gaz du barbecue. Sous le lampadaire du jardin, deux femmes conjuraient des peurs antiques, bêtes féroces et cataclysmes. Des pressentiments jamais domptés.

* * *

Ils roulaient dans la BMW noire d'Hubert, cent mille dollars de pur génie ou d'absolu superflu. Bertrand avait allumé une Marlboro. Hubert ne fumait plus depuis plusieurs années. La climatisation de la voiture les coupait de l'extérieur. Sur la banquette arrière, Gremlin inventoriait les reflets de lumière qui coulaient sur la glace latérale.

Rue Saint-Charles, l'alignement des terrasses reproduisait celui des cadrans du tableau de bord de la BMW, un monde prévisible, des centaines de personnes attablées, musique et néons, la foule des trottoirs débordant dans la rue, la rue pleine de voitures roulant au ralenti, le crissement soudain des pneus d'un bolide aux mains d'un écervelé. Le rituel du samedi soir.

La BMW s'enfonça dans une zone d'ombre. La rue

Saint-Charles se transformait en viaduc pour franchir l'échangeur donnant accès au pont Jacques-Cartier. Les lampadaires surgissaient d'un désert d'asphalte et de béton. Bertrand alluma une autre cigarette.

— Il ne peut tout de même pas s'être attardé ici, considéra-t-il. Qu'est-ce qu'il y ferait?

— À cet âge, ils ont les pieds si petits qu'ils peuvent se les mettre dans n'importe quel plat.

Les enfants ne sont pas faits pour notre monde, songea Bertrand. Ils devraient appartenir à un ordre différent. Le règne de l'innocence. Coupés de nos complexités. À l'abri de nos contradictions.

Ils arrivèrent aux abords du métro. Hubert allait y chercher François quand il pleuvait, qu'il neigeait ou qu'il faisait très froid. Gremlin connaissait les lieux. Il colla son museau contre la glace pour retrouver ses repères.

— Depuis qu'il suit des cours de théâtre à Montréal, expliqua Hubert, François prend le métro. Bien entendu, il fait le trajet de la station à la maison en autobus. Je n'aimerais pas le voir traverser cet endroit seul, à pied, la nuit. Surtout un samedi soir.

— Moi-même, je ne me sentirais pas tranquille, reconnut Bertrand.

C'était une jungle de tours et d'immeubles de bureaux. De vastes parcs de stationnement mal éclairés ceinturaient la bouche de métro reliant Longueuil à l'île de Montréal. Des files de taxis encombraient la procession de voitures déposant ou attendant des voyageurs. Hubert se gara dans la plus parfaite illégalité et descendit en même temps que Bertrand. Sur la banquette arrière, Gremlin s'agita en vain.

Ils sillonnèrent les couloirs de la station. Des bandes d'adolescents, cheveux ras, un anneau à l'oreille, en tenue de camouflage pour bien marquer leur défiance de ce monde, fonçaient sur Hubert et Bertrand, les forçant à s'écarter. Les deux hommes parcoururent toute la station et visitèrent les deux sorties, côté taxis et côté autobus. Toujours pas de François. En regagnant la voiture, Bertrand se tourna vers Hubert.

— Tu es sûr que c'était une bonne idée de le laisser revenir en métro?

Hubert détourna la tête. En arrivant à proximité de sa BMW, il venait de constater qu'un policier glissait une contravention sous son essuie-glace. L'agent s'éloigna en tapotant sur son carnet avec son stylo.

— Au lieu de perdre ton temps, tu ferais mieux d'aller voir ce qui se passe là-dedans, lui lança Hubert en désignant la station d'un geste de la main.

Mais Bertrand entraîna son ami vers la voiture. La BMW s'engagea sur le pont Jacques-Cartier. La dentelle d'acier s'élevait à cinquante-cinq mètres au-dessus de l'eau. Au sommet, on découvrait la ville sertie de lumières dans son île, avec ses immeubles enserrant le mont Royal. En bas, dans une autre île, les manèges de la Ronde dessinaient des cris au néon dans la nuit. La voiture emprunta la rampe d'accès et roula devant une rangée de guichets. Il ne fallait pas songer à s'arrêter là. D'ailleurs, c'était plutôt calme à cette heure. Ceux qui avaient décidé de passer la soirée à la Ronde s'y trouvaient déjà. Ceux qui avaient choisi de partir tôt l'avaient fait.

— Tu crois que ça donnerait quelque chose qu'on aille se perdre là-dedans? demanda Bertrand.

— Non, reconnut Hubert. Je ne sais pas pourquoi je suis descendu ici.

Ils revinrent à Longueuil en silence. Bertrand observait Hubert à la dérobée. Ce dernier conduisait avec plus de prudence qu'il n'était nécessaire, comme s'il espérait transmettre à distance sa propre vigilance à son fils. Ils gagnèrent le quartier Collectivité nouvelle, résidences prétentieuses, fausses lucarnes, stuc rose et verrières en ogive. Un décor de vie aisée. Les banlieusards qui ne le supportaient plus avaient fui à Montréal. Les autres recevaient des amis à la maison.

— C'est la première fois qu'il te fait ce coup-là ?

— Comme celui-là, oui, mais il a toujours la tête dans les nuages. Il devait être comme ça dans le ventre de sa mère.

Hubert immobilisa sa voiture devant la demeure des Leduc. Il descendit et sonna. Une enfant d'une douzaine d'années parut dans le vestibule. Elle était vêtue d'un long t-shirt sur lequel se lisait l'inscription HOUSE OF PAIN. Elle fumait.

— Je suis le père de François, un ami de Fanny. Ils sont sortis ensemble…

— Je le sais, ta femme m'a téléphoné.

— Ils ne sont toujours pas rentrés ?

— Il est trop de bonne heure. Tu veux que je fasse un message ?

— Le père de Fanny, insista Hubert, il n'est pas là non plus ?

— Parti en ville avec une de ses blondes. Je garde le bébé.

— Si François passe par ici, demande-lui de m'appeler tout de suite.

De retour dans la voiture, Hubert marmonna pour lui-même, mais à voix assez haute pour que Bertrand l'entende :

— Il y a deux ans, par ici, un adolescent a descendu toute sa famille, son père, sa mère, son frère, avec un fusil de chasse. Il trouvait qu'on était trop exigeant à son endroit. Il paraît qu'au procès il n'a manifesté aucun remords.

— Ça s'est terminé comment ?

— Ils l'ont mis en prison. Je me demande dans quel état il sera quand il en sortira.

Ils revinrent au cottage de la rue Grant. Constatant que les femmes les attendaient dans le vestibule, Hubert sentit le plancher s'affaisser sous son poids. Suzanne jouait avec son alliance.

— Il faut bien qu'il soit quelque part !

— Je ne sais pas, répondit Hubert en sortant son téléphone de sa poche.

Il composa le 9-1-1. Le préposé aux urgences le renvoya au central de la police. Là, son interlocuteur se montra impatient. Qu'un adolescent de treize ans soit en retard de deux heures, un samedi soir d'été, n'était pas l'affaire de la police. Hubert tempêta si fort qu'on promit malgré tout de lui envoyer un agent le plus tôt possible. Secours bien futile ! Comme si les représentants de l'ordre pouvaient évacuer l'angoisse, après que Dieu lui-même eut été relégué au rang de chimère !

* * *

Deux agents de la police municipale se tenaient au centre du salon, un gros à moustache et une jeune femme aux cheveux relevés sous la casquette. De toute évidence, ils n'avaient pas l'intention de s'attarder. L'homme prenait des notes sur un carnet. La jeune femme tendait l'oreille aux informations que crachotait sa radio. Gremlin flairait l'étui de cuir du revolver du policier. On entendait, sur le boulevard voisin, la sirène lancinante des samedis soir. L'agent referma son carnet.

— Des fugues, on en a vingt par semaine.

— Ce n'est pas une fugue, protesta Suzanne, indignée.

Le policier rangea son carnet.

— En êtes-vous certaine ?

— Ce n'est pas le genre de mon fils.

Suzanne se tourna vers Hubert pour réclamer son appui. Ce dernier se récria :

— On vous demande de nous aider à le retrouver, pas d'expliquer son retard.

Dans son for intérieur, le policier leur opposait des évidences que les parents ne veulent jamais entendre. Il est dans la rue Sainte-Catherine à Montréal, votre ado. Il regarde les affiches pornos sur les portes où on ne le laisse pas encore entrer, même avec de fausses cartes d'identité. Ou bien, il est dans une arcade à dépenser votre argent dans des machines vidéo. À moins qu'il n'ait pris une bière ou deux avec des jeunes de son âge, en plus de fumer ou de renifler quelque chose. Les mélanges, ça produit rarement de bons effets.

— On fait notre possible, leur répondit-il officiellement.

Suzanne refoulait une sourde amertume. Les agents se dirigèrent vers la porte. La radio réclamait du renfort dans le stationnement d'un bar du chemin de Chambly.

— Rappelez-nous demain s'il n'est pas revenu, lança le policier avant de sortir.

Il ne leur restait plus que le café. Ils en burent une tasse, et puis une deuxième, autour de la table de cuisine. Bertrand replaçait sa mèche de cheveux. Constance disait sa compassion avec les yeux. Hubert et Suzanne se regardaient sans se voir. La nuit s'établit. Dorénavant, l'enfant était absent plutôt qu'en retard.

Peu après une heure du matin, la sonnerie du téléphone les pétrifia. Suzanne se précipita sur le combiné du salon avant qu'Hubert n'ait le temps d'attraper l'appareil sans fil. C'était Garry Leduc, le père de Fanny. De retour à la maison, il constatait l'absence de sa fille. Il annonça qu'il se rendait chez les Gendron pour discuter avec eux de la conduite à adopter. Mais c'est à une femme qu'Hubert ouvrit, environ dix minutes plus tard.

Maryse Campeau, la mère de Fanny, avait été tirée du lit par un coup de fil de son ex-mari. C'était une femme transparente. On voyait les os sous la peau de son visage. Elle paraissait avoir toujours froid, même au cœur de l'été. Elle refusa le café que lui proposait Suzanne. Elle ne comprenait pas encore bien ce qui arrivait. Hubert lui résuma la situation à grands traits.

Ses craintes confirmées, la brebis frileuse se transforma en lionne. Sa fille passait une fin de semaine sur deux chez son père, où se produisaient régulièrement des incidents déplaisants, dont celui de cette nuit était de loin le plus préoccupant. Ses récriminations commençaient

35

à redonner du mordant à Maryse Campeau quand son ex-mari arriva. Tout de suite, Garry Leduc adopta un ton de commandant du *Titanic*. Il fonça sur son ex-épouse, qui n'avait pourtant pas encore ouvert la bouche.

— D'abord, tu vas commencer par te calmer.

— Je n'ai rien dit !

— Je te connais, tu vas monter sur tes grands chevaux.

— À quoi ça sert, lui dit Maryse, que Fanny passe la fin de semaine chez toi, si tu n'es pas là ?

— Tu ne vas pas encore me tomber dessus ?

Un papillon de nuit tournoyait autour de la lampe. Le chien bondissait pour l'attraper. Suzanne s'interposa.

— Écoutez ! Ce n'est pas le moment.

Hubert enchaîna :

— On a des choses beaucoup plus importantes à voir.

— Vous avez raison, reconnut Leduc. On lavera notre linge sale une autre fois.

L'incident clos, pour l'instant du moins, Hubert s'enquit auprès du père de Fanny des derniers faits connus.

— Il n'a jamais été question que j'aille les chercher à la Ronde. Fanny savait très bien que j'étais à Montréal pour la soirée.

— Et tu l'as laissée partir quand même ! lui reprocha la mère éplorée.

— Ça suffit ! éclata Suzanne. Si vous tenez tant à chercher un coupable, ne comptez pas sur moi.

Elle se leva.

— Ma femme a raison, renchérit Hubert. Vous devriez rentrer chez vous. Je vous préviendrai quand j'aurai des nouvelles. Bien entendu, faites-en autant de votre côté si vous en avez.

Il les reconduisit. Après le départ des parents irréconciliables, le temps se remit à sécréter des secondes accablantes. Suzanne se désolait.

— On ne peut pas rester comme ça à ne rien faire !

Elle se dirigea vers la porte.

— Je vais le retrouver, moi.

Hubert la rattrapa.

— Non. Je préfère que ce soit toi qui le reçoives quand il reviendra. Moi, je ne sais pas ce que je lui ferais.

Une fois de plus, Hubert et Bertrand se retrouvèrent dans la voiture. Ils effectuèrent une autre patrouille aux abords de la station de métro. Elle était maintenant fermée. Comme plus tôt, ils s'engagèrent sur le pont et descendirent à la Ronde. Ils sautèrent par-dessus les barrières des guichets. Personne là non plus, même si les lieux étaient encore éclairés. Ils croisèrent la voiturette d'un employé d'entretien, qu'ils interrogèrent en vain. Cinq minutes plus tard, deux gardiens de sécurité les accostaient.

— C'est fermé, leur notifia le plus âgé des gardiens. Vous n'avez pas le droit d'être ici.

Hubert et Bertrand continuèrent d'avancer.

— C'est fermé, répéta le collègue du premier.

— Écoutez, leur expliqua Hubert. Mon fils a passé la soirée ici. Il n'est pas rentré. Alors, il doit être quelque part là-dedans.

— Sûrement pas, trancha le gardien.

Ensuite, il parut se radoucir.

— Souvent, les jeunes se laissent entraîner par des plus vieux à la sortie. Quand il reviendra à la maison, votre garçon, j'espère que vous allez lui parler dans le casque !

— Mon fils était avec une amie, insista Hubert. On ne vous a signalé aucun incident impliquant deux adolescents, un garçon et une fille?

— Il n'y a eu qu'une arrestation ce soir, se remémora le gardien. Un gars de vingt ans.

— Et s'il s'était caché dans un manège? suggéra Hubert en désignant la jungle d'acier et de lumière.

— À part le personnel, il n'y a personne dans le coin. Le rapport de la dernière tournée est signé.

Les deux gardiens escortèrent Hubert et Bertrand jusqu'à leur voiture. Rendu impuissant par les battements de son pouls qui lui cognaient dans le cou, Hubert attendit quelques instants avant de remettre le moteur en marche. Il avait les deux mains sur le volant, le dos rond, et la sueur mouillait sa chemise aux aisselles et dans le dos. Bertrand lui mit la main sur l'épaule. Un geste qui suffit à cimenter le silence.

De retour à Longueuil, Hubert fit un détour par le poste de police. Bertrand se tenait à ses côtés devant le comptoir couvert de piles de rapports. Tout en leur répondant, le préposé à l'accueil actionnait le verrou électrique du portillon donnant accès aux quartiers réservés aux policiers et aux prévenus. Si certains de ces derniers paraissaient penauds, la plupart affichaient une tête d'enragé. Le samedi soir faisait toujours ses ravages.

Le préposé consulta la liste des incidents de la soirée. Aucun adolescent correspondant au signalement de François n'y figurait. En sortant, Bertrand jeta son paquet vide de Marlboro devant la porte. Dans le stationnement, Hubert marcha vers une voiture qui n'était pas la sienne, avant de se raviser. Quelques minutes plus tard, il immo-

38

bilisa de nouveau sa BMW dans l'allée de sa maison. Il laissa toutefois tourner le moteur.

— S'il n'est pas revenu?

La soufflerie du climatiseur, le cuir souple des banquettes, les cadrans lumineux du tableau de bord, l'épaisse moquette, tout leur parlait d'un monde ordonné. Il suffisait de s'en remettre aux chiffres et aux codes pour tenir la panique en respect. Vraiment?

— Occupe-toi d'elle, lui recommanda Bertrand.

D'un mouvement de tête, il désigna à Hubert la fenêtre d'une des pièces de l'étage. Un reflet de lumière illuminait le store de la chambre de Suzanne.

* * *

Dans la nuit d'Amérique, une femme et un homme s'efforçaient de contenir une fois de plus la montée de l'inquiétude. Ils n'étaient pas les premiers. Déjà, bien avant l'arrivée des Blancs, les Indiens refusaient de s'établir à demeure. Certains, du moins. Était-ce pour empêcher le mauvais sort de s'installer dans leurs campements permanents?

Suzanne connaissait la terreur envahissante des mères, à l'heure où elles se voient contraintes de confier leurs enfants à la vie. Pour le meilleur et pour le pire. Les petites joies, les grands bonheurs, mais aussi, la nuit, au-dessus des villes, les gros oiseaux noirs qui resserrent leurs cercles concentriques.

— Un enfant seul dans la ville, le jour, vous retenez déjà votre souffle, bredouilla Suzanne, mais la nuit, c'est l'épouvante qui pense à votre place.

— Et ça, reconnut Billy Memory, c'est très dangereux.
Je ne serais pas un Indien si je ne savais pas que nos appré-
hensions peuvent infléchir le cours des événements.

— Taisez-vous!

Il ne faisait vraiment pas froid dans la roulotte.
Suzanne referma pourtant encore une fois les pans de son
caban. En pareille circonstance, on s'accroche à soi-même.

— Je n'avais pas le choix, expliqua-t-elle. Pour qu'il ne
lui arrive rien, il fallait que je me fasse du mal.

* * *

Après le départ des hommes, Constance avait persuadé Suzanne de monter à sa chambre. Elle l'avait accom-
pagnée dans l'escalier comme une mère conduit un enfant
à son coucher. Elle l'avait guidée dans son rituel du soir.
Le roulement des portes coulissantes de la garde-robe,
le cliquetis des bijoux sur la commode, puis l'eau dans le
lavabo. Suzanne n'appartenait plus à ce monde. Constance
se taisait. Le silence en disait déjà assez long.

Quand il entra dans la chambre, Hubert trouva les
deux femmes assises côte à côte sur le bord du lit. Deux
sœurs, l'une en déshabillé rose, les cheveux dénoués,
l'autre dans ses vêtements de jour. Constance s'éclipsa.
Hubert prit la main de Suzanne.

— Qu'est-ce qui lui est arrivé? sanglota-t-elle.

Hubert ne savait que répéter:

— Il va revenir bientôt.

— S'il a été enlevé? On ne peut pas rester ici à ne rien
faire!

Hubert dut manifester beaucoup de compassion pour
la convaincre de s'allonger. Elle agitait la tête sur l'oreiller.

40

— Je vais le retrouver, moi !

— Demain ! Je te promets qu'il sera là demain.

— Laisse-moi !

Son propre cri l'avait achevée. Elle sombra dans une somnolence à laquelle les deux comprimés que Constance lui avait administrés n'étaient pas étrangers. Elle dégringolait, sa douleur en queue de comète derrière elle. Elle traversa des immensités vides. Elle se fondit dans le néant glacé. Le rire de l'enfant lui éclata soudain dans le ventre. C'est toi, Grelot ? Elle entrevit sa tête bouclée aux confins de l'univers. Reviens, Grelot. Tu te rappelles, le jour où tu n'étais pas revenu à la maison après l'école ? Tu avais perdu une de tes mitaines dans la neige. Tu l'avais cherchée jusqu'à ce qu'il fasse nuit, et après tu n'osais plus rentrer parce que tu étais en retard. Reviens, Grelot. Je ne te gronderai pas.

Lorsqu'il avait trois ans, les parents surnommaient leur fils Grelot parce que son rire tintinnabulait comme les grelots des chevaux attelés aux carrioles de Noël. Quand il eut treize ans, ce sobriquet mettait François hors de lui. Le surnom gardait pourtant tout son sens, sous les cheveux bouclés et les yeux bleus du pré-adolescent.

* * *

— Vous avez fait ce qu'il fallait.

Suzanne ne percevait pas à quoi l'Indien faisait allusion.

— Vous avez parlé à François pour le rassurer, expliqua-t-il.

— À l'époque, j'étais persuadée que c'était du délire.

— Qui a dit que le délire n'est pas une réponse appropriée à l'insupportable?

Comme pour la grippe, bien sûr. Le réconfort qu'on éprouve quand on est malade. L'emmitouflement dans sa peine. La fièvre n'est-elle pas la réaction la plus adéquate à l'invasion de la maladie? Une fois de plus, Suzanne ferma les yeux. Elle sentit une grande chaleur l'envahir. Billy Memory lui avait pris les mains.

— Vos divagations, elles étaient bonnes pour vous. Pour lui aussi.

— J'avais épuisé tous les arguments raisonnables, admit-elle. Autant m'abandonner à une dérive que j'essaierais de contrôler.

* * *

Le lendemain matin, Suzanne se figea en aplanissant les plis du couvre-lit de François. Un peu de chaleur y subsistait. Elle fut bien forcée de se rendre à l'évidence : c'était le chien Gremlin, et non son fils, qui y avait passé la nuit.

Elle se résigna à descendre. Hubert l'attendait à la cuisine, le regard creux au-dessus d'une tasse de café. Bertrand les rejoignit bientôt. Constance le suivit de peu. Honteux, tous quatre, d'avoir pris du repos. Où François avait-il dormi, lui?

— Pourquoi n'est-il pas encore revenu? murmurait Suzanne.

— Mais qu'est-ce qu'il fait? grondait Hubert.

Constance et Bertrand abritaient leur impuissance derrière la fumée de leur première cigarette de la journée. Hubert durcissait les poings. Dix minutes, et il n'en pouvait déjà plus d'être là.

— Je vais chercher les journaux.

Comme la veille, Bertrand l'accompagna. Le chien fut cependant repoussé. Il avait les pattes mouillées par la rosée. Restées seules, les femmes firent quelques pas dans le jardin. Suzanne relevait le bas de sa chemise de nuit. Constance pointait le pied dans l'herbe humide. Elles pénétrèrent dans le potager. Du bout des doigts, Suzanne caressa les feuilles d'un plant de tomates. Elle se détourna. Elle pleurait. Constance jeta sa cigarette et prit son amie dans ses bras. Elle aussi ravalait des sanglots. Le soleil commençait à réchauffer l'air. Les cloches d'une église se mirent à sonner quelque part dans le quartier.

Pendant ce temps, la BMW errait dans le centre-ville désert en ce dimanche matin. Au passage, Hubert s'était arrêté chez le marchand de journaux de la rue Saint-Charles. Il en avait rapporté deux quotidiens dont Bertrand avait parcouru les manchettes avant de les jeter sur la banquette arrière. Hubert roulait lentement. Longueuil prenait l'allure d'un gros village. Quelques vieux. Des enfants. Aucun ne ressemblait à François.

De son côté, Constance avait ramené Suzanne vers la maison. Dans sa chambre, elle l'avait aidée à choisir ses vêtements.

— Il faut que tu sois belle quand il reviendra, lui avait-elle fait valoir.

— Je vais le serrer si fort dans mes bras qu'il ne voudra plus jamais s'en aller.

Elle enfila un short jaune et un chemisier framboise. Antidote coloré à une sombre détresse. À la cuisine, Constance voulut forcer son amie à manger. Suzanne repoussa le pain grillé et la confiture.

— Je préfère attendre qu'il revienne, expliqua-t-elle. Il va avoir faim. Nous mangerons ensemble.

Une troisième tasse de café à la main, elle téléphona au poste de police. Comme on n'avait encore entrepris aucune recherche, elle éclata. Vingt minutes plus tard, une voiture de police se garait devant la maison. Un policier, imperturbable dans ses souliers brillants, entendit sa déposition.

— Je peux voir sa chambre ?

Suzanne lui indiqua l'escalier. Le chien se faufila entre ses jambes. Vu de dos, l'uniforme du policier authentifiait le drame. En haut, Suzanne le regarda soulever des livres et des cahiers sur le petit bureau de François. Comme si la solution de l'énigme pouvait se déchiffrer dans l'écriture d'un enfant pas toujours appliqué à l'école !

— Qu'est-ce qu'il a de spécial, votre garçon ?

— C'est le mien !

— Je veux dire, est-ce qu'il a des goûts particuliers ? Des habitudes ?

— C'est un enfant comme les autres. Un peu rêveur, peut-être.

Le policier haussa les épaules. Il sortit de la chambre et s'arrêta sur le palier. Il ne se décidait pas à descendre. Suzanne projetait l'image de François sur l'uniforme du représentant de la loi.

— Vous allez me le retrouver ?

Comme son confrère, la veille, le policier se faisait des réflexions qu'on lui avait appris à ne pas formuler. Si c'était une fille seule, on penserait à un viol ou à un enlèvement, mais un gars et une fille de treize ans qui disparaissent ensemble un samedi soir, c'est clair, ils sont en voyage de noces. La mère ne sait probablement pas qu'ils couchent ensemble.

Suzanne se mordait les lèvres.

— Vous allez me le retrouver ?

— Voilà ce qu'on va faire. On attend encore un jour ou deux. Mettons jusqu'à demain midi. S'il n'a pas rebondi d'ici là, on alerte les médias. Parfois ça donne de bons résultats.

— Et s'il ne rebondit pas, comme vous dites ?

Le policier s'engagea dans l'escalier. Au même moment, la BMW remontait la rue Grant. Hubert eut un coup au cœur en apercevant la voiture de police garée devant la maison. On venait sans doute de lui ramener François. Il tourna vers Bertrand un visage illuminé.

— Attends avant de te faire une fausse joie, lui recommanda ce dernier.

Hubert se rendit d'ailleurs presque aussitôt compte de sa méprise. La porte de la maison s'ouvrit. Le policier qui en sortit tenait la photo de son fils entre ses gros doigts.

François, les yeux bleus, les cheveux blonds et frisés. Les hasards de la génétique avaient fait de lui le modèle exact d'enfant que Suzanne et Hubert désiraient. Quelques mois après sa naissance, ils avaient pris la décision de ne pas en avoir d'autre. Suzanne avait subi une ligature des trompes. « De cette façon », avait-elle dit à Hubert, taquine, « si jamais tu me quittes, je garde François, et toi, tu pourras toujours essayer de t'en refaire un autre comme celui-là. »

Elle riait. Le rire de Grelot s'entendait dans la gorge de sa mère. Et maintenant, ils feuilletaient les journaux sur la table du jardin. Leurs mains s'effleuraient en tournant les pages. Deux bandes d'adolescents de race noire s'affrontent à trois heures du matin rue Sainte-Catherine. Une voiture explose à Saint-Léonard. Incendie criminel d'un chalet des Laurentides : deux morts. Un homme abat la fille de sa concubine. Trop jeune, François, pour ces drames à grand spectacle, bien que, quelques années plus tôt, un garçonnet ait été déchiqueté par une bombe placée par des criminels sous la voiture d'un rival.

Dans les pages intérieures, le monde continuait de se défaire. Même le dimanche, la planète souffrait. Encore un déversement de pétrole en mer du Nord. L'ONU le reconnaît enfin : le réchauffement de la planète aura des effets désastreux. Questions trop graves pour les ressources d'un enfant de treize ans. Hubert chiffonna les journaux et les jeta à bout de bras dans l'herbe mouillée. Son visage s'éclaira soudain.

— On se torture pour rien. Je le sais, moi, ce qui lui est arrivé. Ils sont revenus tard de la Ronde, François et Fanny...

— Oui, enchaîna Bertrand. C'est ça! Ils craignaient de rentrer. On l'a tous fait un jour ou l'autre...

— Pendant que nous nous tourmentons ici, ils dorment chez un copain. Il suffit de quelques vérifications. Je me demande pourquoi on n'y a pas pensé plus tôt.

Suzanne se précipita à l'intérieur. Elle farfouilla dans le tiroir du secrétaire qui lui tenait lieu de bureau à la maison. Mit la main sur son carnet d'adresses. Attrapa le téléphone sans fil. Entre-temps, Constance était entrée à son tour pour prendre la cafetière. Quand les deux femmes furent de retour autour de la table extérieure, elles se penchèrent d'un même mouvement sur le carnet. Suzanne sauta à la dernière page. Des prénoms et des numéros de téléphone gribouillés et rayés. L'univers changeant des relations d'un enfant de treize ans. Patrick et Sébastien n'y figuraient déjà plus. Le premier était allé vivre avec sa mère loin de Longueuil. François s'était querellé avec le second à propos d'un livre déchiré. Suzanne téléphona chez Karine. Pas de réponse.

Elle composa ensuite le numéro de Michael. Il dormait encore. Suzanne insista pour lui parler. Après un temps assez long, Michael bâilla dans le combiné. Il bredouilla qu'il n'avait pas vu François depuis deux jours au moins, peut-être trois. Il n'avait entendu parler d'aucun projet pouvant expliquer sa disparition.

Elle appela ensuite chez Timty. Une personne âgée lui répondit en vietnamien. Timty, lui, parlait français avec un fort accent québécois porté par une toute petite voix d'Asiatique.

— Ça se peut pas, je les ai vus à la Place Longueuil hier après-midi, il pouvait être quatre heures. Ils regardaient les compacts chez Lecompte Musique. François, il en a acheté un. Il avait hâte de revenir à la maison pour l'écouter. Il avait pas envie d'aller à la Ronde. S'il y est allé, c'est pour faire plaisir à Fanny. Il m'a dit qu'il reviendrait de bonne heure. Il voulait écouter son laser. Tu dis qu'il est pas rentré dormir?

— Je n'ai pas eu de ses nouvelles depuis neuf heures hier soir.

Le jeune Vietnamien siffla dans le combiné.

— Moi, à ta place, j'appellerais la police.

Suzanne téléphona chez Luc, Marie-Ève et Charles-André. Rien de ce côté non plus. Elle avait épuisé la liste des numéros de François. Une autre couche de mystère épaissit le brouillard.

Dans son trouble, Suzanne continua de passer des appels, chez sa mère d'abord, puis chez le frère d'Hubert, à leurs amis aussi. À onze heures, ils étaient une dizaine autour de la table du patio.

À la cuisine, Suzanne aidait sa mère à confectionner des sandwiches. Gérard, le frère d'Hubert, traçait des divisions sur un plan de Longueuil afin d'organiser les recherches. D'autres s'étaient portés volontaires pour patrouiller dans les rues. Des enfants jetaient leurs bicyclettes en tas, au centre du parterre, pour venir aux nouvelles. Le chien bondissait de l'un à l'autre. Comme s'il suffisait d'une solide organisation pour contenir le pire !

* * *

Billy Memory tenait toujours les mains de Suzanne dans les siennes. Leurs genoux se touchaient. L'exiguïté de la roulotte favorisait l'accord des gestes et des sentiments. Sous la lueur des lampes, cependant, le drame continuait de se déposer, poussière du passé.

— J'étais affolée, rappela Suzanne. J'essayais d'apaiser mon anxiété avec des sandwiches et des coups de fil.

Suzanne venait de lâcher les mains de l'Indien. Elle en ressentit un grand vide.

— On en dit souvent plus avec des gestes qu'avec des paroles, fit-il observer. Si seulement les gens savaient se toucher !

— Je me sentais trop paniquée pour être consolée.

— Même par Hubert ?

— Son impuissance avivait la mienne. Je préférais garder l'absence de François pour moi toute seule.

* * *

— J'en ai parlé à Bertrand.

Constance enveloppait Suzanne de son regard. Elle ajouta :

— Nous reportons notre départ.

Suzanne parut s'éveiller. Elle avait oublié que leurs amis retournaient en France ce jour-là. Elle s'assombrit.

— Qu'est-ce que ça changera ?

— Plus on sera nombreux à le chercher…

— J'ai bien peur qu'il doive retrouver son chemin tout seul.

— Vous soutenir un peu… plaida Constance.

D'un mouvement de tête, Suzanne désigna le groupe qui entourait Hubert devant la carte déployée sur la table de cuisine. La maison, le jardin, trop petits pour accueillir tous les volontaires.

— Non, insista Suzanne, rentrez chez vous. Le mieux, c'est peut-être de faire comme si tout était normal.

Constance la pressa contre elle.

— Quoi qu'il arrive…

Elle se détourna pour ne pas prononcer la suite.

— Je sais, murmura Suzanne.

— Je te passe un coup de fil dès l'atterrissage à Paris.

Les Français quittèrent le cottage de la rue Grant en taxi. Ils devaient se présenter à l'aéroport au plus tard à dix-sept heures. Au moment de la séparation, les mains d'Hubert et de Bertrand ne voulaient plus se dénouer.

Suzanne et Constance pleuraient dans les bras l'une de l'autre. Bertrand dut se faire violence pour monter dans la voiture et entraîner sa femme à sa suite. Le taxi s'éloigna. Hubert et Suzanne soudain seuls sur le trottoir. Le taxi disparut au bout de la rue.

En fin d'après-midi, l'animation était à son comble autour de la maison. Un voisin, qui avait appris la nouvelle de la disparition de François de la bouche même d'Hubert, l'avait répandue dans tout le quartier. Il y avait des étrangers jusque dans le jardin. Des curieux, alléchés par le drame, venaient s'enquérir du sort d'un enfant qu'ils ne connaissaient pas. Il avait fallu attacher le chien. Épuisée, Suzanne entraîna Hubert à l'écart.

— Je voudrais être seule avec toi.

Hubert remercia tout le monde. Ils en étaient à détacher le chien. Ils allaient affronter l'épreuve d'un même regard. C'est alors que Garry Leduc fit son apparition. Il était accompagné de Maryse Campeau. Il resta debout à la limite du jardin. Il tenait son ex-épouse par les épaules.

— On ne vous dérange pas?

Il poussa Maryse dans leur direction.

— Il faut absolument que je parte pour Toronto ce soir, et elle n'arrête pas de pleurer. J'ai un gros *meeting* demain. Je vais avoir tous les *boss* de l'Est du Canada sur le dos. Je lui ai dit : qu'est-ce que ça changerait que je reste? On ne peut rien faire. C'est à la police de s'occuper de ça. Vous pourriez peut-être prendre soin d'elle…

Hubert fit un pas vers Maryse Campeau. Elle se laissa prendre les mains. Elles étaient glacées. Hubert l'entraîna vers un banc sur le patio. Garry Leduc avait filé.

Maryse gémissait en se balançant de l'avant à l'arrière.

Assis de part et d'autre de l'ex-épouse doublement aban-donnée, Hubert et Suzanne s'efforçaient de lui communi-quer le peu de chaleur qu'ils avaient encore dans le cœur. Tour à tour, Maryse tournait son visage mouillé de larmes vers l'un et vers l'autre de ses consolateurs.

Le soir s'établit, gris d'abord puis sombre. La cellule photoélectrique alluma le lampadaire du jardin. Après s'être vidée de ses larmes, Maryse annonça qu'elle était assez apaisée pour retourner chez elle. Hubert la recon-duisit à sa voiture. À son retour, il ne retrouva plus Suzanne sur le patio.

La maison avait sombré dans le noir. Hubert fit de la lumière, traversa plusieurs pièces et se laissa guider par Gremlin jusqu'à la chambre de François. Suzanne était recroquevillée sur le lit. Hubert s'agenouilla à son chevet.

— Laisse-moi!

— Ne parle pas.

— Va-t'en, je te dis!

Le chien trotta hors de la pièce. Hubert avança la main pour caresser les cheveux de sa femme. Elle se déroba.

— C'est ta faute! Si tu étais allé le chercher quand il t'a appelé, il serait avec nous en ce moment.

— Tu ne penses pas ce que tu dis?

Elle enfouit son visage dans l'oreiller de François. Le chien était revenu flairer le couvre-lit.

— Laisse-moi! réclama-t-elle en se tournant vers le mur.

Les reproches de sa femme avaient refoulé Hubert dans le vestibule. Il resta là, dans le noir. « Fais quelque chose! implorait Suzanne intérieurement. Cogne dans les murs! Casse les meubles! Réagis! »

Mais Hubert se dirigea docilement vers leur chambre. Le cliquetis des griffes du chien l'accompagna sur le bois dur du parquet. Une morsure aux entrailles de Suzanne. « Comprends-moi, Grelot. C'était lui ou toi. C'est toi que j'ai choisi. »

Deux parents dressés l'un contre l'autre par l'absence d'un enfant. Une nuit plus amère que la précédente descendit sur le cottage de la rue Grant. La nuit des trois solitudes.

* * *

Suzanne confiait à Billy Memory tout ce qu'elle aurait voulu dire à Hubert cette nuit-là.

Une parole aurait suffi, et j'aurais fondu ma souffrance dans la sienne. Mais il avait revêtu son armure. Comment aurais-je pu avoir envie de me jeter dans ses bras ?

— Les hommes ne souffrent pas de la même manière que les femmes, suggéra l'Indien.

— Je sais. En général, ils donnent des coups de pied. Les femmes, elles, retournent leur peine contre elles-mêmes. Mais Hubert, lui, se taisait. Ça a été une erreur. On ne peut rien opposer à quelqu'un qui se tait. J'ai été obligée d'être méchante. J'ai enfoncé une aiguille dans les orifices de sa carapace.

L'Indien dodelinait de la tête. Suzanne s'incrimina :

— C'est moi qui suis responsable de ce qui est arrivé à Hubert !

Billy Memory transforma son mouvement de tête en un non de plus en plus affirmé.

— Ne sautez pas trop vite aux conclusions.

— C'est moi qui l'ai poussé à commettre l'irréparable. Ce n'est pas une conclusion ! C'est un fait !

— Et s'il ne lui était rien arrivé ? Enfin, pas dans le sens où vous l'entendez ?

Le regard de Suzanne s'embua.

— Si vous savez quelque chose, qu'est-ce que vous attendez pour me le révéler ?

— Que vous ayez fini de me faire visiter votre jardin.

* * *

Le divan du salon avait été repoussé au pied de l'escalier. Dans un vase élancé, un bouquet de glaïeuls du jardin garnissait le manteau de la cheminée. Provisoirement suspendue par un fil de nylon devant la bibliothèque, une photo de François réfléchissait la lumière dans son cadre d'aluminium. Suzanne était assise sur le bord d'un fauteuil de cuir vert. Un technicien lui expliquait comment insérer le fil du microphone miniaturisé sous son chemisier. Il en fixa lui-même la pince au bas de l'encolure. Hubert se tenait debout derrière le fauteuil, les mains sur le dossier, incliné vers sa femme. Une fois de plus il avait fallu attacher le chien dehors. Il aurait pris la direction des opérations.

— Parfait comme ça, décréta l'homme qui regardait par l'objectif de la caméra.

On n'avait pas donné de microphone à Hubert. Il en avisa le technicien.

— Pas nécessaire. La mère, c'est toujours mieux.

— Qu'est-ce que vous voulez dire ?

— Mieux, se contenta de répéter le technicien.

Hubert ne le quitta plus des yeux. La caméra trônait sur son trépied. Trois spots fixés au sommet de tiges métalliques d'apparence précaire — deux devant Suzanne, de part et d'autre de la caméra, le troisième juché derrière — conféraient une vérité inédite à cette pièce habituellement sombre. Un magnétophone reposait sur une caisse d'aluminium. Une fille très maquillée, chronomètre au cou, se déplaçait entre les câbles, sur ses bottines haut lacées.

— Prêt, Daniel? lança la fille.

Un journaliste s'approcha dans son complet pâle, maquillé lui aussi. Il se prit le pied dans l'un des supports des spots. La fille rattrapa l'accessoire d'une main leste.

— Tabarnaque! Daniel, change de job si t'es pas capable de marcher tout seul.

Le journaliste l'ignora et se tourna vers celui qui regardait dans l'objectif.

— Plan moyen, hors champ?

Le cameraman grommela un acquiescement. Sans décoller l'œil de l'objectif, il tendit la main pour mettre le magnétophone en marche.

— Silence. Ça roule.

Et il dessina une arabesque dans l'air avec sa main droite. Le journaliste s'était accroupi sous l'objectif de la caméra, entre les pattes du trépied, à un mètre de Suzanne. La fille maquillée appuya sur le bouton de son chrono.

— Il est parti depuis quand, votre petit gars?

Suzanne s'humecta les lèvres. Son rouge brillait.

— Samedi soir.

— C'est sa première fugue?

— Il n'a jamais fait de fugue.

— Alors, insista le journaliste, si ce n'est pas une fugue, il faut imaginer autre chose…

Suzanne se mordit les lèvres. L'intensité des spots marquait son regard d'une vive lueur.

— Franchement, je ne comprends pas. Il devait revenir de la Ronde en métro. S'il y avait eu une bagarre dans le métro, on l'aurait lu dans les journaux.

— On l'aurait vu à la télévision. Donc, si on exclut la fugue et un incident dans le métro, qu'est-ce qu'il nous reste ?

Suzanne chercha Hubert des yeux. Il lui mit la main sur l'épaule. Suzanne posa sa main sur celle de son mari. Le cameraman fit un zoom sur leurs doigts entrelacés.

— Je ne peux pas croire qu'il a été enlevé. C'est impossible.

— Pourquoi ?

Suzanne hésita un moment.

— Parce que je le sais.

— Dans ce cas, comment expliquez-vous sa disparition ?

— Il est tombé quelque part, dans un trou, derrière une clôture, entre deux murs. Il attend qu'on aille le chercher.

— S'il pouvait vous entendre, qu'est-ce que vous lui diriez ?

Suzanne bougea sur le fauteuil de cuir. La scripte referma le poing sur son chronomètre. Elle savait qu'au montage on retiendrait cet appel pathétique.

— Écoute-moi, François…

Suzanne ferma les yeux. Le visage de François projeté de l'intérieur sur ses paupières closes. Des larmes coulèrent. Le rire salé de Grelot.

— On va te retrouver. Tout ce que je te demande…

Le carillon de la porte d'entrée se fit entendre. Chacun se figea sur place. La fille sautilla sur ses bottines pour aller ouvrir.

— C'est qui l'hostie de nono ?

Une autre équipe de télévision se tenait sur le perron, trépied et valises d'aluminium à la main.

— Vous étiez en train de tourner ? déplora un grand garçon au visage ravagé par l'acné.

— Non, ironisa la fille aux bottines, on jouait une partie de Monopoly.

— La prochaine fois, lança le garçon, mets donc un mot sur la sonnette.

Et il entra, son trépied à la main. Son équipe le suivit. Il jeta un regard circulaire avant de déclarer :

— On va monter notre *setup* dans une autre pièce pendant que vous finissez.

Suzanne s'était levée. Le fil du microphone la retenait. La fille au chronomètre lui mit les mains sur les épaules pour la forcer à se rasseoir.

— Bougez pas. On recommence.

— Seulement la dernière partie, s'empressa de préciser le cameraman.

— Je reprends ma question ? demanda le journaliste.

— Silence, réclama le cameraman pour la seconde fois. Ça roule.

— Donc, s'il pouvait vous entendre, qu'est-ce que vous lui diriez ?

Suzanne ravalait ses larmes.

— Ça suffit ! tonna Hubert.

Un malaise saisit tous les occupants de la pièce.

56

— Ça vous amuse de faire pleurer une mère devant la caméra ?

— Si vous n'aimez pas la façon dont nous faisons notre travail… s'indigna le journaliste.

Et il se leva à son tour.

— Non ! intervint Suzanne. J'en ai trop dit, et pas assez…

Pendant qu'elle reprenait son cri du cœur, Hubert était allé arbitrer à voix basse, à la cuisine, un différend qui s'était élevé entre deux journalistes de la presse écrite. Chacun voulait s'approprier l'unique photo de François dont on disposait.

— Vous êtes sûr que vous n'en avez pas d'autre ? insista un homme d'âge mûr au visage couperosé.

— J'en ai beaucoup d'autres, mais il était plus jeune.

— Quelle photo avez-vous donnée à la police ? s'enquit le plus petit des deux.

— Celle-ci, précisa Hubert en désignant la photo qu'il tenait entre les mains.

— Dans ce cas, conclut le journaliste rougeaud, c'est celle-là qu'il nous faut.

— Je peux toujours aller faire des photocopies couleur. Il y a un service à deux coins de rue.

— Ce ne serait pas une méchante idée, reconnut le plus âgé des journalistes.

— Mais il faudrait que vous fassiez ça vite, réclama le jeune. Moi, j'ai une conférence de presse à Ville LaSalle.

Quand Hubert revint de sa course vingt minutes plus tard, un attroupement d'une trentaine de personnes s'était formé en arc de cercle devant la maison. La présence des fourgonnettes des stations de télévision et de radio avait piqué la curiosité des voisins. Des enfants appuyés sur leurs bicyclettes piétinaient les fleurs du parterre. Accroupie sur le trottoir, la fille aux bottines semblait vénérer son chronomètre. À ses côtés, le cameraman portait maintenant son appareil à l'épaule. Sur le perron, le journaliste en costume pâle débitait son topo. Hubert voulut s'approcher. On fronça les sourcils pour lui enjoindre de ne pas bouger.

— Les deux adolescents devaient revenir de la Ronde vers neuf heures samedi soir; mais, pour une raison encore inexpliquée, ils ne sont jamais rentrés chez eux. On a d'abord cru à une fugue. Après vingt-quatre heures, il a fallu penser à autre chose. La police a ouvert une enquête. Si vous le voulez bien, écoutons à ce sujet l'inspecteur Martin de l'Escouade des personnes disparues.

Le journaliste fit une pause. La caméra tournait toujours.

— Insert Martin, clama la fille au chrono. Daniel, deuxième partie.

Le journaliste reprit la pose et s'éclaircit la voix. Hubert avait profité de l'interruption pour essayer d'entrer chez lui en passant par l'allée. Les curieux ne voulurent pas le laisser passer de ce côté non plus. Un technicien le figea sur place d'un regard farouche. Le journaliste avait repris son monologue.

— Ces nouvelles disparitions ne sont pas sans rappeler les enlèvements survenus depuis le début de l'été. Quatre adolescents ont été retrouvés sans vie à Montréal et dans la région avoisinante. Daniel Riendeau à Longueuil.

La foule soupira d'aise. On nourrit le vide de son existence du malheur des autres. Des groupes se reformèrent.

On échangea des commentaires. Les enfants reprirent leurs bicyclettes pour aller les abandonner un peu plus loin. Hubert s'avança dans le jardin. Deux garçons de dix onze ans agaçaient Gremlin. L'animal s'étranglait au bout de sa chaîne. Hubert intervint.

— Vous allez le laisser tranquille, celui-là !

Dans la salle familiale, Suzanne se tenait devant un faisceau de micros de radio. Elle répétait sa déclaration antérieure : François avait été victime d'un accident. Il attendait qu'on se porte à son secours. Elle réclamait une intervention rapide des policiers. Comme Hubert se dirigeait vers elle, le téléphone sonna. Il décrocha. C'était Bertrand. L'ami français appelait pour la troisième fois depuis le matin. De toute évidence, il n'avait pas détaché son esprit du drame depuis son retour à Lyon. Il devait être vingt heures dans son pays.

— Il est revenu ?

— Pas encore.

— Je ne me pardonne pas de vous avoir abandonnés.

— C'est nous qui t'avons poussé à partir, lui rappela Hubert.

Et il ajouta d'une voix sourde :

— D'ailleurs, nous n'avons jamais été si entourés.

Comme pour confirmer cette affirmation, les journalistes de la presse écrite se précipitèrent sur lui. Ils réclamaient leur photo. Hubert raccrocha et leur distribua le portrait d'un enfant heureux. Puis, il chercha Suzanne. Elle n'était plus dans la salle de séjour. Hubert finit par la retrouver au jardin. Une caméra enregistrait la promenade de la mère éplorée parmi les fleurs.

En fin d'après-midi, Suzanne chiffonnait l'un des pyjamas de François et le pressait contre son visage. Vaudou stérile, mais combien essentiel. Ses larmes désaltéraient sa peine.

Une fois de plus, Hubert se tenait devant la porte de la chambre de leur fils. Suzanne semblait s'y être établie à demeure. Il savait que, s'il entrait, elle lui jetterait sa douleur au visage. Il voulait lui éviter de casser toute la vaisselle d'une vie. Les millions de petits gestes, tendresse et flambées de passion. Il se contenta de lui parler sans se faire voir.

— Écoute-moi, Suzanne.

Silence.

— Je suis aussi inquiet que toi.

Elle ne broncha pas. L'entendait-elle seulement? Il débobina ses arguments.

— Je le sais que tu m'en veux, mais c'est à toi-même que tu fais le plus de mal. Il faut qu'on se tienne, tous les deux. Qu'on affronte la tempête ensemble. Chacun de notre côté, on n'y arrivera pas. Oublie ta rancune. Tu crois que François serait content de nous voir divisés comme ça?

La réaction de Suzanne lui parvint comme une condamnation.

— Si tu admettais ce que tu as fait, peut-être que les choses s'arrangeraient? Peut-être que le destin n'attend qu'un signe de toi pour délivrer François?

— Je n'ai rien fait!

Elle prononça la sentence que la souffrance lui inspirait.

— Alors, laisse-moi.

Hubert étouffait. Suzanne dit encore quelques mots de trop.

— Tu devrais t'en aller. Me laisser seule avec lui.

Il allait pénétrer dans la chambre. L'arracher à son cauchemar. Un vaccin contre le délire. Le carillon de l'entrée sonna la fin de leur affrontement.

C'étaient deux enquêteurs de l'Escouade des personnes disparues. Les policiers en civil ont souvent l'air de vendeurs d'assurances. Seule leur traditionnelle moustache confirme leur statut de gardiens de l'ordre.

— Depuis treize heures, déclara l'inspecteur Martin, votre garçon est officiellement disparu. Mon collègue et moi, nous prenons l'enquête en mains.

Hubert et Suzanne réagirent unanimement.

— Il était temps !

— Ça veut dire que vous n'avez rien fait jusqu'ici ?

Les enquêteurs inspectèrent la maison de la cave au grenier, comme si François pouvait y être séquestré par ses parents ! Ils récapitulèrent, heure après heure et minute après minute, les faits, les propos et les gestes des quarante-huit dernières heures. Ils fouillèrent les pensées d'Hubert et de Suzanne. Ils cherchaient des secrets, des conflits inavoués, des brimades répréhensibles.

— Les escapades des adolescents, déclara l'inspecteur Martin, c'est parfois provoqué par les parents.

Hubert et Suzanne échangèrent une grimace. L'inspecteur se frotta les mains pour résumer la situation.

— Toutes les polices du pays ont son signalement.

— Ce n'est pas à Vancouver que vous allez le retrouver, grommela Hubert. Il est près d'ici, pas très loin…

— Qu'est-ce que vous attendez pour le chercher? attaqua Suzanne.

— Pensez-vous qu'on va organiser des battues? En ville, les personnes disparues, c'est pas comme à la campagne. Une personne ne peut pas se perdre dans la rue Sainte-Catherine comme un chasseur dans le bois. En milieu urbain, notre meilleure stratégie, c'est de transmettre la photo de la personne disparue à tous nos patrouilleurs. S'il est quelque part, quelqu'un finira bien par l'apercevoir.

— Avec votre système, déplora Suzanne, il a le temps de mourir vingt fois.

— Ou de revenir à la maison, suggéra l'inspecteur.

Les deux enquêteurs quittèrent le cottage de la rue Grant à l'heure des premiers bulletins de nouvelles télévisées. Quatre-Saisons ouvrait celui de dix-sept heures avec le renversement d'un camion chargé de gravier sur l'autoroute transcanadienne. La circulation avait été interrompue pendant deux heures. Ensuite, les photos de François et de Fanny apparurent derrière le visage de la lectrice de nouvelles.

— Deux autres disparitions en fin de semaine. Deux adolescents, Fanny Leduc et François Demers-Gendron, âgés de treize ans, n'ont pas été vus depuis samedi soir. Daniel Riendeau est à Longueuil.

Les images tournées quelques heures plus tôt défilèrent à l'écran, une rue paisible d'un quartier cossu, la maison dans sa verdure. La caméra montra Suzanne parmi les fleurs de son jardin. Hubert ne put se retenir de faire observer :

— C'est dix fois plus beau que dans la réalité.

— Tais-toi.

La caméra explorait maintenant la station de métro de Longueuil, où Fanny et François auraient dû descendre à leur retour de la Ronde. Hubert s'accrocha aux bras de son fauteuil.

— Tu ne pensais pas vraiment ce que tu as dit?

Suzanne se concentrait sur l'image du téléviseur. Hubert chercha son regard.

— Dis-moi que les mots ont dépassé ta pensée.

Suzanne ne l'entendait pas. Pour la première fois de sa vie, elle se voyait à l'écran, et c'était dans le rôle d'une mère éplorée qui supplie son enfant de revenir à la maison. « Écoute-moi, François. On va te retrouver. Tout ce que je te demande, c'est de ne jamais oublier que je t'aime. Je t'aime, François. Je t'aime… »

Hubert s'était accroupi devant le fauteuil de Suzanne. Elle pencha la tête pour ne pas perdre le téléviseur de vue. C'était déjà terminé. La lectrice de nouvelles annonça qu'il ferait beau le lendemain, et elle invita les téléspectateurs à regarder quelques publicités.

— Moi aussi, je l'aime! s'écria Hubert.

Trop peu, trop tard. Suzanne se leva et le contourna pour se diriger vers la cuisine. Sur l'écran du téléviseur, l'agitation publicitaire se poursuivait. Des comédiens vêtus de costumes en forme de légumes surgissaient en pagaille d'une gigantesque boîte de soupe et se bousculaient en vantant leurs apports nutritifs respectifs.

— On essaiera de recoller les pots cassés quand il sera revenu, murmura Suzanne comme pour elle-même.

Billy Memory ne quittait pas Suzanne des yeux. L'évocation de ce terrible moment avivait sa beauté. Le regret l'illuminait.

— J'avais mon enfant dans le cœur. Plus le temps passait, plus son absence m'emplissait. À la fin, je n'étais plus qu'un cœur qui flotte dans la douleur.

Elle se déplaça vers l'évier. Sa main chercha un verre. Il n'y en avait pas à sa portée.

— C'est pour ça que je n'ai pas entendu les cris d'Hubert. Des cris muets, en plus !

Elle ouvrit l'armoire. À l'intérieur de la porte, une photo aux bords arrondis montrait un enfant d'une dizaine d'années tenant à bout de bras un poisson presque aussi grand que lui. Elle prit un verre, suspendit son geste et fit face à l'Indien en désignant la photo.

— Vous avez donc un enfant, vous aussi ?

Billy Memory balançait le haut du corps. On aurait dit qu'il essayait à son tour de faire passer un malaise.

— Alors, vous pouvez me comprendre. Je condamnais Hubert pour que François ne meure pas.

— C'était risqué…

— Vous pensez que je ne le savais pas ?

* * *

Face au mur, Hubert et Suzanne avaient trouvé la force de simuler que leur vie avait encore un sens. Ils ne pouvaient plus rester à la maison. Vendredi déjà. François n'avait toujours pas donné signe de vie. Six soirs noirs. Six matins vains. Hubert et Suzanne ne savaient plus s'ils devaient compter en jours, en heures, en minutes ou en éternité. Chacune de leurs respirations les vidait. Et toujours ces reproches, même muets, que Suzanne enfonçait dans la chair d'Hubert.

Au matin du sixième jour, ils étaient allés au bureau, s'essayer à vivre encore et quand même. Ils avaient laissé la mère de Suzanne à la maison, pour le cas où François referait surface.

Le parc industriel de Longueuil s'étale à l'est de la ville, quadrillé de rues très larges, surtout fréquentées par des camions-remorques. Des alignements de bâtisses de tôle. L'enseigne GENERAL LUMBER identifiait l'une d'elles. La nouvelle désignation, SOCIÉTÉ GÉNÉRALE DES BOIS, apparaissait bien en plus gros au-dessus de l'originale, mais la secrétaire-téléphoniste n'en continuait pas moins d'annoncer la General Lumber, au téléphone, dérogeant ainsi à la loi régissant l'usage de la langue française au Québec.

Les bureaux de l'entreprise occupaient une mezzanine au fond d'un entrepôt. Un escalier plutôt raide y donnait accès, au bout d'un plancher de béton sur lequel s'empilait le bois d'une trentaine de conteneurs. En manches de chemise, les lunettes sur le bout du nez, Hubert attaquait la paperasse. Suzanne se tenait en face de lui, assise au bord d'une chaise sur le dossier de laquelle elle avait posé sa veste.

Après une absence de plusieurs jours, les fax s'étaient accumulés. La secrétaire avait placé une pile de dossiers sur le bureau, des rouges, des bleus, des jaunes et des beiges. Suzanne tendit la main pour en prendre un.

— Le plus important, c'est celui-ci. Bertrand, à Lyon.

Hubert passa la main sur le papier comme s'il lisait la missive avec ses doigts.

— Qu'est-ce qu'il veut ?

— Il a reçu un conteneur d'orme rouge, du six-quarts sur lequel les lattes de séchage ont laissé des traces.

— Depuis qu'il est en France, il m'appelle tous les jours. Il aurait pu m'en parler…

— Il ne voulait sans doute pas t'ennuyer avec ça. Le bois a été livré à un client d'Alsace qui fabrique des dessus de table. Le client a été obligé de le raboter. Il réclame un crédit pour compenser la perte. Bertrand attend tes directives.

— Qu'il me suggère un avoir et je verrai.

Il laissa échapper le dossier et se pencha pour le ramasser. Suzanne fit de même. En se relevant, leurs têtes se cognèrent. Pendant qu'Hubert remettait ses cheveux en ordre, Suzanne faisait de même avec les papiers épars. Quand elle en eut terminé, elle resta immobile, les yeux dans le vague. La détresse la submergeait de nouveau.

Les premiers jours, ils avaient participé aux battues organisées par les amis et des volontaires. Portant des jeans et des espadrilles, ils avaient parcouru chaque mètre carré de la Ronde, retourné les pierres des berges de l'île, regardé dans chaque conteneur à déchets, inspecté tous les manèges. Les autres patrouilleurs observaient Hubert et Suzanne à distance. La douleur des parents donnait un sens à leur générosité.

On avait ensuite poussé les recherches dans l'île Sainte-Hélène, dont la Ronde constituait un agrandissement artificiel. Ratissé les pentes boisées du parc. Marché le long des fossés. Parcouru les stationnements donnant sur le fleuve. Là encore, aucune trace de Fanny et de François.

Il ne leur restait plus qu'à explorer les abords du métro de Longueuil. Les policiers l'avaient fait vingt fois. Les chercheurs s'y étaient employés à leur tour. Sans plus de succès. Suzanne saisit un dossier bleu. Elle se pinça les lèvres.

— Il y a aussi Esteban, en Espagne. Il veut encore un escompte. Celui-là, il commence à me tomber sur les nerfs! Il paie déjà son bois moins cher que les autres et il n'est toujours pas content!

— Je ne coupe pas les prix, trancha Hubert.

Il n'ajouta rien. Suzanne remit le dossier bleu là où elle l'avait pris.

— À ton prochain voyage, suggéra-t-elle, tu devrais aller rencontrer Burgmeister à Hambourg. Ça fait déjà deux fois qu'il laisse entendre qu'il pourrait te placer une vingtaine de conteneurs de chêne blanc.

Elle lui tendit un dossier beige qu'Hubert n'ouvrit même pas. Il avait lu trop d'horreurs ces derniers jours. LES DEUX ADOLESCENTS DISPARUS — PACTE DE SUICIDE? — ONT-ILS ÉTÉ ENLEVÉS POUR SERVIR L'IGNOBLE COMMERCE D'ORGANES? DES ADOLESCENTS ENRÔLÉS DE FORCE DANS LA FILIÈRE DE LA DROGUE. APRÈS UNE FUGUE, IL REVIENT AVEC LE SIDA. ENCEINTE APRÈS SIX JOURS DE CAVALE. Un hebdo soutenait qu'une voyante savait où se trouvait François. Il avait été enlevé par une secte fondamentaliste d'Alberta pour tenir lieu de messie à ses disciples. Un grand quotidien profitait de l'occasion pour fustiger l'administration municipale. Les élus n'assuraient plus la sécurité des contribuables dans les lieux publics. Hubert déposa le dossier beige sur son bureau. Suzanne voyait à travers lui.

— Le bois qu'on a envoyé à Bertrand, demanda Hubert, il venait d'où ?

— De Wallaceton, en Pennsylvanie.

— Je vais voir ce qui se passe en bas.

Il descendit à l'entrepôt. Par cette chaleur humide, on avait mis en marche les grands ventilateurs qui brassaient l'air épais. Deux équipes de trois hommes s'activaient autour des piles de bois. Les employés détournèrent la tête quand Hubert les croisa. L'un d'eux conduisait un chariot élévateur. Hubert s'avança vers lui. L'homme coupa le contact.

— C'est toi, Marcel, qui as classé le bois pour Lyon ?

— Oui, pourquoi ?

— Il y avait des traces de lattes.

— J'ai bien vu ça, mais il me semblait que ce n'était pas très profond.

— Tu aurais dû m'en parler. C'est moi qui prends les décisions, ici.

Hubert hocha la tête en s'éloignant. Contrarié, Marcel remit son chariot élévateur en marche. Dans sa tête, il invectivait Hubert. « Tu n'étais même pas là, et puis c'est pas parce que ton petit gars a disparu que tu peux te permettre de me faire chier. Quand j'aurai accumulé assez de semaines, je me remets sur l'assurance-chômage. Si je me rends jusque-là… » Il enfonça les fourches de son chariot sous un fardeau de chêne.

Pendant ce temps, Hubert dérivait vers une pile de hêtre. Au même instant, la réceptionniste se pencha de la mezzanine.

— On vous demande au téléphone, monsieur Gendron.

Hubert décrocha le combiné de l'appareil fixé au mur près des grandes portes. C'était l'inspecteur Martin.

— On a retrouvé la petite Leduc, lui annonça l'enquêteur. Morte. Le garde-côte vient de repêcher le corps sur une des îles de Boucherville.

* * *

Une heure plus tard, Hubert et Suzanne parcouraient le fleuve à bord du *Gai-Luron* de leur ami Guy Dandurand. Le temps de téléphoner à ce dernier et de le rejoindre à la marina de Longueuil, ils avaient rattrapé l'escouade nautique de la police. La sueur les brûlait. Juillet virait au torride.

C'était un vendredi agité. Des flottilles de *sea-doos* et d'embarcations diverses couvraient le fleuve. Des bateaux effilés, en forme de torpilles, fendaient l'eau à des vitesses phénoménales. Calamité motorisée.

Le *Gai-Luron* s'engagea dans un étroit chenal. D'autres hors-bord le suivirent. Les moteurs tournaient à faible régime. L'eau épaisse, soupe d'algues vertes, dégageait une odeur déplaisante, à laquelle s'ajoutaient celle du vinyle chauffé par le soleil et des émanations d'essence. Hubert et Suzanne s'appuyaient au franc-bord. Leurs vêtements n'avaient pas le look négligé qu'il convient d'arborer en pareille circonstance.

La mort de Fanny appelait celle de François. Suzanne y opposait un déni farouche. Fanny était sans doute tombée dans l'eau depuis les rives de la Ronde. On aurait le temps de se demander plus tard ce que les enfants faisaient à cet endroit interdit. Pour l'heure, Suzanne s'entêtait à croire que François avait sauté dans les flots pour sauver son amie. De toute évidence, il n'y était pas parvenu. Peut-être s'était-il agrippé à un bout de bois qui flottait? Le survivant avait-il abordé dans l'une ou l'autre des îles de Boucherville? Si près des villes, et si loin en même temps! Épuisé, il s'était sans doute rappelé les enseignements de Robinson Crusoé. D'abord, un abri. Il s'était fait un nid avec les joncs qui poussent en abondance dans les îles désertes du fleuve. S'il ne répondait pas aux appels, c'était qu'il était devenu trop faible. Six jours sans manger…

Ils débarquèrent dans l'île Dufault en s'enfonçant dans la vase de la berge. Suzanne avait ôté ses sandales, mère éplorée aux pieds boueux. Hubert traînait des chaussures gluantes de glaise. Pendant que les volontaires patrouillaient sur les rives, Hubert et Suzanne se dirigèrent vers l'intérieur de l'île. Les premiers cherchaient un noyé, les seconds un rescapé.

Ils marchaient en écartant les joncs. Ils trébuchaient sur des pierres. Ils fendaient l'air de leurs bras. Épouvantails en fuite. Ils eurent vite fait de traverser l'île. En face, de l'autre côté du fleuve, se dressaient les élévateurs à grains de l'est de Montréal, devant lesquels quelques cargos rouillaient au soleil. Dans l'île, la nature primitive triomphait dans toute sa sauvagerie. Deux mondes opposés dans leur juxtaposition.

Hubert et Suzanne restèrent immobiles un moment, l'un devant l'autre, sans souffle, avant de se remettre à courir en aveugles. Le soleil les poursuivait. Épuisés, ils s'assirent sous la carcasse d'un orme sec, les yeux brûlés par la sueur. Soudain, un bruit froissa les herbes. Ils se dressèrent. Un seul regard. Des pas. Enfin, le rideau végétal s'entrouvrit. Un homme parut, hors d'haleine. Il tenait sa chemise à la main. Il marcha vers eux.

— Ça fait un quart d'heure qu'on vous cherche. La police veut vous parler.

Ils revinrent en compagnie du messager vers l'endroit où ils avaient laissé les bateaux. Ils marchaient et couraient à la fois. Guy Dandurand les attendait. Les voyant approcher, il établit le contact avec les policiers sur la radio de bord. Hubert lui prit l'appareil des mains. Guy entremêla ses doigts aux siens pour lui indiquer sur quel bouton appuyer. Hubert ne savait plus les gestes.

— Monsieur Gendron? Dix-quatre.

— Oui, c'est moi. Qu'est-ce qu'il y a?

— L'inspecteur Martin veut vous voir. Dix-quatre.

— Ils ont retrouvé François?

— Je ne peux pas vous le dire. Une voiture vous attend au bord de l'autoroute, près du quai de la traverse de l'île Charron. Dix-quatre.

— O.K.

Hubert aidait déjà Suzanne à monter dans l'embarcation. Guy Dandurand poussa le moteur à plein régime. En vue du quai de la traverse, ils aperçurent la voiture de police. Un agent se tenait à côté, les mains dans les poches, les jambes écartées, des lunettes de soleil réfractantes sur le nez.

— Vous pouvez me dire ce qui se passe? s'enquit Hubert.

— Je ne suis au courant de rien.

Pendant qu'Hubert et Suzanne prenaient place sur la banquette arrière, Guy Dandurand se pencha vers son ami. Il réclamait les clés de la BMW. Il prendrait des dispositions pour la ramener à la maison. La voiture de police fila sur l'autoroute. Par-delà le fleuve, le soleil de fin d'après-midi dorait Montréal. Hubert et Suzanne n'osaient se regarder. Ils refusaient d'admettre la terrible nouvelle que l'expression de leur visage annonçait.

Le policier se concentrait sur la conduite de son véhicule. Il roulait à grande vitesse. De l'autre côté des vitres, le monde se perpétuait dans l'indifférence. La voiture franchit le pont Jacques-Cartier, roula quelques minutes dans un quartier délabré, puis s'engouffra derrière les portes d'un garage souterrain, sous un édifice dominant le voisinage. Le quartier général de la Sûreté du Québec.

Ils empruntèrent des ascenseurs et des couloirs. Le policier qui les escortait introduisit Suzanne et Hubert dans un bureau. Deux chaises et une table. Une sorte de parloir de couvent. Debout, au centre de la pièce sans fenêtre, ils s'accrochaient à leur respiration. La porte s'ouvrit. L'inspecteur Martin entra. À la gravité de ses traits, ils surent ce qu'ils ne voulaient pas savoir.

— Il est mort? balbutia Suzanne.

L'inspecteur baissa la tête. Suzanne se recroquevilla comme une feuille morte qu'on jette dans le feu. Hubert eut tout juste le temps de constater qu'elle souffrait avant de sentir ses propres entrailles s'emplir de plomb.

Elle finit par enfouir son visage dans la chemise d'Hubert. Son cri le transperça. Ils ne formaient maintenant plus qu'une seule et même douleur vivante. L'inspecteur fixait ses chaussures brillantes. Hubert leva les yeux vers lui, par-dessus l'épaule de Suzanne.

— Qu'est-ce qui lui est arrivé?

— Nous ne le savons pas encore. Votre garçon a été retrouvé beaucoup plus loin que la fille, entre Contre-cœur et Sorel. Il y a un endroit qu'on appelle Les Grèves. C'est une colonie de vacances. Le corps flottait parmi les voiliers.

Suzanne se détacha lentement d'Hubert pour faire ses premiers pas dans le néant.

— Où est-il?

— Ici, à la morgue.

— Je veux le voir.

— Oui, fit l'inspecteur. Dans quelques minutes, on va vous demander d'identifier le corps. Moi, mon travail est terminé. La victime a été retrouvée à l'extérieur du terri-toire de la communauté urbaine. Ce n'est pas de ma juri-diction.

Il ouvrit la porte tout en terminant son intervention.

— Je vais vous confier au sergent Bilodeau.

Pendant qu'un autre homme pénétrait dans le bureau, l'inspecteur Martin serra la main de Suzanne, puis celle d'Hubert, qui retint la main du policier dans la sienne.

— Si ce n'est pas de votre juridiction, pourquoi êtes-vous ici?

— Je tenais à vous apprendre moi-même la nouvelle, sinon elle me serait restée dans la gorge.

Et il sortit sans se retourner. À son tour, le sergent Bilo-deau s'adressa à Hubert. C'était un grand mince à la peau rose et aux cheveux châtains.

— Si vous voulez bien me suivre, monsieur.

Suzanne s'interposa.

— J'y vais aussi.

Le sergent la mit en garde:

— Je ne vous le recommande pas, mais je ne peux pas vous en empêcher.

Il enfila le corridor. Hubert et Suzanne lui emboîtaient le pas. Ils s'arrêtèrent devant une porte métallique. Le sergent Bilodeau tenait la poignée sans la tourner.

— Il n'est pas beau à voir, les prévint-il.

Il ouvrit la porte. Une bouffée d'air froid surgit. Le sergent fit de la lumière. Deux civières occupaient le centre d'une pièce dénudée. Hubert et Suzanne entrèrent. Le sergent n'avait pas refermé la porte. Il s'approcha des civières. Un sac de caoutchouc noir reposait sur chacune d'elles. Le sergent entrouvrit la fermeture Éclair du premier sac, jeta un rapide coup d'œil sur son contenu, se ravisa, le referma et défit la seconde fermeture avant de s'écarter.

C'est ensemble qu'Hubert et Suzanne posèrent leur regard sur l'intolérable. L'un des yeux de François les fixait. L'autre était crevé. La peau violette se tendait sur un visage difforme. La bouche ouvrait des lèvres gonflées par un dernier cri. La chevelure appartenait désormais au règne végétal. Un t-shirt déchiré conférait à la dépouille une authenticité insupportable. Suzanne tendit la main vers le visage de son fils, suspendit son geste et ramena sa main contre son cœur.

— C'est bien lui, murmura Hubert.

Le sergent s'avança et referma la fermeture Éclair.

— Maintenant, leur annonça-t-il, on va s'occuper du reste.

Suzanne marchait dans le corridor, aux côtés d'Hubert et du sergent. Mais elle n'y était plus. En vérité, elle était déjà morte, même s'il lui fallait composer avec un corps qui persistait à exister, importun survivant.

* * *

Elle continuait d'agoniser, un verre vide à la main, devant l'évier de la roulotte. L'Indien ne fit aucun geste, craignant d'aviver la torture d'une mère dont l'enfant mourait à chacune de ses respirations. N'y tenant plus, il se leva pourtant. Suzanne se jeta dans ses bras. Chaude, souple et tendre. Sa vitalité émergeait de l'abîme de détresse dans lequel elle se débattait. Billy Memory le sentait.

— Le mien n'est pas mort, dit-il en désignant la photo de l'enfant épinglée à l'intérieur de l'armoire dont la porte était demeurée ouverte, mais je l'ai perdu aussi.

La disparition de l'un ne rachetait pas la perte de l'autre, ils le savaient. Du moins partageaient-ils maintenant un peu plus que des mots.

— Alors, vous me comprenez?

— Je n'avais pas besoin que ma femme m'arrache mon fils pour partager votre peine.

Il l'étreignit avec encore plus de tendresse. Il n'avait rien d'autre à lui offrir.

* * *

On avait reconduit Suzanne et Hubert à leur domicile, à bord d'une voiture de la Sûreté. Ils ne se parlaient pas. Ils ne se touchaient plus. Ils habitaient chacun pour soi la mort de François.

Guy Dandurand avait anticipé l'issue de leur entrevue avec les autorités policières. Il avait prévenu le plus grand nombre possible de gens. À la maison, la douleur des parents se fit palpable. Le moindre contact, un simple échange de regards, une main sur l'épaule, embrasaient leur peine. La présence de toutes ces personnes par trop vivantes consommait la mort de François. Une parole bien intentionnée les poignardait. Un simple rayon de lumière rouvrait leur blessure. Une ombre les anéantissait.

À la cuisine, la mère de Suzanne pleurait, penchée sur le comptoir. Au téléphone, le frère d'Hubert annonçait le drame aux parents et aux amis. Il rejoignit Bertrand, à Lyon, et tendit le combiné à Hubert. En France, c'était déjà le soir. Sous le choc, les deux amis demeurèrent silencieux. Le satellite relayait leur désolation muette.

Peu après, Maryse Campeau arriva. Elle se tenait sur le seuil et se tordait les mains. En apercevant Suzanne, elle éclata en sanglots. Les deux femmes se jetèrent dans les bras l'une de l'autre. L'affliction de Suzanne avivait le déchirement de Maryse. Cette dernière supportait un poids supplémentaire de détresse. Garry Leduc était encore à Toronto. Il prendrait le premier avion à destination de Montréal.

À mesure que la soirée avançait, la maison s'emplit de parents, d'amis, de voisins et même d'un journaliste qui rôda quelque temps parmi l'attroupement. Une autopsie serait pratiquée le lendemain. Comme si de fouiller les viscères de Fanny et de François pouvait donner un sens à leur sort!

Vers une heure du matin, chacun rentra chez soi. La mère de Suzanne était montée à la chambre d'amis. Hubert et Suzanne demeurèrent seuls au salon. Ils redoutaient cet instant.

— Tu te souviens, lui rappela Suzanne, j'avais dit qu'on recollerait les pots cassés quand il serait revenu. Eh bien, il est revenu maintenant, et il n'y a rien à recoller.

Hubert rentra la tête dans les épaules. Suzanne leva lentement les yeux vers lui.

— Je ne peux pas m'ôter de l'idée que c'est toi qui l'as tué.

Puis, avant qu'il n'ait eu le temps de réagir :

— Nous allons l'enterrer ensemble. Après, tu t'en vas !

* * *

Celui qui se serait approché de la roulotte de Billy Memory, sous le bouquet de pins, et qui aurait mis les mains de chaque côté de la tête pour plonger son regard à l'intérieur, celui-là aurait pu croire que Suzanne et l'Indien dansaient un slow langoureux, dans l'espace restreint dont ils disposaient, au centre de la caravane. Ils dansaient pour conjurer la cruauté à laquelle la douleur avait réduit Suzanne. Elle ouvrait les bras pour déployer toute la dimension de son regret. Il la rattrapait pour lui révéler toute la puissance de la compassion.

Puis leurs fronts se penchaient l'un vers l'autre. C'étaient comme des secrets entre eux. À la fin, il faisait non pendant qu'elle cachait son visage dans ses mains. Et la lumière des fenêtres projetait sur la nuit la silhouette d'un couple en train d'accorder ses pas aux crocs-en-jambe de la vie.

* * *

Le lendemain, Suzanne s'abrita derrière le souvenir de François pour ne pas faire face à Hubert. Celui-ci semblait avoir été projeté hors de l'existence. Il écoutait craquer le parquet, comme si des explications pouvaient lui venir de là. Il affrontait les fenêtres sans qu'elles lui parlent comme à leur habitude. Suzanne lui avait enfoncé un poignard dans le cœur, et il s'était vidé de sa substance pendant la nuit.

Il sortit acheter les journaux. Les photos de François et de Fanny paraissaient à la une de tous les quotidiens du samedi. MEURTRE, ACCIDENT OU PACTE DE SUICIDE? ON SE PERD EN CONJECTURES SUR LES CIRCONSTANCES DE LA TRAGÉDIE. De pleines pages d'hypothèses disputaient l'horrible à l'odieux.

À midi, on leur communiqua par téléphone le résultat préliminaire des autopsies. Les corps avaient séjourné dans l'eau pendant environ une semaine. Étant donné l'état des cadavres, on ne pouvait attribuer le décès qu'à la noyade. On se réservait toutefois la possibilité de modifier cette conclusion, dans le cas où des faits nouveaux seraient mis au jour. L'enquête se poursuivait. Les familles étaient autorisées à disposer des dépouilles.

L'après-midi, ils surmontèrent leur abattement pour aller choisir le cercueil de François chez un entrepreneur en pompes funèbres de la rue Saint-Charles. La mort de François les maintiendrait encore ensemble pour un certain temps.

Une trentaine de boîtes s'alignaient dans une salle éclairée par des tubes au néon. Le vendeur avait entraîné Suzanne et Hubert au fond de la pièce, où l'on avait regroupé les cercueils de petit format.

— Ne vous faites pas d'idées, les prévint le conseiller, les petits sont à peu près au même prix que les grands. Il n'y a pas assez de volume.

Suzanne touchait des coussins satinés, effleurait des soies et des dentelles. Hubert cogna avec les jointures sur un cercueil de bois, puis sur un autre d'acier.

— Aujourd'hui, expliqua le vendeur, le bois est telle-ment bien traité qu'il dure presque aussi longtemps que l'acier.

— À quoi ça sert de durer ? s'emporta Hubert.

— Il y a des gens pour qui c'est important, fit observer le vendeur, vexé.

Des pas se firent entendre. On introduisait d'autres clients dans la pièce. C'étaient Garry Leduc et Maryse Campeau. Le père de Fanny se précipita sur Hubert.

— Je voulais justement te voir.

Il tenait Hubert par le bras. Il lui parlait de près. Des relents d'alcool flottaient dans son haleine.

— Ils sont morts ensemble. Tu ne crois pas que ce serait une bonne idée qu'ils continuent le grand voyage ensemble ?

Il se rapprocha encore d'Hubert. Il désigna le vendeur du coin de l'œil.

— Deux funérailles en même temps, on pourrait lui demander de nous faire un prix.

Hubert fronça les sourcils.

— Vérifie donc par la même occasion combien ça nous coûterait de les ressusciter.

Pendant ce temps, Suzanne essayait d'échapper à Maryse. Elle dérivait entre les cercueils et s'attardait der-rière des couvercles relevés. Elle paraissait s'intéresser beaucoup au vernis des bois et au lustre des aciers.

Le même soir, à sept heures, les portes du salon funé-raire s'ouvrirent sur une grande pièce emplie de fleurs.

Leur parfum imprégnait les tentures et la moquette. Les deux cercueils fermés reposaient côte à côte, au fond de la pièce. Une photo sur chacun. Dans leur cadre doré, les enfants semblaient se retenir pour ne pas pouffer de rire.

Hubert et Suzanne s'avancèrent les premiers. Garry et Maryse les suivirent. Ils s'agenouillèrent. À ce signal, la cinquantaine de parents et d'amis qui s'agglutinaient dans le vestibule les entourèrent. Un murmure de prières s'éleva, mais Suzanne ne joignit ni sa voix ni sa pensée aux incantations. Elle réclamait des explications à l'ange de François. Pourquoi le protecteur de son fils avait-il failli à son devoir de surveillance ? À moins que Dieu lui-même n'ait permis que le drame se produise ? Auquel cas, pourquoi s'était-il servi de la main d'Hubert pour la mettre à l'épreuve ? L'ange se repliait dans ses plumes, faute de pouvoir résoudre de pareilles questions.

Des chuchotements se propagèrent dans l'assistance. On bougeait dans les rangs. L'éclat d'un projecteur illumina la scène. Un cameraman de la télévision captait la douleur des familles pour le bulletin de vingt-deux heures. Suzanne fit volte-face. Elle écarta la caméra et bouscula le cameraman.

— Allez-vous-en !

Hubert l'avait rejointe. Il repoussa l'intrus vers la sortie. Le cameraman se défendait. Il prétendait faire son métier. Alerté, le directeur du salon funéraire s'interposa. Il tenta d'apaiser la fureur d'Hubert et de Suzanne, tout en se conciliant les bonnes grâces du faiseur d'images. Trente secondes au bulletin de fin de soirée équivalaient à plusieurs milliers de dollars de publicité.

— Si vous en laissez entrer un seul autre, gronda Suzanne, j'emmène mon enfant ailleurs.

Troublés par l'incident, la plupart des parents et des amis s'étaient repliés dans le vestibule. Hubert revint vers le salon, pour voir comment Suzanne se remettait. Elle ne s'y trouvait plus.

Il se dirigea vers la salle de repos. Une quinzaine de personnes l'occupaient déjà. Certaines fumaient. Toutes profitaient de l'occasion pour renouer des liens d'amitié ou de simple convenance. À l'écart, Suzanne conversait avec une femme qu'Hubert ne reconnut tout d'abord pas, une personne apparemment pleine de douceur, avec des gestes ronds. Il les laissa à leur conciliabule et revint monter la garde dans le hall, entre la porte d'entrée et le cercueil de son fils.

Suzanne n'avait pas revu sa cousine Raymonde depuis une bonne dizaine années. La fille de sa tante Gisèle, veuve d'un épicier des Cantons-de-l'Est, n'avait jamais su s'intégrer à la société, trop timorée pour se marier, trop inhibée pour exercer un métier. Sa mère l'avait longtemps tenue à l'écart, plante étiolée dans un coin de la véranda. Elle l'avait enfin confiée à une institution chargée du soin des inadaptés.

— Je ne sais pas si tu l'as déjà remarqué, susurra Raymonde, dans mon prénom il y a « ray » comme « rayon » en anglais, et il y a « monde ».

— Je n'y avais pas pensé.

— J'étais prédestinée. Apporter un rayon de soleil au monde. Quand j'ai appris la mort de ton petit bonhomme, j'ai senti une grande force m'attirer vers toi.

Elle avait pris l'autobus depuis les Cantons-de-l'Est

jusqu'à Montréal, puis le métro et l'autobus, pour arriver à ce salon funéraire de Longueuil. Un exploit pour une recluse de son espèce.

— Je vais te confier un secret, continua Raymonde en prenant la main de Suzanne. Tout le monde pense que ma mère m'a placée dans une institution pour inadaptés. Ce n'est pas vrai. Je vis dans une grande famille d'amour. En ce moment même, ils sont une trentaine à concentrer leurs pensées sur toi. Est-ce que tu les sens?

— Pas vraiment.

— Ça ne fait rien. L'amour ne fait pas de bruit.

L'instant d'après, Suzanne étreignait sa cousine. Pendant ce temps, la mère de Suzanne abordait Hubert dans le vestibule.

— Il y en a qui veulent réciter le chapelet.

— Je n'y vois aucune objection.

— Ils t'attendent pour commencer.

— Vous savez très bien que je n'ai pas touché à un chapelet depuis le jour de ma communion solennelle. Je ne sais même plus comment ça se dit.

Au même moment, Suzanne et Raymonde revenaient, en se tenant par la taille, vers la pièce où reposaient les cercueils. Hubert s'écarta pour les laisser passer. Les deux femmes s'agenouillèrent et égrenèrent les premiers *Ave* auxquels l'assemblée s'accrocha.

* * *

Les funérailles se déroulèrent le lundi à quinze heures. Le cortège s'ébranla dans la rue Saint-Charles. En raison de la courte distance à parcourir, les familles avaient obtenu que les cercueils soient portés à pied jusqu'à l'église. Le soleil claironnait. La sueur coulait sous les costumes pâles et les robes légères. Le glas s'engluait dans l'air chaud. On avait interrompu la circulation automobile. Les passants s'arrêtaient sur les trottoirs. « C'est les deux enfants qui sont morts noyés. » « Il paraît que les parents de la fille ne vivent plus ensemble. » « Moi, vous ne m'enlèverez pas de l'idée que c'est quelqu'un qui les a jetés à l'eau. » Des cameramen et des photographes, peut-être une quinzaine, marchaient à reculons, leurs lentilles rivées sur les visages ravagés. Hubert et Suzanne venaient en tête. Derrière eux, Garry soutenait Maryse. Le cortège gravit le perron de l'église. Le curé les attendait devant les portes, revêtu de l'aube blanche. Il faisait des gestes de colombe avec ses mains.

— Fanny et François, entonna-t-il de sa voix grêle, soyez les bienvenus dans la maison de Dieu.

La foule frémit. Les porteurs franchirent les grandes portes. À l'intérieur, il faisait frais. Le glas donnait une profondeur à la pénombre. Outre les membres du cortège, l'église s'emplit de curieux. Les voûtes résonnaient de bruits divers, pendant que chacun prenait sa place dans les bancs. L'orgue imposa le silence.

Les cercueils se trouvaient au centre de l'allée, devant le chœur, sur des supports métalliques munis de roulettes. Le curé s'en approcha. Il les aspergea d'eau bénite et les enveloppa d'encens. Il éleva la voix de nouveau. Il s'arrêtait, après avoir prononcé trois ou quatre mots, pour laisser le temps à l'écho de digérer ses propos. Il proférait des paroles incompréhensibles pour ceux qui ne partageaient pas sa vision de l'au-delà. « Réjouissons-nous… car notre sœur

Fanny… et notre frère François… ont quitté cette vallée de larmes… pour accéder à la gloire… La mort n'est rien… elle ouvre toutes grandes… les portes… de la vie éternelle. »

Hubert ne quittait pas des yeux le cercueil de François. Il se demandait si on avait pris la peine de retirer le corps du sac de caoutchouc dans lequel il reposait à la morgue. À n'en pas douter, l'état du cadavre n'avait pas permis un embaumement traditionnel. Hubert avait entendu dire qu'en une telle circonstance on recouvrait la dépouille de chaux. Il n'avait pas voulu vérifier cette supposition.

À ses côtés, Suzanne faisait l'objet d'attentions constantes de la part de Raymonde. La cousine encourageait la mère éplorée à suivre le déroulement de la liturgie dans un missel. Pas plus de la moitié des personnes présentes dans l'église connaissaient le rituel. On s'observait du coin de l'œil, pour savoir quand il fallait se lever ou s'asseoir. Pendant ce temps, la lumière des projecteurs de la télévision continuait de fouiller le drame.

La cérémonie terminée, le curé raccompagna les cercueils à l'arrière de l'église. Les cameramen et les photographes coururent pour saisir le moment où le représentant de Dieu serrerait la main d'Hubert et de Suzanne. Dehors, le soleil leur sauta au visage. Les parents montèrent dans des limousines. Le cortège s'ébranla sur le chemin de Chambly, parmi la circulation indifférente et parfois même hostile.

Au cimetière, une dizaine de fourgonnettes marquées des chiffres et des lettres d'appel des stations de télévision et de radio de Montréal et de la Rive-Sud formaient une haie d'honneur de chaque côté de l'allée principale. Les démarches de Garry Leduc avaient conduit les deux familles à faire l'acquisition d'une concession commune. Un tapis de plastique vert recouvrait des monticules de terre, de part et d'autre des fosses. Les employés du salon funéraire les avaient garnis de fleurs. Les cameramen et les photographes s'y juchèrent sans ménagement, les pieds dans les chrysanthèmes. Les cercueils furent déposés sur des courroies au-dessus des fosses. Le curé lança les dernières prières que couvrirent le murmure de la foule et le cliquetis des appareils photo. Du bout du pied, les préposés enclenchèrent un mécanisme qui abaissa les cercueils d'une quinzaine de centimètres. Ils demeureraient suspendus dans cette position jusqu'après le départ du dernier curieux. Pendant que Maryse se lamentait devant les caméras et les micros, Suzanne se pencha pour toucher une dernière fois le bois du cercueil de François. Hubert attendait qu'elle se redresse pour l'imiter. Il reçut un coup dans le dos. Le contrecoup renversa Suzanne. Elle tomba à genoux, les mains sur le cercueil. Hubert lui tendit la main pour l'aider à se relever. En même temps, il se tourna pour voir qui l'avait poussé. Un journaliste de la radio, magnétophone en bandoulière, venait de débouler le talus. Il brandit son microphone sans s'excuser.

— Ils viennent d'arrêter les meurtriers de votre garçon et de sa petite amie. C'est notre station qui a eu le scoop. Je peux vous demander un commentaire?

* * *

Billy Memory avait disparu dans la chambre. Il en revint après avoir revêtu un blouson qui avait connu des jours meilleurs.

— Où allez-vous?

— C'est trop petit, là-dedans, pour une tragédie comme celle-là!

Il entraîna Suzanne dehors, pendant qu'elle boutonnait son caban. La nuit allumait quelques étoiles entre les ramures des grands pins. Le chien bondit au-devant d'eux.

En retrait de la caravane, au centre d'une aire dégagée, Billy Memory avait aménagé un petit foyer de pierres en demi-cercle, près duquel était rangé du bon bois sec. Il fit un feu qu'il aviva avec des aiguilles de pin. La flamme élargit le halo de lumière. Au fond de l'espace visible, derrière le grillage d'un enclos, deux chèvres, et puis trois, tendaient le cou vers la lueur. À côté, un petit bâtiment bas abritait probablement des poules. Un microcosme où les bêtes affrontaient des questions à leur mesure.

Billy Memory était allé chercher deux chaises de jardin qu'il plaça devant le foyer. Suzanne n'en fit aucun cas. L'Indien en fut quitte pour rester debout.

— Autant vous le dire tout de suite, ce n'est pas à moi qu'il faut demander d'expliquer la méchanceté des hommes.

Suzanne n'en espérait pas tant. Ils se turent un moment. Les crépitements du feu trouaient le temps.

— Il y a tout de même une chose que je ne comprends pas… risqua-t-elle enfin. Vous vivez seul, à l'écart du monde, et vous me semblez très heureux.

Elle fit un geste circulaire pour désigner ce sur quoi elle fondait cette prémisse de bonheur. Puis elle poursuivit:

— D'un autre côté, vous passez vos nuits devant un ordinateur. Si vous ne faites pas très attention, en naviguant sur Internet vous êtes sûr de tomber sur toutes les horreurs de la planète. Vous devez avoir un secret pour tenir en équilibre le bon et le mauvais ?

Billy Memory laissa le crépitement du feu lui inspirer la réponse.

— Il faut savoir fermer les yeux pour entendre chanter la vie.

Suzanne accusa le coup.

— Il y a tout de même des circonstances où il n'est pas possible de fermer les yeux ! Même en me bouchant les oreilles et le cœur, j'étais souillée de bas en haut ! Éclaboussée par ce qu'il y a de plus abominable chez l'être humain !

* * *

— Écoutez-moi bien, commença maître Beaudoin. Je ne suis pas un juge, et je ne cherche pas de coupables. Je suis le coroner de ce district, et j'ai le mandat de clarifier les circonstances de la mort de Fanny Leduc et de François Demers-Gendron. Selon les témoignages que j'entendrai, je décréterai que leur mort a été accidentelle, ou qu'elle a résulté d'un acte criminel. Si j'en viens à la conclusion qu'un acte criminel a été commis, je vous désignerai comme suspects, et il appartiendra au ministère d'engager des poursuites contre vous. C'est clair ?

Maître Beaudoin plongea son regard dans la salle. Il avait la voix grave et une barbe d'étudiant. Avocat ambitieux, il avait gravi les échelons de la profession jusqu'à décrocher ce rôle de juge, sans en avoir pourtant le titre. Il avait bien l'intention d'aller plus loin.

Son premier témoin, Ghislain Régimbald, domptait sa nervosité en secouant sa longue chevelure. Le second, petit et noir, se rongeait les ongles. Il avait déjà annoncé qu'il refuserait de témoigner. Il se nommait Réjean Cyr.

— Vous avez une feuille de route impressionnante, constata le coroner en épluchant le dossier de Régimbald. Votre première condamnation pour vol à main armée remonte à huit ans. Déjà, à cette époque, Réjean Cyr était votre complice. J'en passe et des meilleures. Dernière condamnation, vingt mois de prison pour introduction avec effraction et possession d'arme. Vous avez été libéré il y a trois semaines. Pour votre plus grand malheur, votre âme damnée, Réjean Cyr, se trouvait lui-même en liberté à ce moment-là, ce qui n'est pas fréquent. Quand vous avez été arrêtés ensemble, il y a cinq jours, la police vous soupçonnait de vol. Rien ne vous reliait encore à l'affaire des deux enfants noyés. Alors, vous allez me dire pourquoi vous êtes passé aux aveux?

Le compagnon de Régimbald, Réjean Cyr, répondit pour lui.

— Si ce christ-là avait fermé sa gueule, on ne serait pas ici à matin!

Il jeta un regard noir à son comparse. Régimbald se débattait dans les brumes de sa conscience.

— Je pensais que les *bœufs* avaient découvert ce qu'on avait fait aux enfants! expliqua Régimbald. Je me suis dit: si tu parles, ils vont te donner une sentence moins longue.

— Christ de cave! tonna Réjean Cyr. Si tu penses que tu vas t'en tirer en collaborant avec ces chiens sales là, tu te trompes. Oublie jamais que, d'une manière ou d'une autre, on va se retrouver en dedans tous les deux, toi peut-être pour moins longtemps que moi, mais j'aurai quand même le temps de te donner une *rince,* mon bâtard!

— Asseyez-vous! intervint le coroner Beaudoin. N'essayez pas d'intimider mon témoin et taisez-vous, sinon vous aller manquer la suite de l'audience.

Réjean Cyr reprit son siège, non sans avoir lancé une dernière injure à son compagnon.

— Suceux de juges!

— Ne vous laissez pas distraire, monsieur Régimbald, recommanda le coroner à son témoin, et dites-nous où vous vous trouviez vers neuf heures, le soir du 3 juillet dernier.

Régimbald se tourna vers le public. Il adressa un sourire triomphant à Suzanne et à Hubert, qui se trouvaient au premier rang de l'assistance.

— On était sur le trottoir du pont Jacques-Cartier, fanfaronna-t-il. Quand le soleil se couche, tu regardes en bas, c'est *rushant*. Réjean puis moi, on planait. Il y avait deux personnes qui s'en venaient. Un gars et une fille. On a décidé de s'amuser. Réjean se passait déjà la main sur la queue en les regardant approcher.

Le témoin tourna la tête vers la salle, pour mesurer l'effet de ses propos. Satisfait, il reprit son récit.

— J'avais mon couteau. Réjean a toujours son *gun* pour donner le départ des courses de chevaux. Avec la face qu'il a, c'est assez pour faire peur à n'importe qui. D'ailleurs, nos deux cobayes avaient pas trop envie de se débattre. Ils gueulaient un peu, mais ça ne nous dérangeait pas. Il n'y avait personne sur le trottoir. On les a emmenés dans notre cabane.

— De quel endroit s'agit-il? s'enquit le coroner.

— On appelle ça une cabane, expliqua Régimbald, mais c'est comme une plate-forme. Il y a une trappe dans le trottoir. En dessous, c'est grand comme une chambre à coucher, à peu près. Je sais pas à quoi ça sert. C'est juste au milieu du pont. C'est là que c'est le plus haut. Je pense qu'il y a seulement Réjean puis moi qui connaissent ça.

— Ce n'était pas la première fois que vous vous rendiez à cet endroit?

— Il y a comme une vibration. Ça te remonte dans le gras des fesses. Tu te sens petit, puis en même temps t'es le plus fort. Je sais pas comment expliquer ça. C'est *rushant*.

— Et comment se comportaient ceux que j'ai déjà envie d'appeler vos victimes?

— Ils chiaient dans leur culotte.

Régimbald gratifia les parents d'un autre coup d'œil, puis il renvoya sa chevelure en arrière d'un mouvement de tête. Il enchaîna.

— La fille tremblait comme une feuille. Le gars niaisait un peu : « On vous a rien fait! Prenez notre argent! » Des affaires de même. Plus la fille se lamentait, plus Réjean était excité. Ça a pas été long, il s'est retrouvé les culottes à terre. Emmanché comme un cheval. Elle avait jamais vu ça, je pense, la petite.

Régimbald jubilait.

— Réjean lui a ôté son linge, à la fille. Moi je retenais le gars. Il voulait sauver la princesse, comme dans les *comics*. Ça a pas été long, Réjean est venu. Il criait presque aussi fort que la fille. Moi, j'attendais mon tour. Mais sans m'en parler, Réjean a commencé à déshabiller le gars. « Tu veux essayer ça, toi aussi? » Lui, le petit, il se débattait, la queue molle. Réjean a été obligé de le partir à la main. Il a fini par bander, mais pas question de lui faire mettre la fille. Elle sautait comme un lièvre. Elle avait réussi à remettre sa culotte, son jean puis sa blouse. Moi je me tenais devant l'échelle pour l'empêcher de se sauver. Elle reculait aussi loin qu'elle pouvait contre la clôture. Elle regardait en bas. Réjean l'a pognée par en arrière et l'a jetée par-dessus. « Tu veux y aller en bas ? Vas-y ! » En tombant, elle a crié.

La salle était pétrifiée. Suzanne écrasait la main d'Hubert dans la sienne. Le coroner avait ôté ses lunettes.

— Poursuivez, fit-il de sa voix grave.

— Avec toutes ces niaiseries-là, moi, j'avais pas encore pu me mettre. Il me restait le gars. À cet âge-là, ça fait pas une grande différence, c'est de la chair fraîche. Il a pris ça comme un homme, le petit gars. Pas un mot, quand je lui ai rentré ma queue dans le cul. Faut dire que Réjean s'était mis à genoux pour le sucer. On est venus presque en même temps, le gars puis moi. Quand ça a été fini, on est restés quelques minutes sans parler. Le gars s'est rhabillé. Il s'est approché de l'échelle. Je lui ai barré le passage. « Il y a rien qu'un chemin pour s'en aller d'ici. » C'est Réjean qui a dit ça. Le gars s'est mis à pleurer. « Je serai pas capable ! Je serai pas capable ! » Il répétait ça. Réjean l'a pris par les épaules. Il criait, le gars. « Je vous en supplie, étouffez-moi avant de me jeter en bas. » J'ai pris le lacet d'un de ses *runnings*. Je lui ai passé le lacet autour du cou. Il voulait se faire étouffer, le gars, mais en même temps, il voulait pas. Plus je serrais, plus il se débattait. Les nerfs. En fin de compte, Réjean m'a aidé. On l'a balancé par-dessus. On s'est penchés pour le regarder tomber. De la hauteur qu'on était, on a même pas entendu le plouf.

Régimbald se tourna une fois de plus vers l'auditoire. Son regard capta celui d'Hubert et de Suzanne.

— Si ça peut vous consoler, dites-vous qu'il est mort bandé, votre garçon.

Et il secoua sa chevelure, tout en leur présentant le panorama complet de ses dents gâtées.

* * *

Le silence se fit strident. La fatalité projetait l'intolérable sur l'écran de ténèbres qui entourait la clairière illuminée. Le feu allumé par l'Indien ne parvenait plus à contenir la désolation des deux personnes qui se blottissaient autour de son rougeoiement. On s'y exerce depuis la nuit des temps. En vain.

— Je peux imaginer ce que vous avez éprouvé, mais je ne vous ferai pas l'injure de vous dire que je partage votre peine. Je sais que c'est impossible. Quand on est plongé à ce point dans l'horreur, on réinvente la souffrance. Ça doit ressembler à ce qui se produit à l'instant où l'on va mourir. La vie qui s'éteint dans une incandescence de conscience. Avec une différence terrible, dans votre cas : cet instant va se répéter jusqu'à la fin de votre vie. Je suis sûr que, ce jour-là, vous auriez préféré mourir ; mais, en même temps, vous saviez que si vous mouriez, François disparaîtrait à jamais.

Billy Memory fourrageait dans le feu avec un bâton. Il ranimait la flamme. La nuit n'en continua pas moins de souffler ses ténèbres amères.

— Vous trouvez ça acceptable, vous, gémit Suzanne, qu'on doive souffrir pour vivre ?

Billy Memory tourna la tête vers elle. La lueur du feu découpait sa silhouette sans visage.

— La souffrance n'est peut-être pas contre nature. Je me suis souvent demandé si elle ne serait pas la riposte que la vie oppose au mal.

Suzanne le défia de son mutisme. Il se redressa. Tout le poids de l'inexplicable sur les épaules.

— La souffrance fait partie de la vie, avança-t-il, comme la nuit complète le jour. Chagrin d'enfant, mal aux dents, déchirements amoureux, verdict désastreux du médecin et puis, à la fin, l'angoisse de devoir passer par le trou qui vous fera déboucher sur un au-delà incertain.

— Vous parlez de souffrance « normale », lui objecta Suzanne. Qu'on torture un enfant et qu'on le tue pour une érection, vous ne pourrez jamais justifier ça !

La tête vide et le cœur lourd, Billy Memory dégringola dans l'absurde.

— Je n'essaierai même pas.

Suzanne le relançait.

— J'en ai passé des nuits à me boucher les oreilles pour essayer de ne plus entendre son cri. Je ne suis jamais parvenue à l'atténuer, parce que ce cri, il ne vient pas du dehors. Il me remonte des entrailles.

Il s'effondra sur une chaise. Elle le rejoignit et mit la main sur son épaule.

— Pardonnez-moi. Je ne suis pas venue ici pour vous accabler avec ma peine.

Il déposa sa main sur celle de Suzanne.

— François, murmura-t-elle, je m'arrange avec lui. Nous entretenons notre douleur ensemble. Mais Hubert, c'est moi qui l'ai tourmenté ! Et ça, je ne me l'explique pas.

* * *

Elle ôtait sa robe quand Hubert entra dans la chambre. En apercevant son mari, elle referma vivement les pans de son vêtement.

— Comment oses-tu me regarder?

Elle se tourna vers le placard.

— Tu n'as pas honte d'être un homme?

Hubert détourna la tête. Il chercha du secours auprès du lit, du fauteuil et des commodes. Il ne fallait rien en attendre. Le concret appartenait désormais au règne de l'inutile. Comme il s'approchait de Suzanne, elle s'enfuit en emportant sa chemise de nuit. Une fois de plus, elle se réfugia dans la chambre de François, dont elle referma la porte.

Suzanne rejoignait maintenant son fils, quand elle le voulait, aux frontières de son existence. Elle ravivait le passé de François pour lui fabriquer un devenir. Je le sais, Grelot, que tu as déjà embrassé des filles. La première, c'était Nathalie. Tu me l'as dit. Véronique aussi, plus tard, mais c'est elle qui avait fait les premiers pas. Le reste, je l'invente. Peut-être un jour, en revenant du dépanneur, tu as touché les seins de Karine? Par-dessus sa blouse, bien entendu, mais ça n'a pas empêché ton pénis de durcir dans ton pantalon. Tu vois, Grelot, les hommes sont ainsi faits. L'amour les durcit.

De l'autre côté de la porte, Hubert traînait ses savates sur le parquet du palier. Résigné, le chien Gremlin trottait une fois de plus sur sa trace. Suzanne éleva la voix.

— Tu me déranges!

— Fais attention, Suzanne! Il y a une limite à ce qu'un homme peut endurer!

— Une femme aussi ! Tu ne devais pas t'en aller ?

— Pas question ! Je suis chez moi, ici !

Suzanne fit la morte. À son réveil, le lendemain, elle ne se soucia même pas de savoir si Hubert était encore là. Elle rejoignit sa cousine Raymonde qui contemplait le jour, assise en Indienne sur le tapis de la véranda, dont les portes grandes ouvertes donnaient sur le jardin. Après les funérailles, la cousine semblait avoir décidé de s'établir à demeure dans le cottage de la rue Grant. Elle se sentait investie d'une mission. À l'instant même, elle entraînait justement Suzanne dans une prière destinée à réclamer à l'infini l'énergie nécessaire à l'accomplissement du quotidien. « Là où il y a le désespoir, que je mette l'espérance. C'est en s'oubliant qu'on trouve. »

Quand il se leva à son tour, Hubert trouva les deux femmes en chemise de nuit, occupées à capter l'énergie cosmique en tendant les paumes de leurs mains vers le soleil. Raymonde avait dénoué ses cheveux en flots d'innocence. Ceux de Suzanne conservaient une rigidité acquise chez le coiffeur. Hubert s'approcha, une tasse de café à la main. Des oiseaux célébraient le jour. Il voulut sortir. Pour ce faire, il dut contourner les contemplatives. La semelle de sa sandale toucha le tissu de la chemise de nuit de Suzanne. Hubert fit un brusque mouvement de côté, déséquilibrant sa tasse de café. Suzanne reçut quelques gouttes de liquide brûlant sur le bras. Elle sursauta.

— Tu ne peux pas faire attention ?

Hubert s'excusa et sortit. Le chien Gremlin l'imita, bousculant les femmes à son tour. L'incident avait crevé le jour. Envolés, les oiseaux. Peu après, Suzanne rejoignit Hubert. Sa colère la précédait.

— J'aimerais que tu partes aujourd'hui !

Elle s'éloigna de quelques pas.

— Ce n'est pas en me faisant du mal que tu te guéri-ras, répliqua-t-il.

— Il ne s'agit pas de nous deux, mais de lui, et de ce qu'il est en train de devenir.

Hubert baissa la tête. Cette attitude mettait son début de calvitie en évidence.

— Nous ne sommes pas responsables de sa mort, déclara Hubert.

— Au lieu de nier, tu devrais demander pardon.

— À qui ?

— À Dieu.

— S'il est aussi efficace que tes anges…

— La mort de François m'a ouvert les yeux.

— Dis plutôt que ta cousine est en train de te bourrer le crâne !

Il tourna la tête vers la maison, où Raymonde devait profiter de leur absence pour tisser sa toile de convictions éclectiques. Pénélope ésotérique.

— Je ne veux pas qu'elle reste ici ! Tu te rends compte de ce qu'elle est en train de faire de toi ?

— Elle me fait du bien.

— Si elle te faisait du bien, tu ne me ferais pas de mal.

Suzanne posa le pied sur la pelouse en soulevant sa chemise de nuit que la rosée trempait.

— Si elle est encore ici en fin de journée, décréta Hubert en montant les marches du perron, je saurai ce qu'il me reste à faire.

* * *

96

Le soir même, il observait Montréal depuis les fenêtres de l'appartement meublé qu'il venait de louer au neuvième étage d'un immeuble situé en bordure du Saint-Laurent, à proximité du métro de Longueuil. Il avait jeté sa veste sur le divan. N'avait pas allumé de lumière. Il écoutait le bruit lointain du moteur de l'ascenseur. À sa gauche, dans son champ de vision, le pont Jacques-Cartier lançait sa dentelle d'acier au-dessus du fleuve.

Dans la tête d'Hubert, François tombait toujours de la structure métallique, mais son corps ne touchait jamais l'eau. Une boucle comme savent en concevoir les publicitaires. Certes, Hubert aurait pu chercher refuge ailleurs que sur les lieux du drame. Il comptait anesthésier sa douleur en l'assommant.

Il finit pourtant par chercher la télécommande du téléviseur. Un animateur de talk-show essayait de gagner la complicité du public en mettant son invité en boîte. Celui-ci, un rockeur populaire, engageait toutes les ressources de son esprit enfumé pour se montrer astucieux. Il portait un tricot de corps sans manches. Chaque fois qu'il levait les bras, on voyait les touffes de poils de ses aisselles.

Hubert s'approcha du téléviseur, le débrancha, s'en empara, ouvrit la porte coulissante en la poussant avec le pied, sortit sur le balcon de béton et balança l'appareil dans le vide, par-dessus la rambarde. Un fracas retentit. Hubert éprouva, un instant trop tard, le vif regret de n'avoir pas eu la présence d'esprit de s'assurer qu'il ne se trouvait pas quelqu'un en bas. Heureusement, après avoir implosé, le téléviseur avait répandu ses viscères électroniques sur l'asphalte d'un stationnement désert. La déflagration avait cependant alerté de nombreux occupants de l'immeuble. Rassemblés sur le parking, ils levaient la tête vers les étages.

Hubert se réfugia dans la chambre. Il inséra un disque compact dans le lecteur qu'il avait posé sur la table de chevet. Il s'agissait d'un enregistrement intitulé *Pavarotti & Friends*, datant de septembre 1992. Le ténor le plus célèbre de la planète avait donné un concert de gala à Modène, au profit de la recherche médicale destinée à contrer les méfaits de la thalassémie. Les organisateurs du concert avaient eu l'idée d'associer de grands chanteurs populaires à Pavarotti, notamment Sting, les Neville Brothers et Patricia Kaas.

C'était ce disque que François avait acheté avant de se rendre à la Ronde, le jour fatidique. L'enfant ne connaissait sans doute pas Pavarotti. Son choix avait probablement été influencé par le nom des vedettes qui entouraient le ténor. François n'avait pas eu le temps de l'écouter. Comment aurait-il réagi à l'amalgame des voix populaires et du puissant organe du chanteur d'opéra?

On avait retrouvé le compact sur la passerelle, sous le tablier du pont. L'original était resté entre les mains de la police, à qui il devait servir de pièce à conviction. Hubert s'en était procuré un exemplaire.

L'un des invités de Pavarotti, l'Italien Zucchero, interprétait une pièce dans laquelle se combinaient les élans de la musique religieuse et les accents électrifiés des guitares les plus rauques. L'encens des églises et la fumée de cigarette des bars.

Miserere! clamait Pavarotti à plein volume. *Ma vie, quel mystère!* enchaînait Zucchero de sa voix éraillée. Hubert avait mis le lecteur à la position REPEAT. *Miserere!*

Quel mystère! Il bouchonna son oreiller une grande partie de la nuit. Au matin, il retrouva Suzanne au bureau de la General Lumber.

— Je m'en vais, annonça-t-il.

— Je te croyais parti depuis hier.

— Je pars en voyage.

— Il n'y a rien d'urgent chez tes clients. Je vais te dire : tu fuis parce que tu n'es pas capable d'affronter la réalité. Et la réalité, c'est que tu es responsable de la mort de François.

Les mains d'Hubert tremblaient. Deux bêtes au bout de leur laisse.

— Je m'en vais parce que tu es la mère de François et que, malgré ta méchanceté, je ne veux pas te détester. Je reviendrai quand tu auras retrouvé la raison.

— Je maintiens tout ce que j'ai dit, et j'attends le jour où tu te mettras à genoux pour demander pardon à Dieu d'avoir causé la mort de mon enfant.

Hubert se tassa dans ses vêtements. Il finit par articuler quelques mots de plomb.

— Je demanderai pardon à Dieu le jour où il aura puni ceux qui ont violé notre fils et qui l'ont étranglé avant de le jeter à l'eau.

Suzanne souleva une pile de dossiers sur son bureau.

— Où est-ce que je pourrai te trouver, si j'ai besoin de toi? Pour le travail, je veux dire. Chez Bertrand, chez Esteban, chez Burgmeister? En France, en Espagne, en Allemagne?

— En Pennsylvanie. Je vais faire la tournée de mes fournisseurs.

— Il n'y a rien de pressant aux États-Unis!

— C'est ce que j'ai décidé.

— C'est bien ce que je dis. Tu ne pars pas ! Tu fuis !

Hubert ramassa, au hasard, quelques-uns des dossiers que Suzanne avait étalés devant elle. Il se les mit sous le bras et se dirigea vers la sortie. Le chien Gremlin s'engagea dans son sillage. Hubert lui barra le passage avec la jambe.

— Non, toi, tu restes ici. Tâche de ne pas t'en faire mettre trop lourd sur le dos.

Suzanne ne tourna même pas la tête pour le regarder partir.

* * *

— Si vous trouvez que j'ai été trop dure avec lui, il faut que vous sachiez que je ne suis pas plus tendre à mon propre endroit.

Suzanne évoqua les souffrances qui avaient marqué la naissance de François, les poussées de douleur, l'inutile empressement d'Hubert auprès d'elle, et ses futiles efforts pour la soutenir dans son travail. Elle avait fini par le jeter hors de la chambre.

— J'avais mis François au monde seule. Il était normal que je fasse le deuil de mon enfant seule, non ?

Billy Memory s'était levé. Il fit quelques pas autour du foyer. Il chercha le regard de Suzanne. Elle se dérobait. Ce n'était pas son habitude.

— Moi aussi, j'ai une histoire à raconter, annonça-t-il. À une époque, j'avais deux chats. Vous en avez vu un tout à l'heure. L'autre est mort, maintenant. Deux frères. Un jour que mes chats regardaient dehors, un gros matou errant a sauté sur le rebord de la fenêtre, de l'autre côté de la vitre. Comme de raison, mes chats se sont mis à faire le dos rond et à cracher sur l'intrus. Mais l'autre, dehors, n'était pas inquiet le moins du monde. Il était hors de portée. Alors, l'un de mes chats s'est jeté sur son frère, et il lui a administré une raclée. J'ai dû les séparer. Ils se seraient arraché les oreilles.

Suzanne baissa la tête, comme si elle avait honte de s'être comportée comme un chat.

— Venez! dit-il en lui prenant le bras.

Elle parut soudain effrayée, comme si l'Indien l'invitait à partir en enfer.

— Venez, insista-t-il. On n'aura pas trop du reste de la nuit pour empêcher nos chats de s'entretuer.

Elle hésitait encore.

— Ce ne sera pas une petite promenade tranquille, ajouta-t-il. Vous allez faire la connaissance de certaines personnes que vous auriez préféré ne jamais rencontrer. Vous entendrez des paroles auxquelles vous voudrez répondre de toutes vos forces, mais vous ne le pourrez pas.

— J'ai toujours su me défendre!

Elle parut soudain très frêle, sur l'aire qui ceinturait la roulotte. Il l'entraîna vers sa camionnette.

— En cours de route, si ça fait trop mal, dites-vous bien qu'au bout il y a la vie. Comme pour un accouchement.

Il ouvrit la portière de la camionnette. Le chien voulut sauter sur la banquette d'appoint, comme il en avait l'habitude. L'Indien le retint.

— Non. Toi, tu restes ici. Va surveiller les chèvres.

Suzanne s'installa. Il prit place derrière le volant et mit le moteur de la Sierra en marche, pour s'engager dans l'allée bordée de pins. Suzanne se retourna pour jeter un regard en arrière. Le feu brillait comme une étoile incertaine.

— Est-ce que je peux vous dire que je n'entreprendrais ce voyage avec personne d'autre que vous ? lui avoua-t-elle.

Il tourna vers elle son visage inspiré, et lui sourit. Elle ne le vit pas. Ils venaient de s'enfoncer dans les ténèbres.

DEUXIÈME PARTIE

Une île au milieu des collines

*… sans espoir de réponse, si tu ne cries pas
la question, alors tu n'es qu'un os…*

BARJAVEL

Le moteur de la Sierra grondait, rendant la conversation difficile. Ce n'était pas plus mal. Chacun éprouvait le besoin de remâcher ce qui venait d'être dit.

Billy Memory conduisait en s'intéressant davantage à Suzanne qu'à la route. Les détours du chemin s'amusaient à ses dépens. À tout moment, il devait compenser la dérive.

La faible lueur du tableau de bord permettait à Suzanne d'examiner certains accessoires inusités qui équipaient la cabine, un faisceau de plumes blanches fiché dans la garniture du plafond, une pomme de pin accrochée à l'une des bouches d'aération et une pierre blanche devant le pare-brise. L'Indien donnait une âme à son véhicule comme à sa roulotte.

Ils redescendaient des collines. Du haut d'une butte, les lampadaires bordant l'unique rue de Central Valley leur firent l'effet de lumières balisant une piste d'atterrissage. À vitesse réduite, ils purent échanger quelques mots.

— Je suis déjà passée par ici.

— Je sais, mais vous devez regarder à nouveau pour découvrir ce qui est caché.

Suzanne inventoria les façades du village. Toutes muettes.

— Rien ne s'efface, déclara l'Indien. Tout ce qu'on dit, tout ce qu'on fait, tout se dépose dans l'air. Même les pensées qu'on n'a jamais exprimées. À plus forte raison nos émotions. Mais il faut être très attentif si on veut attraper les courants d'air.

— Hubert avait raison. Si quelqu'un peut m'aider à accepter l'inacceptable, c'est vous.

L'Indien jeta un regard furtif du côté du noir.

— À partir d'ici, c'est moi qui prends les devants.

— Mais n'allez pas trop vite. Je me sens comme une enfant qui fait ses premiers pas.

* * *

En arrivant aux États-Unis, Hubert s'était réfugié auprès de ce qui lui semblait le plus réconfortant : les arbres. Il s'était d'abord rendu à Wallaceton. À l'ouest de Williamsport, il s'était enfoncé dans la forêt sombre. À partir de là, il n'y avait plus de routes. Que des pistes, Black Forest Trail, Golden Eagle Trail.

Pour se donner l'illusion de faire quelque chose, il visita des camps forestiers. En l'apercevant, les bûcherons coupaient le contact de leur scie à chaîne et relevaient leur cache-oreilles pour converser avec lui. Hubert s'attarda aux abords des scieries. Dans les cabanes de planches qui leur tenaient lieu de bureau, il s'entretint avec eux de sciage, de mesurage et de délais de livraison. On lui offrit à boire. Il n'était pas sitôt reparti que les forestiers rangeaient leurs bouteilles en haussant les épaules. Cet homme pensait à tout autre chose qu'à ce qu'il disait.

Il revint dans l'est de la Pennsylvanie. Sur les plateaux, un vent brûlant laminait la terre. À Lancaster, des Amish vêtus de noir, barbes de prophètes et chapeaux à larges bords, niaient le présent en menant leurs carrioles au train du passé, au milieu de la chaussée. À mesure qu'Hubert gagnait le sud, l'image de l'Amérique triomphante s'estompait. Celle d'une nature primitive s'y substituait. Il dériva jusque dans les Carolines. Il fit même une incursion en Géorgie. Il n'avait pas de fournisseur dans cet État. Il se contenta de hanter le paysage. Des colonies de hêtres succédaient à des populations de merisiers.

Un après-midi, Hubert entreprit de remonter les interminables Carolines, en direction du nord cette fois. La BMW filait sur l'autoroute 95. Les cadrans et les contrôles numériques donnaient à l'habitacle des airs de station spatiale. Hubert flottait dans son vide intérieur.

À l'heure où le couchant étalait des couleurs d'avant le commencement du monde, la voiture quitta l'autoroute et s'engagea vers l'est sur la route 64. Elle naviguait dans un pan oublié du paradis terrestre, peuplé de pins, de chênes et d'arbustes fleuris. Cependant, si on s'attardait à considérer les parties habitées de cet éden, c'était plutôt le lieu de toutes les déchéances, cabanes pourries, amoncellements d'immondices et carcasses de voitures. Des enfants à demi nus aux cheveux crépus se balançaient accrochés à des pneus suspendus aux branches des pins. Le Sud profond, pauvre et noir.

Un peu avant Jacksonboro, Hubert bifurqua sur un chemin de terre. La BMW se para d'un plumet de poussière. Hubert semblait n'aller nulle part, mais il s'y rendait avec une assurance surprenante. En fait, il connaissait très bien l'endroit. Il y était déjà venu à plusieurs reprises. Son instinct le conduisait.

Il tourna encore à droite, dans un passage défoncé débouchant sur les ruines d'une grande maison jadis blanche, aux portes et aux fenêtres arrachées. Il se trouvait au cœur d'une plantation abandonnée.

Il contourna les dépendances effondrées. Il roulait maintenant sur l'herbe. Il longea les anciens quartiers des esclaves. Étant faits de briques, ils avaient mieux supporté l'abandon que la demeure des maîtres, qui était de bois.

Hubert descendit de voiture devant une allée de chênes surchargés de cette mousse qui leur donne l'apparence de sages vénérables. Il remonta l'allée à pied, le veston de son complet sur l'épaule. Au bout, il entra dans une prairie. Au large se dressait le moignon d'un chêne décharné. L'arbre n'avait pas plus de sept ou huit mètres de haut. Cinq branches comme les doigts de la main. Une couronne de feuilles. Il vivait.

Le temps l'avait évidé. Trois cents ans avant l'arrivée des Blancs en Amérique, les Indiens tenaient des conciliabules sous sa ramure. À l'époque où des colons anglais fondaient la ville de Charleston, un animal avait creusé un trou à sa base. Pendant la guerre de l'Indépendance, la foudre avait percé une ouverture à la jonction de ses branches maîtresses. Durant la guerre de Sécession, le vieux chêne s'était transformé en cheminée végétale. Au temps où des dames en robes courtes, chapeaux cloches et longs colliers immortalisaient le nom de leur ville en dansant le charleston, ce qui restait du chêne s'était rabougri. On y pénétrait maintenant par une échancrure ovale. Hubert y entra.

L'intérieur avait plus d'un mètre de diamètre. En levant la tête, on voyait le jour, ou ce qu'il en restait. Le soir s'avança. Appuyé à la paroi interne du tronc, Hubert demeura immobile. Il avait ôté sa cravate et l'avait roulée pour la mettre dans la poche de son veston. Quand les ténèbres furent établies, il commença à sentir la terre tourner sur elle-même. Il passa la nuit dans cet arbre.

* * *

— Je vous ai demandé de me dire la vérité ! Pas de me raconter des légendes !

Suzanne souffrait et ne le dissimulait pas.

— C'est déjà assez difficile comme ça !

Billy Memory l'enveloppa d'un regard tranquille.

— Je vous rapporte exactement ce qu'Hubert m'a dit.

Suzanne bafouilla.

— Il a vraiment passé la nuit dans un arbre ?

L'Indien faisait oui consciencieusement.

— À première vue, ça peut paraître étrange, mais il y a une explication. Hubert avait déjà emmené François avec lui, dans ses tournées aux États-Unis, n'est-ce pas ?

— Deux ou trois fois, peut-être.

— À l'une de ces occasions, il lui a fait visiter cette plantation abandonnée. Et il lui a montré le prodige. Des chênes de plus de cinq cents ans, on n'en voit pas tous les jours. Encore moins des arbres habitables.

La voix de Suzanne s'égaya.

— La suite, je l'imagine sans peine. François est entré dans l'arbre. Les enfants adorent les petits coins.

Elle se rembrunit.

— Mais ça n'explique pas pourquoi Hubert y a passé la nuit.

— Il essayait de rejoindre son enfant.

— Oui, d'accord, mais toute la nuit !

Billy Memory avala une grande bouffée de silence.

— Je ne vous fais pas de reproche, mais je vous parle franchement. Vous aviez privé Hubert de sa peine, en l'accusant d'être responsable de la tragédie.

Suzanne tressaillit. L'Indien fronça les sourcils.

— Cela ne devrait pas vous étonner qu'il lui ait fallu toute une nuit pour retrouver François dans un arbre creux.

* * *

Hubert sortit de son arbre à l'heure où les oiseaux remettaient le monde en marche. Il avait renoué sa cravate. Il remonta dans sa voiture, atteignit la route 64 et fila vers l'autoroute 95. Il allait s'y engager. La BMW roulait déjà à plus de cent kilomètres à l'heure. Sur la voie d'accès, Hubert accéléra. Un camion-remorque venait vers lui. Plutôt que de se laisser dévier sur la voie de gauche, qui était libre, le conducteur du poids lourd persista dans sa course. Hubert dut freiner pour n'être pas heurté.

Furieux, il rejoignit le camion. Un vif regard au conducteur lui permit de constater qu'il avait affaire à un gros Noir qui riait en montrant les dents. Hubert se plaça devant le camion et ralentit. Le klaxon du mastodonte poussait la BMW. Hubert s'obstina à ralentir. Un coup sourd, et la voiture valsa sur l'accotement. Tout à sa manœuvre, Hubert ne vit pas le geste obscène que fit le conducteur du camion à son intention, avant de disparaître. La BMW s'immobilisa sur le bas-côté, en creusant de profondes ornières de freinage.

Hubert sortit, le cœur en feu. Il examina l'arrière du véhicule. Le choc avait fripé la tôle du coffre. Rien d'autre, en apparence. Il parvint à dégager la voiture de son enlisement et reprit la route, lentement d'abord, puis de plus en plus vite. Bientôt, il fila en équilibre entre la limite prescrite et le temps nécessaire pour décélérer en vue des patrouilles.

Douze heures plus tard, il roulait sur l'autoroute 87, dans l'État de New York. Il lui restait encore cent vingt milles à parcourir avant d'atteindre Albany. Depuis une vingtaine de minutes, la roue arrière gauche de sa voiture émettait un claquement chaque fois que le train d'entraînement rencontrait une inégalité de la chaussée. L'incident du matin avait sans doute provoqué une défectuosité mécanique qui s'aggravait. Hubert emprunta la première sortie. Un viaduc le dirigea sur un village étiré le long de son unique rue.

Il s'arrêta devant le seul restaurant de l'endroit. Central Cafe. Un établissement tout en longueur, ce que les Américains appellent un *diner*. Un endroit où l'on dîne.

Il y entra. Toutes les tables étaient occupées. Une hôtesse en blouse d'organdi et jupe longue l'invita à patienter au bar, dans un angle de l'établissement, d'où il observa la scène derrière un dry martini.

On aurait dit que le village au complet, toute une

population de casquettes et de coiffures modelées au fixatif, y prenait le repas du soir. Des mains rudes et des rires gras. À droite de l'entrée, face à la caisse, un musicien noir plaquait des accords sur un orgue électrique. Le climatiseur brassait tout à la fois l'odeur de friture et les mélodies de l'organiste. Les serveuses portaient une tunique courte de couleur rose, d'où dépassait un jupon à dentelles, un chemisier bouffant et des souliers plats. Elles couraient, tenant leur plateau en équilibre. Un rituel bon enfant.

À son tour, Hubert fut conduit à une table qu'un garçon débarrassa et nettoya devant lui. Il mit ses lunettes pour consulter le menu que lui tendait une serveuse.

— Vous avez l'air d'un professeur.

Il sourit et commanda son souper. La blonde avait les épaules carrées, les hanches larges et une grande bouche. Son sourire pour tout maquillage. Ses cheveux, attachés en queue de cheval, rythmaient sa démarche. Le modèle parfait de l'Américaine des régions rurales où l'on menait une existence exempte de doutes.

Elle lui versa d'abord une tasse de café, qu'elle fit bientôt suivre d'un bol de salade noyée dans la sauce, d'une assiette de rosbif et d'une pomme de terre au four. Hubert avait ôté ses lunettes.

— J'ai toujours l'air d'un professeur?

— Non. Maintenant, vous me faites plutôt penser à un homme d'affaires.

— Tu as gagné! *Who wants to be a millionnaire?*

Quelques minutes plus tard, pendant qu'Hubert mâchonnait sa viande dans un état de semi-hypnose, des éclats de voix dominèrent le bourdonnement des conversations. Des convives attablés près de l'entrée prenaient le musicien noir à partie. Ils contestaient son interprétation des pièces populaires qu'il leur proposait. Ils lui réclamaient des airs qu'il ne connaissait pas. Ils se mirent à lui lancer des boulettes de pain. L'hôtesse fit ce qu'elle put pour les apaiser. L'un d'eux renversa même un verre d'eau sur l'orgue en farfouillant dans les partitions. Le musicien se leva. Les provocateurs n'attendaient que ce geste. Ils avaient bu plus que de raison. Une bousculade s'ensuivit. L'hôtesse essayait toujours de calmer le jeu. Les clients profitaient du spectacle sans intervenir. Hubert s'interposa.

— Ça suffit !

Ils s'en prirent également à lui. Des menaces, puis quelques coups furent échangés. Une table renversée. Le vide s'était fait autour d'eux. Quatre individus, taillés en vétérans du Vietnam, vinrent enfin prêter main-forte à Hubert. Après que les indésirables eurent été évincés, le héros s'aperçut qu'il saignait du nez. Il regagna sa table pour s'essuyer dans sa serviette. La serveuse l'y rejoignit. Elle voulait l'emmener dans une pièce réservée au personnel, pour qu'il reprenne contenance.

— Ce n'est rien !

Et c'était vrai. Le sang coagulait. Hubert avait annoncé qu'il n'avait plus faim. La jeune femme avait emporté les restes de son repas, pendant que le musicien entamait un nouveau morceau en espérant qu'il satisferait tout le monde. La serveuse déposa une nouvelle tasse de café devant Hubert. En même temps, elle rédigea l'addition, arracha la page de son carnet et la fourra dans la poche de son tablier.

— Ce sera gratuit. Je ne veux pas que vous gardiez une mauvaise impression de Central Valley.

— Il y a des imbéciles partout. Pas plus ici qu'ailleurs.

La serveuse s'assit sur le bout de la banquette, devant lui, les jambes dans l'allée, prête à reprendre son service à tout instant.

— C'est la première fois que vous venez ici?

Hubert acquiesça tout en avalant une gorgée de café.

— Et vous reprenez la route après avoir mangé? Personne ne s'attarde jamais par ici…

— Justement, expliqua Hubert en déposant sa tasse dans sa soucoupe, j'ai des problèmes avec ma voiture. Le garage, il ouvre à quelle heure demain?

— Ça varie…

— Le mécanicien, il connaît son affaire?

— Quand il a envie de travailler, oui.

— Si je comprends bien, ce n'est pas le genre d'homme à qui on peut faire confiance.

— Vous en jugerez par vous-même, enchaîna-t-elle d'un ton neutre.

Puis elle pouffa de rire.

— Je peux vous le dire, c'est mon père.

Hubert tourna plus longtemps qu'il n'était nécessaire sa cuillère dans son café. Le musicien avait retrouvé son allant. La serveuse avait mis les coudes sur la table.

— Qu'est-ce qu'elle a, votre voiture?

— Je ne sais pas. Un bruit. Ça provient de la roue arrière.

— Un claquement ou un frottement?

— Plutôt un claquement, chaque fois qu'il y a une fissure dans l'asphalte.

— L'amortisseur?

— Je ne sais pas. Il y a un motel ici?

— De l'autre côté de la rue. Presque en face. Je finis à neuf heures, enchaîna la serveuse. Vous aimeriez que je vous fasse visiter Central Valley ? Pour vous prouver qu'il n'y a pas que des imbéciles par ici.

Hubert hocha la tête en regardant la fille par en dessous.

— Comment tu t'appelles ?

— Jeri Williams. Et vous ?

— Hubert Gendron.

— Je l'avais deviné ! Vous êtes un Québécois de « la Belle Province ».

Elle le raccompagna jusqu'à la sortie.

— Neuf heures…

* * *

Billy Memory avait immobilisé sa camionnette devant le Central Cafe. L'enseigne muette, la rue déserte, un chat de circonstance, tout évoquait la bourgade perdue. Un magasin général, une pharmacie, un motel et un garage plantaient un décor d'une désolante platitude. Suzanne ravalait une grosse amertume.

— Cette fille-là, au moins, je sais qu'elle n'est pas le produit de votre imagination. Hubert m'a parlé d'elle.

— Pourquoi dites-vous « cette fille-là » ?

— J'espérais qu'il se ressaisirait ! Pas qu'il ait une aventure !

— Votre Hubert avait un poids sur le cœur. Ça l'empêchait de respirer. Jeri faisait preuve de tant de naturel que la vie avait l'air de couler à travers elle. Il a dû se dire qu'en aspirant l'air parfumé par l'haleine de « cette fille », il se rétablirait peut-être.

Suzanne ne respirait plus. L'Indien relança le moteur de la Sierra, pour lui permettre de reprendre souffle. Elle allait en avoir besoin. Il l'emmenait à un rendez-vous équivoque.

* * *

Jeri avait garé sa camionnette sur le gravier du stationnement du motel. Une main sur le rétroviseur, elle fumait en mâchant de la gomme. En jean et chemise à carreaux, les pieds nus dans ses Reebok, elle semblait ne douter de rien.

Sur le pas de la porte de sa chambre, Hubert tourna la clé dans la serrure en voûtant le dos. Il s'était rasé et changé. Ni sa nuit dans l'arbre ni son altercation au restaurant n'avaient laissé de traces. Il portait un pantalon beige au bas duquel brillaient des chaussures italiennes. Il aurait aussi bien pu avoir posé les pieds toute la journée sur l'épaisse moquette d'une salle de conférences. Sa chemise à fines rayures présentait des plis impeccables. Seule concession aux circonstances, il n'avait pas mis de cravate. Tout en glissant la clé dans sa poche, il passa sa main libre dans ses cheveux, pour s'assurer que son début de calvitie ne se voyait pas trop. Il marcha vers Jeri.

— En selle, ordonna-t-elle.

Elle remonta dans la Ford en faisant claquer la portière. Hubert la rejoignit sur la banquette. Jeri avait baissé les vitres latérales. Une canette vide de coca-cola roulait sur le tapis en caoutchouc du plancher.

— Par quoi on commence, la rivière ou la carrière ?

— Comme tu voudras.

Le moteur de trois cent cinquante forces avait beaucoup trop de puissance pour l'usage touristique auquel on le restreignait. Les roues arrière soulevèrent le gravier en reculant. La cabine vibrait. Jeri s'engagea dans l'unique rue du village.

Ils se déplaçaient dans une photo ancienne. À Central Valley, rien ne semblait avoir été retouché depuis les années cinquante, le bois des devantures écaillé, le mortier des briques défraîchi, les trottoirs au béton fissuré, ainsi que les enseignes d'un modernisme désuet. Deux vieux conversaient sur un banc, devant la pharmacie. Quelques enfants à vélo. Des camionnettes et quelques voitures garées, qui sait depuis quand, en bordure de la grand-rue. À l'extrémité du village, la structure en ruine d'une usine aux carreaux cassés se tassait sous une haute cheminée, où se lisait sa grandeur passée : CENTRAL VALLEY MILLS. Un feu de circulation clignotant, puis Jeri bifurqua sur un chemin de terre qui descendait raide entre des bosquets de vinaigriers. Ils débouchèrent dans la lumière du jour finissant.

La rivière coulait sur son lit rocailleux, devant une petite plage de galets mangée de broussailles, où se voyait la trace d'anciens feux de camp. Jeri mit pied à terre en laissant la portière ouverte. Hubert l'imita. D'en bas, le village paraissait inhabité. Jeri lança quelques cailloux qu'elle fit ricocher à la surface de l'eau.

— C'est beau par ici, hein ?

— Surprenant.

Ils remontèrent et filèrent à l'autre bout du village. La camionnette grimpa à flanc de colline, sur une route en lacets. Par des échappées entre les arbres, Hubert constata que la terre montrait des dents de pierre. Après un dernier tournant le long d'une falaise, ils se retrouvèrent devant une ancienne carrière de granit. Le couchant dorait une grue rouillée, que les carriers avaient abandonnée sur l'une des marches d'un escalier géant taillé dans la matière.

— Il paraît que la pierre des plus vieilles maisons d'Albany provient d'ici, souligna Jeri.

Hubert sifflota en signe d'appréciation.

— C'est tout, conclut-elle. Maintenant, qu'est-ce qu'on fait ?

Ils se retrouvèrent dans l'appartement de Jeri pour prendre un café. En fait d'appartement, il ne s'agissait que d'une seule pièce meublée de bric et de broc, un lit recouvert d'un couvre-lit de chenille rose, un divan de style colonial, une table ronde garnie de napperons en plastique à motifs floraux, des chaises coloniales aussi, un coin cuisine au comptoir encombré de vaisselle laissée à sécher dans un bac et une grande fenêtre donnant sur la rue déserte. La lumière des lampadaires creusait le noir. Jeri fumait en tournant sa cuillère dans sa tasse. Hubert l'observait. Il avait retroussé ses manches de chemise.

— Il ne faudrait pas que tu croies que j'invite tous les clients du restaurant à prendre un café…

— Je sais, ironisa Hubert. Moi, ce n'est pas pareil. Je suis un héros.

Ils rirent, puis retombèrent dans leur gravité.

— Tu ne m'as pas beaucoup parlé de toi, avança Jeri.

— Il n'y a pas grand-chose à dire. Je suis marié, si c'est ce que tu veux savoir. Elle se nomme Suzanne. En ce moment, il y a un abîme entre nous. C'est à peu près tout.

— Non, ce n'est pas ce que je voulais savoir. Quelle sorte d'affaires tu fais?

— Négociant de bois, déclina Hubert. J'achète du bois aux Américains et je le vends aux Européens.

— Il n'y a pas de bois dans ces pays-là?

— Tu me croiras si tu le veux, mais il y a plus de bois en Europe qu'aux États-Unis.

— Alors, pourquoi ils achètent le nôtre?

— Pour conserver celui qu'ils ont, peut-être?

— Futés, convint Jeri. Et ton bois, tu le prends où?

— Dans tout l'est des États-Unis, de la Pennsylvanie aux Carolines.

Jeri l'observait, tenant sa tasse à deux mains, à la hauteur de son visage, la cigarette entre les doigts.

— C'est drôle, je te voyais plutôt dans l'informatique. Peut-être à cause de tes lunettes…

Puis, sans transition:

— Tu veux faire l'amour avec moi?

* * *

Suzanne ferma les yeux avec tant d'énergie que son visage en grimaça. Des traits noirs lui barrèrent le front. Billy Memory ne pouvait rien voir de tout cela, dans la cabine sombre, mais il le devinait. Il avait immobilisé la Sierra devant la pharmacie. Un lampadaire éclairait la fenêtre de l'étage, derrière laquelle s'était déroulée une scène que Suzanne rejetait de toutes ses forces. Des corps moites, des gémissements, l'équivoque absolue du désir qui se croit conquête et n'est que quête.

119

— Vous couchez avec votre mari, murmura-t-elle, c'est de l'amour. Le même homme baise une fille, c'est répugnant.

— Vous vous faites du mal…

Comment Suzanne aurait-elle pu soupçonner que, au moment où il pénétrait au plus intime de Jeri, Hubert avait senti la grosse bite du camionneur noir lui enfoncer l'anus? Les dents blanches du colosse glaçaient la pièce d'un éclat de néon. Pétrifié, un enfant de douze ans assistait à l'événement. *Miserere!* clamait Pavarotti.

Et Suzanne qui croyait qu'Hubert se donnait du plaisir pour l'oublier, elle!

* * *

Au petit matin, Jeri retrouva son partenaire dans l'exacte position où elle l'avait laissé la veille. Allongé sur le dos. Il se leva en ouvrant les yeux. Il paraissait pressé de partir.

À neuf heures, ils se rendirent au garage, la BMW suivant la camionnette de Jeri. Celle-ci avait enfilé des bottes de cuir qui la grandissaient. Elle marcha vers les portes ouvertes en faisant claquer ses talons sur l'asphalte.

— Mickey?

Les outils dormaient sur les établis. Des mouches s'affairaient autour d'une flaque d'huile sur le plancher. Au mur, l'horloge grinçait à chaque mouvement de la trotteuse. Il faisait déjà chaud. Jeri avait les poings sur les hanches. Son jean donnait des rondeurs à son derrière.

— Où est-il donc, cet enfant de chienne de Mickey?

Jeri annonça à Hubert qu'elle effectuerait elle-même la

réparation à sa voiture. Tout en protestant, ce dernier engagea la BMW au-dessus de la fosse du mécanicien. La jeune femme avait endossé une salopette trop grande pour elle. Elle rassembla des outils, une baladeuse, la buse à air, des douilles. Elle allait descendre sous la voiture lorsqu'un escogriffe à casquette entra en traînant les pieds. Jeri marcha sur lui.

— *Jesus!* Où tu étais?

Le garçon haussa les épaules.

— Walter, il a dit qu'il viendrait aujourd'hui, ou pas?

Le nouveau venu écarta les bras en signe d'ignorance.

— Va nous chercher deux cafés.

— *Fuck,* lâcha le loup-garou en ressortant du garage.

— Surveille ton langage! gronda Jeri, en descendant dans la fosse.

En même temps, elle ajouta à l'intention d'Hubert:

— C'est Mickey. Si mon père ne s'était pas occupé de lui, il serait mort depuis longtemps. Il s'est tellement défoncé qu'il a du mal à se rappeler son nom.

— Ton père, il travaille quand ça lui plaît?

— Sans doute qu'il a mieux à faire, expliqua Jeri en disparaissant sous la carrosserie.

Elle avait accroché sa baladeuse au châssis. Les rais de lumière débordaient de la fosse. Les mains dans les poches, Hubert courbait le dos en essayant de suivre les mouvements de la mécanicienne. Entre le grondement du compresseur et le vrombissement de la buse sur les boulons, Hubert et Jeri échangeaient quelques mots. Mickey était revenu avec deux cafés. Il les avait déposés sur un établi, avant de se réfugier au fond du garage. Hubert buvait le sien à petites gorgées. Celui de Jeri refroidissait.

— Tu n'as pas beaucoup dormi la nuit dernière, lança Jeri.

Pour toute réponse, Hubert se racla la gorge.

— Tu avais des remords, à cause de ta femme?

— Je ne pensais pas à ma femme.

— Alors, à qui?

— Et toi, à qui tu pensais en faisant l'amour avec moi?

— Quand on fait l'amour, on ne pense pas. On jouit.

Le silence coula jusque dans la fosse du mécanicien. Quelques minutes plus tard, Jeri en ressortit et fixa son regard sur celui d'Hubert.

— J'avais raison. Un des boulons de l'amortisseur a lâché.

— Ce n'était donc pas trop grave? Combien je te dois?

Il sortit son portefeuille. Jeri s'essuya les mains avec un torchon, avant de lui saisir l'avant-bras pour suspendre son geste.

— Rien.

Puis elle l'embrassa sur la bouche.

— J'aimerais que tu reviennes, ajouta-t-elle sans décoller ses lèvres de celles d'Hubert.

— Je reviendrai.

— On dit ça, mais on ne le fait pas.

— Je reviendrai. Les bons mécaniciens sont plutôt rares.

Il esquissa un sourire narquois. Assis dans un pneu, au fond du garage, Mickey les observait, une canette de coca-cola à la main.

* * *

— C'est d'abord vers moi qu'il est revenu, murmura Suzanne. J'avais terriblement besoin qu'il me prenne dans ses bras, qu'il se mette à pleurer, qu'il me demande pardon de ne pas être allé chercher François, et qu'on recommence à exister ensemble. Pas comme avant, je le sais bien ! La mort de François nous avait amputés. Nous n'étions plus que la moitié de quelqu'un. À deux, nous aurions pu reformer un être humain. Il avait plus de courage que moi. J'avais plus de cœur que lui. Enfin, je le croyais…

Billy Memory serrait le volant. On ne refait pas le passé en s'accrochant au présent.

— Pourquoi pensez-vous qu'il est retourné à Longueuil ?

— Parce qu'il ne savait pas où aller.

— Et s'il avait voulu étouffer sa détresse en la mêlant à la vôtre ?

— Il m'aurait parlé d'autre chose que de coupes de bois chez ses fournisseurs américains.

— Peut-être qu'il ne pouvait pas s'exprimer autrement ?

— Il aurait suffi qu'il se taise. J'aurais compris.

— C'était pourtant ce qu'il faisait, ne rien dire, en faisant semblant de traiter ses affaires.

— Je parle d'un vrai silence, celui qui laisse entendre l'essentiel, précisa Suzanne.

* * *

Des orages menaçaient. Il y avait plus d'humidité que d'oxygène dans l'atmosphère. En bas, dans l'entrepôt de la

123

General Lumber, les employés se déplaçaient avec une lourdeur de scaphandriers. Juillet croupissait dans sa langueur. Suzanne refit surface en éclaboussant Hubert.

— Ta petite balade t'a fait du bien?

Il ne répondit pas.

— Tu as réfléchi?

Il baissa les yeux.

— Tu auras beau fuir au bout du monde, c'est encore toi que tu vas retrouver.

Il enfonça les mains dans ses poches.

— Comment fais-tu pour dormir, la nuit?

Il s'éloigna de quelques pas.

— Et moi? Tu penses à moi? gémit Suzanne.

— J'ai déjà assez de m'occuper de moi-même.

Il essaya de se rattraper en lui demandant des nouvelles de leurs affaires.

— Laurent m'a téléphoné, énonça-t-elle froidement. Il voulait encore monter les prix. Je lui ai brassé la cage.

— Il demandait combien?

— Quinze cents supplémentaires pour chaque mille.

Hubert sursauta. Le succès de leur entreprise reposait sur le coût peu élevé du transport terrestre. Depuis quelques années, le dollar canadien valait à peine plus de la moitié du dollar américain. Conséquence directe, le Canada exportait davantage vers les États-Unis qu'il n'importait de ce pays. Pour cette raison, bon nombre de camions canadiens revenaient vides à leur port d'attache. Les camionneurs disponibles se transformaient alors en gypsies. Un répartiteur essayait de leur trouver des retours américains à destination du Québec. Les prix étaient bas, entre un dollar et un dollar vingt-cinq pour chaque mille parcouru.

— Avec son augmentation de quinze cents, calcula Hubert, ça nous mettait à peu près au prix des transporteurs américains.

— Il m'a rappelée le lendemain. Je lui ai donné l'heure juste. J'ai réglé pour trois cents de plus.

Hubert enveloppa sa femme d'un regard admiratif.

— Toi, je ne voudrais pas t'avoir pour compétiteur.

Suzanne se leva et rassembla ses dossiers. Elle continuait de parler sur un ton de femme d'affaires.

— Je peux te demander pourquoi tu es revenu?

Hubert haussa les épaules.

— Tu veux me dire quelque chose et tu ne sais pas comment aborder le sujet? insista-t-elle.

Hubert se durcit.

— Prends le temps qu'il faut, lui recommanda Suzanne. Je peux t'attendre.

Hubert tendit le cou pour s'assurer qu'il avait bien compris.

— Quand tu seras prêt, je t'écouterai, ajouta Suzanne.

Il éclata.

— Tu préfères que ce soit moi le coupable, plutôt que ces deux violeurs d'enfants, contre lesquels tu ne peux rien! Avec moi, au moins, tu peux te venger!

— Je n'ai jamais été très diplomate. Je le sais.

Le désarroi rendait Hubert muet. Elle le provoqua:

— Tu ne le trouves pas trop mal, ton appartement de célibataire?

— Je retourne aux États-Unis. Je vais à Boston, au congrès de la Hardwood Association. Après, je ne sais pas…

— C'est bien ce que je croyais, trancha Suzanne. Tu t'étourdis pour ne pas penser.

Le téléphone sonna. Elle décrocha. De ses propos, Hubert déduisit qu'elle avait rendez-vous dans la soirée. Après qu'elle eut reposé le combiné, il l'interrogea du regard.

— Je n'ai rien à te cacher. C'était Raymonde. Elle m'invite à une séance de communion cosmique. J'ai accepté.

— Des niaiseries!

— Tu as mieux à me proposer?

— Quand on ne sait plus où on en est, martela Hubert, on s'accroche à des illusions.

* * *

En quittant Longueuil pour se rendre à Boston, Hubert n'avait nullement l'intention de faire un détour par Central Valley. Sa BMW, dont il avait fait défroisser la tôle du coffre, s'engagea d'elle-même sur l'autoroute 87. Il pesta contre le système routier américain, principalement composé d'axes nord-sud. Si vos affaires vous conduisent d'ouest en est, vous n'avez qu'à vous débrouiller! Toutefois, comme la liaison Albany-Boston n'était pas trop mauvaise et que Central Valley se trouvait à proximité d'Albany, Hubert décida de se rendre au village où habitait Jeri.

Il ne la trouva ni au restaurant, ni à son appartement. Au garage, Mickey ne sembla pas le reconnaître. Au magasin général, on s'intéressa davantage à lui qu'à ses questions. À la pharmacie, on lui dit que les allées et venues de Jeri étaient aussi imprévisibles que celles de son père.

Sur le banc, trois vieux qui parlaient en même temps voulurent savoir si ses ancêtres n'avaient pas immigré aux États-Unis à l'époque de la grande saignée migratoire du Canada français.

Hubert refit l'itinéraire en direction de la rivière et de la carrière. Il n'y rencontra que des enfants occupés à se lancer à l'assaut des buttes et des sentiers, sur leurs bicyclettes tout-terrains. Il revint garer sa voiture à l'ombre, sous un érable, devant l'appartement de Jeri. Il recula son siège, inclina le dossier et s'assoupit.

Le grondement du moteur Ford 350 le tira du sommeil. Il regarda sa montre. Quatre heures et demie de l'après-midi. Jeri venait de se ranger à côté de lui. Incrédule, elle l'observa un moment sans rien dire, puis elle sauta en bas de la camionnette. Elle portait un jean et un t-shirt maculés de boue. Hubert mit le pied à terre à son tour, pour la rejoindre.

— Tu es revenu! s'exclama-t-elle.

— Je passais.

Il ajouta, après avoir examiné la tenue de la jeune femme :

— Je t'ai cherchée partout. Où tu étais?

— Là-dedans, fit-elle en désignant les collines qui dominaient le village.

Elle jeta un vif coup d'œil sur sa montre.

— *Jesus!* je n'ai pas trop de temps pour me changer!

Elle marcha d'un pas leste vers l'entrée de l'immeuble, laissant Hubert en plan sur le trottoir, mais elle revint aussitôt vers lui, les mains derrière la tête pour défaire l'élastique qui retenait sa queue de cheval.

— On se voit après mon travail.

Elle lui plaqua un baiser sur les lèvres et repartit en courant. D'une phrase, il la rattrapa.

— Non, il faut que je sois à Boston ce soir.

Une fois de plus, elle courut vers lui.

— Alors pourquoi es-tu passé par ici, si tu ne peux pas rester ?

Il lui proposa :

— Si tu venais avec moi ?

— Je travaille à cinq heures.

— Tu pourrais prendre congé…

Elle lui lança un regard déchirant. Il ajouta :

— Trois jours ensemble, à Boston, on aurait le temps de faire connaissance.

Elle cédait déjà :

— Je ne sais pas…

Elle hésitait encore, considérant ses espadrilles encroûtées de boue.

— Au diable ! trancha-t-elle. Je vais demander à Franka de me remplacer.

Vingt minutes plus tard, ils roulaient vers Boston. Il ne quittait pas la route des yeux. Elle s'examinait les ongles. Elle augmenta la tension en allumant une cigarette. Hubert n'osa lui signaler qu'il interdisait de fumer dans sa voiture. La propreté du cendrier aurait pourtant dû l'indiquer. Sa cigarette terminée, Jeri se pelotonna contre la portière et choisit de s'assoupir.

Il l'éveilla aux abords de Providence, pour lui suggérer de manger un morceau. Au comptoir d'un fast-food, Jeri dévora un double hamburger avec un appétit d'ouvrier du bâtiment.

— On dirait que tu n'as pas mangé depuis une semaine!

— L'appétit, c'est signe de santé, non? répliqua Jeri en clignant de l'œil.

— On dirait aussi que tu n'as pas dormi depuis longtemps.

— C'est exact.

— Quatre ou cinq heures de travail au restaurant, ce n'est pas ce qui te met dans cet état. Je peux te demander à quoi tu emploies tes jours et tes nuits?

— Ce serait plutôt mal élevé de ta part, mais si je me décidais à te répondre, je dirais que j'ai passé les dernières nuits dans les collines, avec mon père.

— À quoi faire?

— À m'entraîner.

Et elle mordit dans son hamburger avec une voracité redoublée. Il ne jugea pas approprié de l'interroger davantage. En remontant dans la voiture, elle se tourna de trois quarts vers lui, appuyée à la portière, et s'engloutit une fois de plus dans le sommeil.

Le Mass Turnpike les déposa sous la tour du Boston Sheraton. Le temps de jeter son sac de voyage sur le lit, Jeri suggéra une promenade dans la ville, avant de s'enfermer pour la nuit. Elle n'avait pas faim, et plus sommeil du tout. Il était un peu moins de neuf heures du soir. Dédaignant l'ascenseur, elle entraîna Hubert dans l'escalier.

Ils sortirent sous l'imposante marquise de toile blanche qui surplombait l'entrée de l'hôtel. Boston baignait dans un air tiède. À gauche, six étages de stationnement public. Devant, la coupole du quartier général de la

Church of Christian Science. À droite, le cinéma Chéri proposait un film porno.

— Le sexe et la religion, constata Jeri. Une recette vieille comme le monde.

Ils s'engagèrent dans Boylston Street. Hubert attira l'attention de Jeri sur l'un des édifices de verre qui dominait la ville de sa haute silhouette piquetée de fenêtres illuminées.

— La John Hancock Tower. Dès que la construction a été terminée, on s'est aperçu que le vent emportait les panneaux de verre de ses fenêtres.

— Trop de vent à Boston, peut-être? supputa Jeri. À moins que ceux qui ont eu le contrat se soient bourré les poches?

Ils entrèrent dans le Boston Common. Ils traversèrent le parc sous le couvert des arbres éclaboussés par la lueur des lampadaires, parmi les écureuils, jusque sous la coupole dorée de la State House embrasée par des projecteurs. Un relent de l'ancien monde.

Ils revinrent par Tremont Street, pour aboutir enfin à Faneuil Hall, la porte du quartier touristique. Malgré l'heure, il y avait encore foule sur les pavés. Ils se fondirent dans la cohue. L'air sentait la moutarde et la friture. Les musiques les plus diverses coulaient des boutiques. Le couple se tenait par la main, pour n'être pas séparé. Hubert s'attarda devant un éventaire et choisit une licorne de verre qu'il offrit à Jeri.

— Tu me vois avec une corne sur la tête? lui lança-t-elle en pouffant de rire.

Non loin du Marriott Hotel, ils mangèrent une glace à la pistache nappée de menthe, sous un marronnier, puis dérivèrent jusqu'à Griffin's Wharf.

— C'est ici que les patriotes ont jeté le thé des Anglais à l'eau…

— … et que la révolution a commencé, enchaîna doctement Jeri.

Ils reprirent le chemin de leur hôtel. Sitôt dans la chambre, Jeri s'enferma dans la salle de bains. Face à la baie vitrée, Hubert regardait les fenêtres illuminées d'un immeuble. La suite le laissait perplexe. Dix minutes plus tard, Jeri lui servit une leçon d'innocence, les cheveux enveloppés dans une serviette enroulée en turban sur la tête, vêtue d'un slip et d'un long t-shirt blanc.

Elle s'assit dans un fauteuil, une jambe repliée sous l'autre, les mains sur les genoux. Elle semblait attendre la projection d'un film dont la prochaine séance aurait été annoncée.

— Tu as faim ? lui demanda Hubert.

— Si tu veux.

Hubert fit monter du vin californien, un burgundy d'Ernest et Julio Gallo, deux verres, ainsi qu'une salade que le garçon déposa sur la table, devant la baie vitrée. Ils n'avaient pas tiré les rideaux. Boston avait pris du relief. Une seule lampe éclairait la chambre. Jeri buvait son vin à petites gorgées et pignochait dans la salade. Hubert l'observait, comme s'il cherchait à la reconnaître. Elle lui saisit soudain la main, par-dessus le bol.

— J'aime bien savoir avec qui je couche.

Elle esquissa un sourire, tout en resserrant sa poigne sur la main d'Hubert.

— Tu peux me parler de ta femme si tu veux.

Hubert secoua la tête.

— Ça ne me gêne pas du tout, insista Jeri.

Hubert baissa la tête. Pendant un moment, il parut en prière. Si elle avait pu voir son visage, Jeri aurait découvert les traits de l'enfant en surimpression sur ceux du père. Elle le relança :

— Je ne te demande rien.

Hubert se redressa. Les traits de son visage exprimaient une gravité peu commune.

— *Jesus!* s'exclama Jeri, tu ne vas pas m'annoncer que tu as l'intention de divorcer pour m'épouser ?

Hubert se leva, s'approcha d'elle, s'agenouilla à ses pieds et enfouit son visage dans son t-shirt. Il sanglotait. Prise au dépourvu, Jeri lui caressa les cheveux, comme on réconforte un petit animal. Le désarroi d'Hubert s'amplifia. Il pleura bientôt sans retenue. Il semblait inconsolable. Quand le pire fut passé, Jeri l'entraîna sur le divan. Elle se glissa à ses côtés, sa main toujours dans la sienne. Elle l'enveloppa dans un bercement. C'est là, sans prévenir, qu'il lui livra son secret, le drame de François et l'enfer de douleur auquel les meurtriers de son fils l'avaient condamné. En omettant, toutefois, la condamnation que Suzanne avait prononcée à son endroit.

Jeri ne savait que marteler des « Jésus! » de consternation. Plus tard, elle mena Hubert vers le lit et s'y blottit avec lui. Deux oiseaux dans un nid, par une nuit d'orage. Elle léchait ses larmes. Elle buvait sa peine. Jeri faisait la connaissance du fils en étreignant le père. Hubert s'expliquait avec François, tout en embrassant Jeri. Cette nuit-là, ils se firent l'amour tout autrement qu'avec leur sexe.

* * *

Le lendemain à midi, ils prirent part au banquet d'ouverture de l'American Hardwood Association. Les cheveux remontés en chignon, Jeri ressemblait, dans sa robe longue, à Vanna White, l'hôtesse de l'émission *Wheel of Fortune*. Dans l'escalier d'honneur, que surmontait un lustre étincelant de mille feux, elle se figea devant un gigantesque miroir qui lui renvoyait son image.

— Si je ne savais pas que c'est moi, j'hésiterais à m'adresser la parole.

Puis, d'un ton de petite fille :

— Donne-moi la main, j'ai peur de marcher sur ma robe.

Ils traversèrent Constitution Room. Des centaines de personnes, pingouins et poupées, se pressaient devant les tables où des garçons servaient les apéritifs. Hubert et Jeri poursuivirent leur progression sans s'arrêter. Independence Room brillait comme un coffre au trésor derrière ses hautes portes bardées de cuivre. Jeri boitillait en enfonçant les aiguilles de ses talons dans la moquette rouge. Un gros homme chauve se précipita sur Hubert, lui prit la main et la secoua sans quitter Jeri des yeux.

— Herb, mon garçon ! Je comprends pourquoi tu ne nous as jamais amené ta femme ! Tu avais bien trop peur de te la faire voler !

Le visage de Jeri demeura sans expression, pendant que le gros homme lui pressait la main à son tour, sans avoir lâché celle d'Hubert. Puis, le jovial congressiste bourra l'épaule d'Hubert de coups de poing amicaux, avant de partir à l'assaut d'un autre couple qui venait d'arriver.

— Mike ! l'entendit-on s'écrier.

Jeri s'était mis les mains dans le dos, entorse à l'étiquette. La courroie de son sac glissait de son épaule. Hubert entraîna sa compagne vers la table 86. La place de chaque convive était garnie de trois fourchettes, trois couteaux, deux cuillères, trois verres et quatre assiettes, largement plus que le nécessaire pour survivre pendant une journée entière dans l'appartement de Jeri sans avoir à faire la vaisselle. Elle se garda de toucher à quoi que ce soit avant d'avoir observé, du coin de l'œil, dans quel ordre son compagnon utilisait cet attirail.

Le repas traîna en longueur. Jeri mangea son *New England clam chowder* et ses médaillons de veau du bout des lèvres. Un conférencier exposa les inconvénients que représentait, pour la profession, la gestion publique des forêts. Les congressistes applaudirent en mordillant leur cigare. Vers deux heures, ils se levèrent et se dirigèrent vers les salles réservées aux discussions en sous-groupes. Hubert et Jeri en profitèrent pour filer. Jeri n'avait eu qu'une phrase à prononcer :

— *Jesus!* Qu'est-ce qu'on fait ici ?

Ils se remirent en route dans le quart d'heure qui suivit. Lorsqu'ils entrèrent dans Central Valley, la BMW d'Hubert n'était pas sitôt rangée en bordure du trottoir, devant l'appartement de Jeri, qu'un homme surgit de sa camionnette et marcha sur eux. Il portait une tenue de combat de l'armée, un pantalon resserré au mollet par un élastique, des bottines lacées haut ainsi qu'un tricot de corps sans manches, de couleur kaki. Il avait les cheveux grisonnants, coupés ras, et la mâchoire carrée. Des mains de justicier au bout des bras.

— Mon père, murmura Jeri entre les dents. Il est le

cinquième à porter le prénom de Walter dans la famille Williams, et il en est très fier.

L'homme s'immobilisa devant eux. Il voûtait les épaules, comme le font les gens de très grande taille.

— Où étais-tu ? demanda-t-il à Jeri.

Puis, sans attendre la réponse, il apostropha Hubert :

— Toi, si tu as fait du mal à ma fille, tu es un homme mort.

* * *

La Sierra de Billy Memory était garée à peu près à l'endroit où Hubert avait immobilisé sa BMW, plus d'un an auparavant. La scène s'était déroulée sous l'éclatante lumière de juillet. Dans l'actuelle nuit de septembre, Suzanne appréhendait la suite.

— À l'époque, demanda-t-elle, qu'est-ce que vous saviez de mon mari ?

— À peu près rien.

— Son passage à Central Valley n'était quand même pas passé inaperçu !

— Dans un village comme celui-ci, on sait tout, rien qu'en observant le déplacement des automobiles. Le pharmacien est au bureau de poste. L'épicier, à la quincaillerie. Tiens, il y a deux voitures dans la cour du motel. Une BMW. Qui ça peut bien être ?

— Ça ne vous laisse pas beaucoup d'intimité !

— Les petits secrets, tout le monde les connaît. Les gros, on les invente.

— Hubert devait être rapidement devenu un objet de curiosité.

— Ceux qui tournaient autour de Walter Williams attiraient toujours l'attention.

— Et personne n'a pensé à le prévenir ! Pas même vous !

— Vous arrêtez les inconnus dans la rue, vous, pour leur dire de se méfier de tel ou tel ? Non ! Vous attendez de voir ce qui va se passer. Jusqu'où ils vont aller…

* * *

Depuis que Walter Williams l'avait surpris en compagnie de sa fille, Hubert ne trouvait plus Jeri nulle part. Elle était montée dans la camionnette de son père, et on aurait dit qu'elle avait disparu de la surface de la terre. Hubert ne se résignait pas à quitter Central Valley sans l'avoir revue.

Il loua la chambre de motel qu'il avait retenue quelques jours plus tôt sans l'occuper. La pièce puait la banalité, un abat-jour de travers, un poster des Rocheuses, un vase de fleurs en plastique sur le rebord de la fenêtre, les murs peints en vert pâle et la télécommande du téléviseur reliée à la table de nuit par une chaînette. En attendant de retrouver Jeri, Hubert se décida à appeler Suzanne au téléphone. Il n'avait pas réfléchi à ce qu'il lui dirait.

— Mon bureau déborde ! se plaignit-elle.

Après ce préambule, elle changea de sujet sans transition :

— J'ai trouvé ce qu'il te faut. Nous faisons partie d'un grand corps cosmique.

Hubert en resta coi.

— Les vivants, et même les morts, enchaîna Suzanne.

François est toujours rattaché à nous. Je le savais intuitivement, mais maintenant j'en ai la preuve.

— De quoi parles-tu?

— Tu as des choses à régler avec ton fils. Si tu veux, je peux t'aider à le rejoindre.

Hubert hésita un instant avant de répondre :

— Si j'ai quelque chose à régler, c'est avec moi-même, et c'est précisément ce que je suis en train de faire.

— Tu sais ce qui nous attend, si tu continues de te défiler?

Suzanne poursuivit, pour meubler le silence :

— Dépêche-toi de revenir. Où es-tu, au juste?

— Au retour de Boston, je me suis arrêté dans un village.

Il ne mentait pas.

— Je ne fais rien de particulier.

Il ne disait pas toute la vérité.

— Il me faut encore un jour ou deux…

Hubert venait de voir passer la silhouette de Walter Williams dans l'encadrement de la fenêtre de sa chambre.

— J'attendais quelqu'un qui arrive justement. Je te donne des nouvelles bientôt.

Il raccrocha et se mit en frais de changer de chemise, pour se donner une contenance. Hubert avait vu juste. Le temps que Walter Williams s'enquière auprès de la réception du numéro de la chambre occupée par le Québécois, et on frappait à sa porte. Hubert ouvrit en finissant de boutonner sa chemise.

Walter Williams arborait toujours sa tenue de combat, assortie maintenant d'une casquette à l'insigne de la National Rifleman's Association, organisme qui luttait pour le maintien du droit sacré de porter une arme en toute occasion. Hubert reprit son travail sur ses boutonnières. Comme l'autre ne disait rien, se contentant de l'examiner en tanguant sur ses jambes, Hubert l'aborda de front.

— Vous n'êtes pas venu ici pour me regarder m'habiller, je présume?

Walter Williams détourna la tête, joignit les mains et fit craquer les jointures de ses doigts.

— Je voulais te demander comment c'était, avec ma fille?

— Qu'est-ce que vous voulez dire?

— Je veux dire… l'amour.

Hubert pencha la tête de côté, à la manière des chiens qui essaient de comprendre ce que leur disent les humains, dans leur langage complexe.

— Tu veux savoir comment ta fille fait l'amour?

— C'est un peu ça, oui.

Les deux hommes se jaugeaient, de part et d'autre du lit. Hubert fit un pas en direction de Walter Williams.

— Dehors!

Puis, en grommelant :

— Je ne supporte pas les détraqués.

Il lui montra la porte, mais Walter Williams ne broncha pas. Le menton en avant, le regard fixe sous la visière de la casquette, il ployait les genoux pour ajuster sa taille à celle de son interlocuteur.

— Je ne te demande pas de me raconter des histoires de cul. Je veux seulement savoir qui a fait les premiers gestes…

— C'est elle, mais ne va surtout pas croire que je me

cache derrière ta fille. Je n'ai pas peur de toi. Je dis simplement que c'est elle qui a commencé, parce que c'est la vérité. Ça te suffit?

— Pas tout à fait.

Williams souleva sa casquette pour se gratter le crâne.

— Il y a quelque chose que je ne comprends pas, reconnut Hubert. Il y a deux jours, tu me menaçais parce que j'étais en compagnie de ta fille. Aujourd'hui, tu veux que je te raconte comment elle fait l'amour.

Williams regarda autour de lui, dans la pièce, comme pour s'assurer que personne d'autre qu'Hubert ne pouvait l'entendre.

— Il faut que tu le saches, il y a bien longtemps que ma fille n'avait pas couché avec un homme. Parce que Jeri, vois-tu, c'est les femmes qu'elle aime.

Au tour d'Hubert de se passer la main dans les cheveux.

— Il y a bien eu un gars ou deux, expliqua Williams, au temps du high school, mais, depuis ce temps-là, il n'y a eu que des femmes dans sa vie. Je ne sais pas ce que tu lui as fait, mais je me dis que ce serait dommage que ça s'arrête en si bon chemin.

Hubert ne trouvait plus ses mots.

— Baise-la tant qu'elle en redemandera! réclama Williams. Quand elle en aura assez, reprends des forces et recommence! Tu peux faire ça pour moi?

Hubert s'avança vers lui. Sa fureur compensait leur différence de taille.

— Je coucherai avec ta fille si nous en avons envie tous les deux! Pas pour te faire plaisir! Maintenant, tu t'en vas! J'ai atteint un point, dans ma vie, où je n'ai plus l'intention de me laisser dicter ma conduite par personne ! Encore moins par des désaxés de ton espèce !

Walter Williams avait la main sur la poignée. Il allait sortir. Se ravisant, il ajouta :

— Très intéressant ce que tu dis là.

Il franchit le seuil en baissant la tête, comme s'il craignait de heurter le cadre. Avant de refermer, il se tourna pour adresser une mise en garde à Hubert :

— Je préférerais que Jeri ne sache pas que je me mêle de ce qui me regarde. O. K. ?

* * *

Il avait plu tout l'après-midi. Maintenant que les averses avaient cessé, un vent follet courait sur les hauteurs. Les arbres s'ébrouaient. Autour de Central Valley, les collines appareillaient pour la nuit.

Hubert avait laissé sa BMW au bout d'un chemin forestier. Il avait marché sur un sentier balisé de ténèbres, les bras tendus, jusque dans une clairière. En fin de course, il s'était assis sur une souche.

Au plus profond de lui-même, il chercha Jeri. Ce fut François qu'il trouva. Le vent donnait une voix à l'enfant.

Tu disais qu'on ne doit pas faire en cachette ce qu'on n'oserait pas faire devant tout le monde. Pourquoi tu caches à ma mère ce que tu fais avec Jeri ?

Hubert sursauta. Quelqu'un venait. Il toussota pour signaler sa présence. Les pas s'arrêtèrent.

— Gendron ?

Hubert ne répondit pas. Le nouvel arrivant continuait d'avancer.

— Je sais que tu es là !

Hubert avait reconnu le père de Jeri.

— Comment as-tu fait pour me retrouver ici ?

— *Dead easy !* s'exclama Walter Williams, qui venait d'allumer une lampe de poche. Ta BMW est au bout du chemin. Tu as laissé des traces partout, des branches cassées, l'empreinte de tes chaussures dans la boue. Tu aurais voulu que je te retrouve, tu n'aurais pas agi autrement.

— Et qu'est-ce qu'il y a de si urgent pour que tu me coures après, en pleine nuit, dans le bois ?

Walter Williams dessinait des arabesques sur le sol avec le faisceau de sa lampe de poche.

— Tu m'as dit quelque chose de très important aujourd'hui. Quelque chose qu'on n'entend pas souvent. Tu as dit : « Je ne laisse personne me dicter ma conduite. »

— Il n'y a rien d'exceptionnel là-dedans !

— Jeri m'a raconté, pour ton enfant.

Hubert se retrancha derrière son mutisme.

— Ça fait de toi un être à part, enchaîna Walter Williams. C'est des gens comme toi que je cherche.

— Écoute-moi bien. J'ai perdu mon enfant. Tu le sais, maintenant. J'ai couché avec ta fille. Je ne m'en suis pas caché. Dans les deux cas, ça ne te concerne pas. Alors, tu me laisses tranquille. Compris ?

— *Way to go !* Tu es l'homme qu'il me faut !

Hubert ne pouvait pas voir le visage de Walter Williams, mais il le sentait jubiler dans l'ombre. Sa voix le trahissait. Il le ramena sur terre.

— Je viens de te demander de ne pas te mêler de mes affaires ! Tu ne m'as pas entendu ?

L'intérêt de Walter Williams pour Hubert ne s'expliquait pas encore, mais le père de Jeri semblait convaincu que, si le sort le mettait en présence de cet étranger, c'était pour qu'il accomplisse un grand destin.

— Je ne te laisserai pas tomber, même si tu n'es pas encore prêt à m'écouter. Pourtant, je peux déjà te faire une proposition concrète : tu t'occupes de Jeri, et moi, je m'occupe de toi.

— Fous le camp !

Walter Williams éteignit sa lampe de poche et se mit en marche sur le sentier. Il ne pouvait voir où il allait, dans le noir. Il s'éloignait pourtant avec assurance.

— *Way to go !* lança-t-il à Hubert, comme si tout ce qu'il attendait de lui pouvait se résumer à ce cri de ralliement.

* * *

Billy Memory avait relancé le moteur de la Sierra et s'était engagé sur une route qui longeait le flanc des collines.

— On dirait que les gens qui vivent ici sont débarqués d'une autre planète, fit observer Suzanne. La fille propose à Hubert de coucher avec elle la première fois qu'elle le voit, le père essaie de l'embrigader dans je ne sais trop quoi, vous-même passez vos nuits devant l'écran d'un ordinateur, dans une roulotte, au fond des bois. Vous admettrez que c'est assez particulier !

— Ça tient peut-être au fait qu'on a le temps de s'en-

142

tendre penser, suggéra Billy Memory. Si vous aviez déjà passé un hiver par ici, vous comprendriez de quoi je veux parler.

— J'ai toujours cru que les gens de la campagne avaient un gros bon sens qui leur venait du contact avec la nature.

— Vous pensez que la nature est raisonnable, vous ?

— Votre différence, elle vient probablement de vos origines. La fille, passe encore. Mais le père…

— Il faut bien reconnaître que Walter Williams est un cas assez particulier.

La camionnette franchit une gorge, sur un viaduc. L'Indien s'arrêta, coupa le contact et descendit. Suzanne mit quelques instants à se décider à l'imiter. Il n'y avait rien à voir. Les ténèbres roulaient dans les vallées, entre les collines. Un petit vent frais, peut-être. Un viaduc de béton qui se laissait traverser par la nuit. Rien de plus.

— Ça s'est passé ici, déclara l'Indien, et cette fois Walter Williams a eu la confirmation que son intuition était juste. Hubert était bel et bien un homme farouche, dressé seul face à son destin. Qu'il y fût poussé par le désespoir n'était pas pour lui déplaire.

Suzanne haussa les épaules.

— Sans le savoir, résuma Billy Memory, cette nuit-là, votre mari est devenu un pion sur l'échiquier de Walter Williams.

* * *

Au moment d'emprunter le viaduc, Hubert freina brusquement. Un camion-citerne était immobilisé en

143

travers du passage. Hubert laissa les phares allumés et descendit de sa BMW. La cabine du camion avait enfoncé le parapet métallique et demeurait suspendue dans le vide, le moteur coupé. Aucun bruit. Les phares du véhicule traçaient deux faisceaux dérisoires qui se perdaient dans la nuit. Hubert se pencha au-dessus de la section intacte du parapet. Il semblait n'y avoir personne dans la cabine.

Il retourna à sa voiture et prévint la police à l'aide de son téléphone portable, après quoi il revint auprès de l'épave, une lampe de poche à la main. Cette fois, il constata que la portière de la cabine était ouverte, du côté du passager. Le conducteur était sans doute descendu par là. Hubert appela, en se penchant au-dessus de la gorge. Pas de réponse. Il entreprit alors de dévaler la pente.

Un silence pesant régnait au fond du ravin. Hubert explora la base des piliers, sous la structure du viaduc. Personne. Il suivit une piste. Les pêcheurs qui fréquentaient l'endroit l'avaient tracée. Elle aboutissait à une petite plage caillouteuse, au centre de laquelle se dessinait un tronc d'arbre mort, lissé par les saisons. Un homme était assis dessus. Il ne bougeait pas.

Hubert s'efforça du mieux qu'il put de rassurer le conducteur sur son sort. Le malheureux ne savait plus où il était. Il ne se rappelait pas ce qui s'était passé. Il tremblait de frayeur. Il ne paraissait cependant pas blessé. Pas physiquement, du moins. Il se leva et se rassit, cherchant son paquet de cigarettes dans ses poches. Quand la voiture de police se présenta sur le viaduc, Hubert attira l'attention en criant et en agitant sa lampe de poche. Pendant que les policiers dévalaient la côte pour les rejoindre, une ambulance arriva à son tour.

Il y avait déjà quelques curieux sur le viaduc. Dans ces solitudes, l'éclat des gyrophares et l'appel de la sirène aimantent les curiosités. On installa le conducteur hébété dans l'ambulance. Le gros véhicule jaune fonça dans la nuit. Entre-temps une dépanneuse avait reculé sur le pont.

C'est au milieu de cette confusion qu'une fourgonnette GMC blanche se fraya un passage parmi la foule. Un homme dans la trentaine en descendit. Il avait le visage marqué de cicatrices de variole et les cheveux noirs coupés ras. Il portait une ceinture de batteries à la taille et une caméra vidéo à l'épaule. Il courut sur le pont en allumant son projecteur. Les curieux remarquèrent sa constitution athlétique, les muscles de ses bras et sa poitrine bombée sous le t-shirt rayé d'un éclair jaune.

— Tiens! v'là le vautour! s'exclama l'un des policiers.

— Hé! Stan! enchaîna l'autre, t'arrives trop tard! Ils ont déjà emporté le cadavre.

Il rit. L'homme à la caméra s'offusqua.

— Vous auriez pu m'attendre une minute, bande de chiens!

Il éteignit son projecteur. Il parlait anglais avec un léger accent étranger, probablement slave.

— C'est même pas vrai! rectifia le premier. Il n'y en a pas de mort. Même pas de blessé. Tu t'es déplacé pour rien.

— Si t'es pas content, renchérit son confrère, retourne donc dans ton pays. Le sang coule dans les rues, là-bas, à ce qu'il paraît.

D'un geste qu'on sentait amical, le dénommé Stan menaça le policier avec sa caméra. Ils rirent tous les trois, pendant que l'opérateur de la dépanneuse se contorsionnait pour examiner le point d'attache entre la citerne et la cabine.

— Si ça peut te consoler, ajouta le premier policier, il y a un témoin. Viens, je vais te le présenter.

Le vautour à la caméra voulut amener Hubert à jouer un rôle de premier plan dans son reportage, reconstituant les événements comme il les avait vécus.

— Tu arrives dans ta bagnole, tu sors, tu t'approches, tu regardes dans la cabine. Là, je fais un plan en bas, sur le vide, puis je te suis dans la côte. Tu m'emmènes jusqu'à l'endroit où tu as trouvé le gars, puis tu m'expliques dans quel état il était, le choc nerveux, tout ça. O. K.? Monte dans ta bagnole.

Il ralluma son projecteur. Hubert ne bougea pas. Le cameraman le regarda en poussant un soupir et, de sa main libre, il fouilla dans la poche de son jean.

— Tu veux combien pour faire la vedette?

Hubert faisait non de la tête. Les curieux se pressaient autour d'eux.

— Qu'est-ce qu'il y a?

— Je n'ai pas envie de jouer à ton petit jeu.

— Pourquoi?

— Parce que moi, je ne me nourris pas de cadavres! Quand j'ai envie de me distraire, je ne regarde pas les infos à la télé.

Le vautour s'éloigna en égrenant des *Shit!* et des *Fuck!* furieux. Hubert resta seul devant les spectateurs incrédules. Parmi eux, il reconnut la silhouette de Walter Williams, au-dessus des têtes éberluées. Le père de Jeri avait les mains dans les poches, et sa tenue militaire ne détonnait pas au milieu de ce peuple des collines. Son regard capta celui d'Hubert. Il s'approcha.

— Tu viens de confirmer ce que je pensais de toi.

— Tu as fini de me suivre partout?

— Je ne te suis pas. C'est toi qui me précèdes.

Hubert s'éloigna en direction de sa voiture.

— *Way to go!* lui lança encore une fois le père de Jeri.

L'instant d'après, Walter Williams riait de bon cœur avec le cameraman, appuyé à la fourgonnette de ce dernier. Hubert, plus seul que jamais. Et perplexe, de surcroît.

*   *   *

Suzanne et l'Indien étaient toujours adossés au parapet du viaduc. Quelques étoiles filaient entre les nuages.

— Nous vivions à cœur ouvert, se remémora Suzanne.

— Si chacun en faisait autant!

— Dans notre situation, ça pouvait être dangereux. Hubert était en train de se creuser un terrier dans vos collines. Moi, je me mettais en route vers les étoiles.

— Deux attitudes très raisonnables… Quand on est blessé, on se recroqueville, ou on s'accroche à l'impossible.

Suzanne reconnut qu'elle avait elle-même réclamé la présence d'Hubert à Longueuil, sous prétexte de lui annoncer une grande nouvelle.

— Il a sans doute cru que vous regrettiez de lui avoir mis la mort de François sur le dos.

— Ce n'était pas le cas, rectifia-t-elle. Pour moi, le verdict avait été rendu. Hubert était coupable. Je n'allais pas en rester là. Sa faute ne me soulageait pas. Après avoir été traînée dans la boue, j'avais besoin de m'envoler très haut.

— Vous vouliez vraiment le convaincre de vous suivre ?

— Je ne sais pas. Probablement que non. Au fond, je voulais surtout lui montrer que je m'en tirais mieux que lui. Du moins, je le croyais.

* * *

Le tocsin sonnait dans la poitrine d'Hubert. Suzanne l'avait entraîné dans la chambre de François. Vestale d'un culte auquel son mari ne participait pas, elle avait allumé un bâtonnet d'encens, puis elle avait introduit un disque compact dans le lecteur, une incantation *new age,* oscillant entre synthétiseur spatial et battements de cœur primitifs. Prudent, Hubert se raidit.

— Si tu veux, lui proposa Suzanne, je peux te faire rencontrer François.

— Ne joue pas à ce jeu-là ! C'est trop cruel.

Mais Suzanne ne s'insurgea pas.

— C'est très sérieux. Depuis une semaine, je l'ai vu trois fois.

Hubert ne put s'empêcher de dénoncer l'illusion qu'engendrait la souffrance d'une mère.

— Tu te fais du mal pour rien !

— Au contraire ! Depuis que j'ai commencé mes séances de communion cosmique, je me sens beaucoup plus en paix.

Hubert enfonça les mains dans ses poches.

— Alors, raisonna-t-il d'un ton de défi, tu sais où il est ?

— Pas exactement, admit Suzanne, mais si je fais les premiers pas, il vient vers moi.

Hubert secouait la tête.

— Et ça se passe où ?

— Dans l'espace interstellaire, révéla Suzanne en levant les bras vers le plafond de la chambre.

Hubert hochait la tête avec une vigueur accrue.

— C'est ta cousine Raymonde qui t'a bourré le crâne avec ces bêtises ?

— Elle m'a beaucoup aidée, oui. Si je ne l'avais pas eue, je pense que je serais devenue folle.

— Mais tu es justement en train de perdre la raison ! Tu sais aussi bien que moi que les voyages astraux, c'est des inventions pour attraper les simples d'esprit.

— Merci !

Suzanne se leva. Elle se tenait les mains l'une contre l'autre, dans une attitude de dévotion.

— Tu mélanges tout, les réincarnations spatiales et les voyages astraux.

— Tu as raison. Il y a des degrés à la folie.

— Tu n'es visiblement pas dans les bonnes dispositions pour rencontrer François.

Deux personnes en train de se noyer, chacune s'agrippant à ses lubies. Hubert refit surface le premier et descendit à la cuisine. Suzanne finit par l'y rejoindre. Elle fit du café. Il posa les tasses sur la table. Ces gestes familiers ne donnaient aucune vraisemblance au présent. La conversation reprit au rythme des cuillères dans le café. À leurs pieds, le chien se délectait de leur présence retrouvée.

Suzanne résuma, à l'intention de son mari, les révélations que lui avait faites Raymonde. Un électricien de San

Antonio, au Texas, avait enfin percé le mystère de la vie. Comme tout le monde, Jim White cherchait depuis sa tendre enfance à pénétrer le mystère de l'existence. Qui sommes-nous? D'où venons-nous? Où allons-nous? Ces questions que les électriciens se posent tout autant que les philosophes, les premiers sur l'oreiller, avant de s'endormir, les seconds devant leurs gros livres.

Au cours d'une promenade solitaire en pleine nature, il avait vingt-neuf ans à l'époque, Jim White avait été transporté dans une lointaine galaxie, où il avait rencontré des entités immatérielles. Ces entités lui avaient révélé pourquoi, depuis la nuit des temps, l'homme butait comme une mouche sur une vitre avec ses questions. Nous n'étions tout simplement pas encore assez évolués pour percevoir que l'Univers constituait un vaste organisme doté de conscience. Pouvait-on demander aux cellules du foie de connaître le fonctionnement du corps humain tout entier? La vérité, c'était que la Terre, les planètes et les étoiles formaient le corps vivant de l'Univers. Dans ce contexte, on constatait que les religions traditionnelles, celles du Christ, de Bouddha et de Mahomet notamment, ne représentaient que de maladroites tentatives pour interpréter localement un phénomène dépassant de beaucoup leur doctrine étroite. Une façon encore primitive, somme toute, d'aborder la question.

La révélation dont l'électricien de San Antonio avait fait l'expérience recelait une autre vérité: de même qu'est limité le nombre de cellules du corps humain, de même l'organisme universel ne disposait que d'une quantité finie d'êtres vivants. À la manière des cellules qui se régénèrent, les humains subissaient donc des réincarnations spatiales, pour aller revitaliser les étoiles et les planètes. À son tour, quand la terre serait purifiée de son ignorance, elle enverrait ses prophètes dans les galaxies qu'il restait à illuminer. Cette mutation approchait. Le troisième millénaire en verrait l'avènement.

Cependant, cette réconciliation du grand œuvre ne s'achèverait pas là. En effet, le système souffrirait tant et aussi longtemps que chacune de ses composantes n'aurait pas perçu la place qu'elle occupait dans l'ensemble. Quand toutes ses parties comprendraient enfin le sens de leur destinée, alors l'Univers connaîtrait son aboutissement. Car l'Univers n'était rien d'autre que Dieu lui-même en train de s'accomplir.

Pour accélérer le processus, et convier les habitants de la Terre à la conscience interplanétaire, l'électricien de San Antonio avait fondé l'Église de la réunion universelle. L'appellation américaine, Church of Universal Reunion, composait le sigle significatif de CURE.

Le culte avait d'abord essaimé dans le Sud-Ouest américain. Boston avait accueilli la première mission du Nord-Est à la fin des années quatre-vingt. Le Québec n'avait été touché qu'au milieu des années quatre-vingt-dix. Déjà, l'Église de la réunion universelle se flattait de compter un million d'adeptes, dans cinq pays. Selon ses dirigeants, sa progression dépassait largement celle qu'avait connue le christianisme à ses débuts.

Suzanne allait adhérer à la CURE. Après quelques séances d'initiation dirigées par Raymonde, elle parvenait déjà à percevoir l'entité de François, à la frontière de sa propre ignorance et de la lumineuse conscience de l'Univers. Une formation poussée lui permettrait sans aucun doute de se réunir à lui dans un temps rapproché. Hubert se leva. Il chancelait d'incrédulité.

— Si je te dis que tout ça, c'est de la bouillie pour les chats, tu vas m'envoyer au diable, je suppose?

Suzanne se dressa à son tour.

— Si tu ne veux rien entendre, tu n'as plus rien à faire ici!

Hubert se dirigea vers la sortie.

— Aussi bien te prévenir. Je vais être absent pendant quelque temps.

— Où vas-tu?

— Dans un village de la Nouvelle-Angleterre.

— Tu en arrives!

— J'ai rencontré quelqu'un…

— Toi aussi, tu as ton gourou?

— Pas un gourou, rectifia Hubert en relevant la tête. Tout simplement un homme.

— Et qu'est-ce qu'il t'enseigne, au juste, ton sauveur?

— Franchement, reconnut Hubert, je ne le sais pas. Il me fait une forte impression. C'est tout.

— On voit bien que tu t'accroches à n'importe qui!

— Pas à des lubies, en tout cas!

Suzanne se pinça les lèvres. Elle débarrassa la table des tasses et des cuillères, qu'elle posa dans l'évier. La main sur le robinet, elle se tourna vers Hubert.

— Désolée de te décevoir, mais tu ne peux pas t'absenter tout de suite. Ma première semaine de formation commence demain. C'est à ton tour de t'occuper du bureau.

Hubert ne broncha pas. Sa voix se fit plus sourde.

— Au fond, tu m'as demandé de venir te rencontrer parce que tu avais besoin de moi pour tenir le bureau. Je regrette, mais j'ai autre chose à faire. La secrétaire peut très bien se débrouiller toute seule.

— Et le chien ? reprit Suzanne.

— Toujours la secrétaire.

Il sortit, sans prendre la peine de conclure une conversation qui n'avait été, de toute façon, qu'un affrontement.

* * *

— Si je vous disais que Jim White avait raison ?

Billy Memory avait les yeux levés vers la voûte céleste. Suzanne baissait la tête vers l'asphalte, à ses pieds.

— Je crois toujours que les étoiles ont quelque chose à voir avec notre destinée sur la terre, oui, mais pas comme on me l'a enseigné.

L'Indien chercha le regard de Suzanne, pour l'inciter à relever la tête.

— C'est vrai. Il y a des gens qui n'ont aucun scrupule à fouiller dans la conscience des autres avec leurs gros doigts. Comme si on pouvait programmer un ordinateur avec un marteau et une scie !

— J'ai passé près d'une année à arracher une à une les idées que ces gens-là m'avaient plantées dans le cœur. J'en suis encore couverte de meurtrissures.

— Vous n'allez pas couper tous les liens avec le mystère parce que des individus peu scrupuleux vous ont ligotée dans leur vérité !

— Ne me demandez pas de repartir en voyage ! Pas tout de suite, en tout cas !

Elle s'éloigna de quelques pas sur le viaduc désert.

— Pour moi, le mystère, c'est de ne pas avoir été sensible à la peine d'Hubert. Ce qu'on m'a fait n'est rien à côté du mal que je lui ai fait.

— Où vouliez-vous qu'il aille? S'envoler vers les étoiles avec vous? Il n'avait pas les ailes pour ça. Il a choisi de s'accrocher à la terre. C'était aussi risqué, mais ça lui paraissait plus rassurant, à première vue.

* * *

Nu, allongé sur le lit de sa chambre de motel, Hubert s'abîmait dans la contemplation de la détresse humaine. Dans la chaleur accablante, la télécommande à la main, il animait le téléviseur d'une alternance d'images.

Les gourous de l'audience fouillaient les consciences. Maury Povich, Jerry Springer et Montel Williams confrontaient les points de vue de leurs invités, des batteurs d'enfants et des enfants battus, des mères porteuses en rupture de contrat et des mères acheteuses, des adolescents terrorisant leurs parents, et leurs parents humiliés une fois pour toutes, devant la nation.

Les témoins de ces reality-shows pleuraient parfois, certains s'injuriaient, quelques-uns s'empoignaient même devant les caméras, se donnant en pâture à une télévision sensationnaliste. J'ai surpris ma mère au lit avec mon amoureux. Mon mari fréquente les bars gais. Mon frère a tué notre grand-mère après l'avoir forcée à réviser son testament en sa faveur. Moins cher qu'un feuilleton, mais les mêmes ingrédients : sexe, trahison, prédateurs et victimes. Hubert éteignit le téléviseur. Son propre reality-show se projetait sur sa conscience.

Mon père est indirectement responsable de ma mort. Il refuse de l'admettre. À cause de son entêtement, je suis condamné à errer dans l'espace intersidéral, incapable de compléter ma métamorphose.

Hubert mit un pantalon fraîchement repassé, une chemise à manches courtes et des sandales de cuir brun. Il se rendit à la foire itinérante du comté de Battesburgh. Il comptait y trouver Walter ou Jeri, ou les deux.

L'événement se déroulait dans un pré, à l'entrée de Central Valley. On entendait la musique à un kilomètre. La grande roue tenait lieu de point de repère du rassemblement. On sentait des odeurs de friture en passant le guichet. Des volontaires, un brassard rouge à la manche, dirigeaient les voitures vers les aires de stationnement. Des câbles ceinturaient l'emplacement. Des enfants les franchissaient, pour se retrouver clandestinement au beau milieu d'une trentaine de tentes bariolées, l'enclos des animaux, un parc de machines agricoles et une exposition de véhicules récréatifs, caravanes remorquées, à sellette ou motorisées.

Hubert déambulait entre les stands de frites et de hot-dogs, les étalages de produits artisanaux, courtepointes et macramé, les jeux de tir à la carabine et les empilements de cages de volatiles. Il se mêla à la foule, fermiers tannés et villageois débonnaires, chacun sa casquette, certains traînant leur progéniture en bas âge, les autres, les mains dans les poches. Les femmes avaient appliqué un rouge criard sur leurs lèvres. Les plus jeunes avaient les cheveux longs, blonds et bouclés, comme sur les calendriers ; les vieilles arboraient des coiffures domptées par le fixatif, d'un blanc-bleu irréel. Les hommes se faisaient précéder de leur bedaine. Même les enfants de dix et douze ans emplissaient leurs bermudas d'un excédent de Big Macs et de coca-cola. Central Valley comme partout aux États-Unis : l'opulence mal digérée. Quelqu'un interpella Hubert.

— Hé ! le marchand de bois !

Hubert se retourna pour découvrir un homme pas très grand, dans la cinquantaine, rond, rougeaud, les cheveux châtain clair, les mains grasses, trois mentons et un petit rire pointu. Ses vêtements ne lui allaient pas et la sueur faisait glisser ses lunettes sur le nez. Il se tenait sur un tabouret, devant le comptoir de la tente où l'on servait de la bière. Il avait déjà comblé un cendrier de mégots. Il tendit la main.

— Docteur Phil Baldwin, fit-il. Vous prendrez bien une bière avec moi ?

En même temps, il rit et tira sur la main d'Hubert qu'il n'avait pas lâchée. Ce dernier se retrouva sous l'auvent. Il n'y avait plus de siège libre.

— Nick, ordonna le docteur Baldwin au garçon, deux autres Bud.

Debout, Hubert avala une gorgée de bière au goulot, étonné que l'inconnu parût le connaître. Le docteur avait déjà trop bu. Il énonça une parabole, tout en s'efforçant de contrôler son débit un peu pâteux.

— Tout le monde connaît tout le monde ici, à plus forte raison les étrangers. Je me suis laissé dire que vous achetez du bois, mais que vous êtes en quête de quelque chose de plus précieux encore. Permettez-moi de vous donner un conseil. Assurez-vous de bien connaître vos ennemis. Ils sont parfois plus utiles que les amis.

Hubert allait réclamer des explications quand une bande d'adolescents, cinq ou six garçons et deux filles, envahit la tente. Ils commandèrent de la bière. Nick refusa de les servir. Ils n'avaient pas l'âge légal de consommer des boissons alcoolisées. Les adolescents protestèrent. Devant l'obstination du tenancier, ils se mirent à proférer des menaces. Le vide s'était fait autour d'eux. Ils donnèrent des coups de poing sur le comptoir, renversèrent des tabourets et partirent en bousculant tout et tous sur leur chemin. Heurté lui-même, Hubert en attrapa un au passage.

Le garçon se débattit. D'une main, Hubert le retint par la ceinture, de l'autre par son t-shirt dont le fuyard sortit comme un poisson. Hubert le ressaisit par le bras en lui enfonçant ses ongles dans la chair. Le docteur Baldwin était devenu soudain très rouge. Sa main tremblait sur sa bouteille de bière.

— Je vais prévenir le shérif, annonça-t-il au tenancier.

— Surtout pas! protesta Nick.

— Pourquoi?

— Le shérif va l'emmener à son bureau. Il remplira des papiers, puis il le relâchera. Demain, ce gars-là reviendra avec sa bande et ils casseront tout. Je préfère que vous le laissiez aller.

En même temps qu'il s'adressait au docteur Baldwin, Nick ne quittait pas Hubert des yeux. Le garçon continuait de gigoter. Hubert maintenait sa poigne. La frustration de l'adolescent grandit. Inévitable, la bagarre éclata. Les

157

adversaires se tiraillèrent, avant de rouler sur le sol. Hubert parvint à allonger le garçon sur le dos. Un genou sur sa poitrine, il allait lui abattre son poing sur la figure. Il retint son geste. Le garçon avait les cheveux blonds et frisés. Hubert le lâcha, se releva et fit un pas en arrière. L'autre en profita pour filer, en heurtant les badauds. Le docteur Baldwin s'indignait.

— Aujourd'hui, les jeunes n'ont plus aucun respect! Je les ferais marcher, moi, un coup de pied au cul, une claque derrière la tête!

Hubert remettait de l'ordre dans ses vêtements et sa coiffure quand il aperçut Jeri. Elle venait dans sa direction, en compagnie d'une jeune femme. Elle ralentit d'abord le pas, puis elle se reprit et entraîna sa compagne à sa rencontre.

— Toujours en train de redresser des injustices! lui lança-t-elle en faisant allusion à la scène dont elle venait d'être témoin. Mon amie Franka, ajouta-t-elle en désignant sa compagne.

Franka salua et se désintéressa aussitôt d'Hubert. C'était une petite boulotte, noire de cheveux et au teint olivâtre, aux yeux sans cesse en mouvement, volubile et joignant le geste à la parole.

— Hubert Gendron, enchaîna Jeri, en complétant le rituel des présentations. Un marchand de bois. Il est ici pour affaires. J'ai réparé sa voiture.

Franka n'écoutait pas. Hubert ne trouva rien à ajouter. Le silence commença tout de suite à peser. Le docteur Baldwin se leva.

— Ce n'est pas moi qui te chasse, mon oncle? s'enquit Jeri.

— Au contraire, ma belle, répondit le docteur, si je m'écoutais, je passerais la journée ici, à te contempler.

Et il ajouta, avec un clin d'œil :

— Des obligations.

Après quoi, il s'éloigna sur ses courtes jambes. Hubert en profita pour interroger Jeri à son sujet.

— C'est ton oncle ?

— Pas vraiment, répondit-elle en secouant sa chevelure. Plutôt un ami de mon père. Je l'appelle « oncle » depuis que je suis toute petite.

— Il est médecin ?

— Dentiste, et il aime beaucoup se faire appeler « docteur ».

— Il pratique ici ?

— À Albany, mais tu auras l'occasion de le revoir souvent à Central Valley. Il fait partie du paysage. Et toi, ajouta-t-elle en ayant soudain l'air de s'apercevoir de ce fait, tu es de retour ?

Hubert jeta un coup d'œil du côté de Franka. Il ne pouvait s'empêcher de penser à ce que lui avait révélé le père de Jeri. La jeune femme ne l'appréciait guère, c'était évident. Elle ne détachait pas son regard de la grande roue.

— Tu viens faire un tour ? proposa-t-elle à Jeri.

Hubert regarda les filles s'éloigner. La queue de cheval de Jeri battait sur ses épaules. Elle se tourna vers Hubert, tout en continuant de marcher.

— Et toi, qu'est-ce que tu deviens ?

— Je ne sais pas.

— Quand tu seras fixé, fais-moi signe.

* * *

Hubert s'attarda à Central Valley. Il se rendit à l'appartement de Jeri. Toujours personne. Peut-être vivait-elle avec cette Franka à laquelle il ne voulait pas trop penser?

Un jour, il alla déjeuner au restaurant où elle travaillait. On lui dit qu'elle était en congé. Quant à Walter, il avait l'habitude de disparaître pendant des semaines. Il n'était pas indiqué de chercher à savoir où il allait. C'est ce qu'on lui fit comprendre.

Hubert eut pourtant plus de succès auprès de certains habitants du village. La caissière du magasin général, où il se procura le *USA Today,* avait fait circuler la rumeur que le Québécois achetait du bois à gros prix. À son tour, le pharmacien, qui lui vendit un shampoing antipelliculaire, lui demanda s'il n'avait pas besoin d'un bon comptable pour ses affaires à Central Valley. Il lui proposa les services de son neveu. Un agriculteur de la vallée, qui s'était arrêté pour converser avec les vieux, sur le banc, l'invita au pique-nique communautaire qui se tiendrait le lendemain soir, au bord de la rivière.

— Tout le monde sera là, affirma le gros homme. Ça pourrait être bon pour tes affaires.

Hubert en conclut qu'il avait toutes les chances d'y retrouver Jeri et son père. Le soir convenu, il gara donc sa voiture parmi la trentaine de véhicules, des camionnettes pour la plupart, qui s'alignaient au bord de la rivière. C'était à l'endroit même où Jeri l'avait emmené, le jour où il avait fait sa connaissance, un bout de plage de cailloux, un pré mangé de broussailles et des vinaigriers tordus, en bordure des bois qui garnissaient la pente.

On avait disposé une dizaine de tables de pique-nique en demi-cercle. Elles étaient couvertes de victuailles, chips, petits pains, viande à hamburger et tout un assortiment de condiments, ketchup, relish et moutarde. Une glacière, contenant des bouteilles de deux litres de coca-cola et des canettes de bière, était posée près de chacune des tables. Les femmes tranchaient des oignons. Des nuées d'enfants s'abattaient sur les sacs de chips. Une radiocassette beuglait les lamentations d'un cow-boy en peine.

Cinq barbecues, alimentés par le gaz propane, s'alignaient un peu à l'écart. Un homme officiait devant chacun, la pelle à retourner la viande dans une main, une canette de bière dans l'autre. Ils étaient tous revêtus de tabliers portant des inscriptions farfelues : *Un homme qui aime sa femme tourne sept fois sa langue dans sa bouche — Qui veut goûter à ma saucisse ?*

Hubert chercha Walter ou Jeri mais ne les vit pas. Il s'approcha des tables. La caissière du magasin général lui tendit une canette de bière.

— T'as rien à boire ? Prends ça.

En même temps, elle arracha une bouteille de ketchup des mains d'un enfant qui venait d'en verser la moitié du contenu dans un sac de chips.

— C'est assez ! Tu vas virer rouge comme une tomate !

L'enfant s'en fut recommencer son manège à une table voisine. Hubert s'attarda parmi le groupe. Avec son pantalon beige, il était le seul à ne pas porter de jean. Sa chemise rayée contrastait avec les t-shirts qui moulaient les seins des femmes et les bedaines des hommes. Chaque casquette affichait l'allégeance de son propriétaire à une marque de voiture, à une étiquette de bière ou à une équipe de baseball.

Hubert n'avait rien sur la tête, des sandales aux pieds, alors que tous marchaient dans des chaussures de tennis, celles des enfants délacées comme le prescrivait la mode.

Il dériva parmi l'assemblée. Le pharmacien lui donna un hamburger. L'un des vieux trinqua avec lui, en cognant sa canette contre la sienne. Il se retrouva assis sur une chaise de jardin, entre un homme ridé, aux dents gâtées, les cheveux teints en roux, et une femme trop blonde pour son âge.

— Le gouvernement nous mange tout ronds, soutenait l'homme. Je voudrais bien les voir, moi, les politiciens, s'ils étaient obligés de gagner leur vie. Ils crèveraient !

— Si ça continue, renchérit un autre qui roulait sa canette entre ses paumes, nos maisons vont appartenir au gouvernement. C'est vrai, on travaille juste pour payer les taxes et les impôts.

— Tiens, intervint une femme en mettant un hamburger sous le nez de son conjoint, en v'là un que les bureaucrates de Washington n'auront pas.

L'homme saisit le hamburger et mordit dedans pendant que la femme se tournait vers Hubert.

— Et puis toi, mon garçon, qu'est-ce que tu dis de ça ?

— Moi, je dis que vous vous plaignez le ventre plein. Vos taxes et vos impôts sont deux fois moins élevés que chez nous.

— Ah, pour ça ! se récria l'homme, les États-Unis, ça reste la terre de la liberté !

Il avala une gorgée de bière et rota de contentement.

* * *

Les pique-niqueurs formaient maintenant un grand cercle autour d'un bon feu qui flambait dans la nuit, un brasier en forme de pyramide. Les enfants grillaient des guimauves au bout de branches effilées. Les guimauves s'enflammaient. Les enfants poussaient des cris, les mères enfilaient d'autres guimauves sur les branches, et le cycle recommençait. Quand ils eurent consommé deux sacs de ces guimauves, les enfants laissèrent le bout de leur branche s'embraser pour de bon, avant de l'agiter dans l'air, le tison dessinant des arabesques en forme de huit dans la nuit. Hubert se tenait un peu à l'écart, les mains dans les poches. Quelqu'un lui tapa sur l'épaule. Il se tourna. C'était Jeri. Franka l'accompagnait.

— Vous êtes seul? demanda Jeri.

Elle faisait la grande dame qui s'enquiert du sort d'un invité dans la bonne société. Hubert joua le jeu.

— Pas du tout. Je commence à connaître pas mal de monde, par ici, vous savez.

Ils rirent. Jeri désigna sa compagne, comme si elle devait justifier sa présence à ce rassemblement.

— Franka voulait voir le feu.

— Ça tombe bien, poursuivit Hubert, moi, je voulais te parler.

— Maintenant?

— Si je ne profite pas de l'occasion, je ne sais pas quand elle se représentera.

Jeri entraîna Franka vers le feu. Elles s'assirent toutes deux sur l'herbe, près du cercle où les villageois s'étaient regroupés. Un instant, Hubert se crut ignoré, mais Jeri tapota le sol pour l'inviter à se joindre à elles. Hubert vint s'accroupir près d'elle.

— Je préférerais te parler dans un endroit plus tranquille.

Jeri regarda son amie Franka en haussant les épaules, comme pour s'excuser de s'absenter, puis elle se releva en même temps qu'Hubert.

— Je reviens tout de suite, annonça-t-elle à sa compagne.

Ils s'éloignèrent sur le chemin qui remontait vers le village. Ils marchèrent plusieurs minutes en silence. Jeri avait allumé une cigarette dont le bout embrasé crevait la nuit. Des bribes de musique country s'effilochaient dans l'air humide.

— Drôle de type, ton père, commença Hubert. D'abord, il me fait des menaces, puis il part à ma recherche. Il finit par me retrouver dans le bois, en pleine nuit, pour m'annoncer qu'il veut m'aider. À quoi? Je ne sais pas. Pourquoi lui as-tu raconté ce qui m'est arrivé?

En guise de réponse, Jeri souffla un long jet de fumée dans la nuit.

— Et toi, poursuivit Hubert, tu me fuis.

— *Jesus!* tu t'imagines peut-être que tu as des droits sur moi parce que nous avons fait l'amour!

— Surtout pas!

— Tu n'as jamais pensé qu'il pouvait y avoir quelqu'un d'autre?

— Franka...

Jeri tira une dernière bouffée de sa cigarette avant de jeter le mégot à ses pieds pour l'écraser sous la semelle de sa botte.

— C'est mon père qui t'a parlé d'elle?

— D'une certaine façon, oui.

Il la prit par le bras et l'entraîna sur le chemin. Ils parvinrent aux abords de l'usine désaffectée de la Central Valley Mills. Une ampoule nue pendait à l'angle d'un mur de briques, projetant un faible faisceau de lumière que l'ombre mangeait. Le sentier longeait des débris, des bouts de chaînes rouillées, des tuyaux tordus et des tôles bruyantes. Hubert s'arrêta et mit les mains dans ses poches. Il devinait le visage de Jeri plutôt qu'il ne le voyait.

— Ça ne pourrait pas être plus simple ? déplora-t-elle. Il y a une femme dans ma vie, et un enfant mort dans la tienne ! Comment veux-tu qu'on se rejoigne ?

Elle lui plaqua un baiser sur les lèvres et s'en fut presque en courant.

* * *

Pendant ce temps, à l'emplacement du feu de camp, les villageois reprenaient en chœur les refrains du lecteur de disques compacts, dont ils avaient poussé le volume au point d'emplir la nuit de puissantes vibrations.

Exaltés par la simplicité de l'évangile country, les hommes et les femmes de Central Valley tapaient du pied, tanguaient en harmonie, poussaient des hurlements, les bras entrelacés sur des épaules, les mains sur les hanches, se donnant des bourrades amicales ou se volant des baisers mouillés. Les enfants s'étaient enfoncés dans les bois, agitant des feux follets au bout de leurs branches enflammées. Une oasis de fraternité au cœur de l'été.

L'éclat des phares d'un véhicule qui arrivait ne retint d'abord l'attention de personne. Sans doute un villageois, attiré par la musique, avait-il regretté de ne pas s'être joint plus tôt à la fête ? Mais il y avait d'autres faisceaux lumineux derrière le premier. Trois ou quatre camionnettes, montées sur des pneus surdimensionnés, presque aussi grands que ceux des tracteurs de ferme. Le convoi fit le tour de l'endroit où se tenaient les fêtards. On s'attendait à ce qu'il s'immobilise et à ce que ses occupants mettent pied à terre. Toutefois, plutôt que de se joindre à la fête, les nouveaux arrivants firent voir des visages menaçants et grognèrent des injures. On ne connaissait que trop ces gens-là. Des fils de fermiers qui se prenaient pour les héros des vidéos qu'on regardait en famille, le samedi soir.

Le convoi recommença à tourner autour du cercle qui se resserra. Les femmes rassemblèrent les enfants. Les hommes brandirent le poing, incapables d'intervenir, craignant d'être heurtés par les engins qui les cernaient.

Une lueur creva la nuit, aussitôt suivie d'une déflagration. Le coup venait de la colline. Les hommes plaquèrent les femmes et les enfants au sol. Un deuxième coup de feu. Les conducteurs des camionnettes rentrèrent la tête dans les épaules. Un homme dévalait le talus, un Uzi semi-automatique pointé vers eux. Les villageois reconnurent Walter Williams. Il portait toujours sa tenue de camouflage.

Après que Williams eut tiré deux autres coups en l'air, les envahisseurs ne demandèrent pas leur reste et poussèrent leurs machines vers le haut de la côte. Walter les poursuivit, le fusil-mitrailleur dirigé vers les feux de position qui s'éloignaient.

Quand ils furent hors de vue, il posa la crosse de son arme par terre, entre ses jambes écartées. Les mains sur le canon, il se laissa entourer par ses concitoyens. Il expliqua qu'il patrouillait dans la colline quand il avait été témoin de l'incident. Cela ne surprit personne. Walter Williams se comportait comme le shérif des anciens westerns.

En même temps qu'il parlait, Walter chercha Jeri parmi les convives. Il l'aperçut, aux côtés de Franka. Pas tout à fait satisfait. Il aurait préféré la retrouver, main dans la main, avec le marchand de bois. On lui dit que ce dernier venait justement de s'en aller.

L'Uzi au bout du bras, Walter prit le chemin du village. Il marchait d'un pas déterminé, mais sans se presser. S'il avait su dans quelle situation se trouvait Hubert, il se serait précipité.

En remontant la côte, les barbares motorisés avaient aperçu l'étranger, seul, devant le mur de briques de l'usine désaffectée. Dépités par le sort que Walter Williams venait de leur faire subir, ils firent converger les phares de leurs camionnettes vers cette proie facile.

— T'es en train de te branler?

— Approche pas, Mike, c'est un *fif*!

— Il va te refiler le sida!

Instantanément, Hubert se retrouva sur la passerelle, sous le pont Jacques-Cartier. Un éclair de panique le traversa, puis ce fut toute l'ignominie des assassins de François qui lui remonta au cœur, l'emplissant de rage. La tempête battait si fort, en lui, qu'il ne put articuler un mot. Il opposa un grognement de bête à ses persécuteurs. Il attrapa un bout de chaîne d'environ six pieds de longueur, qui traînait sur le sol, et la brandit au-dessus de sa tête dans de grands gestes circulaires. Il marcha vers eux, en hurlant de toutes ses forces. Les prédateurs reculèrent, mais ils ne tardèrent pas à ramasser à leur tour des tronçons de tuyaux. Ils se rapprochèrent d'Hubert en ricanant. Les forces étaient inégales. Hubert ne s'en souciait nullement. Il défendait François.

C'est alors qu'un nouveau coup de feu déchira la nuit. L'un des assaillants s'écroula. Il essaya de se relever, mais une de ses jambes ne le portait plus. Les autres l'entraînèrent vers les véhicules, que Walter criblait de projectiles pendant ce temps. Les balles crevaient les tôles et déchiraient les coussins. L'une d'elles alla se perdre dans le gros pneu d'une des camionnettes. Le mastodonte s'affaissa. Les agresseurs remontèrent, pris de panique, à bord de leurs engins, dont ils avaient laissé tourner le moteur. Ils soulevèrent un nuage de poussière en s'éloignant. Celui qui avait un pneu crevé se traînait derrière.

Walter courut alors vers Hubert. Celui-ci tenait toujours sa chaîne à la main, le regard fixe et la mâchoire tremblante.

— Tu ne t'es pas trop mal débrouillé, l'assura Walter, mais tu manques de technique. J'étais sérieux quand je t'ai proposé de t'aider. Je suis prêt à commencer demain.

* * *

Billy Memory ne semblait pas mener sa camionnette vers une destination précise. Il montait et descendait des collines, empruntant une petite route apparemment connue de lui seul. Un de ces chemins d'arrière-pays fréquenté par les seuls initiés.

Suzanne se tenait d'une main au tableau de bord. Jusque-là, elle avait conservé l'initiative. Il est plus facile de se faire à soi-même des reproches que d'entendre quelqu'un d'autre vous mettre sous le nez les terribles conséquences de vos actes. Maintenant que l'Indien avait pris les commandes, elle redoutait de trouver ce qu'elle était venue chercher. La démonstration que son attitude intransigeante avait jeté Hubert dans un désarroi fatal.

— Ce que vous venez de me raconter là, ça dépasse la réalité, non ? D'où je viens, personne ne se promène, la nuit, avec un fusil-mitrailleur, prêt à intervenir, au cas où il viendrait à l'idée de quelques tordus de terroriser les honnêtes gens.

— D'où vous venez, il se produit des drames encore plus épouvantables…

Billy Memory avait frappé droit au cœur. Il venait d'ouvrir toutes grandes les portes de la nuit. Il savait que des péripéties cruelles jalonnaient leur route. Il laisserait Suzanne les affronter. Avant d'accéder au matin, la femme d'Hubert devrait terrasser le monstre qu'elle avait installé en elle, à la place de l'enfant. Un monstre qui s'était choisi une victime facile : Hubert.

Billy immobilisa sa Sierra au milieu de la chaussée. Ce n'était pas imprudent. Même en plein jour, il ne passait à peu près jamais personne à cet endroit. Suzanne fit front.

— À vous entendre, on devrait passer sa vie à se défendre contre la vie.

Un cerf traversa la route, bondissant devant eux. Ils furent éblouis par sa grâce. La sauvagerie de l'animal les soulagea un instant de la barbarie qu'ils étaient en train d'évoquer.

— La nature n'est ni bonne ni mauvaise, déclara Billy Memory. Elle applique la loi du plus fort. Faut-il s'étonner que certains individus obéissent encore à cette règle ?

Il avait remis sa camionnette en marche. Lui seul savait

où il allait. Suzanne fit une dernière tentative pour reporter une partie de son fardeau sur quelqu'un d'autre.

— Évidemment, il a fallu qu'Hubert tombe sur un détraqué qui appliquait à la lettre cette loi du plus fort !

— Ne vous fiez pas aux apparences. Walter Williams n'adhérait pas aussi bêtement que vous le croyez à ce principe. À sa façon, il essayait, lui aussi, de donner un peu de conscience au monde. Il avait le tort de croire qu'on peut y parvenir avec un Uzi.

* * *

À huit heures, Walter frappa, comme convenu, à la porte de la chambre de motel d'Hubert. Ils montèrent dans la camionnette déglinguée du père de Jeri. Tout en gravissant les collines, les deux hommes mâchouillaient un épais silence. Walter faisait jouer les muscles de ses joues tout en soulevant sa casquette. Hubert durcissait sa poigne sur la tôle grise de la portière.

— Ceux qui t'ont agressé, hier soir, commença Walter, je les connais très bien. Tu veux que je te les présente ?

— Je ne sais pas.

— Deux sadiques violent ton petit gars et le jettent en bas du pont. Toi, tu dis : « Je ne sais pas. » Une bande de malpropres s'en prennent à toi. Tu dis encore : « Je ne sais pas. » Tu trouves ça normal, toi, de ne pas savoir à ce point-là ?

— On ne peut pas tout contrôler.

— Faux ! Ça fait trente ans que je m'entraîne à ne jamais me laisser prendre au dépourvu. Ce que j'ai appris, je peux te l'enseigner.

Ils cahotaient sur une piste taillée à vif dans les bouleaux et les épinettes. Ils abordèrent enfin le sommet dénudé d'une colline. Walter attendait une réaction qui ne venait pas.

— Qu'est-ce que tu en dis ? Je continue ou pas ?

Hubert se ressaisit.

— Je dis que j'en ai assez de ne pas savoir !

— *Way to go !* s'exclama Walter.

Il immobilisa la camionnette. Au point mort, le véhicule tressautait. Il étendit le bras sur le dossier de la banquette, pour retenir toute l'attention de son interlocuteur.

— Évidemment, tu n'as pas d'arme ?

Hubert haussa les épaules. Walter s'étira pour ouvrir le coffre à gants. Il en sortit un petit pistolet d'environ six pouces de long, au canon d'acier noir et luisant, à la crosse de noyer foncé. Il prit aussi un chargeur où se voyait la première d'une rangée de balles de cuivre.

— Un Beretta 380, expliqua-t-il en mettant l'instrument dans les mains d'Hubert. Automatique. Tu tires treize coups consécutifs avec ça.

Hubert tenait le pistolet et le chargeur comme s'ils pouvaient lui éclater au visage.

— Je ne connais pas bien les armes à feu, reconnut-il. J'ai tiré quelques coups de 12 à la chasse aux canards, dans ma jeunesse. C'est à peu près tout.

— Il est toujours temps d'apprendre !

— Je vais m'en procurer un, promit Hubert en ébauchant le geste de ranger l'arme et son chargeur dans le coffre à gants.

Walter l'interrompit.

— Il est à toi. Je te le donne.

— Ça doit bien valoir quelques centaines de dollars !

— J'en ai beaucoup d'autres, plastronna Walter en se replaçant face au volant.

— Je te le paierai.

— La meilleure façon de me payer, ce serait de bien écouter ce que je te dis. Une dernière chose, ajouta Walter en mettant le levier d'embrayage à la position de marche. Je veux bien t'apprendre ce que je sais, mais à une condition. Une seule. Tu fais tout ce que je te demande sans discuter. O. K. ?

— Je n'ai pas l'habitude de signer des chèques en blanc, grommela Hubert, mais je suis prêt à reconnaître que tu en sais plus long que moi, dans certains domaines.

Il fourra le pistolet et le chargeur dans la poche de son veston.

— Attention, le prévint Walter, il y a un chargeur dedans.

Hubert frémit et s'efforça de n'en rien laisser paraître. Quelques minutes plus tard, la camionnette s'arrêta devant une cabane, au sommet d'une autre colline.

C'était une simple structure de bois, recouverte de panneaux de contreplaqué, aux fenêtres disparates, au toit à deux versants, revêtu de bardeaux d'asphalte noirs mangés de mousse. Une antenne de radiocommunication VHF se dressait au sommet d'une tour métallique. À la rigueur, cela pouvait passer pour un camp de chasse. Walter et Hubert descendirent de la camionnette.

La cabane s'élevait au centre d'un espace dégagé, sans arbres ni buissons. Le sol envahi par l'herbe sauvage. Un sentier, tracé par l'usage, menait à un perron sans rambarde, auquel on accédait par deux marches supportées par des blocs de béton. Un rottweiler y était attaché. Sa chaîne avait nivelé un arc de cercle dans le sable. L'animal réserva un accueil hargneux à Hubert. Walter l'apaisa en lui bourrant les flancs de claques amicales, puis il poussa la porte et entra.

Avant de s'engager à sa suite, Hubert se retourna pour examiner le paysage. La sauvagerie des collines désolées grandissait par-delà la butte sur laquelle il se trouvait, une armée de conifères montait à l'assaut de collines sans nombre, où s'accumulaient les nuages bas.

À l'intérieur, Hubert se retrouva devant quatre personnes qui l'attendaient. Il y avait d'abord Jeri, adossée à un mur, les mains dans les poches. Le docteur Baldwin était là aussi, à tapoter du doigt sa cigarette pour en faire tomber la cendre. Stan, le cameraman, se faisait griller du pain sur l'un des feux de la cuisinière. Hubert reconnut enfin Mickey, enfoncé dans un divan, le regard de biais, un couteau à la main, avec lequel il se curait les ongles.

Ils portaient tous une tenue de guérilla, pantalon et veste de camouflage, avec des bottes noires lacées haut. Jeri avait dissimulé ses cheveux sous sa casquette. Ils arboraient chacun un pistolet à la ceinture. Une radio VHF était accrochée à l'épaule de Stan.

— Des gens que tu connais déjà… ironisa Walter.

— … ou que je croyais connaître.

Hubert examina rapidement les lieux. Il se trouvait dans une grande pièce, à l'avant de la cabane. Selon ce qu'il pouvait comprendre, il devait y avoir deux pièces plus petites, à l'arrière, sans doute une chambre à coucher et une salle d'eau. Le contreplaqué brut régnait partout. Le mobilier sommaire se composait d'une grande table, de quelques chaises et d'un divan défoncé, au fond de la salle, devant un poêle à bois adossé au mur nord. Le tuyau était supporté par du fil de fer accroché au plafond. La cuisine s'ouvrait dans un coin, avec un bout de comptoir, un réfrigérateur bruyant et une cuisinière à gaz. Tout un arsenal de fusils-mitrailleurs, de carabines à lunette, de pistolets et même un bazooka léger étaient accrochés aux murs, appuyés contre les cloisons ou reposaient sur la table, à côté d'un récepteur-émetteur VHF et d'assiettes sales. Des verres et des bouteilles partout. Des vêtements sur les dossiers des chaises. Un véritable camp retranché !

Hubert reporta son attention sur Jeri. Elle se comportait comme si elle ne connaissait pas son secret. Tout comme son père, elle affichait un air d'absolue gravité. S'avançant dans la pièce, Hubert passa devant Mickey qui laissa tomber son couteau, la lame vers le bas, et le récupéra après qu'il se fut enfoncé dans le contreplaqué du plancher, entre les pieds du nouveau venu. Il longea la table où le docteur Baldwin se versait du whisky.

— Tu en veux ?

— Trop tôt pour moi.

Hubert fit encore quelques pas en direction de Stan, qui mordait dans son pain grillé, sur lequel il avait généreusement étalé du Cheez Whiz. Le visage du cameraman n'exprimait aucun sentiment. Hubert se tourna alors vers Walter. Le père de Jeri chevauchait une chaise, les coudes appuyés sur le dossier.

— Qu'est-ce que c'est ici ? s'interrogea Hubert à voix haute. Une réunion d'anciens du Vietnam ?

— Une milice populaire ! annonça Walter. Ce que l'Amérique compte de plus authentique !

— Je n'en demandais pas tant.

174

— J'en connais plusieurs, lui fit observer Walter, qui voudraient bien se voir à ta place.

— Il me semblait que tu devais m'apprendre à me défendre, lui objecta Hubert, pas à faire la guerre.

— L'un ne va pas sans l'autre.

— Tu veux dire que je devrais toujours être prêt à attaquer pour ne pas l'être?

— Si tu ne tiens pas à te retrouver encore une fois parmi les victimes, oui!

— Ce n'est pas une vie!

— Tu as raison. Ce n'est pas une vie. C'est *la* vie.

Hubert considéra la troupe extravagante à laquelle on le conviait à se joindre.

— Les meurtriers de mon fils ont déjà choisi pour moi, gronda-t-il.

Walter se leva, souleva la jambe par-dessus le dossier de sa chaise et fit un pas en direction du groupe.

— *Way to go!* triompha-t-il. Ce gars-là a des couilles!

Il se passa les mains sur les cuisses, dans un geste de contentement. Ses compagnons s'approchèrent. Ils encerclaient Hubert.

— Si on commençait par lui faire une petite démonstration? suggéra Walter.

Et il entraîna Hubert dehors. Les autres suivirent.

* * *

Une clôture métallique de deux mètres de haut, couronnée de trois rangées de fils barbelés, barrait le chemin. Le grillage s'enfonçait dans les ténèbres, ceinturant apparemment une assez vaste étendue de terrain. Les phares de la camionnette fouillaient en vain les ténèbres, par-delà l'obstacle.

L'Indien coupa le moteur. Un silence à crever les tympans.

— C'est ici que ça s'est passé.

Suzanne durcit les poings dans le noir.

— Il n'y a plus rien à voir, expliqua Billy Memory. Même en plein jour. Il paraît que l'enquête pourrait durer encore des années…

— Pour moi, c'est tout jugé.

— Laissons-les s'occuper de ce qu'ils appellent la justice, suggéra Billy Memory.

— C'est vrai. Nous avons quelque chose de beaucoup plus important à faire. Comprendre…

— Pardonner, rectifia l'Indien.

* * *

Une demi-heure plus tard, Hubert détalait entre les épinettes de la colline. On lui avait retiré son Beretta et son chargeur pour les remplacer par un autre pistolet, plus gros celui-là, et moins menaçant, un NelSpot, destiné à marquer le bétail. On y insérait des billes rouges, rondes comme de petites balles de caoutchouc. Projetées au dioxyde de carbone, les billes éclataient au contact, libérant dix centimètres cubes de peinture jaune. L'exercice consistait à « tuer » les autres en les marquant de peinture, sans être touché à son tour. Ils s'étaient dispersés dans toutes les directions. Chacun pour soi.

Hubert avait chaud, sous les lunettes protectrices qui lui recouvraient les yeux. Un point au côté. Il n'avait pas tant couru depuis l'époque où il dépensait son énergie, dans son enfance, sans savoir qu'elle avait des limites. Son jean portait déjà des traces d'herbe. Ses espadrilles ne lui assuraient pas une prise satisfaisante dans les pentes.

Il progressait sur un terrain incliné, planté de sapins que dominaient quelques pins. Il avait aperçu, plus tôt, un ruisseau qui coulait entre le flanc de deux collines. Il comptait y descendre. De gros blocs de roc le bordaient. Il entendait se dissimuler derrière l'un d'eux.

Hubert ne vit pas venir le premier coup. Il sentit seulement un vif pincement à l'épaule. Il y porta la main et la retira aussitôt, les doigts tachés de peinture jaune. Assis sur la branche d'un pin, presque invisible sous sa tenue de camouflage, Mickey venait de s'acquitter de sa mission. Le jeune homme ricana, inséra le NelSpot dans sa ceinture et se mit à rouler une cigarette entre ses longs doigts.

Hubert lui fit une mine de dépit et poursuivit sa progression vers le ruisseau. Le terrain devenait plus abrupt. Il dut s'asseoir et freiner des pieds et des mains pour ne pas débouler. Il parvint au ruisseau dans un fracas de branches cassées. Les souliers dans l'eau. Il sortit de là, puis se dirigea vers le rocher le plus rapproché. Avant de l'avoir atteint, il ressentit un coup dans le dos. Il se retourna. Personne. Une voix s'éleva cependant, provenant sans doute de derrière un rocher. Hubert allait s'en approcher. La voix le retint.

— Pas la peine de me chercher, mon garçon. Je t'ai touché. Tu sais ce que disait le général Patton? Gardez-vous toujours les pieds au sec.

Hubert reconnut la voix du docteur Baldwin.

— Comment avez-vous fait pour arriver ici avant moi? demanda Hubert.

— Tu comprendras, expliqua le docteur, que je n'avais pas envie de passer la journée dehors, au grand soleil, à te courir après. Maintenant que ma tâche est accomplie, si tu permets, je vais aller récupérer un peu.

Hubert l'entendit rire, puis s'éloigner. Lui-même entreprit de gravir la colline qui lui faisait face. Il s'agrippait aux branches. Il ne se préoccupait plus de salir ses vêtements. Un seul objectif : atteindre le sommet. Quand il y parvint, il se retrouva face à face avec Stan. Le cameraman grimaça et se mit à courir. Hubert s'élança à sa poursuite. Les branches de sapins zigzaguaient devant ses yeux. Stan prenait de la distance. Sans s'arrêter, Hubert tira un coup de son NelSpot. La bille de peinture se perdit dans le paysage. Tout en continuant de courir, Hubert s'efforça d'insérer une autre bille dans son pistolet, mais il ne se rendit pas compte assez tôt que le cameraman s'était arrêté. Il avait mis un genou à terre et le visait. Le coup atteignit Hubert en pleine poitrine. Sa chemise se macula de jaune. Déjà, Stan disparaissait.

Hubert s'assit alors sur une souche pour reprendre son souffle. En une quinzaine de minutes, tout au plus, il avait reçu trois décharges de peinture. Trois fois mort. Il serra le poing sur son NelSpot et leva la tête. Jeri marchait vers lui. Elle n'était plus qu'à une dizaine de pas. Elle s'arrêta, le pistolet à peinture au bout du bras.

— Tire ! lui ordonna-t-elle.

Hubert la tenait en joue. Son bras tremblait.

— Mais tire ! répéta Jeri.

Hubert ramena lentement sa main vers lui, le NelSpot pointé vers le sol. Alors, il reçut une bille sur la tête. La peinture éclaboussa ses lunettes protectrices et lui couvrit le crâne. Il se dressa en poussant un cri de rage. Il tira à l'aveuglette, puis retira ses lunettes maculées. Jeri n'était plus là. Il ne l'avait sans doute pas atteinte.

La peinture lui dégoulinait sur le front. Hubert y passa la manche de sa chemise. Quelques gouttes de peinture avaient glissé sous ses lunettes, atteignant ses paupières. Il voulut les essuyer. Une vive brûlure le força à fermer les yeux. Il en serait quitte pour avoir la vue brouillée le reste de la journée.

Indécis, il se remit en marche sur un sentier mal tracé, une vague piste entre les pins, les sapins et les épinettes. Le cœur lui cognait dans la poitrine. Sa tête carillonnait d'un bourdonnement affreux. Une idée fixe : trouver Walter, lui tirer dessus, une fois, deux fois, trois fois, le couvrir à son tour de toute la peinture jaune qu'il avait lui-même reçue.

Hubert marcha dix minutes, un quart d'heure peut-être. Il ne savait plus dans quelle direction il allait. Sa colère l'emportait. Un bruit de branches cassées le fit sursauter. C'était devant. Il se courba et continua d'avancer, le pistolet pointé. Quelqu'un le précédait sur le sentier. Il pressa le pas. Il essayait de percer l'entrelacement des branches, ce qui ne lui était guère possible à cause de sa vue brouillée.

Cependant, celui qui allait devant ne semblait pas très habile à dissimuler sa présence. Hubert tressaillit. Sa tension se transforma en plaisir froid. Il allait surprendre l'autre. Il s'élança, mais le sol se déroba sous lui. Le cœur lui sortit d'un coup de la poitrine. Il s'affaissa. Une douleur lancinante lui envahit la jambe. Il se força à ouvrir les yeux, malgré la souffrance que cela entraînait.

Il se retrouvait au fond d'une fosse profonde. Les

branches et la mince couche de terre qui la dissimulaient lui étaient tombées dessus. Il se dépêtra. Sa jambe droite ne le portait plus. Il se releva en s'appuyant sur l'autre. Impossible d'atteindre l'ouverture. Il cria. Ce fut Walter Williams qui lui répondit. Sa tête venait d'apparaître dans l'encadrement du trou.

— Où t'as mis ton pistolet?

Hubert le chercha en vain, parmi les débris végétaux qui l'entouraient. Il allait fusiller son tortionnaire avec des mots quand Walter tira une bille de peinture, qui l'atteignit en plein ventre. Hubert ferma les yeux déjà englués de peinture. Le temps de surmonter la douleur, pour les rouvrir, Walter avait disparu. Alors, Hubert hurla toute sa rage. Son cri emplit la forêt. Une clameur qui s'entendrait encore un an plus tard.

* * *

— C'est là que j'ai fait sa connaissance, déclara Billy Memory. Que ça provienne d'un homme ou d'une bête, ça donne toujours la chair de poule d'entendre des hurlements monter de la forêt. Je me suis approché rapidement, mais avec prudence. Il se passait souvent des choses étranges aux abords du camp de Walter Williams. À ce que j'ai su, votre mari était resté une partie de la journée dans son trou. Plusieurs heures, en tout cas.

— Vous l'avez tiré de là? s'empressa de demander Suzanne.

— Pas tout de suite, reconnut l'Indien. Il fallait d'abord que je sache à qui j'avais affaire.

— Quand un homme est en train de se noyer,

s'énerva Suzanne, on ne lui demande pas sa carte d'identité avant de se jeter à l'eau pour aller le repêcher !

— Il n'était pas en danger, du moins pas dans l'immédiat.

L'Indien avait coupé le moteur de sa camionnette. Il avait abaisssé la vitre de la portière. Suzanne en avait fait autant. La nuit sifflait un air plutôt frais dans la cabine. À la lueur des étoiles, on ne voyait que la masse confuse des ténèbres, dans lesquelles le passé s'avançait à la manière d'un brouillard.

— Puisque vous me dites qu'il n'était pas en danger, reprit Suzanne, permettez-moi de vous demander ce que vous faisiez dans les parages du camp de Walter Williams. Vous étiez avec lui ou contre lui ?

Billy Memory s'ébroua dans le noir.

— Il n'y avait pas à être avec lui ou contre lui. Walter Williams s'était exclu de la société. Il n'obéissait pas aux mêmes règles que la plupart des gens. Il se servait de la Constitution, des lois et des règlements comme d'un bouclier. Il recevait des avis juridiques sur Internet, en provenance des autres milices réparties aux quatre coins des États-Unis. Il s'était fixé un objectif chimérique : empêcher le gouvernement d'opprimer la population des États-Unis.

— Je ne peux pas croire que vous étiez d'accord avec lui !

— Je faisais la même chose que lui, mais d'une autre façon. Moi non plus, je n'obéis pas aux mêmes règles que tout le monde.

Suzanne s'agita sur la banquette, pour marquer sa hâte d'en venir au fait. L'Indien le remarqua mais poursuivit sans se laisser démonter.

— Je le connais depuis l'enfance. Non, nous n'avons pas été à l'école ensemble. Je suis un Indien, rappelez-vous, et pour moi, l'école, ç'a été tout autre chose que pour la plupart des gens. Mais nous étions amis. Des amis très dissemblables. À l'époque, les Blancs ne fréquentaient pas plus les Indiens qu'aujourd'hui. Nous nous retrouvions dans le bois. Il se prenait pour un héros de la guerre de l'Indépendance. Moi, je parlais aux arbres et je délimitais des territoires sacrés à l'intention des esprits. Nos valeurs auraient dû nous opposer. Par une sorte de grâce, nous nous rencontrions en terrain neutre. Il respectait ce que je faisais. J'étais d'accord avec la plupart de ses idées, sans partager son point de vue sur la façon de les appliquer. Nous avons grandi ensemble. Il a eu ses épreuves. J'ai connu les miennes.

— Vous ne répondez pas à ma question ! Vous faisiez partie de la milice de Walter Williams, oui ou non ?

— Oui et non. Je ne me suis jamais engagé dans aucune de ses activités. Je possédais une scierie…

— Je ne le sais que trop bien !

— … dont les limites touchaient ses terres. En quelque sorte, j'étais le gardien de son territoire. J'avais une double mission. Je protégeais Walter Williams contre la curiosité des gens et, en même temps, j'essayais d'empêcher la population de tomber dans les pièges dont il avait parsemé son domaine. Une sorte d'agent double, si vous voulez. Ça faisait l'affaire de tout le monde.

— Mais vous n'avez pas pu empêcher Hubert de tomber dans le piège !

— Parce qu'il était entré par la grande porte ! Moi, je surveillais la porte de derrière.

* * *

Ils avaient échangé des bribes de conversation, Hubert au fond de la fosse, Billy Memory agenouillé sur son pourtour. Hubert était englué dans la boue et la peinture jaune. L'Indien lui avait tendu son mouchoir. Hubert avait réussi à dégager quelque peu ses yeux. La peinture avait pénétré sous les paupières. Quand il essayait d'ouvrir les yeux, la douleur le fendait en deux. L'Indien tenait à savoir où en était le « jeu » auquel son interlocuteur participait. Ce renseignement semblait d'une importance déterminante pour la suite des événements. Hubert réclamait :

— Sors-moi de là !

L'Indien avait bien compris que l'autre était en train de subir une initiation. Il lui tendit pourtant la main. Hubert s'y accrocha de tout son poids en s'efforçant de prendre appui avec sa jambe valide sur les parois de la fosse. Billy Memory l'avait agrippé avec son autre main par le col de la chemise. Il le tira sur le sol, à ses côtés. L'étranger était à bout de forces. En même temps, on le sentait déjà prêt à repartir en chasse. Les yeux fermés et sur un seul pied !

— Walter Williams, tu le connais ?

— Je l'ai aidé à creuser ce trou.

— Tu es avec lui ?

— On ne peut pas dire ça.

— Son camp, il est dans quelle direction ?

Billy Memory tourna la tête vers l'est.

— C'est loin ?

— Vingt minutes de marche. Sans doute un peu plus avec ta jambe. Mets-toi debout.

183

Hubert se dressa. Le poids de son corps était lourd sur son genou droit. Son sauveteur tâta l'articulation.

— Pas trop grave.

Il chercha, dans les broussailles, un bout de branche, qu'il raccourcit aux dimensions d'une canne, avant de la tendre à Hubert.

— Prends ça.

Il recula pour mesurer l'effet de sa béquille improvisée.

Hubert n'entendait que son idée fixe. Il fit quelques pas. Il se déplaçait avec difficulté. Aveugle et boiteux, il ne pensait qu'à retourner au camp pour aller régler ses comptes avec Walter Williams. Il se tourna vers son sauveur.

— Je me nomme Hubert Gendron. Et toi?

— Billy Memory.

— Memory, redit Hubert comme pour s'assurer qu'il avait bien entendu.

L'homme faisait des signes de tête affirmatifs.

— Facile à retenir.

— Je te revaudrai ça.

— Tu ne devrais pas retourner là-bas.

Une heure plus tard, Hubert arriva devant la cabane de Walter Williams. Le rottweiler s'étranglait au bout de sa chaîne. La porte s'ouvrit. Walter sortit. Les autres aussi. Ils l'entourèrent.

Leur recrue n'était plus qu'une loque. La croûte de peinture et de boue qui le recouvrait l'avait transformé en extraterrestre. Ses yeux brûlants s'ouvraient sur une vision du monde brouillée à jamais. Ses mains ne lâchaient pas le bâton qui avait assuré son retour. Tout son être se concentrait sur les récriminations qu'il avait eu le temps de ruminer. Il les déversa sur Walter.

— Tu te penses fort parce que tu as réussi à m'humilier ! C'est vrai, je ne connais pas encore toutes vos techniques, mais je les apprendrai ! On verra qui est réellement le plus fort !

Walter ploya les genoux de contentement. Les autres entraînèrent Hubert à l'intérieur où ils le dépouillèrent de ses vêtements souillés. On le dirigea vers la douche. Quand il en ressortit, Walter lui remit l'une de ses tenues de combat, dans laquelle Hubert ne se reconnut pas. Il avait toujours la vue trouble. Il tenait à peine sur sa jambe. Jeri l'invita à s'asseoir près d'elle, sur le divan. Walter pencha sur lui un visage qui réprimait mal un sourire.

— Ça met les compteurs à zéro. Maintenant, je n'ai plus besoin de t'apprendre que tu ne sais rien.

* * *

Suzanne et l'Indien n'étaient pas restés plus longtemps devant la clôture métallique. L'obstacle montrait les dents, défendant un territoire obstinément muet. Ils reprirent leur navigation dans les collines. Dix minutes plus tard, Billy Memory engagea la Sierra dans l'allée d'une ancienne maison de ferme, dressée au milieu de ses dépendances.

Les phares balayèrent les portes de la grange. Des formes géométriques, délavées par les intempéries, prétendaient tenir les esprits malins à l'écart des lieux. Les toitures de tôle ainsi que l'antenne de télévision luisaient dans le noir. L'Indien baissa la vitre de la portière. La nuit envahit l'habitacle.

Des graminées avaient colonisé les pelouses. La lune allumait leurs tiges raidies. Suzanne descendit. L'Indien la rejoignit. Il avait laissé les phares de la camionnette en fonction. Leurs faisceaux éclaboussaient la façade de la maison recouverte de bardeaux d'amiante vert pomme.

Suzanne s'en approcha. Billy Memory se gardait bien de la précéder. Leurs chaussures faisaient crisser le gravier de l'allée. Ils atteignirent le perron. Leurs pas résonnèrent sur le bois des marches. Toute la colline devait être aux aguets. Suzanne actionna la clenche de la porte. Elle était verrouillée, comme il se devait. La maison déserte, depuis un an déjà.

Ils poursuivirent leur visite en empruntant la galerie qui ceinturait l'habitation sur trois côtés. Un courant frais vernissait le mur de l'est. Les fenêtres ne les quittaient pas des yeux. À l'arrière, la maison se prolongeait en un bâtiment bas qui avait dû faire office de cuisine d'été, en d'autres temps. Nulle trace de pas dans la végétation furieuse qui l'enserrait. Là aussi, la porte était fermée à clé. Ils revinrent à l'avant et s'assirent sur les marches du perron.

Suzanne se mit à parler à voix basse, s'entretenant avec elle-même, comme si elle avait éprouvé le besoin de se rappeler qui elle était. Comme si l'évocation de son grand amour avait pu laver le mal dont elle avait été l'un des instruments.

Sa parole avait pris des accents d'enfance. Il y poussait des images. Une fraîcheur. Une franchise sans détour.

« Il était le fils d'un notaire. J'étais la fille d'un ouvrier spécialisé dans la petite misère. Nous avons été élevés côte à côte, dans les jardins d'un gros village engourdi. Dans ce temps-là, personne ne songeait à dresser de barrière entre l'aisance et la pauvreté. Les amours d'enfance sont sans conséquence, disait-on. Hubert jurait de m'emmener, un jour, jusqu'au bout de la terre. Pour sceller ce pacte, il partageait sa gomme à mâcher avec moi.

« À vingt ans, il est parti étudier les sciences de l'administration à l'Université de Sherbrooke. Certains soirs, après s'être lessivé la cervelle sur des plans de marketing impossibles, il sautait dans sa vieille Valiant, un véritable cancer, pour venir m'embrasser. Nous faisions l'amour, sur le divan du salon, pendant que mes parents dormaient à l'étage. La vie nous sortait de partout. Nous étions éternels.

« Le mariage a fait de nous deux plantes aux racines emmêlées dans le même pot. Une pousse a surgi à nos pieds. Nous fleurissions tous les trois ensemble.

« En vingt ans, nous avons amassé une petite fortune qui aurait pu nous permettre de vivre dans l'aisance jusqu'à la fin de nos jours. Nous avons pourtant continué de nous acharner, comme si notre sort dépendait de la prochaine transaction. La vie était un jeu, auquel nous gagnions à tous coups.

« Puis, un coup de hache a fendu le pot! La pousse n'a pas survécu. L'une des deux tiges a été emportée par le vent. L'autre a traîné ses racines jusqu'ici. »

Suzanne leva la tête pour affronter la désolation des lieux. Une ferme abandonnée, une maison vide, la nature laissée à elle-même. Sombres témoignages.

— Je suis venue deux fois ici. La première, c'était contre mon gré. La seconde, c'était pour lui proposer une trêve. Inutile de dire que cette maison m'a toujours fait horreur.

— La maison du mort, murmura Billy Memory.

Suzanne sursauta.

— Elle portait déjà ce nom avant qu'Hubert s'y installe, s'empressa de préciser l'Indien.

* * *

L'après-midi torride cuisait Central Valley. Hubert se dirigea vers le bureau de poste. La porte grinçait. Un climatiseur bruyant rafraîchissait l'unique pièce. Hubert s'avança devant le comptoir. Bien qu'il fût le seul client, la maîtresse de poste, une dame un peu grosse aux cheveux teints en roux, feignit d'abord de ne pas s'apercevoir de sa présence.

Quand elle consentit à s'intéresser à lui, Hubert expliqua qu'il désirait louer une maison. Il présumait que le bureau de poste était l'endroit où tout se savait. Il n'avait pas tort. La maîtresse de poste l'informa que *la maison du mort* était disponible. Elle lui exposa les circonstances dans lesquelles la demeure avait reçu cette appellation. Elle la lui décrivit et lui remit une adresse à Albany.

Du même élan, sans prendre le temps de visiter les lieux, Hubert se dirigea vers la capitale de l'État de New York. Il ne voulait surtout pas remettre en question sa décision. Quatre heures plus tard, il revint à Central Valley avec un bail et un trousseau de clés.

C'était à l'écart du village, sur le versant ensoleillé de la colline, une ancienne maison de ferme recouverte de bardeaux d'amiante vert pomme, à la pente du toit arrondie, avec une galerie qui la ceinturait de trois côtés. Sur les portes de la grange, le temps achevait d'effacer des figures géométriques. Une antenne de télévision s'élevait sur le toit. L'herbe haute portait ses semences. Hubert entra.

L'air vicié fit écho à ses pas. Quand il s'arrêta de marcher, un bourdonnement sourd subsista. Des centaines de mouches butaient contre les vitres des fenêtres. Hubert ouvrit celles qu'il put. Un peu partout, on avait laissé les doubles fenêtres en place.

Hubert examina les lieux : un salon lambrissé, une cuisine à l'ancienne, une chambre à coucher et une salle de bains convenable au rez-de-chaussée, trois autres chambres à l'étage, le tout meublé de façon disparate mais efficace. On n'avait emporté que les effets personnels du mort.

Hubert songea à l'homme qui avait habité cette maison et dont on lui avait relaté le destin tragique, à Albany. C'était un professeur de littérature qui enseignait à la State University de cette ville. Il avait publié plusieurs romans. Sans connaître la notoriété de Stephen King, ni posséder le charme de John Irving, il s'était acquis le respect de l'élite lettrée. Comme tous les écrivains, il était tiraillé entre le monde réel et celui qu'il inventait. Deux fois divorcé, il changeait souvent d'université. Après avoir accepté une charge à Albany, il avait acheté cette maison pour y poursuivre son impossible rêve. Il n'enseignait que deux jours par semaine. Le reste du temps, il écrivait. Il n'avait pas tardé à devenir follement amoureux d'une de ses étudiantes, à la faculté. Un jour qu'il circulait à moto — il était un conducteur habile et prudent —, il avait dérapé dans une courbe. Le guidon de la moto lui avait crevé le ventre. Il était mort sur le coup. Il devait épouser son étudiante quatre jours plus tard. Depuis ce temps, personne n'avait remis les pieds dans la maison, sauf pour emporter les papiers de l'écrivain. Sa dernière épouse avait hérité de la demeure, mais refusait de l'habiter. La future n'y avait pas accès. Les mouches et les fantômes l'occupaient.

Hubert avala le contenu d'une boîte de thon qu'il avait achetée au village et but deux canettes de thé glacé tiède. Il avait remis le réfrigérateur en marche, vérifié le fonctionnement de la cuisinière à gaz et branché le chauffe-eau. Il consacra la soirée à nettoyer sommairement les lieux. À minuit, il avait pris possession de son nouveau logis. Il fit son lit dans la chambre principale, au rez-de-chaussée. Il dormit sans rêver.

* * *

Billy Memory était monté sur la galerie. Joignant les mains autour de son visage, il plongea son regard dans le noir des fenêtres. Il se tourna vers Suzanne.

— Si vous êtes prête, moi, je le suis.

Il sauta en bas du perron, ramassa un caillou qui lui tenait bien dans la main et s'en servit pour casser le carreau d'une fenêtre. L'instant d'après, il ouvrait la porte. Suzanne entra en mesurant ses pas, comme si le plancher risquait de s'effondrer sous le poids de son trouble.

Un an de silence comprimé entre les cloisons. Des revues, *US News & World Report, Business Week* et *Timber Trade,* s'étalaient sur le parquet du salon. Des lunettes de lecture reposaient à côté. L'Indien s'assit dans un fauteuil de cuir. Suzanne se tenait droite sur le bout du divan.

— Je me disais bien qu'un jour, commença l'Indien, nous nous retrouverions ensemble, dans cette maison.

— Il nous reste à la faire parler.

— C'est facile. Il suffit de se taire.

Elle releva le col de son caban.

— Si c'était si facile, il n'y aurait plus de mystère sur la terre.

* * *

Le lendemain matin, il faisait encore plus chaud que la veille. Hubert sortit sur la galerie. L'été se consumait. Des cigales striaient le paysage. En face, un pan de colline s'embrasait. Aucune voiture sur la route. Hubert se dirigea vers le village.

Après avoir expédié son petit-déjeuner au restaurant où Jeri ne donnait jamais signe de vie à cette heure, il la chercha comme d'habitude. Une fois de plus, elle n'était pas chez elle. Pas au garage non plus, où Mickey farfouillait dans le moteur d'une voiture. Savait-il seulement distinguer entre un alternateur et un carburateur? Hubert parvint à lui arracher un renseignement. Par un temps pareil, Jeri devait être allée se baigner à la rivière. Le garçon accompagna cette indication d'un sourire énigmatique.

Hubert traversa le village, longea l'usine désaffectée, descendit la côte vers la petite plage, mais décida de laisser sa voiture à mi-pente. Il avait soudain envie de surprendre Jeri, comme le font les enfants pour s'amuser.

Il s'approcha sans bruit. Jeri était bien là, mais elle n'était pas seule. Elle se baignait avec Franka. Les deux filles étaient nues. Elles sortirent de la rivière et s'essuyèrent avant de s'allonger au soleil. Hubert avait pris position derrière des vinaigriers qui le dissimulaient. Peu à peu, les deux femmes commencèrent à s'embrasser, puis à se caresser. Hubert n'avait jamais vu de femmes s'aimer

191

ailleurs que dans les revues pornos. D'où il était, les mouvements des amoureuses se confondaient avec l'ondulation des branches. Il partit en courant.

Au bruit de sa fuite, Jeri et Franka se couvrirent de leurs serviettes. Jeri lança quelques invectives. Ce n'était pas la première fois que des gamins du village s'immisçaient dans leur intimité. Inutile, cependant, de leur courir après. Elles se rhabillèrent, pendant qu'Hubert remontait dans sa BMW. Le cuir du siège lui brûla les cuisses à travers le denim de son jean.

Il rentra chez lui, afin de poursuivre son emménagement. Au milieu de la soirée, il écoutait à pleine puissance les *Miserere* de Pavarotti et les *Ma vie, quel mystère!* de Zucchero. Il était assis dans le vieux fauteuil qu'il avait adopté, les coudes sur les appuie-bras, un verre à la main et une bouteille de vin presque vide sur le plancher. Deux bougies, figées dans la cire, sur des soucoupes, veillaient sur son intimité. Entre elles, sur la table, un bouquet de fleurs sauvages. La porte ouverte sur les ténèbres.

Il n'entendit pas la camionnette qui approchait. Il vit seulement deux phares balayer l'allée. Il se leva et sortit sur la galerie. Jeri claqua la portière de sa camionnette. Elle aperçut Hubert et resta un moment à l'observer. Il était adossé à l'une des colonnes qui soutenaient le toit de la galerie. La musique faisait vibrer la nuit.

— Tu peux venir, lui lança-t-il. Je ne mords pas.

Il avait bu. Son débit hésitant le disait assez. Il la fit entrer et baissa le volume du lecteur de compacts.

— Comme tu le vois, fit-il en désignant la pièce d'un grand geste de la main, je me suis installé.

— Tu te débrouilles pas mal pour un homme seul.

— Les hommes seuls se débrouillent très bien.

Elle changea de sujet.

— Pourquoi tu ne m'as pas fait signe ?

— Je ne voulais pas te déranger.

Il se tenait debout, les mains dans les poches de son jean. Jeri alluma une cigarette. Elle chercha un cendrier. Il alla prendre une soucoupe, dans l'armoire de la cuisine, et la lui tendit.

— Tu veux t'asseoir ?

Il lui avança un fauteuil.

— Qu'est-ce que tu as fait aujourd'hui ? lui demanda-t-il, comme s'il ne le savait pas.

— Ce matin, je suis allée me baigner à la rivière. Cet après-midi, je me suis entraînée avec mon père et, ce soir, j'ai travaillé au restaurant comme d'habitude.

Il ne releva rien. Il lui versa un verre de vin.

— La dernière fois que nous avons bu du vin ensemble, lui rappela-t-il, c'était à Boston.

— Je m'en souviens très bien. Je ne suis pas près d'oublier ce que j'ai appris, ce jour-là.

Elle flaira l'atmosphère de la pièce, comme si elle y détectait une odeur déplaisante.

— Qu'est-ce que c'est comme musique ? De l'opéra ?

— Pavarotti. Le plus grand ténor de notre époque.

— Moi aussi, je voudrais te faire entendre quelque chose.

Elle courut à sa camionnette et en revint avec une cassette. D'une main sûre, elle ferma le lecteur de disques compacts et inséra la cassette dans le magnétophone.

— C'est moins classique, s'excusa-t-elle avant d'augmenter le volume, mais on comprend les paroles.

Six accords de guitare, puis une voix de femme. Il était question de collines et d'un oiseau solitaire, dans le ciel.

— De la musique country, expliqua Jeri en haussant le ton. Tu aimes?

Elle n'attendit pas la réponse et chercha plus loin, sur le ruban, un autre extrait dont elle ponctua l'audition de gestes des deux mains, comme pour forcer Hubert à entrer dans la chanson. Un homme et une femme chantaient maintenant à l'unisson. Une ébauche d'amour se dessinait entre eux.

Hubert ne quittait pas Jeri des yeux. Elle lui parlait avec les mots des autres. Elle vida son verre de vin tout en faisant défiler la cassette. Il la resservit. Une autre bribe de chanson.

Jeri voulut se blottir dans les bras d'Hubert. Il se déroba.

— Tu ne m'as pas tout dit, lui reprocha-t-il.

— On ne dit jamais tout!

— Je t'ai vue, sur la plage, avec Franka.

— C'était donc toi?

— Tu n'avais pas l'air de t'ennuyer!

— Jésus! s'exclama Jeri, n'essaie donc pas de faire le macho! Surtout pas toi! Après ce qui t'est arrivé!

Puis elle ajouta, comme si elle parlait d'autre chose:

— C'est pour moi que tu es resté à Central Valley ou pour mon père?

— Pour moi seul, affirma Hubert.

Jeri remit la musique. La nuit s'alourdissait de tout le poids de ces paroles, banales au premier abord. Jeri s'approcha de nouveau d'Hubert et prit son visage dans ses mains. Elle lui pressait les joues entre ses paumes, à la façon des mères qui débordent de tendresse à l'endroit d'un enfant. Ensuite, elle l'étreignit, comme on entraîne un compagnon dans un naufrage. Hubert se laissa couler.

Ils dansaient, au centre de la pièce, ou plutôt ils s'accrochaient l'un à l'autre pour se consoler d'avoir tant de mal à se rejoindre. Il ferma les yeux. Elle lui fit une confidence.

— Moi aussi, j'ai un secret. Mon père... il a fait ce qu'il fallait pour m'ôter l'envie des hommes.

Hubert rentra la tête dans les épaules.

— Mais rassure-toi, s'empressa-t-elle d'ajouter, toi, tu n'es pas comme les autres. C'est pour ça que je n'ai pas peur de toi.

Il la dévisagea, comme s'il espérait nettoyer le passé avec le bleu de ses yeux.

— Ne me regarde pas de cette façon ! réclama-t-elle, suppliante.

Hubert s'attendait à ce que sa poitrine éclate à sa prochaine respiration.

* * *

— Cette Jeri était encore en plus mauvais état que lui !

Suzanne lissa de la main la couverture des magazines posés sur la table basse. Elle replaça les coussins qui garnissaient le divan sur lequel elle était assise. Elle se leva pour aller redresser le cadre d'une illustration de Norman Rockwell que les vibrations du temps avaient déplacée, sur le mur. Elle remettait de l'ordre dans le passé.

— Tout de même, il se préoccupait encore un peu de moi, puisqu'il me téléphonait, de temps en temps. La culpabilité sans doute...

— Qu'est-ce qu'il voulait?

— Je ne sais pas. Je ne l'écoutais plus. En fait, c'était comme si je n'étais plus là. J'essayais de m'envoler vers un endroit où j'espérais retrouver mon François.

* * *

Un cinéma dans la tête de Suzanne. La musique même qui avait dû accompagner le Créateur quand il avait jeté, à pleines poignées, les univers dans le vide originel. Un support émotif d'une extrême intensité, comme seuls les spécialistes des effets sonores savent en créer. Une note soutenue sur un clavier d'ordinateur, le temps de lancer quelques planètes dans l'espace, puis une autre note, d'un ton plus élevé, comme si le Créateur avait reculé d'un pas pour contempler son œuvre.

Elle baissa la tête et ferma les yeux, les mains jointes sur la poitrine. Elle se trouvait dans un auditorium circulaire, maintenu dans la pénombre. Trois rangées de fauteuils en garnissaient le pourtour. Un imposant ordinateur, connecté à des projecteurs, en occupait le centre. Une moquette recouvrait le plancher et les murs. Une voûte surmontait la salle. Il en tombait une infime poussière de lumière.

Cent personnes occupaient la pièce, cent tuniques blanches, portées par des sandales silencieuses. Elles avaient pris place dans les fauteuils, les dossiers rabattus loin en arrière, projetant le siège vers l'avant, de sorte que leurs occupants s'étaient retrouvés presque couchés sur le dos, le regard sur la voûte. Les mains jointes, les cent tuniques se recueillaient. La lumière tiédit. La musique pâlit. La salle fut bientôt plongée dans le noir et le silence absolus.

Alors, une vibration monta du néant. Une lueur d'avant l'aube parcourut la voûte. Une sphère s'esquissa, d'abord imprécise, puis bleue. Des formes se profilèrent, océans et continents. La Terre, vue de l'espace. Les cent tuniques blanches contemplaient leur planète. Porté par une voix grave, un commentaire enveloppa les auditeurs. « Depuis l'apparition de la conscience sur la Terre, il y a plus de deux millions d'années, l'être humain s'interroge sur le sens de sa destinée. »

Puis, la Terre commença de s'éloigner. Une profusion d'étoiles et de planètes apparut dans l'espace. À la fin, il ne fut plus possible de discerner la Terre d'avec les autres corps célestes. On ne voyait plus qu'une myriade de points lumineux. « Cette quête de sens, poursuivit la voix, s'imprégnait de désespoir. Pendant deux millions d'années, nous avons buté comme des mouches sur la vitre de notre ignorance. »

La fuite des points lumineux se poursuivit. Notre système solaire ne fut bientôt plus qu'une concentration d'étoiles parmi d'autres. Des milliers de galaxies prirent forme, figurant les milliards de nébuleuses qu'on savait exister. « Et pourtant, continua la voix, depuis quinze milliards d'années, la matière évolue vers une complexité de plus en plus grande. »

Les cent personnes à qui ce voyage était proposé concentraient maintenant leur attention sur la vue de l'Univers la plus globale qui se puisse concevoir. La poussière d'étoiles composait une texture sur la voûte. Un grondement sidéral se fit entendre. La respiration du cosmos. « Le mystère est enfin résolu », annonça la voix.

Une vibration traversa l'espace. Une forme se fit jour à

travers le chaos de galaxies. Une silhouette se dessina. Elle avait la dimension de l'Univers. On n'en voyait ni la tête ni les pieds. Seulement les épaules et les mains tendues. « L'Univers constitue un gigantesque corps, proclama la voix, dont nous sommes les cellules microscopiques. Et l'Univers, c'est Dieu lui-même en train de s'accomplir. »

Une fuite éperdue s'engagea dans l'espace. Une pénétration sidérale dans le fourmillement d'étoiles. La progression ralentit. Un astre se dessina et il grossit. Un seul point lumineux marqua bientôt la voûte. Il scintillait. « Songez aux morts que vous connaissez, suggéra la voix. Vous les croyez disparus. Il n'en est rien. Après avoir rempli leur fonction sur la Terre, ils ont simplement migré vers d'autres parties du corps de Dieu. »

Un retour en arrière se produisit. Une vue d'ensemble, où les milliers de galaxies dessinaient la silhouette de Dieu. « Quand chacun de nous aura accédé à la conscience, conclut la voix, la réconciliation universelle se réalisera, et nous serons en Dieu à jamais. » L'image des mains tendues se figea sur la voûte. Le temps s'appesantit. Les cent tuniques blanches s'enfoncèrent dans la méditation.

Dans son fauteuil, Suzanne fila dans le plasma des galaxies. Les yeux fermés, elle toucha l'âme de l'Univers. La voix de Grelot, frêle écho, émergea du mystère.

Vous m'aviez emmené sur le lac Saint-Pierre, à bord du voilier d'un ami. Nous avions navigué jusqu'après le couchant. À la nuit, le noir était devenu bleu. Je n'avais jamais rien vu d'aussi beau.

Puis, vous avez ancré le bateau dans une baie, et tu m'as couché sur une banquette, emmitouflé dans une couverture rouge. Je vous écoutais parler. J'ai toujours aimé écouter les adultes parler dans le noir. J'ai résisté tant que j'ai pu, mais à la fin je me suis endormi.

Je me suis éveillé au milieu de la nuit. Je venais de tomber en bas de la banquette. Le bateau était presque couché sur le côté. J'entendais des cris. Il se passait quelque chose d'anormal. En t-shirt et en caleçon, je suis sorti dans le cockpit.

Pendant la nuit, le niveau de l'eau avait baissé. La quille du voilier s'était enfoncée dans le sable. Au moment de rentrer, vous vous étiez aperçus que vous ne pouviez plus bouger.

Vous avez attaché un câble à la pointe du mât et vous avez tiré dessus avec le Zodiac pour coucher le voilier sur le flanc. C'était la seule façon, selon vous, de dégager la quille du sable.

La manœuvre a fini par réussir. Au petit matin, nous étions tous ensemble dans le cockpit, enveloppés dans des couvertures, et nous voguions vers l'entrée de la rivière. J'étais brûlant de fatigue, mais je gardais les yeux ouverts. Pour la première fois de ma vie, j'ai assisté à la naissance du jour.

* * *

Suzanne referma le col de son caban.

— Vous me trouvez folle?

Elle sourit timidement. Une certaine tristesse rend les femmes plus séduisantes encore.

— J'ouvrais les ailes. J'avais très peur.

Billy Memory soupesait la vraisemblance d'une telle expédition. D'un côté, son cœur; de l'autre, sa raison. Entre les deux, l'attachement qu'il éprouvait pour un être capable de s'envoler, même avec des ailes engluées de sang.

199

— Je vous trouve plutôt courageuse.

— Si j'étais restée sur terre, je serais morte, recroque-villée.

Elle se passa les mains dans les cheveux.

— D'après ce que vous me dites, Hubert, lui, serrait les poings.

L'Indien se rejeta en arrière, la tête contre le dossier du fauteuil.

— Il avait choisi de se battre au ras du sol.

* * *

Hubert avait hésité avant d'aller affronter Walter Williams sur son propre terrain. Il n'avait surtout pas envie d'être humilié de nouveau. En même temps, le secret que Jeri lui avait révélé lui rongeait le cœur. S'il ne s'en libérait pas, cette autre blessure s'ajouterait au souvenir de ce qui était arrivé à François, pour achever de le pourrir vivant. Hubert redoutait davantage sa propre souffrance que la colère de Walter. Il se présenta donc au garage du père de Jeri en fin de matinée.

Walter démontait un moteur en essayant de se faire aider par Mickey. L'établi était couvert de viscères métal-liques. Les deux hommes avaient du cambouis sur les mains et le visage. Walter accueillit son nouvel adepte avec enthousiasme.

— Je voulais justement te voir. J'ai un petit jeu à te proposer. On va bien s'amuser.

— Désolé de te décevoir, mais je suis venu t'annoncer que tes petits jeux, c'est terminé pour moi.

— Tu fais déjà dans ta culotte?

— Non, mais toi, tu as déjà mis la main dans celle de Jeri!

Walter se tassa sur lui-même. Le regard par en dessous, il fit signe à Mickey de s'éloigner. Le jeune homme s'en fut au fond du garage ranger des outils dans un coffre, en faisant beaucoup de bruit.

— Qu'est-ce qu'elle t'a encore raconté?

— Tu avais oublié de me dire que tu couchais avec ta fille!

Walter se nettoyait les mains en les enduisant d'un savon qui avait la consistance de la graisse. Il suspendit cet exercice.

— Je n'ai jamais couché avec ma fille.

— Alors, il y en a un des deux qui ment. Jeri ou toi?

— Ou qui ne dit pas toute la vérité. Si tu me répétais exactement ce qu'elle t'a raconté…

— Je préférerais entendre tes explications d'abord. Ça me permettra de me faire une meilleure idée.

— Tu te prends pour qui? Un juge?

— Pour un homme dont le fils a été sodomisé avant d'être jeté vivant en bas d'un pont de cinquante-cinq mètres de hauteur. Pour celui à qui tu demandais, il y a quelques jours à peine, comment ta fille fait l'amour avec les hommes.

Walter lança à bout de bras le torchon bleu avec lequel il s'essuyait les mains. Il durcit les poings. Sa mâchoire se mit à trembler. Hubert fit un pas en arrière pour éviter le premier coup qui ne tarderait pas à venir. Contre toute attente, Walter sortit du garage et marcha jusqu'aux pompes, près desquelles il s'immobilisa.

Il faisait face à la rue principale, regardant sans les voir les rares automobiles qui passaient. Si Hubert n'était allé le rejoindre, Walter s'y serait pétrifié. Hubert s'était placé à côté du père de Jeri, hors de sa portée cependant. Il se taisait lui aussi. Le premier qui parlerait serait le perdant. Ils le savaient tous les deux.

— Et tu l'as crue? finit par demander Walter.

— Il ne s'agit pas de croire ou de ne pas croire, corrigea Hubert, mais de comprendre comment un homme qui couche avec sa fille peut prétendre donner des leçons aux autres.

— On a tous nos péchés de jeunesse, marmonna Walter. Même toi.

— Il ne s'agit pas de moi !

Walter soupira, souleva sa casquette et retarda le geste de se gratter le crâne, comme s'il n'y avait pas eu assez de puissance dans sa tête pour activer plus d'une commande à la fois.

— Je n'ai jamais couché avec ma fille. Je te le jure.

Il tourna vers Hubert son regard dur.

— Mais, je le reconnais, c'est vrai que je lui ai montré comment c'est fait, un homme. Ça s'est passé il y a long-temps, à une époque où je n'étais pas toujours responsable de mes actes. Je le regrette et je ne peux rien y changer. Maintenant, tu peux t'en aller si tu veux.

Hubert regardait, par-delà les collines qui enserraient Central Valley, son fils tomber du pont pour l'éternité. Jeri le rejoignit dans le vide. Walter sauta à son tour par-dessus la rambarde. Hubert rattrapa Walter. La main du père tenait celle de la fille. Jeri allait récupérer François. Hubert, seul en haut, pour retenir tout ce monde.

— Je reste.

Le visage de Walter s'illumina. Un enfant que sa mère vient de relever d'une punition.

— Tu ne le regretteras pas !

— Mais je te préviens, si tu touches encore une fois à Jeri, ce sera toi, la première cible sur laquelle j'essaierai le Beretta que tu m'as donné.

— Tu ferais ça ?

— Je n'hésiterais pas une seconde.

Walter exultait en replaçant sa casquette. Il marcha vers sa camionnette en faisant de grands gestes pour inciter Hubert à le suivre.

— Je savais que tu étais quelqu'un de bien ! lança-t-il en refermant la portière.

Il mit le moteur en marche, invitant Hubert à grimper à ses côtés.

— Où allons-nous ?

— Voir si tu es conséquent avec toi-même.

*   *   *

Vingt minutes plus tard, la Dodge Ram de Walter pénétrait dans la cour d'une ferme misérable. C'était un endroit désolé, une exploitation isolée, à l'écart du village. Hubert reconnut, garée entre la maison et l'étable, la camionnette aux pneus surdimensionnés d'un de ses tortionnaires de la semaine précédente.

— Tu as ton pistolet ? demanda Walter.

Hubert fit signe que non. Walter grimaça, puis il fouilla sous la banquette. Il en sortit son Uzi, un fusil-mitrailleur semi-automatique surmonté d'une lunette de visée. Trente pouces de pure haine sous forme d'acier noir. Un chargeur à trente-deux balles.

— Tu crois vraiment que c'est nécessaire?

— Ça peut toujours servir à impressionner quelqu'un.

Ils entrèrent sans frapper. Une vieille femme, assise devant la table, les coudes sur la nappe cirée, sursauta en les voyant apparaître. Son fils, un gros garçon d'une vingtaine d'années, à la barbe et aux cheveux blonds, reposait dans un fauteuil Lazy-Boy dont le repose-pied supportait sa jambe gauche. Un plâtre l'enveloppait. Des béquilles étaient posées contre le mur, à ses côtés. Il regardait la télévision.

L'écran montrait un héros plus vrai que nature, mitraillant ses adversaires dans une rue très fréquentée de Los Angeles. Ses victimes se contorsionnaient comme des pantins, avant de s'écrouler sur le trottoir dans des poses grotesques. Les passants n'étaient cependant pas atteints. Ils ne faisaient pas partie du jeu. Ils traversaient la scène comme les figurants qu'ils étaient. L'irruption de Walter, avec son Uzi, confondit la fiction et la réalité. Hubert était resté près de la porte. La vieille femme mit la main devant sa bouche. Le fils cherchait à fuir en sautillant sur un pied. Il n'avait pas pris le temps d'attraper ses béquilles. Il atteignit la porte arrière. Walter le figea d'une parole.

— Un pas de plus, je te descends.

Le gros leva les bras, la paume des mains sur le mur, comme il l'avait vu faire dans les feuilletons de la télévision.

— Approche! lui ordonna Walter.

Le blond revint vers la table en traînant son plâtre. Il s'appuya au dossier de la chaise de sa mère.

— Ne lui faites pas de mal, suppliait cette dernière.

— Tu le reconnais ? s'enquit Walter auprès d'Hubert.

— Un peu, oui !

Hubert était maintenant tout près de Walter, qui désignait le garçon en faisant de brefs signes de tête.

— Il faut que ce gars-là sache que tu ne le laisseras plus se comporter comme il l'a fait, l'autre jour, avec toi.

Hubert ne broncha pas. Walter le pressa d'en finir.

— Tu as besoin que je te dise ce qu'il faut faire ?

La mère continuait d'intercéder.

— C'est un bon garçon. Il n'est pas méchant.

Hubert marcha sur celui qui l'avait menacé et humilié. Il chercha son regard. Le gros leva le bras devant son visage pour se protéger.

— Viens dehors !

L'Uzi de Walter sut se montrer persuasif. La manœuvre s'effectua dans la confusion. Hubert poussait sa victime devant lui. Le gros garçon avançait sur son pied valide, traînant l'autre comme un corps étranger. Il jetait des regards désespérés du côté de sa mère. Le canon noir du fusil de Walter lui montrait le chemin.

— Ne lui faites pas de mal, suppliait toujours la vieille femme, depuis la porte de la cuisine.

Ils traversèrent la cour et pénétrèrent dans l'étable. Une odeur éprouvante les y accueillit. Une centaine de veaux, enchaînés dans des box trop étroits, engraissaient au-delà de leur appétit. Hubert poussa son tortionnaire dans l'allée. Le gros blond n'avait pas encore dit un seul mot. Il était pris. Il se soumettait.

Hubert défit la ceinture du garçon et s'en servit pour lui nouer les mains dans le dos. La ceinture était longue. Il en restait assez pour attacher le condamné au tuyau rouillé qui soutenait la mangeoire d'une stalle vide. Walter se tenait à l'écart. Il abaissa son Uzi. Le veau nouveau genre tournait sur un pied. Son pantalon lui était tombé sur les talons.

Maintenant que l'autre était sous sa domination, Hubert parut se désintéresser de lui. Il arpenta l'allée, examinant les lieux, avant de disparaître sous une dépendance, d'où il revint avec une fourche. Au passage, il s'arrêta devant le dalot pour ramasser, du bout de la fourche, une bouse fraîche, qu'il lança au visage du garçon.

Les gestes d'Hubert s'enchaînèrent. Il couvrit son tortionnaire de fumier. La matière était abondante. Depuis son accident, le jeune fermier négligeait l'entretien de l'étable. Bientôt, le gros garçon blond dégoulina de purin et d'excréments. Il ne se dérobait pas. Peut-être s'estimait-il heureux de s'en tirer à si bon compte?

Enfin, Hubert jeta sa fourche et sortit. Walter le suivit. Avant de partir, cependant, le père de Jeri tira une balle dans chacun des gros pneus de la camionnette. Sa façon à lui de signer l'opération. Hubert attendit qu'ils aient roulé quelques minutes avant d'aborder le sujet avec Walter:

— Tu trouves probablement que je ne suis pas allé assez loin?

— Exact, mais je ne m'en fais pas. Quand je t'aurai ouvert les yeux, c'est moi qui serai obligé de te demander de réfréner tes ardeurs.

*   *   *

Suzanne s'était planté les poings sur les côtes en ouvrant son caban. Ses seins gonflaient sa robe. En écartant une jambe, elle mettait en évidence ses hanches généreuses.

— Il essayait d'apaiser sa douleur en jetant du fumier au visage d'un abruti! Vous ne trouvez pas ça pathétique, vous?

Billy Memory se grattait la joue. Suzanne s'approcha du fauteuil dans lequel il s'enfonçait.

— Les hommes pensent qu'ils peuvent tout réparer en tapant dessus! La méthode du coup de pied dans le pneu, ou du coup de poing sur le téléviseur. Vous connaissez?

L'Indien mâchouillait de l'air.

— Mais dites-moi que je me trompe! réclama-t-elle. On dirait que pour vous, les hommes, la violence, c'est une autre façon d'éjaculer!

Elle s'empressa de se rasseoir. L'Indien vint prendre place à ses côtés. Son poids attirait Suzanne vers lui. Elle se raidit. Il lui mit la main sur l'épaule.

— Ne me touchez pas!

Il l'enveloppait de sa présence et la couvrait en même temps de son regard tendre.

— Rentrez donc un peu les griffes. Vous allez abîmer vos ailes.

* * *

Hubert était accroupi, en compagnie de Walter Williams, devant les braises d'un bon feu allumé sur l'aire, devant le camp. Ils faisaient griller de minces tranches de viande au bout de branches effilées.

— Du cerf de Virginie, annonça fièrement Walter. C'est moi qui l'ai tué. J'en ai des réserves pour six mois, séché, congelé, dans des caches, partout aux alentours. Le monde s'arrêterait de tourner, je ne m'en apercevrais pas !

Des pommes de terre sifflaient sous la cendre. On n'était pourtant qu'en début d'après-midi. Ce genre de pique-nique se pratique surtout au clair de lune, entre cow-boys de calendriers. Fallait-il que Walter ait quelque chose de vraiment important à communiquer à Hubert pour monter cette mise en scène ! Pour parfaire le tableau, il avait même détaché le rottweiler. La bête s'était allongée près de son maître et soufflait sur le sable avec son museau. De temps en temps, elle jetait un regard suspicieux sur Hubert. Walter mordit du bout des dents dans la viande brûlante pour en vérifier le degré de cuisson.

— Il serait temps qu'on se parle sérieusement, déclara-t-il.

Hubert ne s'était jamais senti aussi sérieux depuis son arrivée à Central Valley.

— Ce qu'ils ont fait à ton fils, continua Walter, ce n'est rien. Ce que t'a fait le gars que tu as couvert de fumier, encore moins que rien. Des incidents de parcours sans grande importance à côté de la grande conspiration dont nous sommes tous victimes.

Hubert ne comprenait plus. Il savait seulement que le cœur lui manquait chaque fois qu'on évoquait le sort fait à François. Déboussolé, il attendit de voir où l'autre voulait en venir.

— Le gouvernement a réduit la population en esclavage. Ça remonte à la guerre de l'Indépendance.

Hubert ne voyait toujours pas. L'autre semblait s'en réjouir.

— Ils ont adopté une Constitution qu'ils se sont empressés d'oublier. Ils se sont confortablement installés à Washington, les politiciens et leurs bureaucrates, et ils ont tout de suite monté une conspiration pour priver les citoyens de leurs droits. « On sait ce qui est bon pour vous ! Laissez-nous faire ! » Tout ça au nom du bien commun. Pour se donner plus de pouvoir, en fait. Pour commencer, ils nous ont retiré le droit de posséder une arme. Ils ont décrété qu'il fallait signer des papiers pour acheter un fusil. Si tu veux constituer une milice, comme c'est prévu dans la Constitution, tu deviens leur ennemi. Je ne te cacherai pas qu'ils avaient un peu raison, parce que les milices, c'est le principal mouvement d'opposition au gouvernement.

Hubert suivait avec application la démonstration de Walter.

— Rassure-toi, je ne vais pas te faire un cours d'histoire. Ce n'est pas mon fort. Juste te dire comment ça s'est passé pour moi. Je me suis éveillé dans les années quatre-vingt. Je me suis aperçu, un matin, en même temps qu'un certain nombre d'autres individus, que nous venions de passer du statut de citoyens à celui de consommateurs. C'était si radical que certains ont cru que la société allait s'effondrer. Les plus clairvoyants ont pris des dispositions pour affronter le désastre, en stockant des armes, de la nourriture, tout ce qui est indispensable à la survie. J'étais de ceux-là. On nous a appelés les survivalistes. J'ai formé l'un des premiers groupes de survivalistes aux États-Unis.

Hubert ne voyait plus Walter de la même façon.

— Mais le système ne s'est pas effondré. Au contraire, on aurait dit que les ruines se solidifiaient. Je n'ai pas tardé à comprendre pourquoi la catastrophe appréhendée n'arrivait pas. Elle s'était déjà produite !

Walter retira une pomme de terre des cendres en la faisant rouler dans une assiette d'aluminium à l'aide d'un bout de bois.

— La grande conspiration avait réussi ! L'essentiel était maintenant de changer de réfrigérateur ou de téléviseur. Afin de s'assurer que chacun jouait bien son rôle dans ce nouveau scénario, on nous a fichés. On te donne un numéro de sécurité sociale à ta naissance, et on le transforme en permis d'inhumer à ton décès. Entre les deux, tout est dans l'ordinateur, la liste des médicaments que tu prends et le numéro de série des armes que tu te procures. Tu ne peux plus dévier du chemin qu'ils t'ont tracé. Les plus lucides se sont organisés en milices. Les premières milices se sont mises en place dans les années quatre-vingt dix. Tu as devant toi le fondateur de la milice de Central Valley. Tu l'avais déjà deviné, je pense ?

Le vertige qui avait accablé Hubert, dans son arbre, s'était de nouveau emparé de lui. La planète, minuscule comme celle du Petit Prince, avait recommencé de tourner à une vitesse folle.

— Mais ça ne se passera pas comme ça ! Les milices vont entrer en guerre contre le gouvernement des États-Unis, pour empêcher que la voracité de ceux qui nous mènent conduise le monde à la catastrophe ! Et toi, tu vas te retrouver aux premiers rangs de cette opération, avec les vrais patriotes ! Qu'est-ce que tu en dis ? C'est autre chose que de jeter du fumier à la face d'un abruti, non ?

* * *

Le lendemain, Hubert commença à prendre les moyens nécessaires pour justifier sa présence à Central Valley. La route n'était plus qu'une piste de gravier et de roche qui grimpait dans la colline. Hubert parvint en vue de la scierie. Le pharmacien de Central Valley lui en avait révélé l'existence. Il avait précisé qu'elle appartenait aux Indiens. Ils n'en faisaient pas grand-chose. Ils songeaient à s'en départir. Ils avaient d'autres projets. Ils la vendraient peut-être.

C'était dans une clairière inclinée à l'ouest. Fait curieux, les essences qui la cernaient n'avaient pas de valeur commerciale. On avait affirmé à Hubert que les collines environnantes recelaient cependant des espèces intéressantes. Il vérifierait cette assertion si ses premières démarches donnaient de bons résultats.

L'espace occupé par la scierie se partageait entre un grand bâtiment de planches coiffé d'un toit à une seule pente, une cabane dont la porte était ouverte, des amoncellements de billes, du bois scié mis à sécher sur des baguettes et, au milieu de tout cela, la machine elle-même, gros engin de fer accoté à des rails surmontés d'un pont de bois. Deux remorques aux pneus usés, deux camionnettes d'un autre âge et une fourgonnette GMC cabossée, constituaient la flotte routière de l'entreprise.

Hubert descendit de son véhicule et rentra la tête dans les épaules. Il pleuvait dru. Personne aux alentours. Bafoué par le vent qui emportait la pluie, il tourna autour de l'installation. C'était un matériel désuet, certes, mais pouvant être modernisé à un coût raisonnable. Pressant

211

son appareil photo contre son ventre pour le protéger de la pluie, et arrondissant le dos pour s'abriter, Hubert photographia chacune des composantes de la scierie avant d'aller jeter un coup d'œil sous le hangar.

Le bois y était empilé de façon plutôt sommaire, et pas toujours de niveau. C'était un moindre mal. L'entreprise ne produisait que de l'épinette de charpente que les revendeurs entreposeraient de toute façon dans des conditions qui la feraient gauchir. La bâtisse ne disposait pas d'ouvertures suffisantes pour permettre une aération convenable. Le toit coulait par endroits. L'ensemble paraissait plutôt négligé. Hubert estima que la situation pouvait être corrigée.

Il se dirigea vers la cabane, dont la porte était ouverte. Un homme le regardait venir, appuyé au chambranle. Comme l'autre ne bronchait pas, Hubert dut se mettre de côté pour entrer. Trois autres hommes jouaient aux dés, sur une caisse de bois posée devant des banquettes récupérées à même des voitures hors d'usage. Des piles inégales de pièces de vingt-cinq cents s'élevaient devant chacun. Ils levèrent la tête vers le visiteur.

— C'est fermé, dit l'un d'eux. On ne travaille pas quand il pleut.

Celui qui se tenait dans l'encadrement de la porte rit. Un autre lança les dés. Des pièces de vingt-cinq cents changèrent de pile.

— Je ne suis pas venu acheter du bois, précisa Hubert. On m'a dit que la scierie était peut-être à vendre.

— C'est une rumeur. D'ailleurs, il va pleuvoir toute la semaine, répondit celui qui venait de remporter le coup.

— Je peux peut-être acheter la scierie maintenant et attendre qu'il fasse beau pour la remettre en marche?

Les joueurs misèrent et jouèrent. Un cri de joie, des protestations de déception, puis celui qui avait parlé le premier se décida à s'occuper un peu d'Hubert. Il se leva, la salopette raide d'huile séchée et de bran de scie.

— C'est Billy Memory qui mène ici.

— Memory?

— Memory. Un nom indien, ricana celui qui était, de toute évidence, un Indien lui aussi.

— Je le connais. Où est-ce que je peux le trouver?

— Le lundi, c'est son jour de bénévolat. Il s'occupe de ses frères les Peaux-Rouges, à Albany.

— Où exactement, à Albany?

C'était à son tour de jouer. L'Indien se rassit en haussant les épaules, prit les dés au creux de sa main et souffla dessus avant de les lancer. Hubert sortit en relevant le col de son veston.

* * *

La capitale de l'État de New York est une grande ville étalée dans la plaine. En suivant les indications qui annonçaient le State Capitol, Hubert gagna le centre-ville. En bordure de la rivière Hudson, il interrogea un policier, qui lui désigna l'édifice fédéral où logeait, entre autres, le Bureau des affaires indiennes. Là, le préposé à l'accueil connaissait en effet Billy Memory, mais il s'étonna qu'Hubert ait pensé le trouver dans un centre administratif. Billy Memory tenait audience au bar Friendly Haven, dans Clinton Avenue.

Un plancher de terrazzo, des murs gris, des abat-jour diffusant une lumière jaune au-dessus d'une vingtaine de tables rondes, recouvertes de formica, entourées de chaises de bois brun, dévernies aux appuie-bras, le Friendly Haven avait connu des jours meilleurs. L'établissement débordait pourtant de clients. À une table du fond, Hubert reconnut celui qu'il cherchait. L'Indien conversait avec un jeune couple. La femme tenait un enfant en bas âge dans ses bras. C'était incongru en cet endroit. Hubert s'approcha.

Il ne put faire autrement que d'entendre les propos qu'échangeaient Billy Memory et le jeune couple. Il était question d'assistance sociale, de coupons de nourriture et d'allocations de logement. De toute évidence, Billy Memory aidait ses frères autochtones à s'y retrouver dans le dédale administratif des affaires indiennes. La consultation s'acheva rapidement. Resté seul devant deux chaises vides, Billy Memory leva la tête pour voir qui était son prochain visiteur. En apercevant Hubert, un franc sourire lui ensoleilla le visage.

— Tu me reconnais? demanda Hubert.

— Comment veux-tu que je t'aie oublié? La seule fois que je t'ai vu, tu étais prisonnier au fond d'une fosse, comme une bête. Tu as retrouvé ton chemin, on dirait?

Il invita Hubert à s'asseoir.

— Une bière?

Hubert prit place devant la table. Il but sa Miller en exposant le but de sa visite. Quand il en eut terminé, Billy hocha la tête.

— Je ne peux pas, déclara-t-il. La terre des Indiens n'est pas à vendre.

— Mais vous n'en faites rien !

— La terre se débrouille très bien toute seule.

Hubert était déçu, mais il ne voulait pas trop le laisser voir. Cela le desservirait si la discussion devait reprendre plus tard. Feignant l'indifférence, il sortit de l'argent pour payer sa bière. L'Indien le retint en mettant la main sur son avant-bras.

— D'abord, la bière, c'est moi qui la paie. Ensuite, tu sautes trop vite aux conclusions.

Hubert posa les deux mains à plat sur la table. Une attitude de neutralité.

— La terre, poursuivit Billy Memory, je ne peux pas te la vendre, mais la scierie, c'est une autre histoire.

— Je ne comprends pas.

— Je suis prêt à te vendre la scierie.

— Mais je n'ai pas l'intention de la déménager !

Billy Memory sourit, une fois de plus.

— Il y a une autre solution. Je te loue la terre.

L'Indien fixa ses yeux noirs sur son interlocuteur.

— Ce n'est peut-être pas une mauvaise idée, reconnut Hubert. Tu avais pensé à combien ?

— Deux cent cinquante mille dollars pour la scierie. Pour la location, je te propose un bail de quatre-vingt-dix-neuf ans. Il sera toujours temps de discuter le montant.

Les deux hommes se retenaient pour ne pas montrer leur intérêt.

— J'aimerais que tu me dises une chose, avant qu'on aille plus loin, continua Hubert. Si la scierie vaut deux cent cinquante mille dollars, elle est sûrement rentable. C'est d'ailleurs facile à vérifier. Il suffit d'examiner les états financiers. Je le ferai si nous décidons de poursuivre nos discussions. Mais si la scierie est rentable, pourquoi est-ce que tu ne continues pas de l'exploiter ? Tu n'as pas encore l'âge de la retraite. Les gars que j'ai vus, là-bas, n'ont pas l'air très vaillants, mais il y a toujours moyen de trouver des hommes compétents pour faire marcher une scierie. Pourquoi veux-tu la vendre ?

Billy se pencha vers Hubert. Il lui parla en ayant l'air de s'adresser à l'un de ces démunis qui venaient le consulter sur la façon d'assurer leur subsistance. Pour un peu, il lui aurait pris les mains, comme on le fait à un enfant.

— Depuis la nuit des temps, commença-t-il, nous entretenons une relation sacrée avec la terre. À chaque génération, les Anciens sont chargés de transmettre à ceux qui leur survivront la sagesse qu'ils ont accumulée de leur vivant. Pour nous, cette connaissance n'est pas inscrite dans les livres. Elle s'incarne dans des lieux. L'emplacement de la scierie est un de ces sanctuaires. La terre nous procure le nécessaire pour assurer le confort et la sécurité de nos familles. Non seulement nous ne devons pas en abuser, mais nous devons plutôt l'enrichir, afin qu'elle apporte davantage à ceux qui viendront après nous.

Hubert comprenait de moins en moins.

— Si je te suis bien, tu devrais faire prospérer la scierie, et non pas la vendre…

— Certains de mes frères ont perdu de vue la raison de leur passage sur la terre. Ils se sont laissé éblouir par les illusions, comme des cerfs qui sont attirés par la lumière, la nuit. Ils ont trop regardé la télévision des Blancs. Ils ont oublié que le but de la vie n'est pas de devenir million-naire, mais de répondre avec justesse aux questions qu'elle nous adresse. Ils se sont mis en tête de démolir la scierie pour la remplacer par un casino.

Hubert faisait oui de la tête pour ne pas interrompre l'Indien.

— Nous sommes les ancêtres de ceux qui ne sont pas encore nés, déclara encore Billy Memory, et je n'ai pas l'intention de léguer un casino à mes descendants. Ta proposition tombe à point. J'ai envie de l'accepter pendant que j'ai encore l'autorité pour le faire. Les valeurs qui ont guidé mon peuple, depuis le commencement du monde, vont entrer en dormance, en attendant que mes frères soient guéris de leur aveuglement. Ce ne sera pas la première fois. Ni la dernière, d'ailleurs.

La rumeur qui emplissait le Friendly Haven emportait l'écho des palabres qui avaient marqué la longue évolution de l'humanité. Hubert ne tenait plus sur sa chaise.

— J'aurais besoin d'y réfléchir.

— C'est justement ce que j'allais te proposer.

* * *

Une fois de plus, Suzanne se redressa vivement. Il semblait que la nuit allait se dérouler ainsi, mouvements d'abandon et sursauts d'indignation. Suzanne avait le cœur trop à vif pour faire preuve de modération. Elle fourrageait dans les événements comme Billy Memory avait attisé le feu, plus tôt, avec un bâton. L'Indien était demeuré assis sur le divan. Suzanne le dominait de tout son tourment.

— Ça ne valait pas deux cent cinquante mille dollars! Vous abusiez de lui!

— C'est vous, les Blancs, qui nous avez appris à marchander, en nous proposant des bouts de miroirs en échange de nos fourrures !

— Hubert n'était pas en mesure de prendre de décision !

— Il avait l'air de tenir beaucoup à cette scierie.

— En acceptant de la lui vendre, vous le jetiez dans les bras de Walter Wiliams.

— On peut voir ça d'un autre œil. Je comptais veiller discrètement sur lui.

— Il ne serait rien arrivé si vous aviez dit non ce jour-là !

— Il ne serait rien arrivé si Hubert ne s'était pas débattu pour survivre.

* * *

Quelques heures plus tard, en début de soirée, la camionnette de Walter Williams était garée en bordure du talus, le long de la bretelle qui débouche de l'autoroute, vers Central Valley. Quand Walter aperçut la camionnette de Billy Memory, il démarra puis ralentit devant lui, en faisant de grands signes du bras par la portière. Les deux véhicules s'immobilisèrent sur l'herbe du bas-côté. Les conducteurs descendirent. Ils discutèrent, appuyés sur la tôle de la Sierra.

— Tu as passé la journée à Albany? commença Walter.

— Si tu ne le savais pas, tu ne serais pas venu m'attendre ici.

— Tu as vu le marchand de bois?

— Oui.

— À ce qu'il paraît, il veut acheter ta scierie ?

— Le pharmacien est une vieille commère ! lui répliqua Billy Memory. Et si c'était vrai que ce monsieur s'intéresse à la scierie ?

— Ça m'arrangerait, enchaîna Walter.

— Il n'a pas besoin qu'on le fasse tomber encore une fois dans le piège.

— J'ai plutôt l'intention de lui apprendre à éviter les pièges.

— C'est justement ce que j'ai en tête, moi aussi.

— Alors, ricana Walter Williams, on pense la même chose ! Comme d'habitude !

— Dans des termes différents, oui.

* * *

Hubert s'activait. Une fébrilité heureuse l'emportait. Il avait lavé et coupé des céleris dont il avait farci la cavité de fromage en crème, fait brunir des petites saucisses à la poêle, étalé du crabe en purée sur des craquelins fins et empli des plats de chips et de *beer nuts*. Déposé une bouteille de mousseux californien au congélateur, pour la rafraîchir plus vite. Deux assiettes sur la table. Des serviettes en papier. Deux flûtes à champagne en plastique. C'était tout ce dont il disposait. Inséré le disque de Pavarotti dans le lecteur de compacts, dont il avait maintenu le volume à un niveau raisonnable, cette fois. Il essuyait le comptoir quand elle entra.

— Jésus ! s'exclama-t-elle, je comprends pourquoi tu avais l'air si pressé au téléphone. Tu as gagné à la loterie ?

— Mieux que ça !

Il la prit par la taille et l'entraîna devant la table.

— Sers-toi.

Il courut chercher le mousseux à la cuisine. En son absence, Jeri examina le salon qui se prolongeait en salle à manger. Elle n'avait jamais vu les lieux durant le jour. La lumière éclaboussait le plancher de hêtre verni. Les boiseries des murs conféraient à la pièce une sorte d'aisance campagnarde. Un rideau de mousseline flottait au vent. Un carillon tubulaire, suspendu au toit de la galerie, produisait un tintinnabulement qui se répercutait à l'intérieur.

Un fauteuil de cuir et une table basse, un îlot de tapis dominé par une lampe à halogène. Un agenda électronique posé près des lunettes d'Hubert. Aucun luxe, mais un environnement maîtrisé. Jeri alluma une cigarette. Elle n'avait encore jamais vu un homme habiter son espace en y apportant autant de soin.

Hubert revint avec le mousseux dont il fit sauter le bouchon en souriant. L'effervescence souleva le liquide. Quelques gouttes se répandirent sur la table. Hubert les essuya, tout en emplissant les flûtes.

— J'ai une grande nouvelle à t'annoncer.

Jeri ouvrait des yeux de petite fille. Hubert lui mit une flûte de mousseux dans la main, prit la sienne et la choqua contre celle de Jeri.

— À notre succès.

— Tu veux me dire ce qui se passe ?

Hubert fronça les sourcils à la manière d'un maître d'école.

— Bois, on parlera après.

Elle s'exécuta. Cette fois, Hubert avait eu la prévenance de placer au bout de la table la soucoupe qui servait de cendrier à Jeri. La jeune femme y déposa sa cigarette, qui se consuma d'elle-même. Hubert tendit à Jeri une assiette pleine de hors-d'œuvre, puis il la conduisit au fauteuil. Quand elle fut assise, il se mit à marcher dans la pièce, sa propre assiette à la main, croquant une bouchée et s'arrêtant, à tout moment, pour s'assurer que l'attention de son interlocutrice ne faiblissait pas.

— J'ai entrepris des démarches pour acquérir la scierie des Indiens, annonça-t-il.

— Ça m'a plutôt l'air délabré. Je ne suis pas certaine que tu deviendras très riche avec ça.

— Je me rends compte que je passe de plus en plus de temps à Central Valley. Aussi bien me donner une occupation.

Jeri posa son assiette sur la pile de revues et vint capturer le regard d'Hubert, au centre de la pièce. Ses espadrilles couinaient sur le plancher de bois.

— Tu devrais faire attention.

— À quoi?

— À mon père.

— Qu'est-ce qu'il a de si dangereux?

— Il est du genre à mettre ses idées en application.

— Ça me paraît plutôt une qualité.

— Il est arrivé à certaines conclusions auxquelles je préfère ne pas trop penser.

— Nous en avons discuté. Je me suis bien gardé de le lui dire, mais il m'a ouvert les yeux. Et toi, si tu ne partages pas ses convictions, pourquoi m'as-tu tiré dessus, l'autre jour, avec ton fusil à peinture, alors que j'abaissais le mien?

— Peut-être que tu devrais faire attention à moi également ?

— Justement ! J'ai trouvé un excellent moyen de t'avoir à l'œil. Tu vas travailler avec moi à la scierie.

— Tu me crois capable de déplacer des troncs d'arbres de dix pieds de long ?

— Tu tiendras le bureau. Tu recevras les clients, tu répondras au téléphone, tu vérifieras les feuilles de présence des hommes et tu rempliras les formulaires.

Jeri secoua la tête.

— Je ne sais pas faire ça.

— Je t'apprendrai.

— Tu ne me connais pas. Je ne sais même pas tenir un crayon. Au restaurant, pour les additions, s'il n'y avait pas la caisse électronique…

— Tu as besoin d'un peu de rattrapage. L'école, c'est déjà loin…

Jeri s'enfuit à l'autre bout de la pièce. Hubert la rejoignit. La grande fille saine et sûre d'elle-même qu'il connaissait s'était métamorphosée en enfant chagrine. Elle baissait la tête. Son menton tremblait. Il lui prit les deux mains et les pressa pour débloquer ce qui la tourmentait.

— L'école, on ne peut pas dire que j'y sois vraiment allée. Si tu veux le savoir, ma mère était alcoolique. Je la vois encore descendre l'escalier en titubant, la robe de chambre entrouverte, un verre de vodka à la main, souriant à des choses qu'elle était seule à apercevoir. J'avais cinq ans. Elle m'étouffait contre ses gros seins. Elle est partie avec un type qui possédait un magasin d'instruments de musique à Albany. Ensemble, ils ont bu le magasin. Aujourd'hui, ils sont en Oregon, je crois.

Hubert grimaçait à mesure que les aveux de Jeri faisaient leur chemin en lui.

— À l'époque, mon père était représentant en pièces d'automobiles. Il m'emmenait avec lui dans ses tournées. C'est pour ça que je ne suis pas allée à l'école. Ou presque pas. C'est aussi à cette époque qu'il s'est mis à boire lui aussi et qu'il m'a fait les choses que je t'ai racontées l'autre jour.

Hubert ferma les yeux un instant pour ne pas voir ce qu'il entendait.

— Un printemps, pour passer le temps, il est allé visiter une foire organisée par le mouvement survivaliste, à Pasadena, en Californie. Il a changé du jour au lendemain. Il est revenu s'établir ici, il a ouvert le garage, et surtout il a construit le camp que tu connais maintenant. Mais il a oublié de m'inscrire à l'école. Ça m'arrangeait. J'avais une quinzaine d'années. Il m'apprenait des choses autrement plus passionnantes que les chiffres et les lettres. Quand on y pense, le survivalisme, c'est un grand jeu scout. Se faire un abri en forêt, manger ce que l'on trouve…

— Je me suis souvent demandé si on ne devrait pas commencer par enseigner des choses pratiques aux enfants. Un peu d'électricité, de plomberie, de mécanique. Comment faire un jardin. Les connaissances de base. Quand ils en éprouveraient le besoin, ils absorberaient en un rien de temps la grammaire et les mathématiques. Je dis ça, mais je ne l'ai pas fait avec mon fils.

— De toute façon, je ne voudrais pas me retrouver dans une école d'aujourd'hui, avec des détecteurs de métal à l'entrée pour empêcher que les élèves s'entretuent.

Hubert baissa la tête.

223

— Je me demande comment François aurait vécu ça.

— Vous n'en êtes pas encore là, dans ton pays, je pense ?

— Il faudra bien que quelqu'un s'occupe d'empêcher que ça se produise !

Elle tourna vers lui un visage étonnant de gravité.

— Écoute bien ce que je te dis. La milice, ce n'est pas un jeu pour toi. Tu as le cœur trop tendre. Tu risques de te faire beaucoup de mal.

Elle regarda sa montre.

— *Jesus !* je vais encore être en retard !

Elle courut vers la sortie. Hubert la rattrapa par le bras.

— J'aimerais quand même que tu réfléchisses à ma proposition.

Elle se dégagea. Il la suivit sur la galerie.

— Pour la scierie…

— C'est non. Je te verrai demain si tu veux, mais il faudra trouver un autre sujet de conversation.

— Demain, je m'occupe en priorité de ma femme. Elle est en train de tomber dans un piège à son tour. Il faut que je la sorte de là.

— Tu sais maintenant ce que c'est que de se retrouver au fond d'un trou, lui lança Jeri.

Elle grimpa dans sa camionnette.

— Tu veux que je te dise pourquoi je tiens tant à toi ? lui lança Hubert.

Jeri n'entendit pas la réponse à cette déclaration en forme de question. Le pare-chocs de sa camionnette venait d'effleurer la boîte aux lettres plantée de travers au bout de l'allée.

* * *

Suzanne eut soudain très froid dans cette maison qui était fermée depuis un an. L'Indien avait remonté le thermostat, en arrivant, et la fournaise à mazout ronronnait à la cave depuis ce temps, mais la maison n'en devenait pas confortable pour autant.

Elle se dirigea vers la chambre et prit, sur le lit, une couverture dont elle s'enveloppa de la tête aux pieds. Sous cette bure, elle déambulait dans le séjour sans qu'on voie ses pieds se poser sur le parquet. Un esprit. Billy Memory la regardait dériver aux frontières d'un passé dont elle avait bien failli ne pas revenir.

— Il a téléphoné au Centre où j'étais en train de recevoir ma formation. On a refusé de le mettre en communication avec moi. De toute façon, j'étais déjà trop loin pour l'entendre. Et, bien sûr, je n'ai pas su, à l'époque, qu'il m'avait appelée.

* * *

En bordure d'un des lacs les plus prestigieux du Québec, entre la célèbre abbaye de Saint-Benoît-du-Lac et Vale Perkins, s'étalait un domaine valant au bas mot un million et demi de dollars. Un chemin sinueux, percé dans une forêt dense, débouchait sur un imposant manoir. En indiquant à Suzanne la direction à prendre pour s'y rendre, un citoyen de Vale Perkins lui avait expliqué que le « château » avait été construit une dizaine d'années plus tôt par un médecin de Montréal. Le praticien en mal de grands espaces n'avait pas tardé à regretter de s'être établi à une si grande distance de son lieu de travail. L'aller et le retour quotidiens consumaient trois heures de son temps. Il avait mis la propriété en vente, mais avait dû patienter cinq ans avant de trouver un acquéreur. Trop cher et trop loin. Le domaine avait finalement été acheté, depuis peu, par une communauté religieuse dont les gens du village ne savaient rien. On disait que l'endroit servait de centre de retraite à ses adhérents. Des illuminés plutôt inoffensifs, avait conclu l'informateur.

L'édifice alignait ses rangées de fenêtres devant une pelouse impeccable qui descendait en pente vers le lac Memphrémagog. On aurait dit que la lumière du jour remontait de ses profondeurs.

Un hall de dimensions plutôt modestes s'ouvrait sur trois étages, conférant déjà un caractère religieux à l'établissement. Ce hall donnait accès à un salon de quinze mètres de long, dont le sol était recouvert d'une moquette mauve. Une cheminée de marbre rose occupait tout le mur du fond. Une rangée de portes-fenêtres prolongeait l'intérieur sur la lumière du lac. Des îlots de divans subdivisaient l'espace. Un escalier monumental, en érable verni, s'élançait vers une mezzanine bordée d'une rampe derrière laquelle s'alignaient des portes fermées. Surtout, la pièce s'élevait jusqu'au toit à travers trois étages de jaillissements de poutres, ce qui lui donnait l'élan d'une cathédrale.

On introduisit Suzanne dans une petite pièce du fond. En un instant, elle avait changé de continent. Ici, rien que des murs nus, des planchers de bois brut et des portes fermées. L'austérité de l'ici-bas devait mener à l'opulence de l'au-delà.

Elle avait été prise en charge par des jeunes gens qui ressemblaient à des acteurs de cinéma des années soixante-dix, avec leur chemise blanche au col ouvert sur la poitrine, leur pantalon noir et leurs cheveux plaqués en arrière. Une armée de fourmis dévouées, aux chaussures brillantes.

On lui remit une tunique blanche qu'elle ne devait pas quitter tant qu'elle se trouverait dans l'établissement. On l'avait soumise à une stricte discipline. Des séances de formation de cinq heures, au cours desquelles les animateurs se relayaient pour pousser les néophytes aux limites de la rupture émotive. On leur servait des repas pauvres en protéines, constitués de riz et de légumes. On les éveillait trois fois la nuit, pour les astreindre à méditer, assis sur les talons, dans le grand salon quadrillé par des Initiés qui veillaient à ce que les stagiaires ne s'assoupissent pas. Après dix jours de ce régime, Suzanne ne se rappelait plus très bien qui elle était, ni surtout ce qu'elle était venue faire à la CURE.

Elle regagna son dortoir, en compagnie de la centaine de confrères et de consœurs avec qui elle partageait chaque instant de son existence, sans jamais avoir adressé à l'un d'eux une seule parole. C'était un vaste grenier, où une cinquantaine de matelas étaient placés à même le sol. Les femmes logeaient d'un côté. Les hommes de l'autre. Au passage, sa cousine Raymonde lui avait adressé une ébauche de sourire. Une sorte de rictus amer.

Suzanne retira sa tunique et la posa sur sa couche. De cette façon, même pendant son sommeil, elle en serait symboliquement vêtue. Elle se glissa entre les draps. Toutes celles qui occupaient le dortoir en firent autant. On éteignit la lumière. Quelques quintes de toux et des racle-ments de gorge.

Suzanne avait atteint le point où l'être humain ne fait plus de différence entre l'état de veille et le sommeil. Elle était maintenant déconnectée de sa propre vie.

* * *

Walter mit le fusil entre les mains d'Hubert.

— Un M1A-A1 de Springfield Armory, précisa-t-il. Dans l'armée, ça s'appelle un M14.

L'arme n'avait pas de crosse de bois, mais une arma-ture de fer, terminée par une pièce métallique recouverte de caoutchouc qu'on appuyait sur l'épaule. Walter y inséra un chargeur.

— Tire! ordonna-t-il.

Hubert épaula, visa l'une des cibles et appuya sur la détente. Le contrecoup lui fit perdre l'équilibre et il tomba en arrière. Une vive douleur lui envahit l'épaule. Il avait lâché le fusil. Pendant qu'Hubert se relevait, Walter le ramassa. Il tira et toucha la cible.

— C'est pourtant facile, lui démontra Walter. S'agit de rester debout.

Il lui rendit le fusil. D'une main, Hubert ramena ses cheveux sur la partie dégarnie de son crâne. Walter tendit le bras en direction des cibles.

Hubert épaula sans toucher la détente. Son épaule le faisait souffrir.

— Tire!

Hubert tremblait. Il pressa la détente et parvint à rester debout. C'était déjà ça, mais il n'avait pas fait mouche. Le choc avait amplifié la douleur dans son épaule. Il repassa l'arme à Walter.

— Tu résistes! Laisse le fusil parler à ta place.

Walter tira un autre coup. La détonation fit sursauter Hubert. Cette fois, il s'empara de l'arme sans attendre que Walter la lui mette dans les mains. Il visa et, pour la première fois, atteignit l'une des cibles. Walter exultait. Il tourna vers Hubert ses sourcils froncés.

Hubert tenait toujours le fusil comme un corps étranger. Walter le stimulait en gesticulant en direction des cibles.

— Tire, *for Christ's sake!* Pense à ceux qui ont violé ton fils! Les vois-tu, les gars? Tire, *goddamit!* Qu'est-ce que tu attends? Tire! *You fuckin' faggot!*

La suite des propos de Walter se perdit dans une pétarade qui embrasa la vallée d'échos. Hubert venait de décharger les seize coups qui restaient dans le chargeur. Il avait résisté aux premiers chocs, parvenant à demeurer debout jusqu'à la sixième ou septième balle. Ensuite, il était tombé sur le dos, sans lâcher la détente. Quelques projectiles avaient fusé à l'horizontale. Par bonheur, la plupart des balles avaient été dirigées vers le ciel.

Une odeur de poudre flottait dans l'air. Hubert lâcha son fusil et regarda autour de lui. À quelques pas, Walter était allongé sur le sol, les mains sur la tête. Sans prendre le temps de se relever, Hubert s'approcha de lui en se traînant sur les cailloux. Il se pencha sur Walter. Il était certain de l'avoir atteint. Ce dernier lui renvoya un sourire métallique.

— Au moins nous sommes débarrassés de ceux-là! ricana-t-il.

* * *

Un visage derrière le hublot du scaphandre. À l'arrière-plan, la courbure de la planète bleue. Le cosmonaute attend. Dans quelques minutes, le soleil se couchera derrière la Terre. À quatre cents kilomètres d'altitude, il se produit un lever et un coucher de soleil toutes les quarante-cinq minutes. Une fois le soleil couché, les surfaces de la station spatiale refroidiront. Les travaux pourront alors reprendre.

L'astronaute — c'est une femme, on le constate en apercevant ses yeux à travers le hublot du scaphandre — est accrochée au deuxième segment d'ossature bâbord qui vient d'être rattaché à la station. Il s'agit maintenant de déployer les panneaux solaires qui alimenteront les accumulateurs en électricité. Aucune maladresse n'est tolérée. Comme pour les précédents, le coût de fabrication de ce module a été si élevé que les responsables du projet n'ont pas autorisé la production d'une unité de remplacement.

La station spatiale internationale est la porte d'entrée du Nouveau Monde. Une porte en or. Une porte de cent six milliards et demi de dollars, ouvrant sur l'infini.

L'un des filins qui retiennent les panneaux solaires est encore au soleil. Les autres sont à l'ombre. La différence de température en modifie la tension. La mécanicienne de l'espace discute avec la station terrestre. Elle suggère un moyen de contourner le problème. Le commandant terrestre hésite. Une infime erreur, à cette étape, et c'est fichu. Envolés, les deux milliards de dollars qu'a coûté ce segment d'ossature. Inutiles, les frais de la présente mission. Vaines, les cinq sorties dans l'espace, toujours risquées.

Retardé, l'achèvement du projet. Mais le temps presse. La cosmonaute insiste. On l'autorise à n'en faire qu'à sa tête. Et c'est réussi.

Plus tard, sur terre, le visage de la même femme, en gros plan. Trente-cinq, ans, les cheveux bouclés, le regard intense. Un être d'exception. « Je ne voulais pas entraîner la communauté scientifique à faire un pas en arrière. »

Pendant que défile le générique, une voix invite les téléspectateurs à ne pas manquer la prochaine émission. On y traitera de la rapide diminution de la population de tortues de mer sur la côte ouest de la Floride.

Hubert éteignit le téléviseur. L'Univers, soudain réduit aux quatre murs d'une maison isolée, sur le flanc d'une colline perdue, au fond de la nuit. Le doute s'infiltrait partout. Les objets du quotidien, la lampe, le fauteuil, le tapis, la reproduction de Norman Rockwell, soudain indifférents. Sinon hostiles. Un vide intérieur aussi absolu que celui de l'espace sidéral.

Une grande lassitude envahit Hubert. Il sentait le poids de la planète sur ses épaules. Un pénible sentiment d'impuissance s'empara de lui. Il finit même par envier le sort de Suzanne. Sa fuite avait quelque chose de réconfortant. Et si elle avait raison ? Si, dans cinquante ans, les élus de la planète allaient s'établir dans les stations spatiales, d'où le doute et la souffrance seraient à jamais exclus ? Le temps glisserait sans égratigner personne. Une race supérieure, enfin soustraite à l'attraction terrestre.

En bas, dans les ruines de ce qui avait été autrefois un jardin, des êtres inférieurs besogneraient pour assurer la survie de ceux qui fertiliseraient les étoiles. Parmi eux, Hubert, un boulet au pied, en forme d'enfant mort. Le cœur à jamais cisaillé par les reproches de sa femme. Tourmenté par un tortionnaire du nom de Walter Williams. Condamné à vivre sur une terre inhabitable.

* * *

Dans la maison qu'Hubert avait occupée à Central Valley, Suzanne et l'Indien cherchaient, eux aussi, à sortir du labyrinthe.

L'air se raréfiait. L'Indien marcha vers la sortie.

— Venez! Cette maison n'a plus rien à nous apprendre.

Suzanne était toujours enveloppée dans sa couverture.

— Où voulez-vous aller?

— Dans un endroit où on ne sera pas obligés de vivre le présent en même temps que le passé.

Elle se leva et laissa tomber la couverture sur le divan. Elle paraissait menue sous son caban.

— C'est beaucoup plus difficile que je le prévoyais, avoua-t-elle.

Il revint vers elle et lui mit la main sur l'épaule.

— Allons-y ensemble.

Il lui céda le passage, puis referma consciencieusement la porte. Derrière eux, le carreau cassé de la fenêtre soufflait du silence.

TROISIÈME PARTIE

Un bastion dans les nuages

Et la douleur prend feu.

PAUL ÉLUARD

Une lampe Sentinelle veillait sur la scierie. Le plateau de sciage dormait dans un halo de lumière. Les véhicules et les piles de bois prenaient des poses de bêtes assoupies. L'endroit touchait presque aux étoiles. On ne se trouvait pourtant pas à une si grande altitude. C'était que, en ce lieu, rien n'interférait entre la terre et le ciel.

— Où m'amenez-vous? rechigna Suzanne.

— Vous n'avez rien à craindre, l'assura Billy Memory.

Il marchait devant elle, sans lui lâcher la main, sur un sentier qui les éloignait des installations. Ils montaient dans la colline. Elle se laissait entraîner avec une réticence toujours plus forte. Elle s'immobilisa quand elle constata que l'Indien inclinait la tête pour pénétrer dans les entrailles de la terre. Ils étaient arrivés devant une ouverture, entre deux rochers, dans le flanc de la colline.

— Vous n'avez pas l'intention de me faire entrer là-dedans?

— Il le faut pourtant.

— On ne pourrait pas retourner chez vous?

— Ici, vous comprendrez mieux la suite de l'histoire.

L'Indien l'entraîna avec une telle sollicitude qu'elle parvint à refouler sa peur des lieux clos. Ils marchèrent pendant quelques minutes dans une galerie qui s'enfonçait sous terre. Au-delà de sa légère claustrophobie, Suzanne éprouvait le désagréable sentiment de transgresser un interdit. L'impression de pénétrer dans les couloirs intimes d'un être vivant.

Billy Memory progressait à un rythme lent, qui laissait à son invitée le temps de surmonter son appréhension à chaque pas. Il n'y avait rien à voir dans ce boyau de pierre. Suzanne avançait, pliée en deux, la tête dans les épaules. L'endroit où ils se trouvaient était trop étroit pour leur permettre de se tenir côte à côte. Il cheminait devant, presque à reculons. Par moments, il lui tenait les deux mains, sans lâcher sa lampe de poche.

Ils parvinrent à l'entrée d'une salle. L'écho de leurs pas l'annonçait. Suzanne sentit l'haleine de la pierre.

— Attendez-moi ici. Ne bougez surtout pas, lui recommanda-t-il. Je reviens dans un instant.

Il disparut avant qu'elle n'ait eu le temps de réagir. Le rayon de sa lampe de poche dessina des arabesques dans le noir. Bientôt, une chaude lueur illumina une voûte de pierre. Billy Memory avait allumé une série de projecteurs.

Une splendeur. Une cathédrale souterraine, où les stalactites et les stalagmites faisaient office de piliers et de lustres. Une caverne, qui vous élevait l'âme avec autant d'élan que la nef d'une cathédrale.

— Ça coupe le souffle ! fit Suzanne.

— Une sorte de temple pour nous. Mes ancêtres venaient ici bien avant que les Blancs débarquent en Amérique.

— Ils vivaient dans cette caverne?

— Non. Ils y déposaient leurs secrets. Si on reste immobile, on finit par les entendre.

— Et vous imaginez que, si nous demeurons ici assez longtemps, vous finirez par deviner les miens?

— Venez! lui proposa-t-il en guise de réponse. Nous n'y sommes pas encore.

Il l'incita à s'engager sur une corniche. Suzanne se raidissait, toute son assurance anéantie. La passerelle de pierre longeait le vide. Suzanne ne regardait que ses pieds. Elle pressait la main de Billy Memory à l'écraser.

— Vous ne savez pas ce que vous me demandez!

— Vous ne le regretterez pas.

Le surplomb se terminait abruptement. Billy Memory retint Suzanne en étendant le bras.

— Nous sommes arrivés.

Deux coussins étaient posés sur la pierre, l'un au bord du vide, l'autre sous la paroi. Billy Memory invita Suzanne à s'asseoir sur le coussin du fond.

— Comment je vais faire pour ressortir d'ici, moi?

— Quand nous nous serons tout dit, il ne sera pas difficile de retrouver la sortie.

Elle ferma les yeux et ploya les genoux avec prudence, comme si tout mouvement brusque eût pu faire s'écrouler la caverne. Une fois assise, elle ramena ses jambes contre elle. Un fœtus dans le ventre de la terre. L'Indien s'installa devant elle.

— Ici, murmura l'Indien, le présent n'interfère en rien avec le passé. Comme s'il appartenait à quelqu'un d'autre. À toute l'humanité, peut-être…

* * *

Le jeune homme fixait Hubert en souriant.

— Je ne crois pas que ce soit possible.

Hubert durcit le regard.

— Je te donne cinq minutes pour rendre la chose possible. Après, je m'en occupe moi-même.

— Attendez-moi ici. Je vais voir ce qu'on peut faire.

Le jeune homme disparut à l'intérieur. Hubert fit quelques pas sur la pelouse, pour se calmer les nerfs. La beauté des lieux ne l'effleurait pas. Il fermait les poings au fond de ses poches. Quelques minutes plus tard, le jeune homme l'invitait à entrer.

— Nous avons décidé de vous accorder une autorisation spéciale. Vous pourrez voir votre femme quelques minutes, au parloir, mais en présence d'un membre de la communauté.

Hubert suivit son guide. On l'introduisit dans une pièce nue, sous la lumière blafarde des néons. Suzanne était assise derrière une table de bois brut, les mains jointes sur les genoux. Elle ne leva pas les yeux quand il entra. Elle était revêtue d'une tunique blanche. Elle avait dénoué ses cheveux. Une vestale des temps anciens.

Dans un angle de la pièce, un autre garçon, réplique du premier, se tenait debout, presque au garde-à-vous, pendant que celui qui avait introduit Hubert se retirait en refermant la porte. Il y avait une chaise libre. Hubert y prit place.

— Tu ne me dis pas bonjour?

Elle ne broncha pas.

— Comment vas-tu?

238

— Très bien, répondit-elle dans un souffle à peine perceptible.

— Qu'est-ce qui t'arrive?

Elle ne parut pas l'entendre.

— Qu'est-ce qu'ils t'ont fait?

Devant son impassibilité, il poursuivit.

— Je vais te sortir d'ici.

Ce fut le témoin de leur entretien qui répondit.

— Myriam est en train de gravir les premiers degrés de la connaissance.

— Myriam?

— Votre femme a trouvé le nom qui lui était prédestiné.

Hubert explosa.

— C'est quoi ici? Une maison de fous?

En même temps, il contourna la table pour s'approcher de Suzanne. Le garçon s'interposa. Hubert l'écarta. Il s'accroupit pour saisir les mains de sa femme. Il espérait attirer son regard.

— Écoute-moi, Suzanne!

Le garçon avait filé. Hubert secouait sa femme, comme pour l'éveiller d'un cauchemar.

— Ils sont en train de te détruire.

Suzanne continua de l'ignorer.

— Viens! Je te ramène à la maison.

Comme Suzanne ne réagissait toujours pas, Hubert la força à se lever. Au même moment, le garçon revint en compagnie de quatre autres individus qui se placèrent de façon à bloquer l'issue de la pièce. Hubert leur lança un regard noir tout en continuant de raisonner Suzanne.

— Ils t'ont complètement lessivé le cerveau!

Suzanne secoua la tête en signe de dénégation.

— Ils t'ont droguée, ou quoi?

— Je suis en train de parfaire la conscience universelle.

— Ça suffit! Vous autres, laissez-moi passer! ordonna Hubert aux garçons qui gardaient la porte.

Il entraîna Suzanne devant la table. Les cinq garçons demeurèrent impassibles.

— J'ai encore beaucoup de chemin à parcourir pour atteindre la lumière.

L'un des garçons bloqua le passage à Hubert.

— Vous ne voyez pas que Myriam ne veut pas vous suivre? Laissez-la donc accomplir son destin.

Hubert saisit le garçon par le col de sa chemise.

— Qu'est-ce que vous lui avez fait?

En même temps, il tourna la tête vers Suzanne. Il lâcha le garçon pour reprendre les mains de sa femme.

— Tu me reconnais, au moins?

— Je suis fille de la conscience.

Deux des garçons se déplacèrent de façon à encadrer la vestale. Ils la prirent chacun par le bras. Hubert lui tenait toujours les mains. Deux clans de force inégale s'opposaient. Combien d'autres garçons bien mis n'attendaient qu'un signal, dans les profondeurs de cette forteresse isolée, pour intervenir? Seul, Hubert n'aurait jamais le dessus sur eux. Il se détacha de Suzanne. Les garçons entraînèrent leur sœur vers la sortie.

— Je reviendrai te chercher! lui cria Hubert.

Suzanne disparut entre ses gardes du corps. On pouvait présumer qu'elle ne se souviendrait même pas de la visite de son mari. Un seul des garçons était demeuré dans la pièce. Les mains dans le dos, les jambes légèrement écartées, il ne quittait pas Hubert des yeux. Ce n'était pas la première fois qu'il tenait tête à un conjoint désemparé. Des hommes surtout. Hubert ramassa sa colère et sortit en faisant claquer la porte contre le mur extérieur.

— Je reviendrai la chercher! lança-t-il au garçon sans se retourner. Vous paierez pour ce que vous lui avez fait!

* * *

Deux heures plus tard, Hubert gravissait un escalier sombre, dans un immeuble cancéreux de la rue Sainte-Catherine, à Montréal. C'était dans l'Est pourri, entre la Place des Arts et les bâtiments de l'Université du Québec, les prostituées et les dealers d'un côté, les temples de l'art et du savoir de l'autre. La culture et l'éducation côtoyant la détresse humaine dans une même pâte urbaine. En haut de l'escalier, un écriteau sur une porte à la peinture écaillée : SECTAIDE — ÔTEZ VOS COUVRE-CHAUSSURES — HEURES D'OUVERTURE : 10 HEURES À MIDI. Il était près de midi.

Hubert pénétra dans une pièce aux murs couverts de rayonnages bourrés de documents de toutes sortes, livres, brochures et coupures de journaux. Un petit homme était penché sur des papiers étalés sur une table, les lunettes sur le bout du nez. Il leva la tête. À première vue, on ne pouvait déterminer s'il avait trente ou soixante ans. Un être momifié.

— Je voudrais voir le directeur.

— C'est moi, répondit le petit homme sans âge.

Hubert s'étonna. Où étaient les employés ? Il s'avança vers la table. Le petit homme lui fit signe de s'asseoir devant lui.

— C'est plutôt confidentiel.

— Il n'y a que nous deux ici.

Hubert inspecta les lieux du regard.

— Hélas ! renchérit le directeur.

Et il débita ses doléances. Ce n'était ni la première fois, ni la dernière qu'il le faisait. Il n'avait plus que ses récriminations à quoi s'accrocher. Tous ceux qui avaient recours aux services de Sectaide y avaient droit. Ils venaient chercher de l'aide et on les accueillait avec des jérémiades.

Les divers paliers de gouvernement avaient réduit leurs subventions. En quelques années, le personnel de l'organisme était passé de douze permanents à deux employés à temps partiel. Les administrateurs publics avaient été assez aveugles pour laisser l'organisation devenir inopérante. Pas assez courageux pour la fermer. Son fondateur s'acharnait à la maintenir.

— Vous allez m'aider !

Hubert avait l'intention d'employer la force pour arracher Suzanne à la secte qui l'avait réduite à l'état de larve. En se présentant à Sectaide, il s'attendait à ce qu'on mette à sa disposition des jeunes gens bien entraînés, tant physiquement que psychologiquement, pour remplir cette mission. Il se rendait compte qu'il avait frappé à la mauvaise porte.

— Même si j'avais encore du personnel, je ne vous aiderais pas. Enfin, pas de cette façon.

Le directeur soutenait que l'usage de la force donnait rarement de bons résultats. On y avait recouru vers les années soixante-dix et quatre-vingt. C'était une impasse. On l'avait vite reconnu.

Les personnes qui se laissaient prendre dans les filets des sectes religieuses étaient des êtres fragiles. Elles s'accrochaient avec l'énergie du désespoir à ce qui faisait leur malheur. Elles n'étaient pas en mesure de porter un jugement rationnel sur leur situation. Les soustraire à ce qui les maintenait en vie ne manquerait pas de les anéantir. Dans la plupart des cas, elles échappaient à la surveillance de leurs proches, après leur « libération », et retournaient auprès de leurs bourreaux.

— Vous n'êtes pas en train de me dire que je dois laisser ma femme dépérir à petit feu entre les mains de ses bourreaux ?

— Une personne qui s'est donnée corps et âme à une secte est un peu dans la situation d'un patient dans un service de soins intensifs. Vous pouvez avoir des doutes sur la pertinence des soins qu'on lui dispense, mais ce n'est certainement pas en arrachant tous les tubes et les aiguilles auxquels elle est reliée que vous lui rendrez la santé !

Hubert hésitait entre partir et se mettre en colère.

— Avant de procéder à un enlèvement, continua le petit homme, vous devez avoir préparé un endroit pour accueillir la victime. À l'écart de tout. Une chambre matelassée, comme pour les patients psychiatrisés. Deux ou trois personnes pour maintenir une surveillance vingt-quatre heures sur vingt-quatre. Et, surtout, vous devrez retenir les services d'un spécialiste en déprogrammation mentale. Je vous l'ai dit, cela peut prendre des mois, et même plus d'une année. Comme pour une psychanalyse.

— Vous en connaissez sûrement, vous, de ces dépro-
grammateurs?

— J'en suis un.

— Je vous engage.

— Impossible. Si je m'absente, Sectaide ferme.

— Vous n'êtes pas le seul à maîtriser ces techniques!

— J'en connais deux. L'un est en Californie. L'autre
vit maintenant dans les bois comme un trappeur. Sans
compter un troisième, oui, j'en connais un autre, qui vit
dans une secte aujourd'hui.

Hubert était effondré.

— Il ne faut surtout pas oublier, enchaîna le directeur
de Sectaide, que les dirigeants des sectes connaissent tous
les leviers juridiques. Ils peuvent vous transformer en
marionnette entre leurs mains. La plupart du temps, et
c'est bien entendu le cas de votre femme, la personne
qu'on veut arracher à la secte est majeure. Dans notre système judiciaire, on ne peut aller à l'encontre des droits
fondamentaux de l'individu. Essayez donc de prouver que
votre femme est retenue dans la secte contre sa volonté!
Elle sera la première à soutenir le contraire. Vous allez
avoir ce qu'il y a de plus véreux comme avocats sur le dos.
C'est vous qui risquez de vous retrouver en prison.

Hubert était anéanti.

— Selon vous, il n'y a rien à faire?

— Les gens pensent que la justice va leur donner raison parce qu'ils n'ont pas tort. La justice se fout du bon
sens. Elle applique la loi aveuglément, même quand cette
loi est contraire à toute humanité.

Hubert en avait trop entendu. Il se leva. Le petit
homme craignit un instant que son visiteur ne se jette sur

lui. Il avait affronté bien des situations délicates. Il était un adepte des arts martiaux. Il n'eut pas à mettre ses compétences à contribution. Hubert était déjà dans l'escalier.

Pour regagner Longueuil, il dut franchir le pont Jacques-Cartier. Chaque fois qu'il se retrouvait à l'endroit d'où François avait été précipité dans le fleuve, il connaissait des ratés de vie, de brefs instants d'inexistence qui lui faisaient éprouver sa propre mort, tout en souffrant d'être demeuré au nombre des vivants. Un coup de klaxon le tira de cette agonie. Sa voiture avait dévié vers la voie adjacente. Il redressa son véhicule au dernier moment, évitant de justesse l'accident.

Pour se remettre, il prit la direction de l'île Sainte-Hélène, gara sa BMW et s'avança sur la berge. Accroupi sur les talons, il regarda l'eau. Elle avait été le premier cercueil de son fils. Peut-être aurait-il été préférable de laisser François flotter dans cet élément originel?

Un goéland se posa sur une roche. Il regarda l'homme de son œil rond. Hubert aurait voulu le caresser de la main. Grelot, lui, le pouvait. L'univers entier, dans tous ses éléments, lui appartenait désormais.

Le goéland prit son envol vers le large. Hubert regagna sa voiture. Pour la première fois de sa vie, il venait de se laisser dicter sa conduite par un oiseau.

* * *

Cinq heures de l'après-midi. L'orage menaçait. La seule flamme d'un briquet aurait suffi à embraser l'électricité en suspension dans l'air. Walter attendait Hubert sur la route qui menait à son camp. Le marchand de bois avait réclamé d'urgence un entretien. Walter entendait profiter de l'occasion pour servir à sa recrue une autre leçon de doctrine milicienne. Quand la BMW eut pénétré dans sa propriété, Walter invita Hubert à en descendre et à la laisser en bordure du chemin.

Il entraîna aussitôt Hubert sur le bas-côté. Un fossé, hérissé de broussailles, délimitait le secteur de la colline sur lequel se dressait le camp. Walter farfouilla dans un buisson. Il en sortit un câble d'acier, le tendit en travers du chemin, puis en fixa le mousqueton à un anneau boulonné dans un poteau dissimulé, en face, par une grosse pierre. Le câble barrait maintenant le seul accès au camp. Une pancarte y était accrochée : Si VOUS CROYEZ EN UNE VIE APRÈS LA VIE, FRANCHISSEZ CETTE BARRIÈRE. Il revint vers le plateau, Hubert sur ses traces.

— Maintenant, on devrait pouvoir parler tranquillement !

Il s'arrêta, le bras tendu, pour empêcher Hubert d'avancer. Du bout de sa botte, il souleva une motte de tourbe, comme il s'en trouvait un peu partout sur le terrain. Puis il s'agenouilla pour écarter d'autres plaques d'herbe. Un treillis de branches les supportait. Hubert s'était accroupi à son tour. Il reconnut sans peine une trappe semblable à celle dans laquelle il était tombé, le jour où Walter et ses miliciens s'étaient amusés à lui donner la chasse. Mais cette fois, le fond de la fosse était hérissé de pieux pointus. La victime d'un tel dispositif y laisserait peut-être la vie. Un membre, à tout le moins. Walter remit en place les éléments de camouflage et se releva.

— Au cas où il se présenterait quelqu'un qui ne saurait pas lire, commenta-t-il.

246

Ils marchaient vers le camp, à l'écart du sentier qui menait au perron. Walter ralentit pour laisser Hubert le précéder. Celui-ci trébucha et s'étala sur le sol. En même temps, un hurlement électronique retentit. Pendant qu'Hubert se relevait, Walter passa la main sur un fil de nylon qui courait d'un arbuste à l'autre, à peu près invisible, à environ un pied du sol. Il releva la tête et souleva sa casquette pour étudier la réaction d'Hubert. Celui-ci secouait la poussière de ses vêtements. L'alarme émettait un son si puissant que le cœur de ceux qui se trouvaient à proximité se serrait. Walter cria pour se faire entendre :

— Si jamais il en passait un entre les mailles du filet, on le saurait !

En quelques enjambées, il fut sur le perron du camp. Il y entra et coupa l'alimentation du système que la tension du filin avait actionné. Hubert le rejoignit. Il savait maintenant que le camp était truffé de pièges. Il n'osait ni avancer ni s'asseoir.

Walter courut d'un coin à l'autre de la pièce. Il déplaça une armoire, qui révéla une cache d'armes semi-automatiques. Il souleva la nappe de la table et fit glisser l'une des planches du plateau pour exhiber une réserve de munitions. Il s'approcha d'une fenêtre, écarta le rideau et colla son œil à une ouverture pratiquée dans le cadre. Il invita sa recrue à l'imiter. Hubert découvrit une vue d'ensemble de l'aire sur laquelle se dressait le camp. Il comprit qu'un périscope était inséré dans la gouttière du toit. Walter parut soudain se souvenir de ce qui les avait amenés là.

— Tu voulais me parler ?

À cet instant, l'orage éclata. Un roulement de tonnerre courut à l'horizon. Quelques éclairs se fichèrent dans les collines avoisinantes. La pluie martelait la toiture de tôle du camp. Hubert dut élever la voix.

— Il faut que tu m'aides à sauver ma femme !

Walter fronça les sourcils.

— Il me semblait que c'était plutôt toi qui devais m'aider à « sauver » Jeri !

Hubert jeta un regard exaspéré vers l'un des angles de la pièce.

— On ne pourrait pas s'occuper des deux en même temps ?

— Tu veux que je te réconcilie avec ta femme ?

— Il ne s'agit pas de ça, mais je n'ai pas le droit de laisser la mère de François entre les mains de charlatans qui abusent de sa vulnérabilité.

— As-tu essayé de discuter avec elle ?

— Elle ne veut, ou plutôt elle ne peut rien entendre.

— Es-tu obligé de lui demander son avis ?

— Elle est entourée d'une sorte de service de sécurité. Si je casse la gueule du premier, ils seront dix à se jeter sur moi.

Walter hocha la tête.

— Il faut organiser un enlèvement ! proposa Hubert. Si quelqu'un peut le faire, c'est bien toi !

— Je croyais t'avoir expliqué, l'autre jour, que ma milice avait des objectifs autrement plus importants ! Je ne me suis pas donné le mandat de réconcilier les couples !

— Je ne te demande pas de renier tes principes ! Seulement de les appliquer à une plus petite échelle ! Aide-moi à libérer ma femme et j'endosserai ta cause ensuite.

Walter parcourut la pièce, comme sous l'effet d'une décharge électrique.

— *Way to go!* On va la sortir de là, ta femme! On en profitera pour nettoyer la place! Ce sera comme une répétition avant de s'attaquer aux choses sérieuses!

Il s'immobilisa devant Hubert, l'index dressé.

— Mais toi, tu n'oublies pas Jeri, hein?

* * *

Assise sur son coussin, adossée à la paroi de la corniche, les jambes allongées devant elle, Suzanne avait l'impression de se tenir sur le rebord de sa propre existence, assistant à la projection de séquences de sa vie antérieure. Elle refermait vainement les pans de son caban. Son désarroi d'alors, au temps où elle avait vécu recroquevillée sur elle-même, remontait en elle. L'humidité pénétrante du passé.

— Je ne vous dirai jamais assez combien je regrette de l'avoir entraîné dans cet engrenage.

— Vous ne lui avez rien imposé, lui fit remarquer Billy Memory, puisque vous-même n'aviez plus la maîtrise de votre propre vie.

— Je m'étais engagée dans cette secte de plein gré.

— On n'agit pas de plein gré quand on souffre d'une façon aussi atroce.

— J'ai été lâche.

— Victime, disons…

Ils laissèrent le silence tempérer un peu le présent, puis Billy Memory se résolut à mettre en présence la détresse de Suzanne et le désarroi de Jeri. C'était déchirant, mais indispensable pour comprendre la suite des événements.

L'Indien était assis sur une pierre, à l'entrée de la caverne. Devant lui, Jeri allait et venait avec l'allant d'une bête sauvage au bout d'une corde. Un beau soleil d'après-midi engourdissait le paysage. À distance, on entendait la lame de la scie entamer la chair des billes. Billy Memory leva les yeux vers Jeri. Elle soutint son regard.

— Mon père s'est mis dans la tête d'aller sortir la femme d'Hubert de sa secte.

— Ça n'a rien de surprenant.

— Tu sais ce qui risque d'arriver? Ils vont se réconcilier. Il va retourner vivre avec elle, et moi, je vais me retrouver avec mes souvenirs pour tout héritage!

— Ce sont de beaux souvenirs, au moins?

— *Jesus!* s'exclama Jeri en écrasant le mégot de sa cigarette sous la semelle de sa botte, ne joue pas au grand sorcier avec moi, veux-tu!

L'Indien réprima un sourire.

— Tu me connais depuis que je suis toute petite. Tu sais que je n'ai pas connu d'amours faciles. Ma mère ne m'a rien appris. Mon père m'en a trop montré. Franka, c'est un petit animal qui se laisse aimer. Au milieu de tout ça, j'essaie de garder mon équilibre, mais plus je ferme les yeux, plus je le vois, lui.

— Tu ne t'attendais pas à devenir amoureuse d'un homme…

Le ton de Billy Memory n'avait rien de provocant. Tout au contraire. Chacune de ses paroles s'enrobait de tendresse.

— Ce n'est pas de coucher avec lui que j'ai envie.

Enfin, pas uniquement. J'ai toujours instinctivement tendance à le prendre dans mes bras pour le consoler. Il a perdu un enfant et il est lui-même un enfant. C'est comme si j'avais un enfant et un amant en même temps !

Elle ajouta, après un long silence :

— À quoi ça sert d'aimer si c'est pour souffrir ?

Elle faisait toujours face à Billy Memory, à l'entrée de la caverne, les poings sur les hanches. Il se leva et entra dans la caverne, après lui avoir fait signe de le suivre. Jeri s'exécuta en souplesse. Elle n'avait pas encore tout dit, et moins encore entendu tout ce qu'elle souhaitait entendre.

Ils descendirent le boyau qui donnait accès à la grande salle. Billy Memory entraîna Jeri sur la corniche où il avait l'habitude de tenir ses conciliabules. Tous les trois pas, elle émettait des *Jesus!* qui flottaient dans l'air humide. Ce n'était pas la première fois qu'elle s'enfonçait ainsi sous terre, pour recevoir les avis éclairés de l'homme dont elle avait fait son confident, encore adolescente. Il lui tardait d'aborder la question.

— Qu'est-ce que tu ferais à ma place ?

Billy Memory passa la main sur la repousse de sa barbe.

— Je m'arrangerais pour ne pas le perdre de vue.

— Cesse de faire l'Indien et parle-moi clairement.

— La première fois que je l'ai rencontré, il était au fond d'une fosse creusée sur les terres de ton père. Ça prouve qu'il ne regarde pas toujours où il met les pieds. Toi, tu connais nos sentiers beaucoup mieux que lui. Marche donc devant lui.

Jeri écoutait Billy lui recommander d'être fidèle à son cœur.

— Tu sais ce qui va arriver si je suis ton conseil ?

— Je sais, reconnut l'Indien. Plus tu veilles sur lui, plus tu deviens vulnérable.

Jeri pinça les lèvres.

— Qu'est-ce que je fais s'il aime encore sa femme ?

— Tu l'aides à enterrer son passé. Et son passé, c'est aussi sa femme...

* * *

L'Indien venait d'enfoncer un poignard dans le cœur de Suzanne.

— Vous lui avez recommandé de se débarrasser de moi !

— Absolument pas ! J'avais compris qu'Hubert ne retrouverait pas son équilibre sans aide. Il venait de se jeter dans la gueule du loup, Walter si vous préférez. Ce n'était pas d'un conseil qu'il avait besoin pour repartir à zéro. En recommandant à Jeri de veiller sur lui, je lui donnais un ange gardien.

Suzanne supportait de moins en moins l'idée de se trouver à l'endroit précis où Jeri avait avoué à Billy Memory qu'elle aimait Hubert.

— Je n'avais pas besoin de cette fille pour faire mon malheur ! Hubert s'en chargeait très bien !

* * *

Ce soir-là, au restaurant, Jeri servit un plat de spaghettis à un client qui avait commandé un T-bone. Elle renversa le plateau d'une collègue. Quinze minutes avant l'heure habituelle, elle ôta son tablier et prévint la gérante qu'elle partait.

— Je ne me sens pas bien. Il y a des jours comme ça.

Elle entra chez elle. L'air était rance dans la cage d'escalier qui donnait accès aux appartements, au-dessus de la pharmacie. Jeri tourna la clé et poussa la porte. Une odeur d'encens. Une musique porteuse des sables du désert. Ofra Haza. La lampe de chevet ronronnait.

Allongée sur le lit, Franka feuilletait des magazines. Elle avait laissé la vaisselle du souper sur la table. Pas tiré les rideaux. Elle ne portait qu'une chemise de soie noire qui lui descendait aux genoux, les cheveux de la même teinte confondus avec le tissu. Elle ramassa les revues et se poussa au fond du lit, invitant Jeri à l'y rejoindre. Celle-ci s'allongea à ses côtés, dans son uniforme de serveuse. Elle soufflait la fumée de sa cigarette, la tête levée en direction du plafond. Franka lui caressa la joue avec le dessus de la main. Jeri ne réagit pas. Franka se redressa.

— Toi, décréta-t-elle, il y a quelque chose qui ne va pas.

— J'aurais aimé être seule ce soir, répondit Jeri en détournant la tête.

— Qu'est-ce que je t'ai fait?

— Rien. Je ne me sens pas dans mon assiette, c'est tout.

Franka se leva.

— Toi, tu es dans ton SPM. Je connais le remède.

Elle alla prendre la bouteille de brandy dans l'armoire et en versa deux doigts dans le fond d'un verre qu'elle emplit à ras bord de lait.

— Un lait de tigre, annonça-t-elle en tendant le verre à Jeri.

Celle-ci s'appuya sur les oreillers, prit le verre et but deux grandes gorgées. Franka ne la quittait pas des yeux, attendant un changement, comme si la potion allait exercer un effet instantané. Mais Jeri continuait d'avoir la tête et le cœur à l'envers. Franka insista.

— Qui t'a fait de la peine?

— Personne. Moi-même, peut-être…

Franka vint s'asseoir à côté d'elle. Elle lui mit la main sur l'épaule.

— Tu veux que je t'aide à te déshabiller?

— Je t'ai demandé de me laisser tranquille, riposta Jeri en haussant le ton.

Désemparée, Franka attrapa une revue qu'elle alla feuilleter au bout de la table en froissant les pages.

— Quelqu'un veut me faire un cadeau, expliqua enfin Jeri, et je ne peux pas l'accepter.

— Qui? demanda Franka sans lever la tête.

— Hubert Gendron. Il va acheter la scierie des Indiens. Il voudrait que je travaille avec lui dans le bureau. Mais je ne peux pas…

Franka se dressa.

— Encore lui?

Elle allait et venait dans la pièce, les pans de sa chemise voletant autour d'elle, à la manière des ailes d'un ange noir.

— Qu'est-ce qu'il a à te tourner autour, celui-là?

Jeri sourit tristement.

— Tu ne vas pas être jalouse d'un homme?

— Depuis qu'il est arrivé, tu n'es plus la même. Tu crois que je ne vois pas votre petit jeu?

— Tais-toi!

Mais Franka vint se planter devant elle. Elle était plus petite que Jeri. Elle vrilla ses yeux noirs dans ceux de sa compagne.

— Je ne le laisserai pas s'installer entre nous.

Elle chercha autour d'elle sur quoi faire porter sa colère. Son regard s'arrêta sur la licorne de verre posée sur la table de chevet. Elle brandit en direction de Jeri le symbole de ce qui la menaçait.

— C'est lui qui t'a donné ça, hein ? Ne mens pas !

Jeri ne répondit pas. Rassemblant ses forces, Franka jeta la licorne contre le mur. Le bibelot rebondit sous le lit. Jeri se pencha pour le ramasser et recueillit l'objet enrobé de moutons de poussière. Après l'avoir nettoyée, Jeri constata que la licorne avait perdu l'appendice qui en faisait la singularité.

* * *

Un matin vert. Suzanne prenait le frais sur la pelouse donnant sur le lac, en compagnie d'une quinzaine de personnes, des femmes uniquement. La rosée mouillait ses pieds nus dans ses sandales. Elle marchait les mains dans le dos, revêtue de la tunique blanche des élus. Il pouvait être sept heures. Le soleil oblique dorait ces statues ambulantes.

Des massifs de roses entouraient des astres d'acier poli, disposés sur le parterre selon l'ordre céleste. Une eau cristalline glissait sur leurs courbes. Une bruine s'en échappait. Des oiseaux la traversaient à l'envi. Leurs cris ricochaient sur l'air humide.

Suzanne n'entendait pas les oiseaux. Une fois de plus,

elle explorait les confins de l'Univers, à la recherche de son fils qu'elle retrouva assis sur un astéroïde, à la manière du Petit Prince, les jambes pendantes dans le vide éternel.

Nous étions montés dans le clocher. L'escalier était sombre. J'avais peur à chaque tournant. J'avais l'impression de me trouver dans le ventre d'un monstre préhistorique. En haut, je suis devenu un oiseau. Je me penchais au-dessus de la balustrade. Tu me tenais par la ceinture de mon pantalon. J'avais envie de m'envoler. On voyait un petit brouillard qui flottait au-dessus des courbes de la rivière. Je t'ai demandé : « Il faut monter jusqu'où pour toucher au ciel ? » Tu m'as répondu : « Aussi haut que ton cœur peut aller. » Maintenant j'ai le cœur dans les étoiles et mon corps est resté en bas dans la terre. C'est ça que tu voulais dire ? Pour toucher aux étoiles, il faut mourir ?

L'entretien entre Suzanne et son fils prit fin abruptement quand un garçon en salopette et chemise à carreaux s'avança en frappant dans ses mains. Les anges en tunique blanche disparurent dans le bâtiment. Ils en ressortirent dix minutes plus tard, revêtus de leur tenue de travail, un sarrau bleu pâle et des chaussures de toile. Ils s'engouffrèrent dans deux fourgonnettes grises qui partirent à l'assaut des routes sinueuses de la campagne.

Par l'intermédiaire d'une filiale nommée En mains propres inc., l'Église de la réunion universelle détenait le contrat d'entretien ménager d'un vaste centre commercial, les Promenades de l'Estrie, situé à l'entrée nord de la ville de Sherbrooke. Un arrangement commode faisait des adeptes féminins de la CURE la main-d'œuvre gratuite d'En mains propres inc., tandis que les hommes s'occupaient des parterres et des pelouses, au sein d'une organisation nommée Le Buisson ardent inc. Pur profit pour les entreprises, et partant pour l'Église.

Les mains sur le manche d'une vadrouille, Suzanne arpentait les allées des Promenades de l'Estrie, refoulant une écume de papiers devant son instrument. Elle s'appuya un instant à une colonne. Le manque de sommeil et la nourriture pauvre en protéines la laissaient dans un état semblable à celui qu'on éprouve sous l'effet du décalage horaire. La sensation de marcher à côté de soi. La tête légère, au-dessus du corps, comme un ballon au bout d'une ficelle.

Suzanne se ressaisit vite. Elle allait se remettre au travail. Une fusée, en route vers les planètes, ne connaît aucun repos. Avec sa vadrouille, elle déblaierait le chemin qui la mènerait à son fils, dans l'au-delà. Elle se retrouva face à face avec Hubert.

— Je te fais signe depuis un quart d'heure !
— Qu'est-ce que tu me veux ?
Il la prit par le bras.
— On s'en va.
— Pas question !
— Je ne te demande pas ton avis !
Il l'entraîna vers la sortie. Elle remorquait sa vadrouille comme un enfant qu'on tire par la main.
— Laisse-moi !
Il marchait de plus en plus vite. Il courait presque. Elle se faisait la plus lourde possible. Ils renversèrent, au passage, un éventaire d'articles de jardinage, à la devanture d'une quincaillerie. Le fracas fit tourner les têtes. L'attitude

de la femme de ménage figea sur place les quelques clients qui hantaient les couloirs des Promenades en cette heure matinale. Elle s'accrochait à tout, présentoirs de disques, rideaux de fer et poubelles, laissant derrière elle une traînée de bruit et de désordre. Quelques personnes se mirent à les suivre, hésitant encore à intervenir.

Un gros homme en sarrau blanc, de toute évidence un membre du corps médical, s'approchait aussi vite que le lui permettaient ses courtes jambes. Deux infirmiers le suivaient en poussant une civière, un grand au dos voûté, et un second dont la musculature se dessinait sous la chemise bleu pâle. Leur vue rassura les témoins de la scène. Le « médecin » injecta rapidement le contenu d'une seringue dans le bras de la femme de ménage. Elle s'effondra dans les bras de l'homme qui la soutenait. Les infirmiers l'allongèrent sur la civière et filèrent vers la sortie. Les clients s'écartèrent en donnant à l'incident des interprétations diverses.

On fit glisser la civière dans une ambulance dont les portes étaient demeurées ouvertes. La jeune femme blonde qui tenait le volant démarra dès que tout le monde eut pris place à l'intérieur. L'homme qui avait abordé la femme de ménage avait grimpé lui aussi à l'arrière. Ce que font les parents ou les amis d'une personne en danger. L'épisode n'avait duré, en tout et pour tout, que deux minutes et demie. Pour en connaître la suite, il aurait fallu monter à bord d'un hélicoptère et s'élever au-dessus de la banlieue, pour observer la progression surprenante de l'ambulance.

Contre toute attente, le gros véhicule jaune ne se dirigea pas vers le Centre hospitalier universitaire. Il se perdit rapidement sur les routes de campagne qui s'échappent de la ville. Il s'enfonça dans un boisé où une fourgonnette blanche était garée. La patiente y fut transférée. Les autres s'y engouffrèrent, après s'être dépouillés de tous les attributs de la profession médicale. L'« infirmier » musclé avait pris le volant. La fourgonnette regagna l'autoroute. Quarante minutes plus tard, l'un des deux ambulanciers qui avaient été laissés au fond de leur véhicule, ligotés avec du ruban gommé gris, parvint à activer la radio de bord. Ses grognements enclenchèrent les recherches. On ne les retrouva que deux heures plus tard.

Pendant ce temps, la fourgonnette avait traversé sans encombre la frontière qui sépare le Québec des États-Unis. La femme au sarrau bleu somnolait sur la banquette arrière, entre deux passagers. Seul le conducteur fut interrogé par le douanier. Il parla au nom de tout le monde. Ils étaient un groupe d'Américains, parents et amis, qui revenaient d'une virée au Québec, où ils avaient assisté au Festival western de Saint-Tite. La fourgonnette se lança à l'assaut des Adirondacks, à vitesse raisonnable, pour ne pas attirer l'attention des patrouilleurs de l'État.

* * *

Si elle ne s'était pas trouvée sur une corniche surplombant un gouffre, Suzanne se serait levée pour marcher d'un pas vif, de façon à bien montrer combien elle réprouvait l'initiative d'Hubert.

— Il s'imaginait qu'en m'administrant un choc électrique il effacerait tout ce que les gens de la CURE m'avaient injecté dans le cœur ! Il ne pouvait pas me sauver, mais il risquait de nous perdre tous les deux !

— Ce n'est pas ce qu'il a fait de plus habile, reconnut Billy Memory.

Il tournait le dos au vide, ses bottes posées à quelques centimètres du rebord de la corniche. Un vertige traversa Suzanne. Elle trouva cependant la force de le prévenir du danger en énonçant une simple vérité.

— Il y a des moments, dans la vie, où tout est en équilibre. Un faux mouvement, et on tombe dans le précipice.

* * *

Suzanne était confinée dans la chambre de la maison qu'Hubert avait louée à Central Valley. On en avait retiré tous les meubles. Seul un matelas posé par terre occupait le centre de la pièce. La fenêtre avait été placardée avec un panneau de contreplaqué vissé de l'extérieur. L'ampoule du plafonnier brûlait en permanence. Le temps, l'espace et l'identité abolis. Le choc de deux consciences. Un homme emporté par l'urgence de la mission qu'il s'était donnée. Une femme partagée entre la rage et le désespoir.

Hubert avait décidé de procéder sur Suzanne à la déprogrammation psychologique évoquée par le directeur de Sectaide. Privé des secours des spécialistes, il compensait son manque de connaissances par une détermination aveugle. Il s'enfermait avec elle pendant des heures. Il lui servait des arguments qu'il présumait imparables. Des appels conjugués de raison et d'émotion. Suzanne demeurait imperturbable. Elle modulait le mantra qu'on lui avait enseigné. Elle se savait à l'abri, derrière ce chantonnement qui mettait Hubert hors de lui. Par moments, il la prenait aux épaules et la secouait. L'agression renforçait le mutisme de Suzanne. Elle fixait sa pensée sur Grelot qui observait la scène de là-haut. Un moment d'inattention de sa part, et l'enfant disparaîtrait à jamais. Elle ne le retrouverait plus dans le fouillis d'étoiles. Hubert, lui, s'en tenait à des considérations terrestres.

— Réveille-toi! C'était un cauchemar! Il y a encore une lueur de vie en toi! Ressaisis-toi!

Quand elle ouvrait la bouche, c'était pour l'inviter à la suivre sur les sentiers cosmiques.

— Si tu mettais ton orgueil de côté, nous partirions, tous les deux, à la rencontre de François.

Il sortait épuisé, après des heures d'affrontement stérile, en refermant la porte à clé derrière lui. Il élevait les bras dans un geste d'impuissance, et Jeri lui versait du café pour le réconforter. Il s'effondrait sur le divan, la tête entre les mains. Elle s'asseyait à ses côtés. Il ouvrait les yeux pour s'assurer que ce n'était pas Suzanne qui le rejoignait. Jeri lui adressait le sourire le plus triste qu'elle eût. Il retournait dans la chambre. Il retrouvait Suzanne, recroquevillée sur le matelas. Il mettait un instant à se convaincre qu'elle n'était pas morte. Elle lui opposait ses convictions pathétiques.

— Moi aussi j'ai cru, comme toi, que nous avions perdu notre enfant. La douleur m'aveuglait. Les Initiés m'ont éclairée. François est parti coloniser les étoiles. Plus tu résistes, plus tu lui rends la tâche difficile. Engage-toi dans la réconciliation universelle et nous vivrons tous les trois dans l'infini.

Hubert rageait d'entendre une femme raisonnable prêcher d'aussi effarantes lubies.

— Commence par revenir sur terre! On verra après! Une vie à la fois!

Il lui proposait un *deal*, comme à un partenaire d'affaires.

— On efface tout. Je te pardonne. Qu'est-ce que tu en dis?

Les jours et les nuits se succédaient sans leur apporter de répit. Les miliciens qui avaient participé à l'enlèvement de Suzanne venaient tour à tour aux nouvelles. Stan, le cameraman de la télévision, s'arrêtait au retour de ses assignations, puis repartait en haussant les épaules, après avoir appris que la femme d'Hubert n'était pas encore revenue de ses folies. Le docteur Baldwin s'était fait plus insistant.

— Écoute, mon garçon. Laisse-moi lui parler. On ne demande pas à un plombier de soigner les dents. Je pourrais lui dire des choses qui la surprendraient. Rien de mieux qu'un bon sursaut pour faire passer le hoquet!

— Personne d'autre que moi ne peut la sortir de là, lui objectait Hubert.

Jeri faisait rôtir des cuisses de poulet. Ils tenaient de courts conciliabules, à la cuisine, en mangeant avec leurs doigts. Jeri redoutait l'issue de l'opération. Personne ne semblait se soucier de son sort, suspendu au bon vouloir de Suzanne. Elle essayait de se comporter comme si l'affaire ne la concernait pas.

— *Jesus!* elle finira bien par craquer! Elle n'est pas une Superwoman!

Seul Walter ne s'était pas manifesté. Il en voulait à Hubert de ne pas l'avoir laissé profiter de l'occasion pour donner une leçon à ceux qui avaient violé la conscience de Suzanne. Du travail à moitié fait!

Pour sa part, Mickey avait été tenu à l'écart de toute l'opération. Il n'avait pas un équilibre mental suffisant pour jouer un autre rôle que le sien, et l'on n'avait pas jugé utile d'embarquer un défoncé à bord de l'ambulance de sauvetage.

La nuit, Hubert donnait congé à Jeri et poussait le divan contre la porte de la chambre. Il s'enroulait dans une couverture. Il ne dormait pas plus que Suzanne. Ils connaissaient tous deux de brefs assoupissements, mais leur conscience les ramenait à la surface, comme les mammifères marins qui doivent remonter pour respirer. Ils retombaient au plus profond. Mollusques sur le sable. Chacun déposant une couche de nacre sur sa douleur. Détresse irisée sur le silence des abysses.

Après trois jours de ce régime, Suzanne n'avait toujours pas bronché. À peine mangé. Pas davantage dormi. Elle se détériorait sans rien céder. Hubert perdait la partie. La face aussi. Ses complices doutaient maintenant que sa tentative connaisse une issue heureuse. Ils essayaient de le convaincre de relâcher sa femme ou de faire appel à des compétences dont ils ignoraient par ailleurs la nature. Il devait bien se trouver, quelque part, des institutions spécialisées dans la prise en charge des âmes en peine! Même Jeri poussait Hubert à laisser tomber.

— Parfois, je me demande si elle ne serait pas plus heureuse avec ces gens-là? Peut-être que tu ne peux plus rien lui apporter?

Hubert la regardait comme si elle venait de lui suggérer d'assassiner sa femme. C'est pourtant à Jeri qu'il eut recours quand il dut s'absenter. Billy Memory lui avait fait savoir qu'il désirait le rencontrer. À qui confier la garde de Suzanne? Jeri se proposa de veiller sur elle. Hubert partit donc, après avoir fait jurer à Jeri qu'elle ne tenterait rien pour ramener Suzanne à la raison. Elle devait exercer une surveillance discrète, sans plus. L'occasion de mettre en pratique les techniques que son père lui avait enseignées.

* * *

— On a beau être un Indien, on ne peut pas tout deviner ! plaida Billy Memory. Il est venu me trouver comme s'il n'avait rien d'autre en tête que l'achat de la scierie. Je l'ai emmené dans cette caverne. Il s'est assis à l'endroit où vous êtes. On peut dire qu'une partie de notre histoire à tous s'est scellée ici.

Suzanne sentit la pierre vibrer sous elle.

— Pour la première fois, signala-t-elle, vous êtes intervenu directement dans le cours de ma vie.

— Les gestes qu'on fait instinctivement répondent toujours à une nécessité cachée.

La voix de Suzanne s'imprégna de gravité.

— Je ne sais pas. En tout cas, ce qui est arrivé, ce jour-là, a déclenché toute la suite. Une fois de plus, je pensais me sauver et je condamnais Hubert. Ça devenait une triste habitude.

* * *

Il faisait frais, mais pas froid. Le silence grondait. Les pans de la voûte s'abîmaient dans les ténèbres. De toute évidence, la caverne relevait d'un ordre différent de ce monde.

— J'ai discuté d'affaires dans toutes sortes d'endroits, commença Hubert, des bureaux, des bars, des chambres d'hôtel, des voitures, même un bateau, mais jamais dans une caverne. On dit que celui qui choisit le lieu a l'avantage de la négociation. Pourquoi tiens-tu donc tant à ce qu'on se cache sous terre pour discuter ?

Sa voix roulait sur elle-même. Celle de Billy Memory y fit écho, en même temps que l'Indien dessinait une courbe imaginaire dans l'air.

— Les esprits de mes ancêtres sont là.

Hubert fit une moue. Il observa Billy Memory à la dérobée. L'Indien semblait en contemplation. Il finit par s'éveiller.

— Il faudrait bien que tu me dises pourquoi tu veux acheter une scierie aux États-Unis. Tu as déjà une business dans ton pays…

— Ils ne seraient pas un peu trop curieux, tes ancêtres ?

— Ils sont comme moi. Ils ont besoin de savoir.

Hubert se tourna carrément vers l'Indien.

— Tu diras à tes ancêtres que j'importe du bois des États-Unis depuis quinze ans. Pas étonnant que j'aie envie d'assurer mon propre approvisionnement.

— Ce n'est pas ce qui les intéresse. Ils veulent savoir ce que tu as dans le cœur.

— Ne fais donc pas l'innocent ! Ton ami Walter a dû te le dire…

Il se referma. Il n'avait nullement l'intention de révéler à son interlocuteur que sa partenaire d'affaires était enfermée, en ce moment même, dans sa maison, et qu'elle refusait de reprendre pied dans la réalité. Il n'avait pas envie non plus de lui expliquer le plan secret qui germait dans son esprit : renvoyer Suzanne à Longueuil, une fois qu'elle serait rétablie, pendant que lui s'installerait en permanence à Central Valley. Encore moins intérêt à laisser voir à son vis-à-vis les lacérations qu'il avait au cœur. Les hommes d'affaires cachent leurs sentiments.

Il se leva. Dans la pénombre, il ne s'aperçut pas que sa tête frôlait le rocher. Il regarda la salle qu'ils surplombaient. La lueur des projecteurs donnait du relief aux parois. Le ruisseau chantonnait, en bas. Hubert sentit un vertige l'envahir. Il fit un pas en arrière. Ses mains trouvèrent la paroi. Il s'y appuya.

— Maintenant, annonça Billy Memory, on peut parler.

Ils discutèrent le prix de vente de la scierie. Billy Memory commença par relancer le chiffre de deux cent cinquante mille dollars. Hubert le fit baisser à deux cent vingt-cinq, puis à deux cent mille. La redevance annuelle pour l'occupation de la terre des Indiens fut fixée à un dollar pendant cinquante ans, selon la formule des baux emphytéotiques.

— Tes ancêtres doivent trouver que tu es un bon négociateur !

— Les tiens aussi sont avec toi.

— Alors, c'est entendu ?

— Encore deux choses, ajouta Billy Memory. Mes frères continuent de travailler pour toi. Ils prennent les rebuts pour se chauffer.

— Tu veux vendre sans rien céder, hein ? C'est ça ? Des scieries, il y en a des dizaines comme la tienne. Je peux en trouver une autre.

— Trop tard.

— Et pourquoi donc ?

Billy Memory se leva à son tour.

— Mes ancêtres ont donné leur accord.

Hubert sourit. C'était la première fois qu'il transigeait avec des fantômes. La transaction lui paraissait avantageuse. Restait à régler la question du bois que les employés pouvaient prendre pour se chauffer.

— Pas plus que pour leurs besoins personnels. Et surtout, ils n'ont pas le droit d'en vendre.

— J'aurais exigé la même chose.

— Alors, c'est d'accord. Aussitôt que possible, nous passerons chez un homme de loi pour signer une promesse d'achat.

— Pas nécessaire, protesta l'Indien en levant les yeux vers la voûte. Ils sont témoins. On conclura notre affaire quand tu auras l'argent.

Ils échangèrent une vigoureuse poignée de mains. Pour un peu, Hubert se serait envolé dans la caverne.

* * *

Pendant ce temps, Suzanne se débattait dans son cauchemar. On l'avait prévenue, à la CURE, que des esprits malveillants se mettraient en travers de son chemin pour l'empêcher de poursuivre son périple vers les étoiles. Les dirigeants de la secte connaissaient les arguments et les tactiques qu'on pouvait opposer à leurs adeptes. Dès le premier jour, Suzanne avait donc enclenché le processus qui devait la rendre invulnérable aux assauts les plus sournois.

Elle s'était fabriqué une bulle mentale, à l'intérieur de laquelle personne ne pouvait l'atteindre. Tout ce qu'Hubert avait pu lui dire ne lui était parvenu que sous la forme d'un murmure lointain et indistinct. Pour s'assurer que rien ne pouvait la toucher, elle avait répété à s'en étourdir le mantra dont elle se recouvrait comme d'un manteau.

Quand elle fut certaine d'être aussi insaisissable qu'un esprit, elle passa à la deuxième phase de sa stratégie. Elle enregistra les bruits ambiants et les bribes de conversations. Elle en déduisit qu'elle se trouvait dans une maison isolée. Des visiteurs s'y présentaient à l'occasion. Des hommes. Une femme aussi. Ils s'entretenaient avec Hubert. Elle finit par reconnaître chacun au bruit de ses pas sur le plancher. Après le départ d'Hubert, elle constata qu'elle se trouvait seule en compagnie de la femme.

Elle demanda à aller aux toilettes. Jusque-là, cette nécessité s'était accomplie sous la surveillance d'Hubert. Une grande fille blonde entrouvrit la porte de la chambre. Le regard des deux femmes se croisa. Impossible, pour Jeri, de refouler un élan de pitié. Elle esquissa un sourire. Suzanne ne le lui rendit pas.

— Je dois me laver. J'ai mes règles.

Jeri ébaucha une grimace. Elle s'écarta pour laisser passer Suzanne. La femme d'Hubert, plus petite qu'elle, paraissait frêle sous son sarrau. Jeri aurait eu envie de la presser contre elle. Elle se contenta de l'escorter vers la salle d'eau.

— Tu ne veux pas me forcer à entrer là-dedans avec toi ? Alors, pas de bêtise, d'accord ?

— Tu as des serviettes hygiéniques ?

Jeri fouilla dans son sac. Elle tendit un tampon à Suzanne. La dépendance rendait la séquestrée pitoyable. Jeri retint un instant la main de Suzanne dans la sienne.

— Je te laisse le temps de prendre une douche.

Suzanne inclina la tête et entra dans la salle d'eau. Jeri trouvait inconvenant de rester aux aguets derrière la porte. Elle s'éloigna de quelques pas.

Elle ne pouvait s'empêcher de penser que la formation ésotérique de Suzanne lui conférait probablement des pouvoirs de clairvoyance. Percevait-elle, dans l'air, les gestes d'intimité que sa rivale avait échangés avec Hubert, dans cette maison ? Jeri s'apaisa quelque peu en entendant l'eau couler dans la douche. Suzanne était une femme comme les autres. Elle avait besoin d'eau pour retrouver ses esprits.

Dans la salle d'eau, Suzanne avait sondé la fenêtre. Elle était de type à guillotine. Elle n'avait pas été ouverte depuis longtemps. Le châssis refusait de glisser sur ses rainures. Suzanne s'arc-bouta en vain. Il aurait fallu donner des coups pour le décoller. Comment le faire sans attirer l'attention ? Suzanne actionna la chasse d'eau et profita du surgissement sonore pour frapper avec les paumes de ses mains sur le cadre transversal. À la deuxième tentative, elle avait suffisamment soulevé le châssis pour laisser sortir un enfant. Elle jugea que cela lui suffirait.

Un second obstacle se dressait devant elle : la double fenêtre. Deux crochets la retenaient au bas du cadre. Suzanne s'entailla la peau des mains en les soulevant. La double fenêtre bâilla enfin. Grimpée sur la cuvette des cabinets, Suzanne introduisit la tête dans l'ouverture. Le buste ne passait pas. Elle parvint à soulever encore un peu le châssis en redressant les épaules. Elle ne se souciait plus du mal que la manœuvre lui faisait. Elle n'entendait qu'un sifflement dans ses oreilles. Une poigne d'os sur la gorge. Un tam-tam fou à la place du cœur.

Elle mit les mains à plat sur le toit d'un petit abri posé sur l'entrée de la cave. Elle glissa sur la tôle et tomba sur le sol. Elle avait déjà perdu beaucoup de temps. Il lui en restait peu pour s'éloigner. On ne tarderait pas à s'apercevoir de sa disparition. Elle courut dans les herbes folles, pliée en deux. Elle s'arrêta une éternité plus tard, une aiguille plantée dans le côté.

Elle se trouvait dans une clairière, sur le flanc d'une colline. Elle ne savait pas où elle était. Encore moins vers où se diriger. Elle fit ce que lui avaient enseigné ses lectures d'enfance. Elle grimpa à un arbre. Elle s'était écorché les seins et le ventre en sortant de la salle d'eau. Elle achevait maintenant de s'entailler les mains et les cuisses sur l'écorce rugueuse. De là-haut, elle aperçut les toits d'une agglomération.

Suzanne se battit encore pendant une petite heure contre les broussailles. Des hangars se dressaient maintenant devant elle. Providentiellement, du linge de femme séchait sur une corde. Elle put se débarrasser de son sarrau compromettant. Aveuglée par la détermination, elle traversa le village en suivant les indications des panneaux pour rejoindre l'autoroute.

Elle n'avait ni papiers ni argent. Elle fit du stop. Au camionneur qui l'embarqua, elle raconta qu'elle avait eu une altercation avec son mari. Le routier se laissa toucher. Il accepta de la cacher dans la cargaison pour passer la frontière. C'était risqué. Suzanne avait dû se montrer très convaincante. Tout se passa bien.

Le camionneur la déposa aux abords du pont Champlain, dans les bourrasques d'un après-midi d'orage, sous la pluie battante. Dépassant les limites de son courage,

Suzanne se mit à marcher en bordure de l'autoroute qui longe le fleuve Saint-Laurent, en direction de Longueuil. Elle était trop épuisée pour soulever le pouce. Un bon Samaritain la prit dans sa voiture. Elle n'avait plus la force de lui raconter quoi que ce soit.

Elle traversa à pied les rues d'un Longueuil rendu presque désert par la pluie diluvienne. Elle cassa l'un des carreaux de la porte arrière de sa maison de la rue Grant, pour y pénétrer. Elle désarma le système d'alarme, sans savoir ce qu'elle faisait. Elle s'effondra sur le divan du salon et s'évanouit plus qu'elle ne s'endormit.

* * *

— Le désespoir confère des pouvoirs extraordinaires, commenta Suzanne à l'intention de Billy Memory. En même temps, il aveugle. Je n'avais qu'une idée : retourner là-bas.

L'Indien rejoignit Suzanne au fond de la corniche. Il s'installa à ses côtés. Le dos tourné à la paroi, il regardait, lui aussi, la voûte rocheuse réchauffée par les projecteurs. Une sorte de cinéma intime.

Il prit la main de Suzanne et l'enferma dans la sienne. Le geste pouvait prêter à confusion. Il écarta d'emblée toute équivoque.

— On ne peut pas prendre à son compte la souffrance des autres. À plus forte raison les douleurs du passé.

— N'en doutez pas, approuva Suzanne, votre compassion de maintenant adoucit ce qu'il me reste à traverser, avant la fin de la nuit.

* * *

Suzanne était retournée à Vale Perkins, dans la grande maison de l'Église de la réunion universelle. On l'y avait accueillie en héroïne. On l'invita à faire le récit de son évasion pour l'édification des membres de la communauté. Le troisième soir, on lui demanda de s'adresser à cinq éventuelles recrues qui avaient accepté de participer à une séance d'information.

Une vingtaine de personnes occupaient le salon. Les jeunes gens bien mis et les femmes en tunique entouraient les futurs adeptes, deux adolescents, deux hommes d'âge mûr et une grand-mère. On entama le programme par un chant.

> *Nous rampons sur la terre comme des escargots*
> *Portant nos peines sur le dos comme un fardeau.*
> *Demain nous hisserons les voiles*
> *Pour aller coloniser les étoiles.*

Un mage, revêtu d'une aube blanche, instruisit les futurs adhérents des pièges qui s'ouvraient devant eux. Pour éviter d'y tomber, ils devaient se défaire du réflexe de garder les yeux fixés sur la terre. Lever le regard vers l'au-delà. Les étoiles guideraient leurs pas, bien mieux que tous les radars des prétendus savants.

À son tour, Suzanne témoigna que plus grande était la peine, plus on pouvait espérer trouver de consolation dans les rangs de la CURE. Son émouvante confession ébranla la grand-mère, qui se mit à sangloter.

Pour alléger l'atmosphère, on servit un goûter arrosé

de sodas. Des discussions s'élevèrent, en petits groupes, trois ou quatre Initiés entourant chaque néophyte. On parla du sens de l'existence et des moyens de parvenir au bonheur. À l'heure du départ, trois des invités acceptèrent de coucher dans les locaux de la CURE afin de poursuivre leur réflexion le lendemain. C'était un résultat plus que satisfaisant.

Cependant, quand il n'y avait personne de l'extérieur, les conférences du soir données par le représentant du grand maître prenaient une tout autre allure. Les membres de la secte les entendaient à genoux, la tête inclinée, dans une attitude d'absolue soumission. Il n'était plus question d'aspiration vers l'au-delà, mais du rejet total de l'ici-bas. Le conférencier martelait le profond dégoût que devraient inspirer les pitoyables certitudes terrestres, l'échec des spiritualités et le cul-de-sac de la science menant au suicide collectif de l'humanité.

On tirait les membres de la secte de leur sommeil, en pleine nuit, pour les forcer à méditer pendant trois heures, dans une immobilité de statue. Des surveillants patrouillaient dans les rangs pour s'assurer que les âmes ne s'assoupissaient pas.

Au matin, chacun partait dans l'une des fourgonnettes pour aller travailler à renflouer les coffres de l'Église dont les obligations financières grandissaient en même temps qu'elle prenait de l'expansion. Les maigres revenus engendrés par leur labeur servaient d'abord à intensifier le recrutement. On y prélevait également le nécessaire pour rembourser l'hypothèque, chauffer, éclairer les locaux et nourrir la communauté. Les besoins étaient toujours plus grands que les moyens dont on disposait.

Suzanne n'avait pas repris son travail de femme de peine aux Promenades de l'Estrie. On l'employait plutôt à l'entretien ménager et à la cuisine de la maison de Vale Perkins. On voulait sans doute éviter qu'elle retombe entre les mains de ceux qui avaient voulu sa perte.

Le quatrième soir, elle eut un entretien particulier, dans un petit salon, avec un personnage qui appartenait, de toute évidence, aux échelons supérieurs de l'organisation. Quelqu'un de l'extérieur, venu expressément la rencontrer. Après l'avoir sondée, l'émissaire lui annonça qu'on la jugeait maintenant prête à accéder au deuxième niveau de l'organisation. Ce privilège s'accompagnait d'une exigence. Après avoir fait don de sa personne à l'Église, la néophyte devait désormais céder tous ses biens à l'institution. Suzanne adhéra sans broncher à cette proposition. Elle s'engagea à remettre à la CURE tout ce qu'elle possédait.

Le sondeur de consciences n'entendait pas en rester à cette acceptation de principe. Il voulut, sur-le-champ, faire un premier inventaire des avoirs de la postulante. Outre la maison de Longueuil dont elle était copropriétaire, Suzanne détenait la moitié des actions de la General Lumber. Elle réitéra son intention de transmettre l'ensemble de son patrimoine à ceux qui avaient redonné un sens à sa vie.

L'envoyé poussa la logique plus loin. Les intérêts de son mari, dans leur entreprise commune, ne représentaient-ils pas la part du diable? C'était bien lui qui avait tenté de l'empêcher d'accomplir son destin cosmique? Lui laisser ses avoirs revenait à donner des armes au malin. Il fallait à tout prix empêcher le mari de Suzanne de consacrer sa fortune à l'accomplissement du mal.

Suzanne objecta qu'elle n'avait aucun pouvoir sur les ressources personnelles de son mari. Le légat de la CURE la détrompa en lui annonçant qu'on mettrait à son service les compétences d'un conseiller juridique. Le juriste pouvait compter sur l'appui des puissances d'en haut. Il trouverait sans peine les arguments à opposer aux astuces du malin.

Ce soir-là, Suzanne remonta au dortoir allégée d'un grand poids. L'attraction terrestre ne la touchait plus.

* * *

— Je n'ai jamais laissé personne me parler sur ce ton! Ça ne va pas commencer aujourd'hui!

Jeri arpentait le séjour de la maison d'Hubert. Les talons de ses bottes résonnaient sur le plancher. Elle soufflait de longues bouffées de fumée. Furieux, Hubert suivait ses allées et venues depuis l'encadrement de la porte. Pendant son absence, Jeri avait laissé filer Suzanne.

— Je ne suis même pas sûr que tu ne l'aies pas fait exprès!

— Si j'avais voulu l'aider à s'évader, je n'aurais pas eu besoin d'attendre que tu t'en ailles!

— Tu n'es même pas capable de surveiller une pauvre folle qui croit aux Martiens!

Jeri se raidit. Elle tourna la tête vers Hubert, sans bouger le corps.

— Tu vois? Après ce que tu viens de me dire, je ne suis pas fâchée qu'elle se soit échappée.

— Je retire cette parole.

Trop tard. On arrache le poignard mais la blessure demeure.

— Tu aurais pu partir à sa poursuite! lui reprocha Hubert pour couvrir son excès de langage par un autre blâme.

— Qu'est-ce que tu crois que j'ai fait?

— Et tu ne l'as pas retrouvée?

— Non.

— Elle était à pied! En sarrau bleu! Elle ne s'est pas envolée!

— Je l'ai cherchée partout, je te dis!

Hubert se frappa les mains l'une sur l'autre.

— Et maintenant, qu'est-ce qu'on fait?

— Moi, je m'en vais!

Elle marcha vers lui. Il ne broncha pas. Elle l'écarta pour franchir la porte.

— Je commence à en avoir plein le cul de tes histoires!

Au volant de sa camionnette, Jeri fit voleter le gravier de l'allée. Le cœur d'Hubert battait comme quatre.

*　*　*

Après avoir rompu avec Jeri, Hubert n'avait pu différer plus longtemps l'explication qu'il devait avoir avec Walter. Il avait pris une série de décisions qu'il croyait définitives. Il lui restait à informer son mentor de celle qui le concernait. Il se rendit donc au camp des miliciens sans s'être annoncé. Outre Walter, il y avait Jeri. Cela l'embarrassa. Il suggéra de remettre l'entretien à plus tard. Walter s'y opposa.

— Tu lui dois des excuses autant qu'à moi.

Hubert allait ouvrir la bouche. Walter ne put s'empêcher de parler le premier pour se vider le cœur.

276

— Avant d'aller plus loin, il faut que tu saches que tu ne fais plus partie de ma milice. Si jamais tu y as adhéré…

— Je venais justement t'annoncer que je me retirais.

— Pas la peine ! C'est déjà fait !

Il jeta un regard de côté sur sa fille.

— Je comptais beaucoup sur toi, affirma le milicien. Tu sais pourquoi.

Jeri fut intriguée. Ce n'était pas le moment d'interrompre son père. Elle ravala ses questions.

Hubert serra les dents. Pour se défendre, il lui aurait fallu évoquer certaines ententes secrètes qu'il avait conclues avec Walter et qui auraient blessé Jeri. « Baise-la tant qu'elle en redemandera ! Quand elle en aura assez, reprends des forces et recommence ! Tu peux faire ça pour moi ? »

En dépit de leur rupture, Hubert ne voulait surtout pas faire de mal à cette grande fille franche et entière. La plus importante de ses décisions la concernait. La plus difficile à annoncer aussi. Il fut aussi direct que Walter.

— Je retourne à Longueuil. Je ne reviendrai plus à Central Valley.

Jeri se mordit les lèvres.

— Bon débarras ! s'emporta Walter. Personne ne te regrettera !

— Moi, je vous regretterai. Une certaine personne plus que les autres…

Il tourna lui aussi la tête vers Jeri. Celle-ci commençait à ne pas apprécier de servir de punching-bag à deux hommes trop orgueilleux pour se parler en face.

— *Jesus !* si vous avez quelque chose à me dire, dites-le ! Si je suis de trop, je peux m'en aller !

Ils protestèrent en même temps.

— Tu n'es jamais de trop !

— Tu restes !

— Si tu m'avais laissé faire, on n'en serait pas là, continua Walter, mais après tous tes échecs tu n'as plus tellement le choix. Va donc rejoindre ta femme ! Le mieux
serait peut-être que tu entres toi aussi dans sa secte !
Quand on n'a pas assez de colonne pour se tenir debout,
on se couche !

— Ma femme n'a rien à voir là-dedans. J'ai fait ce que
j'ai pu pour elle. Maintenant, je m'occupe de moi.

Jeri écarta les jambes pour se camper solidement sur le
plancher du camp. Une attitude de défense derrière un
geste de provocation.

— J'ai encore mon entreprise de commerce de bois à
Longueuil, expliqua Hubert. J'ai déjà perdu tout le reste. Il
faut que j'aille reprendre mes affaires en mains. Sauver ce
qui peut encore l'être…

Le visage de Jeri s'assombrit. Hubert la laissait tomber
pour des affaires. Elle s'enfuit comme une enfant que l'on
vient de trahir pour un ruban ou une corde à danser. Restés seuls, Hubert et Walter se regardaient sans rien dire. Se
battre ? Ils se seraient entretués. S'expliquer ? Ils venaient
de faire la preuve que chacun n'entendait rien de ce que
l'autre lui disait. Il leur restait le ressentiment.

— Je ne te pardonnerai jamais ce que tu as fait à ma
fille !

— Tu disais que je lui faisais du bien !

— Tu ne finis jamais ce que tu commences ! C'est ce
que tu as fait avec Jeri. C'est ce que tu as fait avec ta femme.
Je ne serais pas étonné d'apprendre, dans quelque temps,

que ta business est en faillite. Tu veux que je te dise? Tu n'es qu'un impuissant!

— S'il t'était arrivé la même chose qu'à moi…

— Est-ce que tu crois que je n'ai pas connu d'épreuves, moi aussi? Je ne me suis pas écrasé. Si tu avais voulu m'écouter…

— Qu'est-ce que ça aurait changé? Tu penses que ma femme se serait réveillée parce que nous aurions tout cassé dans les locaux de la secte? Tu dis que je ne finis pas ce que je commence. Toi, tu ne commences rien. Tu te contentes de te préparer au pire. C'est facile d'avoir raison quand on mise sur la bêtise humaine.

Ils ne pouvaient continuer de se lancer ainsi des accusations. Ils s'assommaient à coups de mots. Hubert se recomposa une fragile dignité. Il se dirigea vers la sortie.

— *Get lost! You fuckin' faggot!* lui asséna Walter en le regardant refermer la porte sans ménagement.

* * *

— J'aimais bien Hubert. Je m'étais attaché à lui. Les épreuves en avaient fait un être d'une extrême sensibilité. Quelqu'un avec qui j'aurais voulu avoir le temps de partager certains de mes secrets.

La caverne résonnait maintenant de l'absence d'Hubert. Suzanne et Billy Memory parlaient de lui à voix basse.

— Il a traversé Central Valley comme une comète folle, continua l'Indien, laissant derrière lui une traînée de ruptures. Avec Jeri. Avec Walter, ce qui n'était pas plus mal. Avec moi, finalement…

— Sans compter que vous perdiez un acheteur pour la scierie, fit observer Suzanne.

— Franchement, c'était le dernier de mes soucis.

Elle posa la main sur son bras pour bien lui faire sentir combien elle appréciait cette remarque.

— Son départ a même précipité une autre rupture, continua Billy Memory. Tout aussi inattendue que les autres. Jeri m'a tout raconté…

* * *

Le soir même, Jeri se rendit à l'appartement de Franka. Elle en possédait la clé. À cette heure, sa compagne travaillait encore au Central Cafe. Jeri marchait sur des ressorts. Ses mouvements s'enchaînaient dans l'accomplissement d'une manœuvre préméditée.

Elle commença par examiner les lieux. Franka occupait une garçonnière. Beau paradoxe pour une femme qui n'aimait pas les hommes! Elle soignait cependant son environnement beaucoup mieux que Jeri, bibelots et fleurs séchées, livres et bijoux disposés trois par trois, selon la règle des décorateurs d'intérieurs. Ce qu'il est convenu d'appeler un univers féminin.

Jeri avait connu des heures de grand bonheur dans cette bonbonnière. Elle y trouvait le contraire de ce qu'elle était, la délicatesse alliée à un goût exquis. Elle ne laissa pas les souvenirs se mettre en travers de sa détermination.

Elle fouilla dans les armoires du coin cuisine et trouva ce qu'elle cherchait : de grands sacs-poubelles. Elle en déploya un et se mit à y entasser tout ce qui appartenait à son amante, les vêtements, les flacons de parfum, les livres et les papiers. Une dizaine de sacs lui suffirent pour venir à bout de cette besogne. Ensuite, elle rassembla les gros articles près de la porte, les skis, les patins, la chaîne stéréo et le téléviseur. L'opération s'était effectuée en une demi-heure, avec une sourde efficacité.

Jeri entreprit alors de porter tout ce matériel dans sa camionnette. Il y avait plus d'espace que nécessaire dans la caisse pour tout contenir. En haut, la garçonnière semblait maintenant prête à recevoir un nouvel occupant. Jeri s'assit alors devant la table pour attendre le retour de Franka. Elle redoutait cet instant. Elle n'était pas du genre à s'y dérober. En entrant, Franka se figea. Ses yeux noirs refusaient de croire ce qu'ils voyaient.

— Qu'est-ce qui se passe?

— Tu t'en vas!

— Où donc?

— Je te le dirai tout à l'heure.

— Mais je n'ai pas du tout envie de m'en aller!

— Je ne te demande pas ton avis.

Franka flamba.

— Tu me fiches dehors pour te retrouver avec lui? C'est ça, hein? Tu t'imagines peut-être que je vais me laisser faire? Tu ne me connais pas! Tu n'as aucun droit sur moi! Pour commencer, où tu as mis mes affaires?

— Dans le camion.

— Tu vas tout remettre en place immédiatement! Je vais te montrer, moi! Tu crois, parce que tu joues au soldat avec ton père, que tu peux disposer de moi comme d'une poupée! Tu vas t'apercevoir que certaines poupées ont des griffes! Va rechercher mes affaires! Tout de suite!

Jeri ne broncha pas. Franka marcha sur elle. Elle était de plus petite taille que sa compagne. Jeri la saisit aux épaules et la contraignit à se tourner vers la porte.

— On s'en va, je te dis !

Franka se débattit. Jeri n'eut aucun mal à la maîtriser.

— Ne me force pas à te faire du mal.

— Qu'est-ce que tu fais, tu crois ?

— Je veux dire, plus de mal que ce qu'il faut.

Franka résista encore. Elle cria. Elle alertait les voisins.

— Tu vas te taire, ou je te mets un bâillon !

Franka hurlait maintenant avec une voix par en dessous.

— Mais qu'est-ce que je t'ai fait ?

— Rien.

— Alors, pourquoi ?

Jeri ne répondit pas. Elle poussa sa compagne vers l'escalier. Elles dégringolèrent les marches, accrochées l'une à l'autre. Jeri se retenait d'une main à la rampe. Elle fit monter Franka dans la camionnette et s'installa derrière le volant. Le moteur rugit. Elles quittèrent Central Valley sans que Franka ait pu se ressaisir. Il était environ dix heures du soir.

— Tu m'emmènes où ?

— Ton oncle et ta tante, à part le restaurant qu'ils ont ici, ils en possèdent un autre ?

— Oui.

— Où ça ?

— À Chelsea.

— C'est où ?

— En banlieue de Boston.

— On va à Chelsea !

Deux fauves dans la même cage. Jeri se concentrait sur la manœuvre. Franka déversait sur sa compagne un flot d'imprécations.

— Tu penses que je vais laisser ton petit marchand de bois chéri prendre ma place ? Me laisser tomber pour un homme ! Tu te renies toi-même ! Tu piétines ce que nous avons de plus précieux ! L'intimité des femmes, c'est un privilège ! Tu tiens donc tant à être comme tout le monde ?

Après avoir essuyé l'assaut verbal de Franka, Jeri consentit enfin à s'expliquer.

— Personne ! Tu m'entends ? Je ne veux plus voir personne ! Ni dans mon lit, ni dans ma vie ! Personne !

— Si tu as tant besoin d'un pénis, va donc coucher avec lui ! Ce n'est pas une raison pour me mettre à la porte de mon appartement !

— Je viens de te dire que je ne veux plus voir personne ! Lui encore moins qu'un autre ! D'ailleurs, il est parti. Il ne reviendra pas.

— Alors, pourquoi me chasses-tu ? protesta Franka.

— J'ai besoin d'être seule pour souffrir.

* * *

— Vous savez à quoi ça me fait penser ? demanda Suzanne à Billy Memory.

D'un haussement de sourcils, il l'incita à poursuivre.

— À votre histoire de chats qui se battaient parce qu'ils étaient incapables d'atteindre un de leurs semblables, de l'autre côté de la vitre.

L'Indien laissa un petit rire triste lui remonter du

ventre. La caverne n'avait pas ri depuis longtemps. L'écho lui renvoya un cri.

— Fallait-il qu'Hubert l'ait troublée! finit-il par conclure.

— On aurait dit qu'en ce temps-là tout le monde était atteint de folie en même temps! Moi la première!

* * *

Une heure du matin. Le temps avait consommé tout l'oxygène de l'appartement qu'Hubert avait loué, deux mois plus tôt, à proximité du métro de Longueuil. Il s'y était réfugié en arrivant de Central Valley. Il aurait pu se rendre chez lui, rue Grant. Il avait choisi la discrétion. Il ne désirait pas rencontrer Suzanne tout de suite. Il souhaitait plutôt prendre le temps de réfléchir. Découvrir si elle était retournée à sa secte, ou bien si elle avait recouvré l'usage de la vie courante. Il adopterait une attitude en conséquence.

Il écarta les tentures de l'appartement et ouvrit toutes grandes les fenêtres. Le pont! Sa dentelle illuminée dansait dans la nuit. On ne voyait pas le fleuve, en bas. François tombait toujours. Il tomberait aussi longtemps qu'Hubert ne déciderait pas d'arrêter sa chute. Tous les *Miserere!* et les *Ma vie, quel mystère!* n'y changeraient rien.

Au matin, Hubert se rendit au bureau de la General Lumber. Malgré l'heure hâtive, il trouva un comptable installé dans le bureau de sa femme, penché sur le grand livre.

— Qu'est-ce que vous faites ici?

— On m'a demandé d'établir la valeur des actions de votre entreprise.

— Qui, on?

— Madame Demers. Votre épouse et associée, je crois.

— Pourquoi veut-elle connaître la valeur des actions ?

— Je ne sais pas. D'ailleurs, ce n'est pas mon affaire.

— Vous n'avez justement pas d'affaire ici ! Dehors !

Le comptable rassembla ses papiers.

— Ne touchez à rien !

Le gratte-papier se dirigea prudemment vers la sortie.

— J'ai un mandat en bonne et due forme. Vous vous placez dans l'illégalité en tentant de m'empêcher de faire mon travail. Vous allez avoir la justice sur le dos.

— Et toi mon poing sur la gueule si tu ne sors pas d'ici !

Une heure plus tard, la secrétaire-réceptionniste fit son apparition en même temps que les hommes commençaient leur journée dans l'entrepôt. La présence d'Hubert parut l'effrayer. Il aurait eu envie de la prendre par les épaules pour lui annoncer que la tempête était passée. Il n'en fit rien. Il craignait que son geste soit mal interprété. Il avait raison. La secrétaire-réceptionniste déversa sur lui toute la frustration accumulée au cours des dernières semaines.

— Votre femme ne donne plus de nouvelles.

Elle brandit une liasse de dossiers.

— Les fournisseurs, les acheteurs, tout le monde me crie après ! Je leur dis que vous êtes en voyage, tous les deux. Ils ne me croient plus.

— Le prochain qui appelle, tu me le passes. Je suis de retour pour de bon.

— Tous les comptes sont en souffrance. La banque m'a prévenue que je n'ai plus le droit de faire de chèques.

— Je vais passer à la banque.

— Et emmenez le chien ! Il a encore fait ses besoins sur le tapis ! J'en ai assez de ramasser de la merde ! Je ne suis pas payée pour ça, moi !

À la banque, il ne restait que cinq mille dollars du capital de la General Lumber. Le solde du compte courant, les placements, l'inventaire et les comptes clients, tout avait été déposé en fidéicommis entre les mains d'un des plus importants bureaux de conseillers juridiques de Montréal. Hubert s'offusqua :

— C'est mon argent autant que le sien ! Comment peut-elle en disposer sans mon consentement ?

— Ce n'est ni son argent ni le vôtre, rectifia le directeur de la banque, mais celui de la General Lumber, et c'est en qualité d'administratrice qu'elle a fait geler les fonds. Il a fallu qu'elle ait de bons arguments pour réussir ça.

— Je vais en parler à mon avocat.

— C'est justement ce que j'allais vous recommander de faire.

En début d'après-midi, Hubert fut admis dans le bureau du conseiller juridique de la General Lumber. Les deux hommes se connaissaient depuis une dizaine d'années et s'appréciaient. Ils avaient quelques coups fumants à leur actif. Michel Lemieux fit asseoir Hubert sur un canapé fleuri, lui mit une tasse de café dans la main et se réfugia derrière son bureau d'acajou avant de déclarer :

— Si j'étais toi, je retiendrais les services d'un très bon avocat.

Hubert s'esclaffa. Maître Lemieux n'était-il pas lui-même un très bon avocat ? Pourquoi s'adresser à quelqu'un d'autre ? Il rit moins quand l'homme de loi lui expliqua que Suzanne avait obtenu une injonction l'écartant de la direction de son entreprise. Les services de maître Lemieux avaient été requis pour appliquer cette prescription. Il était engagé à l'endroit d'une des parties.

— Tu aurais pu me prévenir !

— Tu avais disparu ! C'est d'ailleurs ce que ta femme a invoqué dans ses allégations.

Un quart d'heure plus tard, Hubert se dirigeait vers sa maison de la rue Grant. Cette fois, il espérait sans y croire que Suzanne s'y trouverait. Il aurait avec elle une explication franche et définitive. Tu t'occupes d'en haut, moi d'en bas. Je ne peux pas t'empêcher de te perdre dans les nuages. Tu cesses de me mettre des bâtons dans les roues, et je reprends la General Lumber en mains. C'est dans notre intérêt à tous les deux. Je continue de te verser ton salaire. Tu en feras ce que tu voudras. Mais si tu persistes à t'en prendre à moi et à l'entreprise que nous avons montée pendant toutes ces années, j'invoque l'aliénation mentale, et je te fais perdre tous tes droits. Ce ne sera pas difficile.

Hubert entra chez lui. Personne. Il pianota le code sur le clavier du système d'alarme. Quelques instants après, la sirène se déclencha. Il tapa de nouveau les cinq chiffres du code. L'alarme retentissait toujours. Il sortit sur le perron pour éviter de se faire crever les tympans. Quelques minutes plus tard, une voiture de police fit irruption. Deux agents en descendirent. Pendant que l'un d'eux téléphonait à la centrale pour demander qu'on fasse taire la sirène, le second avait Hubert à l'œil.

— Ma femme a changé le code, expliqua Hubert.

— Elle ne vous en a pas prévenu ?

287

— J'étais en voyage.

Après avoir vérifié son identité, le policier recommanda à Hubert de s'entendre avec sa femme.

— Ça va vous coûter moins cher qu'une fausse alerte. La municipalité vous enverra la note.

En fin d'après-midi, Hubert but un gin-martini dans un bar de la rue Saint-Charles en compagnie d'un de ses anciens camarades de collège. Mis au courant de la situation, maître Marc Guindon recommanda à Hubert de ne rien dire ni faire qui puisse affaiblir davantage sa position.

— Le pire reste à venir. Je ne te le souhaite pas, mais si elle demande le divorce, vous allez devoir vendre la compagnie pour en partager le profit. C'est une clause en béton que j'ai moi-même inscrite dans votre contrat de mariage. Tu t'en souviens ?

Hubert sortit son argument massue. L'adhésion de Suzanne à une secte religieuse, reconnue comme telle, prouvait hors de tout doute qu'elle avait perdu la raison. L'homme de loi ne l'entendait pas ainsi.

— Après ce qui vous est arrivé, je veux parler de la mort tragique de votre enfant, je ne vois pas comment un juge pourrait refuser le divorce à ta femme. Au mieux, tu divorces, la General Lumber est vendue et tu empoches la moitié de sa valeur. Au pire, si tu essaies de t'en prendre à elle, le juge tranche en sa faveur et tu perds tout.

— Tu es en train de me recommander de me laisser plumer comme un poulet ?

— Je suis en train d'essayer de te faire comprendre que tu as déjà perdu pas mal de plumes.

— Qu'est-ce que je fais en attendant de passer à la casserole ?

— Tu fais le mort.

L'avocat rattrapa aussitôt sa bévue.

— Je veux dire : tu ne bouges pas. Tu ne tentes surtout pas de discuter avec elle. Tu me donnes le mandat de procéder en ton nom et je communique avec les avocats de la partie adverse.

— Je vais te payer comment ? Je n'ai plus d'argent.

— Ne t'en fais pas pour ça. Les avocats s'arrangent toujours pour être payés.

En début de soirée, à l'heure où le soleil de septembre se donne encore des airs d'été, Hubert inclinait la tête sur la tombe de François. Il n'avait pas remis les pieds au cimetière depuis l'inhumation. Il avait besoin de rejoindre son fils en un lieu où ce qu'il avait à lui dire s'inscrirait dans la mémoire du temps.

Où que tu sois, Grelot, il faut que tu m'entendes. Je n'ai jamais voulu faire de mal à ta mère. Mais elle essaie de me détruire. Jusqu'ici, je me suis efforcé de la protéger contre elle-même. Cette fois, elle est allée trop loin. Je vais me battre, Grelot. Contre ta mère. Pour rester en vie.

Il se demanda où il établirait son quartier général. Dans sa maison de Longueuil ? Dans son appartement devant le pont ? Dans la maison de Central Valley ? Il avait fait son nid partout comme un oiseau effarouché. Tous des nids vides ! Sauf un, peut-être. Un nid garni d'épines. Il avait envie d'y retourner. Le tapisser de mousse. S'y blottir entre les bras de la seule femme qui s'intéressait encore à lui. Jeri. Maintenant, Hubert espérait que François n'entendrait pas ses pensées.

Tu vas fermer les yeux, Grelot, et me laisser faire ce que je dois faire. Ce qui vient ne te concerne pas.

* * *

— On ne pourrait pas aller parler ailleurs ?

Suzanne n'en pouvait plus d'être recroquevillée sur la corniche de la caverne. Il lui fallait bouger pour affronter ce qui venait. Elle se leva. Billy Memory l'imita.

— Je pensais que vous seriez plus à l'aise pour vous ouvrir le cœur dans un endroit bien abrité comme celui-ci.

— Je déteste les cavernes. Je ne vous l'ai pas dit ?

Elle fit un pas sur la rampe qu'ils avaient empruntée pour monter là. Il la précéda, frôlant le vide pour l'en préserver. Ils descendirent dans la salle principale. Plutôt que de se diriger vers la sortie, il l'entraîna vers le fond de la grotte. Suzanne résistait. Ils atteignirent un petit ruisseau qui traversait la chambre souterraine. Ils le franchirent d'un pas. La voûte s'incurvait vers le sol. Un banc de bois les attendait, adossé au mur. Un coin tranquille, dans un endroit dégagé. Suzanne s'énerva tout de bon.

— Vous n'auriez pas pu m'emmener ici tout de suite ?

— Il fallait d'abord qu'on regarde notre affaire de haut.

— Vous avez toujours besoin de mettre des gestes sur vos idées, vous !

— C'est la seule façon d'établir l'harmonie.

* * *

Hubert s'était rendu à Lyon. C'était bien le dernier point du globe auquel Suzanne aurait pensé. Un taxi l'avait conduit devant l'immeuble bourgeois où les Ponsot avaient leur appartement. L'ascenseur, à peine assez grand pour contenir un passager seul et ses deux valises, ne manquait jamais d'étonner le Nord-Américain.

Constance et Bertrand accueillirent Hubert dans un débordement d'émotion. Ils revoyaient leur ami pour la première fois depuis la mort de François. Une certaine appréhension aussi, l'écho des déboires matrimoniaux et financiers du couple Gendron-Demers leur étant parvenu. En bons Français que des siècles d'éducation avaient policés, ils retardèrent le moment d'aborder le sujet qui les tourmentait.

Ils déjeunèrent après treize heures. Constance avait mis les petits plats dans les grands. Ils mangèrent comme si c'était la seule activité qui eût encore de l'importance. Ils bavardèrent, tenant les propos les plus convenus, le beau temps qui se prolongeait, la menace de grève dans les transports publics et l'alignement de la programmation des chaînes de la télévision française sur les reality-shows américains. On se serait cru au temps où rien ne compromettait une amitié confortée par les affaires.

Vers quinze heures, Constance dut s'absenter pour se rendre chez le coiffeur. Le tact y était-il pour quelque chose? Hubert ne le saurait jamais. Les filles n'étaient pas rentrées de l'école. Les deux hommes se retrouvèrent donc seuls.

Ils avaient laissé la vaisselle sale sur la table. Affalés autant que les fauteuils du XVIIIe le leur permettaient, ils burent un alcool brûlant et parfumé que Bertrand avait versé dans de petits verres. Une merveille dont il avait hérité de son beau-père. Il fumait à la chaîne ses Marlboro corrosives. Les portes-fenêtres étaient grandes ouvertes sur les bruits de la ville. Bertrand avait ôté sa cravate. Hubert, retiré ses chaussures. Il aborda de plein fouet le sujet qui n'avait quitté l'esprit de personne depuis son arrivée.

— Ma femme est devenue folle. Elle a confié la gestion de la General Lumber à un bureau d'avocats.

Le Français était mal à l'aise.

— Étant donné votre absence à tous les deux, est-ce que ce n'était pas la meilleure solution ?

Sa cigarette lançait des signaux de fumée.

— J'étais d'ailleurs au courant, précisa-t-il. Suzanne m'a téléphoné deux fois en vingt-quatre heures.

— Qu'est-ce qu'elle voulait ?

— Savoir de quel côté je me rangeais.

— Et alors ?

— Je lui ai dit la vérité. Que je prenais également parti pour chacun de vous.

— Tu l'as encouragée dans sa folie ?

— Absolument pas. Mais je suis réaliste. Après le malheur qui s'est abattu sur vous, je ne vois plus d'autre issue que d'entériner votre rupture. Rends-toi à l'évidence. Vous n'habitez plus la même planète. C'est le cas de le dire, ajouta-t-il dans un rictus nerveux.

— Je suis sûr qu'elle est manipulée par les gens de sa secte.

— Ça, c'est une autre affaire, mais laisse-moi continuer. On reviendra là-dessus plus tard. Pour le moment, suis bien mon raisonnement. Vous avez monté la General Lumber ensemble. C'était votre projet commun. Je ne me trompe pas en disant que cette entreprise a non seulement fait votre fortune, mais aussi votre bonheur?

Hubert acquiesça. L'angle du dossier de son fauteuil ne lui permettait pas d'arrondir les reins comme il l'aurait souhaité.

— Maintenant, continua Bertrand, cette société vous désunit. Vous êtes à des années-lumière l'un de l'autre, et je ne vois pas comment vous pourriez, à l'avenir, retravailler ensemble.

Hubert se redressa comme au tribunal.

— Tu crois, enchaîna Bertrand, que vos affaires vont prospérer parce que des avocats les administrent? Les expéditions ne se font plus. Moi-même, j'ai déjà fait appel à tes concurrents. Vendez!

Hubert s'était levé.

— C'est elle qui t'a demandé de me mettre ça dans la tête?

— Absolument pas! Je n'ai eu besoin de personne pour en arriver à cette conclusion. Vendez avant que le *Titanic* frappe son iceberg! Je te parle en ami…

— Tu as envie de racheter l'affaire?

Hubert regretta tout de suite cet affront. Il secoua la tête pour l'effacer.

— Si jamais vous parvenez à vous réconcilier, vous aurez l'argent pour remonter une autre business. Sinon, vous prendrez chacun votre direction, avec votre part de gâteau.

Hubert respirait à peine. La General Lumber était un autre François pour lui. Son enfant de chiffres et de papier. C'était lui qui avait monté l'entreprise et qui l'avait fait prospérer. Suzanne n'y avait joué qu'un rôle de second plan, associée efficace qu'il avait intéressée à part égale à la propriété et aux profits de la société.

Bertrand avait tout dit. La fumée de sa Marlboro ne suffisait plus à lui donner une contenance. Il se leva et se dirigea vers la table où il ramassa quelques assiettes qu'il emporta à la cuisine. Hubert l'y rejoignit, une bouteille vide et une saucière à la main. Bertrand rinçait les assiettes dans l'évier.

— Qu'as-tu l'intention de faire, après la General Lumber?

Il parlait comme si la décision était déjà prise.

— Puisque tu as pensé à tout, j'allais justement te le demander!

Bertrand toucha Hubert du coude, à défaut de pouvoir lui prendre le bras avec sa main mouillée. Il le regarda dans les yeux.

— Ne le prends pas mal. Je te parle en ami. Comme je te connais, tu as toujours quelque projet en tête…

— Justement, j'ai l'occasion d'acheter une scierie dans l'État de New York. Je voyais ça comme un complément à la General Lumber.

Bertrand leva la tête. L'eau coulait toujours dans l'évier. Il ne s'en souciait pas.

— Ça, mon gars, une scierie aux États-Unis, je te le dis depuis longtemps, c'est de l'or!

— Avec quel argent veux-tu que je l'achète? Tous mes avoirs sont gelés.

— Ils demandent combien, tes Américains?

— Deux cent mille dollars.

— C'est une affaire! s'exclama Bertrand en s'essuyant les mains sur un torchon.

— Actionnaires à parts égales, s'écria Hubert avec enthousiasme, mais tu fournis tout le capital en attendant que le sort de la General Lumber soit réglé. Tant que je ne t'aurai pas remboursé la moitié de ta mise, les profits seront pour toi. Après, on partage. En attendant, je présume que tu ne vois pas d'objection à ce que je me verse un salaire ?

Il ajouta, pendant que Bertrand fermait le robinet :

— Suzanne va t'en vouloir. Tu prends parti contre elle.

— Absolument pas ! Je m'occupe de mes affaires. C'est tout.

Et il pressa Hubert contre lui dans une étreinte fraternelle, au beau milieu de la cuisine, avant de lui serrer solennellement la main.

— *We are going to be the proud owners of an American sawmill,* fanfaronna-t-il.

Il parlait assez bien l'anglais. Il avait beaucoup voyagé. De son côté, Hubert avait presque oublié qu'il souffrait. Faute d'être heureux, on s'active. Aussi bien le faire à son profit.

* * *

— Tu n'avais pas annoncé que tu partais pour de bon ?

— Mes plans ont changé.

— Jusqu'à quand ?

— Ça, personne ne peut le dire.

— Et tu crois, parce que tu es de retour, que tu peux me siffler comme un petit chien, à n'importe quelle heure du jour ou de la nuit ?

L'énervement de Jeri grandissait en même temps qu'elle en formulait les raisons. Son exemple de chien qu'on siffle provenait directement de la réalité. Il s'en trouvait bien un, très réel, qui suivait sa piste d'un bout à l'autre de la pièce, s'efforçant d'attraper une odeur sur le jean de l'étrangère.

À son retour de France, Hubert était passé au bureau de la General Lumber. Il en avait profité pour accorder à la secrétaire-réceptionniste l'augmentation qu'elle n'espérait plus. Il ne savait trop où il trouverait les fonds pour lui verser ce salaire. Il ignorait même s'il était autorisé à prendre une telle décision. Le sort de la General Lumber était dorénavant entre les mains de Suzanne et de ses procureurs. Hubert avait été abreuvé de conseils par son propre avocat. Les procédures étaient engagées. Le moindre écart de conduite pouvait tout faire basculer. Pour contenir son envie de se battre contre des moulins, Hubert allait se porter acquéreur de la scierie américaine.

Au moment de quitter Longueuil, il avait eu la soudaine inspiration d'emmener Gremlin avec lui. Le temps de retrouver son certificat de vaccination dans les tiroirs du bureau de Suzanne, et il avait fait grimper l'animal sur la banquette arrière de sa BMW.

— *Jesus!* martela Jeri en écrasant son mégot dans la soucoupe qui lui était réservée, qu'est-ce que vous avez donc, les hommes, à vous croire tout permis?

Elle alluma une autre cigarette et garda le briquet dans sa main, comme un talisman. Elle vint se planter devant Hubert.

— Je ne me suis jamais laissé mener par personne, pas même par Franka. Je ne vais pas commencer avec toi!

Il espérait seulement que Jeri lui laisserait le temps de s'expliquer. Pendant le trajet vers Central Valley, sa tête l'avait précédé. Il avait inventé des scénarios enlevants, où Jeri apparaissait à ses côtés dans le rôle de la vedette qui redonne un sens à la vie du héros. Cent kilomètres avant d'arriver, il avait déjà décidé de l'appeler. Elle ne s'offusquerait pas de se faire réveiller en pleine nuit. Elle faisait justement profession de rejeter toute formalité. Mais voici qu'elle se vexait. Hubert avait négligé d'envisager cette réaction.

Elle se jeta dans un fauteuil. Gremlin mit les pattes sur les genoux de la nouvelle venue. Il lui léchait les doigts. Jeri ne fit aucun cas de l'animal. Pour elle, il n'y avait qu'Hubert dans la pièce. Un homme qui revient à l'improviste, la nuit, et la siffle comme on appelle son chien, parce qu'on éprouve la soudaine envie de lui gratter les oreilles.

— Qu'est-ce que tu avais donc à m'annoncer qui ne pouvait pas attendre?

— Te dire que je viens de m'apercevoir que je suis encore en vie.

— Rien que ça!

Décontenancé, Hubert grimaça.

— Tu as dû voir ça à la télévision, évoqua-t-il, des victimes d'accidents qu'on emmène dans la salle d'opération, cassées en morceaux, entre la vie et la mort. Si elles sombrent dans le coma, elles ne s'éveilleront pas. Il y a toujours une infirmière qui s'efforce de les tenir éveillées pendant qu'on roule la civière dans le corridor. Personne ne s'en est rendu compte, mais j'ai bien failli sombrer dans le coma ces derniers temps…

— Je n'ai rien d'une infirmière!

En même temps qu'elle repoussait les débordements d'affection du chien, Jeri déchirait le scénario d'Hubert.

— Si c'est tout l'effet que ça te fait, tu peux aller retrouver Franka !

Elle se redressa de tout son long.

— Il n'y a plus de Franka.

Hubert tendit le cou pour s'assurer qu'il avait bien compris.

— Elle est partie. Comme toi, l'autre jour. Tout le monde s'en va de Central Valley. De gré ou de force. Et toi, ta femme, qu'est-ce qu'elle devient ?

— Une victime. Elle voudrait m'entraîner avec elle.

— Dans sa secte ?

— Elle s'est mis dans la tête de me dépouiller de ce que j'ai de plus précieux après mon enfant. Mon entreprise.

— Tu ne vas pas te laisser faire ?

— C'est entre les mains des avocats.

— Bonne chance !

La maison dérivait dans la nuit. On ne pouvait prévoir sur quelles rives elle échouerait.

— Et toi, lui lança Jeri, tu sais où tu t'en vas ?

— Je reviens en arrière pour foncer en avant.

— Permets-moi de te dire que ce n'est pas clair.

— J'achète la scierie et je m'installe ici.

— Tu ne peux pas vivre en permanence aux États-Unis ! Il faut des papiers…

— Ça peut toujours s'arranger. J'ai un ami qui a travaillé pendant cinq ans en Floride. Il a construit tout un village, cent vingt-cinq maisons, sur un terrain de golf. Il n'a jamais eu d'ennuis.

Elle parut osciller sur elle-même. Les gens sont traversés par de brusques bourrasques et s'efforcent de n'en rien laisser paraître. Elle lui prit la main et l'entraîna sur le divan. Il ne résista pas.

— Je vais te faire une confidence. C'est en pensant à toi que j'ai rompu avec Franka. À ton tour, maintenant. J'aimerais que tu me répondes franchement. Tu pensais à moi en prenant la décision de revenir ici ?

Pour toute réponse, il l'embrassa. Cette réaction parut la satisfaire puisqu'elle l'étreignit à son tour. Le chien les avait rejoints sur le divan. Il voulut se mêler à leurs jeux. Ils l'écartèrent pour se déshabiller. Leur nudité illuminait la pièce. Leurs gestes devinrent bleus, fluides puis transparents. Ils se fondirent l'un dans l'autre. Gremlin s'éloigna en les entendant gémir. Il alla chercher sa vérité à travers la moustiquaire de la porte.

Jeri criait de plaisir. Hubert s'acharnait. Elle atteignit le point au-delà duquel l'extase frôle la souffrance. Il persista. Elle défaillit. Il persévéra. Il rendait à la vie les coups qu'elle lui avait donnés. Quand ils se détachèrent, ils roulèrent comme des noyés, chacun de son côté. Elle tendit le bras vers lui. Il lui prit la main. Ils revenaient à la vie.

— Inutile de te demander si tu prends des contraceptifs ?

— Et toi, tu as déjà entendu parler des préservatifs ?

— Tu sais ce qui pourrait arriver ?

— Tu as perdu un enfant et tu me poses cette question ?

Il ravala sa confusion. Elle l'embrassa pour effacer son trouble. Au petit matin, elle s'enfuit en sautillant, à pas d'oiseau, sur le bout des pieds. Elle emportait la présence d'Hubert en elle.

— Vous étiez vraiment obligé de me raconter ça ?

— C'était indispensable pour que vous compreniez la suite.

— Il n'était pas nécessaire d'entrer dans les détails !

— Si on ne décrit pas les gestes, les sentiments perdent leur sens. Si on omet les sentiments, les gestes deviennent une mécanique.

Suzanne avait vécu la scène en spectatrice offensée. Les ébats amoureux des autres ont toujours quelque chose d'indécent.

— Ouvrez donc les yeux, lui recommanda Billy Memory. De cette façon, vous ne les verrez plus.

Suzanne secoua la tête pour effacer ces images, puis s'adressa à l'Indien d'une voix si faible qu'elle semblait destinée aux fantômes de ses ancêtres.

— Il est toujours surprenant de voir quelqu'un tout nu, même en imagination. Mais ce n'est pas le plus important. On peut aller plus loin, beaucoup trop loin, tout en restant habillé.

* * *

Quand le Tahoe de Suzanne s'engagea dans l'allée de la maison d'Hubert, à proximité de Central Valley, il était environ midi. Hubert était sur la galerie. Juché sur un escabeau, il changeait l'ampoule d'une des lampes. Il portait un jean arrondi aux genoux et des espadrilles défraîchies. Le vent avait ébouriffé ses cheveux. Le chien Gremlin faisait des huit, autour des pattes de l'escabeau.

En apercevant le véhicule de sa femme, Hubert faillit dégringoler de son perchoir. Il finit par en descendre et s'avança à pas comptés à sa rencontre.

Ces derniers temps, ils s'étaient porté des coups presque mortels, par procureurs interposés. Hubert s'attendait à une salve de mises en demeure et d'injonctions interlocutoires. Pas à Suzanne en personne ! Encore moins sous l'apparence de la femme qu'elle était avant de se livrer, corps et âme, à l'Église de la réunion universelle ! Elle portait un tailleur sur un chemisier de soie, les cheveux remontés, des boucles d'oreilles en forme de chats et trois minces bracelets reliés par une chaîne d'or. Une broche, représentant le soleil dans toute sa splendeur, garnissait sa veste. Les talons de ses souliers s'enfonçaient dans le gravier de l'allée. Hubert se demanda s'il devait fuir ou attaquer. Il fit front.

— Qu'est-ce que tu fais ici ?

— Je veux te parler.

Il demeura interdit.

— Je croyais que nous nous étions tout dit.

— Tout, sauf l'essentiel.

Elle le précéda vers la maison.

— Tu es enfin sortie de ta secte ?

— Au contraire, je vais être admise au deuxième échelon. D'ailleurs, ce n'est pas une secte.

— Mais alors, qu'est-ce que tu me veux ? Me faire signer en personne mon arrêt de mort ?

— Essaie donc de ne pas être blessant ! C'est encore possible ?

Elle était maintenant sur la galerie.

— Je n'en avais jamais vu la façade, commenta-t-elle.

Tout ce que j'en connaissais, c'était l'arrière. Et encore, dans de pareilles circonstances, je n'avais pas pris le temps d'examiner les lieux.

L'évocation de son acte manqué aiguillonna Hubert.

— J'ai cru, à tort, que je pouvais te sauver malgré toi!

— Il n'était pas nécessaire de jouer aux cow-boys et aux Indiens pour autant! Tu vois? Je suis là!

Elle se dirigea vers l'entrée. Le chien lui tournait autour. Il la précéda dès qu'elle eut entrouvert la porte à moustiquaire. Hubert la suivit à pas prudents, comme s'il n'était plus chez lui.

Elle laissa tomber son sac et ses clés sur la table basse du séjour. Il se tenait sur la pointe des pieds, prêt à changer de direction à tout moment.

— Je n'en reviens pas! Il y a un mois, tu ne savais plus dans quel monde tu vivais, et je te retrouve exactement comme avant, plus femme d'affaires que jamais.

Il sifflota entre ses dents. Elle n'avait pas l'intention de commenter les causes et les effets de sa métamorphose. Elle parcourut le salon et la salle à manger. Elle jeta ensuite un coup d'œil sur la chambre.

— C'est beaucoup mieux ainsi, avec des meubles et un vrai lit.

Hubert était resté les bras croisés sur la poitrine, ne dissimulant plus son ahurissement.

— Tu as faim?

— J'ai mangé en route, mais je prendrais bien un café.

Il était déjà fait. Hubert fila à la cuisine et en réchauffa deux tasses au micro-ondes. Ils en burent quelques gorgées en silence, l'un face à l'autre, debout devant les fauteuils.

— Tu as bien fait de venir, finit-il par dire pour ne pas perdre complètement l'initiative.

Et il n'ajouta rien. Son café à la main, Suzanne arpenta le séjour. Elle était à quelques centimètres d'Hubert.

— Je suis venue te proposer une trêve.

Il fit celui qui n'avait rien entendu.

— Si on continue, on va s'entretuer. Je ne crois pas que ce soit ce que François aurait voulu.

Elle posa sa tasse sur la table basse, farfouilla dans son sac et en tira l'un des pyjamas de François. Elle le tendit à Hubert.

— Tu vis comme s'il n'avait jamais existé. Lui seul peut encore nous sauver.

Hubert ne broncha pas. Suzanne plaça le pyjama sur la table.

— Je suis sûre que ça te fera du bien de reprendre contact avec lui.

Il s'éloigna de quelques pas.

— François est mort et je n'ai pas l'intention d'entretenir ma douleur avec des fétiches !

Elle tressaillit, ramassa le pyjama et le roula en boule pour l'appuyer contre sa joue.

— Je t'en supplie, Hubert ! Nous sommes déjà allés trop loin !

Il durcit la mâchoire.

— Empêche-moi de commettre l'irréparable, implora-t-elle encore.

Il trancha.

— Trop tard !

Il s'entendit prononcer les mots qui tuent et, plutôt que de les retirer, il s'entêta à se justifier.

— Il ne serait rien arrivé si tu ne m'avais pas mis la mort de François sur le dos.

Mauvais réflexe de guerrier qui ne sait pas perdre pour gagner. Les jointures d'Hubert blanchissaient.

— Je n'ai rien à te dire.

Suzanne se pencha sur la table basse. Elle remit le pyjama dans son sac, ramassa ses clés et se dirigea vers la sortie.

— Tu fais ton propre malheur ! lui asséna-t-il.

Elle était déjà sur la galerie. Prisonnier derrière la porte à moustiquaire, Gremlin agitait la queue en regardant s'éloigner celle qu'il croyait toujours sa maîtresse.

* * *

L'Indien souffrait pour Suzanne.

— Je sais ce que cette démarche a dû vous coûter.

— Elle a signé notre arrêt de mort à tous deux. La mort du cœur, je veux dire.

— Mais comment en étiez-vous venue à cette volte-face ?

— J'étais dans les étoiles. De là-haut, les obstacles paraissent minuscules. J'espérais qu'Hubert m'enlèverait mon poids de culpabilité, pour pouvoir aller plus loin.

— Et lui, pendant ce temps, il en voulait à l'Univers. Même Jeri ne parvenait pas à l'apaiser.

Suzanne grimaça.

— C'est assez simple, observa l'Indien. Vers la fin du parcours, il atteignait le point d'où vous étiez partie.

— Je sais, murmura Suzanne. Accuser l'autre d'être responsable de votre détresse.

Après le départ de Suzanne, Hubert avait invectivé la terre et le ciel, les forces tangibles et les mystères insondables. Tout le lâchait, la nature indifférente et l'au-delà retentissant d'un vide assourdissant. Devant une situation aussi explosive, le chien s'était réfugié à l'étage, où il ne montait jamais.

Hubert reporta sa frustration sur la tonte du gazon. Comme il avait commencé à pluviner à peu près au moment où Suzanne était arrivée, l'herbe, maintenant toute détrempée, ne se prêtait pas à cette opération. Elle s'accumulait autour de la lame de la tondeuse. Le moteur s'étouffait. Hubert secouait l'appareil pour le débourrer. Il remettait l'engin en marche en tirant presque au point de l'arracher sur la corde qui actionnait le piston. L'échappement fumait. Dix pas plus loin, tout était à recommencer.

La camionnette de Jeri s'immobilisa sur le gravier de l'allée. Hubert ne la vit pas venir. Il ne l'entendit pas non plus. Quand le moteur de la tondeuse cala encore une fois, Hubert sentit une présence dans son dos. Il se retourna et sursauta. Jeri était là. La pluie rendait son visage radieux.

— Je t'ai fait peur?

— Pourquoi voudrais-tu que j'aie peur de toi?

Il remit la tondeuse en marche. Du bout de l'espadrille, Jeri désengagea le levier de contact. Hubert lui opposa une mine contrariée.

— Qu'est-ce qu'il y a?

— C'est plutôt à toi qu'il faudrait le demander.

Comme il ne paraissait pas disposé à s'expliquer, elle

monta sur la galerie et s'assit sur la berceuse. Hubert fit redémarrer sa machine pour l'abandonner, quelques instants plus tard, quand elle étouffa de nouveau. Alors seulement se résigna-t-il à rejoindre Jeri, mais, plutôt que de s'approcher d'elle, il s'appuya à l'un des piliers du toit de la galerie pour fixer l'horizon, avec l'allure d'un adolescent ravagé par sa première peine d'amour.

— Tu as raté une belle visite, finit-il par lâcher.

Elle ne le relança pas.

— Ma femme. Mon ex-femme, plus exactement, parce que celle que je viens de rencontrer, je ne la connais pas. Ou plutôt, je la connais trop.

— Elle est venue ici ?

Il confirma le fait en ne disant rien. Jeri s'étonna.

— Elle a du culot !

Son visage s'éclaircit d'une lueur d'espoir.

— À moins que la petite séance de réflexion que tu lui as imposée ait produit de l'effet à retardement ?

— Tu rêves ! Elle est venue essayer de se réconcilier avec moi !

Jeri interrompit son bercement. Le buste en avant, elle leva la tête vers celui qui s'adressait toujours à l'horizon.

— Elle veut tout en même temps, expliqua Hubert. Que je lui pardonne et que je lui donne mon argent.

— Tu ne vas pas te laisser faire ?

— Je ne sais plus… En tout cas, elle est repartie sans rien emporter.

Jeri s'était dressée.

— Tu n'es plus en mesure de te défendre.

— Mets-toi à ma place ! Deux pourris, qu'on n'aurait

jamais dû faire sortir de prison, jettent mon fils dans le fleuve, après l'avoir violé. Il paraît qu'on va les juger. Ça ne ramènera pas mon enfant ! Moi, je durcis les poings.

Il se passa la main dans les cheveux.

— Aux yeux de ma femme, la cause est entendue : c'est moi qui suis responsable de la mort de François. Mon cœur éclate.

Jeri tendit la main vers lui. Il ne s'en aperçut pas.

— Je débarque ici, à Central Valley. Tu me proposes de faire l'amour, puis tu m'annonces que tu aimes une femme. Je serre les dents.

— Franka est partie. Tu le sais.

— J'aurais préféré ne pas être obligé de jeter quelqu'un par-dessus bord pour faire mon bonheur.

— C'est moi qui ai rompu. Si quelqu'un doit avoir des remords, ce n'est pas toi.

Il lui fit enfin face.

— Et maintenant, Suzanne est tombée entre les mains d'une bande d'illuminés qui lui promettent un voyage vers les étoiles, en échange de ma fortune.

Il vibrait, la mâchoire contractée, le regard en feu et le souffle solidifié.

— Mais ce n'est pas tout ! Elle voudrait que je lui pardonne avant de finir de me dépouiller !

Jeri proféra un *Jesus !* bien appuyé.

— Pour achever le tout, il pleut et je ne peux pas tondre mon gazon ! Et tu voudrais que je sache encore me défendre ?

Elle se leva. Il crut qu'elle allait lui ouvrir les bras. Il recula de deux pas.

— Elle commence à me faire chier, ta femme !

Le propos avait l'avantage d'être clair. Avant qu'Hubert ait pu réagir, Jeri avait annoncé sa résolution.

— Je vais en parler à mon père.

— Surtout pas !

— Je suis sûre qu'il aura une idée !

— C'est justement ce qui m'inquiète !

— Je commence à me demander si on ne devrait pas faire subir à ta femme le même sort que celui que j'ai imposé à Franka…

Il arrondissait les yeux.

— L'ôter de notre chemin. Elle te fait tellement de mal que tu n'es même plus capable d'accepter que je te veuille du bien.

Il éleva vers elle ses mains aux paumes ouvertes, comme pour tenter de la contenir. Elle insista.

— On n'a pas été assez loin, la dernière fois ! La prochaine, on ne s'arrêtera pas en chemin ! Je te le jure !

Elle lui plaqua un baiser sur le front et courut sous la pluie, en direction de sa camionnette. Elle lui lança, sans se retourner :

— Pour ce qui est du gazon, tu devrais attendre qu'il cesse de pleuvoir.

Cela devenait une habitude entre eux. Leurs conversations se terminaient le plus souvent en effarouchements d'oiseau.

* * *

Suzanne sentait maintenant la voûte de la caverne peser de tout son poids sur elle. Elle aurait voulu s'envoler. Ignorer les pénibles péripéties qui restaient à évoquer. Sau-

ter aux conclusions. Affronter la vérité dans toute sa cru-
dité et sortir enfin de ce trou.

— Vous savez à quoi cette fille me fait penser ? À quelqu'un qui allume un incendie et qui s'enfuit en donnant
l'alarme.

— Elle interprétait mes conseils d'une façon assez
particulière.

Billy Memory était penché en avant, la paume des
mains à plat sur les genoux, la tête relevée pour présenter à
Suzanne un regard chargé de compassion. Elle enchaîna.

— Pendant que cette...

— Jeri...

— ... préparait la guerre, moi, je m'embarquais pour
les étoiles.

* * *

L'hémicycle tenait à la fois du temple et du tombeau.
Une pièce sans fenêtre où la faible lumière semblait irradier des murs. Une vibration sonore. Des colonnes, des
tentures et une échappée spatiale en forme de voûte
constellée de points lumineux, représentant les étoiles
agglutinées en tremblantes galaxies.

La cérémonie se déroulait au Temple de la réunion
universelle, le siège social de l'Église du même nom, rue
Papineau à Montréal, là même où Suzanne avait reçu la
révélation que l'Univers constituait un vaste organisme
doté de conscience.

L'hémicycle s'adossait à l'auditorium aménagé en pla-
nétarium mystique. Avant d'y accéder, Suzanne avait reçu
une double mise en garde. La leçon lui avait été servie dans

une petite pièce sombre, par le même haut gradé qui lui avait fait miroiter, quelque temps plus tôt, la possibilité d'accéder au deuxième niveau de l'organisation.

« Vous n'avez pas encore rempli toutes vos obligations, mais nous n'avons pas le droit de vous cacher plus long-temps les secrets qui peuvent vous assurer la félicité éter-nelle. Les voyages dans l'espace coûtent cher, surtout quand il s'agit de transports mystiques. Vous l'avez vu récemment, le premier touriste de l'espace a payé dix millions de dollars pour passer quelques jours dans la station internationale. Bien entendu, il n'est pas question de réclamer de vous une somme aussi disproportionnée à vos moyens. D'ailleurs, l'argent n'est pas en cause. C'est un engagement que nous réclamons. Une implication de tout ce que vous êtes et de tout ce que vous possédez. Vous coupez les ponts derrière vous, et nous vous montrons la voie des étoiles. Les procé-dures sont bien engagées. Tenant pour acquis que vous les mènerez à leur conclusion, nous vous convions dès main-tenant à faire vos premiers pas en apesanteur mystique. »

Sous sa tunique blanche, Suzanne inclinait la tête. Une élève docile.

« Vous allez assister à une séance de communion cos-mique. Vous serez témoin de phénomènes qui dépassent la compréhension terrestre. Vous entendrez des paroles dans une langue qui vous sera inintelligible. Surtout, gar-dez-vous d'intervenir de quelque façon que ce soit. La communication cosmique serait interrompue, et vous mettriez en danger la vie des personnes qui y prendraient part. Pour la réunion universelle ! »

Suzanne pénétra dans l'hémicycle en même temps qu'une quinzaine de néophytes en tunique blanche, comme elle. Tous se rangèrent le long du mur incurvé. La pièce sombra dans les ténèbres. La vibration sonore s'accentua. Une lueur monta du sol, en même temps qu'un murmure d'eau.

L'éclairage provenait d'un bassin autour duquel se tenaient douze individus en combinaison blanche et casque de cosmonaute dont la visière ambrée dissimulait le visage. Les douze Médiateurs cosmiques tendirent en même temps le bras droit, comme pour présenter la paume de leur main gantée à l'au-delà. Le geste composait une corolle, à travers laquelle la lumière du bassin s'élevait vers une ouverture pratiquée dans la voûte, un halo si intense qu'on n'aurait su s'il débouchait sur l'extérieur ou s'il pénétrait du dehors. Les Médiateurs entonnèrent d'une seule voix une invocation en langue inconnue. L'équivalent du *Notre Père* des chrétiens, avait-on expliqué à Suzanne.

Anacham strat hir sarou deremenoc…

Une treizième personne apparut dans la pièce. Il s'agissait d'un autre individu vêtu de la combinaison blanche des Médiateurs, mais celui-là ne portait pas de casque. Ses cheveux longs et blonds lui couvraient les épaules. On avait prévenu Suzanne que l'Intermédiaire traduirait à leur intention les échanges qui se produiraient.

Au commencement était le vide
Et Dieu qui n'a pas besoin d'existence pour exister
Contenait tous les univers possibles
En un grain de matière infime.
Et Dieu accoucha de lui-même

Dans une giclée d'univers
Qui se dispersa en répandant
Une traînée d'espace et de temps.
Depuis cette fraction initiale
La substance de Dieu se déploie
En repoussant constamment ses frontières.
Nous prenons aujourd'hui l'engagement
De consacrer notre vie présente
À réconcilier Dieu avec lui-même.
Nous coloniserons les étoiles
Où vivent déjà nos frères passés et nos sœurs futures.
Nous redonnerons à Dieu
L'intégrité de son intégralité
Car l'Univers n'est rien d'autre
Que Dieu lui-même en train de s'accomplir.
Pour la réunion universelle !

La lumière s'estompa. Le silence originel s'établit. Un coup de tonnerre broya le cœur de chacun. Des lueurs bleues, de la taille d'une main humaine, formes vacillantes dans le vide, se mirent à danser au-dessus de la tête des Médiateurs cosmiques. L'une de ces formes descendit dans l'ouverture dessinée par leurs bras tendus. Les autres disparurent aussitôt. Une voix s'éleva. Celle du Grand Intercesseur. La forme lumineuse répondit. On ne pouvait dire qu'elle avait une voix. Elle émettait un grésillement semblable à celui que prennent les communications entre les voyageurs de l'espace et les stations de contrôle terrestres. Tout au plus pouvait-on établir qu'il s'agissait d'une femme.

— Une femme des cavernes, précisa l'Intermédiaire. Elle dit se nommer Achim.

La conscience de cet être disparu de la terre depuis cent mille ans était encastrée dans une étoile du Nuage de Magellan. Elle traversait les espaces sans âge pour manifester sa présence en ce lieu où on l'appelait. Le Grand Intercesseur s'enquit du témoignage qu'elle souhaitait leur apporter.

— Regardez vers le haut, traduisit l'Intermédiaire. Que vos pieds ne touchent plus terre !

La communication fut successivement établie avec un paysan du Moyen Âge et un courtier d'assurances des années trente. Le premier plaida en faveur d'une foi plus vive, véritable armure dans l'épreuve. Le second déplora les futilités qui avaient encombré sa vie au point de l'empêcher de toucher à l'essentiel. Il errait maintenant au sein d'un amas de particules sans consistance.

Le flux s'interrompit soudain. La dernière forme lumineuse s'évanouit. On n'entendit plus que l'eau couler dans le bassin. Les douze Médiateurs cosmiques et l'Intermédiaire s'accroupirent sur les talons et laissèrent leur casque toucher le sol. Les néophytes les imitèrent. La séance de recueillement qui s'ensuivit dura un temps que personne ne prit la peine de mesurer. Le noir reprit son emprise. La vibration cosmique s'amplifia. La lumière recommença à irradier des murs. Les néophytes étaient maintenant seuls dans l'hémicycle.

— Et mon François ? haleta Suzanne en sortant de la salle hémisphérique. Vous pensez que je pourrai lui parler un jour ?

— Il a sans doute déjà tenté d'entrer en communication avec vous, lui expliqua le haut gradé qui lui tenait lieu de guide. Il faut savoir écouter. Nous vous apprendrons…

— Vous pensez que je suis folle! s'exclama Suzanne à l'intention de l'Indien.

— Absolument pas! répliqua Billy Memory. À vrai dire, ce n'est pas très différent de nos propres traditions. Avec, tout de même, quelques nuances importantes en ce qui concerne le contexte! J'ai moi-même des histoires de ce genre à vous raconter, mais vous n'êtes pas en état de les entendre.

— Ce ne sont pas des légendes que j'attends de vous, soupira Suzanne. Je veux des faits pour comprendre la suite.

— C'est très simple. Walter s'apprêtait à prendre Hubert sous sa tutelle. C'était sa manière à lui d'avoir des rapports avec les gens. Il l'avait déjà fait avec Mickey. Il l'avait fait avec sa fille Jeri. Même chose avec ses miliciens. Il lui manquait Hubert.

L'Indien avait pris une voix plus sourde. En abordant ce tournant, il avançait d'un pas prudent vers le dénouement de son récit. Il arrondissait les gestes. Par moments, il semblait en contact avec les événements qu'il évoquait. Un sorte d'intermédiaire entre deux mondes.

— Je vous l'ai déjà dit, je crois. Je connais Walter Williams depuis l'enfance. Il a eu sa part de déboires. Vers la trentaine, il est parti d'ici dans la peau d'un homme dépassé par sa propre vie. Je ne sais pas ce qui lui est arrivé, là où il est allé, mais quand il est revenu, il portait l'Amérique sur son dos. Il se sentait responsable de tout, de ses proches, de ceux de Central Valley, des politiciens d'Albany et de ceux de Washington, les grands dirigeants de ce monde. Il se méfiait surtout de ceux sur lesquels il n'avait pas d'emprise.

— Une espèce de maniaque assoiffé de pouvoir !

— Loin de là ! C'est parce qu'il était d'un naturel inquiet qu'il s'efforçait de tout contrôler. Au fond, c'était un peureux. Ça le rendait dangereux.

Suzanne arrondit les épaules en levant les yeux vers Billy.

— J'ai bien compris que ce Walter Williams et mon mari n'avaient jamais eu de rapports faciles. Vous m'avez dit qu'ils avaient rompu tous les liens, quelque temps auparavant. Alors, expliquez-moi pourquoi votre justicier a décidé comme ça, d'un coup, de prendre Hubert sous sa protection.

— C'était prévisible. Souvenez-vous de la scène dans la chambre de motel, puis de la rencontre nocturne, dans la forêt. « Tu t'occupes de Jeri, je m'occupe de toi. » Or, Jeri venait d'*offrir* à nouveau Hubert à Walter. Elle aimait un homme pour la première fois de sa vie. Elle n'avait surtout pas envie de le perdre. La meilleure façon de se l'attacher, c'était encore de le rabattre entre les pattes de son père.

* * *

La séance de réconciliation n'avait pas été facile. Elle s'était produite la nuit, dans la solitude du camp, deux hommes sur la défensive, les coudes sur la table, sans même un verre d'alcool pour lubrifier la résistance. Ils avaient d'abord joué à se déstabiliser.

— Tu continues de te comporter comme une victime.

Tu donnes des coups dans le vide, comme un imbécile. Tout ce que tu obtiens, c'est d'attirer l'attention sur toi.

— C'est moi qui ai pris la décision de sortir ma femme de sa foutue Église ! Si ta fille ne l'avait pas laissée s'échapper…

— Tu t'attendais à quoi en la confiant à Jeri ?

Walter piétina Hubert pour l'enfoncer dans son bourbier d'erreurs.

— Ta femme t'a planté son enfant mort dans le cœur. Tu aurais dû avoir le courage de l'arracher de là ! Maintenant, tu pourris avec lui.

Hubert se durcit.

— Quand tu t'es retrouvé devant les deux dégénérés qui ont enculé ton petit gars, je me serais attendu à ce que tu leur apprennes à contrôler leurs pulsions sexuelles.

— Qu'est-ce que tu voulais que je fasse ? Ils étaient en prison.

— Justement ! c'est plein de criminels, les prisons ! Malgré toutes les précautions qu'on prend pour les protéger, il aurait suffi que tu donnes un contrat à quelqu'un qui avait de bons contacts, à l'intérieur, pour qu'on leur fasse bouffer leurs couilles à tes deux prédateurs. Mais non ! Tu les as laissés te cracher dans la face au procès et tu t'es contenté de t'essuyer le visage. Comment veux-tu que je te prenne au sérieux ?

Hubert allongea les pieds sous la table. Assis sur les reins, il rapetissait devant Walter.

— Puis, ta femme s'envoie dans les étoiles.

— J'ai fait ce que j'ai pu pour la ramener sur terre !

— Si tu m'avais laissé mener l'affaire, elle n'y serait jamais retournée chez ses cosmonautes imaginaires, parce qu'il n'y aurait plus eu d'Église de la réunion universelle dans les Cantons-de-l'Est.

— Ces gens-là, plus on les persécute, plus ils reprennent de la vigueur.

— Et plus on les laisse faire, plus ils s'engraissent. Maintenant, ta femme s'est mis dans la tête de donner ton argent à ses bourreaux.

Hubert montra le blanc de ses yeux à Walter.

— Qu'est-ce que tu veux que je fasse?

— Rien, surtout!

L'atmosphère s'épaissit dans le camp. La radio VHF se mit à grésiller. C'était Stan. Il rendait compte d'une opération qu'il était en train de mener dans les rues d'Albany.

— J'ai le petit requin dans ma ligne de mire.

— Ne le lâche pas. Je te rejoins.

Walter était déjà près de la porte. Hubert avait une mèche de cheveux devant les yeux. Le père de Jeri s'apprêtait à enclencher le système d'alarme.

— Décide-toi. Je n'ai pas toute la nuit, comme tu peux le constater.

Hubert disposait de dix secondes pour faire basculer son destin. Son attitude reflétait son indécision.

— Une fois pour toutes, on fait un *deal,* et c'est le dernier! lui proposa Walter. Tu me confies la suite des opérations et je sauve ton argent. Ton honneur en même temps.

— Il y a toujours une contrepartie dans un *deal,* lui opposa Hubert. Qu'est-ce que tu attends de moi, en retour?

— Il y a deux conditions. La première : tu ne dis pas un mot, tu ne fais pas un geste sans mon autorisation. La seconde : dépêche-toi de faire un enfant à Jeri. C'est le seul moyen de lui mettre la corde au cou.

Hubert rejoignit Walter dans l'embrasure de la porte.

— Encore heureux que tu ne me demandes pas de cesser de penser par moi-même !

— C'est implicite.

— Ça, n'y compte pas. Pour ce qui est d'avoir un enfant avec Jeri, disons que ça la concerne autant que moi.

— Elle ne sait pas encore qu'elle en veut un.

— Si tu permets, on va commencer par régler le sort de celui que j'ai perdu, avant de penser à celui que je pourrais avoir. C'est tout ce que je peux te promettre pour l'instant.

Walter esquissa un sourire de loup en faisant glisser les deux pênes dormants qui défendaient sa porte. Ce genre de sourire ne se voit pas, la nuit.

* * *

Par un samedi de fin septembre, beau comme un jour de juillet, Walter réunit ses miliciens dans le camp pour leur soumettre le cas d'Hubert Gendron. Une fois de plus, leur chef prétendait les consulter, mais il allait, comme d'habitude, leur souffler la décision qu'il avait prise. Les conjurés n'étaient pas dupes de ce manège. Ils s'y soumettaient de bon gré. La démesure de Walter exonérait leur propre faiblesse.

Le docteur Baldwin y trouvait l'exutoire au penchant qu'il n'aurait pu satisfaire autrement : donner une leçon au plus grand nombre possible de scélérats qui encombraient la terre. Les verres de whisky qu'il se versait à répétition confortaient son indignation à l'endroit des déviants de toute nature. Un programme pour plusieurs vies !

Stan avait été élevé dans la haine du communisme qui avait brisé la vie de ses parents. Immigré en Amérique au début de la maturité, il s'était juré de défendre par tous les moyens le Dieu des chrétiens et la libre entreprise, les deux atouts du capitalisme, le seul régime capable, à ses yeux, d'assurer le bonheur de l'humanité. Qu'une femme vende son âme à des marchands de religion, en leur apportant la fortune de son mari, lui rappelait les exactions pratiquées par le système corrompu que ses parents avaient fui, au péril de leur vie.

Mickey, de son côté, était arrivé en retard. En son absence, Walter annonça qu'il avait réglé le sort du dealer qui approvisionnait son protégé en cochonneries hallucinatoires. Personne n'avait jamais su d'où venait le pauvre Mickey. Avait-il le ressac du Pacifique dans la tête, descendait-il des Rocheuses, l'eau du Mississipi coulait-elle dans ses veines, ou était-il originaire tout bonnement d'un des États voisins, fils de fermiers obtus ou rejeton anonyme des rues de New York ? Walter avait adopté le chien errant que tout le monde repoussait. Il avait conclu un pacte avec lui. En échange de quelques services au garage, il lui assurait l'abri et la nourriture. Pas d'argent. Au moindre dollar, Mickey aurait filé à Albany. Ce qu'il faisait, de toute façon. Chacun s'étonnait que Walter continue de le mettre dans la confidence. Le plus radical des miliciens se permettait l'un des égarements qu'il déplorait chez les autres.

Quant à Jeri, elle parlait peu en présence de son père. Elle n'était pas pour autant dépourvue de caractère. On la respectait comme on se méfie d'un volcan en sommeil. La nature particulière de ses amours avec Franka l'avait entourée d'une aura d'exotisme. Stan soupçonnait, et le docteur Baldwin savait, que Walter avait initié sa fille aux mystères de la vie. La récente attirance de Jeri pour le marchand de bois n'avait cependant échappé à personne. On s'attendait à de beaux éclats.

Hubert enfin, assis au bout de la table comme un coupable. Cinq jurés allaient décider de son sort. Il affichait la contenance de celui qui n'entend pas laisser l'émotion entacher sa raison.

D'entrée de jeu, Walter affirma sa supériorité en restant debout. Il déambulait tout en parlant, le menton pointé en direction d'Hubert.

— Depuis qu'il rôde par ici, vous avez eu le temps de vous faire une idée de lui. Nous l'avons mis à l'épreuve. Il ne s'en est pas sorti tout seul. Il nous a demandé de l'aide pour libérer sa femme. Nous avons pris des risques, investi du temps, de l'énergie et un peu de notre argent. Il a laissé filer sa femme. Aujourd'hui, il frappe encore à notre porte…

— La chose la plus difficile du monde, c'est de sauver les innocents ! proclama le docteur Baldwin.

Jeri lui jeta un regard de travers.

— On ne lui doit rien ! renchérit Stan. Ce serait plutôt lui…

Les yeux baissés, Mickey adoptait l'attitude du cancre qui s'efforce de passer inaperçu pour n'être pas interrogé. Walter rappela aux miliciens que la femme d'Hubert s'apprêtait à dépouiller celui-ci de sa fortune, pour la remettre à une Église dont les dirigeants profitaient de sa détresse pour arrondir leur patrimoine.

— On pourrait faire tant de grandes choses avec cet argent! pontifia le docteur Baldwin.

— À condition qu'Hubert ne passe pas derrière nous pour tout défaire! fit remarquer Stan.

— Tu as raison, acquiesça le dentiste. On ne redit pas la messe deux fois pour les sourds. En tout cas, ne me demandez pas de jouer encore une fois les anesthésistes!

— De toute façon, intervint Jeri, qu'est-ce que ça donnerait d'enlever sa femme une deuxième fois! Si on la ramène ici, on l'aura sur les bras pendant combien de temps?

— J'ai toujours soutenu que nous étions des gens trop équilibrés pour jouer les psychanalystes amateurs, déclara le docteur.

Walter interrompit sa déambulation. Il se trouvait face au mur. Il se tourna vers les autres pour ramasser en une formule ce qu'il venait d'entendre.

— D'accord avec vous. Le problème, ce n'est pas elle. C'est eux.

Il reprit sa promenade. On attendait davantage de lui.

— Le coupable, c'est le lion, affirma-t-il. Pas la gazelle.

— Il y a très longtemps que j'ai envie de manger du lion, s'exclama le docteur Baldwin. Ça doit vous avoir un de ces petits goûts de sang!

— Les lions, fit observer Stan, ça ne s'attrape pas avec des pièges à renards…

Hubert fixait Walter en fronçant les sourcils, pour bien montrer qu'il n'appréciait pas ces comparaisons. Le milicien soutint sans peine ce regard réprobateur.

— C'est bien ce que j'avais en tête depuis le début, proclama Walter, la chasse au lion!

Il désigna encore une fois Hubert d'un coup de tête.

— S'il m'avait laissé faire, les dirigeants de son agence de voyages pour extraterrestres seraient en train de reconstruire leurs locaux des Cantons-de-l'Est, plutôt que de comploter avec des avocats pour s'emparer de son argent.

— Il n'est jamais trop tard pour aller au bout d'une bonne idée! insinua Stan.

Walter lui opposa un déni farouche.

— Règle numéro un : on ne retourne jamais sur ses propres traces.

Il s'approcha de la table. Il s'adressait à Hubert dans son dos.

— Tu ne m'as pas dit où est situé exactement le siège social de ta multinationale des âmes en peine.

— À San Antonio, au Texas.

Stan durcit les poings, faisant jouer les muscles de ses biceps sous son t-shirt. Le docteur Baldwin se resservit une rasade de whisky. Mickey sortit son couteau pour se curer les ongles. Jeri ne put s'empêcher de mettre la main sur l'avant-bras d'Hubert.

— Oklahoma City, ça vous rappelle quelque chose? leur jeta Walter.

Il ployait les genoux de contentement. Chacun avait en tête l'image apocalyptique de l'édifice Alfred P. Murrah, dont la façace éventrée montrait ses entrailles gorgées de restes humains. La doctrine milicienne avait été poussée à ses conséquences ultimes. Le coup n'était pas venu de l'extérieur. On ne pouvait l'attribuer à des *ennemis*. Les Américains n'avaient pas pu faire autrement que de rentrer la tête dans les épaules.

— Timothy McVeigh nous a fourni la recette, enchaîna Walter. Son petit mélange est à base de nitrate d'ammonium. Un fertilisant. Ça se trouve facilement.

Un vent glacé souffla sur la pièce. Walter leur proposait d'accomplir enfin l'exploit auquel ils se préparaient depuis des années. Certains d'entre eux s'étaient résignés à croire que ce moment ne viendrait jamais. Maintenant que leur chef sonnait l'heure de l'action, le souffle leur manquait. Hubert fut le seul à réagir. Il se retourna brusquement pour s'assurer que Walter prenait toute la mesure de sa stupeur.

— Tu ne parles pas sérieusement?

Le chef de la milice souleva sa casquette.

— Ce n'est pas toi qui me reprochais, l'autre jour, de ne jamais passer à l'action?

— L'action, oui, pas le délire!

Walter replaça sa casquette.

— La meilleure façon de s'occuper de ta femme, c'est de mettre ceux qui lui veulent du mal hors d'état de nuire.

— Pas de tuer des innocents!

— Je l'ai déjà dit, intervint le docteur Baldwin, on ne peut, hélas, pas grand-chose pour les innocents.

Walter montra les dents.

— Tu préfères que ce soit toi, l'innocent?

Hubert était pétrifié, comme à l'instant où l'on prend conscience que sa voiture va partir dans le décor, à cent quarante à l'heure.

— J'ai besoin de réfléchir.

— Ce n'est plus le moment. La décision est prise. N'est-ce pas?

Walter posa son regard tour à tour sur chacun de ses

miliciens. Le docteur Baldwin méchant, Stan belliqueux, Mickey capable de tout et de rien, Jeri se refusant à toute réaction.

— On te tiendra au courant des développements, conclut Walter.

Il se remit en marche pour bien montrer que la séance était levée. Il se ravisa pourtant et revint se planter devant Hubert qui repoussait sa chaise.

— Il y a un seul petit problème. Le pique-nique que je veux organiser risque de nous coûter assez cher. Dépêche-toi donc de vendre ta business de Longueuil. Tu peux faire ça pour nous?

* * *

Dans la caverne, Billy Memory tenait les deux mains de Suzanne, tentant d'apaiser son indignation.

— Ce Walter était un fou dangereux!

— Je vous ferai remarquer qu'Hubert n'avait pas donné son accord…

— En ne disant rien, il acceptait!

Elle dégagea ses mains.

— Vous ne trouvez pas ça consternant? Il se retrouvait dans la même situation que moi! Sous le contrôle de gens qui en voulaient à son argent!

— Ce n'était pas tout à fait la même chose, fit remarquer Billy Memory. À vous, c'est une éternité de bonheur qu'on promettait. À lui, on réclamait de l'argent pour tuer des centaines de gens. Il était en bien plus mauvaise posture que vous.

Jeri avait laissé sa camionnette devant le camp de son père et elle était montée dans la BMW d'Hubert. Ces deux-là avaient tant à se dire que, pendant les premières minutes, l'écho de ce qu'ils venaient d'entendre les assourdit au point qu'ils ne purent rien échanger. Hubert revint le premier de son ahurissement.

— Tu le savais, toi, qu'il était capable de ça?

— En théorie, oui. En pratique, je ne m'y attendais pas.

— Il en a déjà fait, des coups comme celui-là?

— Aussi gros, jamais.

— Tu crois qu'il pourrait aller jusqu'au bout?

— Je préférerais ne jamais avoir l'occasion de le vérifier.

Hubert détacha les yeux de la route et dévisagea Jeri.

— Et toi, où tu te situes là-dedans?

Jeri glissa ses mains entre ses cuisses en arrondissant le dos. Hubert s'aperçut qu'elle n'avait pas bouclé sa ceinture de sécurité.

— Je pense comme lui. La société est trop lâche pour s'attaquer aux vrais problèmes. Quelqu'un doit se charger de le faire à sa place. Je te donne un exemple : si tu roules trop vite sur l'autoroute, la State Patrol va t'arrêter et tu devras payer une amende. D'un autre côté, si tu montes un complot pour t'emparer de l'âme de centaines et de milliers de personnes, tu es protégé par la Constitution. C'est pourtant un crime un million de fois plus grave!

Hubert corrigea la course de la BMW d'un coup de volant.

— D'accord, mais pas au prix de la vie des gens !

Jeri se redressa en balançant sa queue de cheval.

— C'est là que je ne le suis plus.

— Le problème, avec ton père, c'est que personne ne peut le faire changer d'avis.

— Le problème, rectifia Jeri, c'est que si tu ne fais rien, tu es aussi coupable que les autres !

La BMW s'engagea dans l'allée de la maison d'Hubert. Il descendit le premier, se dirigea vers le perron et s'immobilisa soudain. Il s'étonna que le chien n'ait pas manifesté sa joie devant son retour. Il le chercha alentour. Rien. Il se pencha sous la galerie. Dans la pénombre, Gremlin semblait dormir, couché sur le côté.

Hubert s'allongea sur l'herbe pour tendre le bras. Intriguée, Jeri s'était approchée. Elle aperçut, en même temps qu'Hubert, le cadavre du chien Gremlin, le museau figé dans un rictus d'agonie. Un solide ruban noir lui enserrait le cou.

— Franka ! s'exclama-t-elle.

Hubert balançait son regard incrédule de la dépouille du chien au visage consterné de Jeri.

— Qu'est-ce que tu dis ?

— Elle a signé son crime.

— Elle n'est pas partie ?

— Elle était ici hier.

— Tu ne m'en as pas parlé ?

— Je croyais que ça ne te concernait pas.

Jeri révéla qu'elle avait eu une explication orageuse, la veille, avec son ancienne amante. La tentative de réconciliation de Franka s'était soldée par une confirmation définitive de leur rupture. La compagne de Jeri avait espéré regagner son amour. Flanquée dehors par la grande porte, Franka avait réapparu par la porte de derrière. Elle n'avait fait qu'aggraver sa blessure en s'exposant à la fermeté de Jeri. Elle était repartie en invoquant la Madone et en jurant par tous les diables de l'enfer.

— Pourquoi elle a fait ça? se lamentait Hubert en pressant la tête de Gremlin contre lui.

— La vengeance, gronda Jeri.

Une demi-heure plus tard, il achevait de recouvrir le cadavre de Gremlin d'une terre caillouteuse. Les cheveux en désordre, il suait à grosses gouttes.

— Qu'est-ce que tu as l'intention de faire? lui demanda Jeri.

— L'éviter. Si je la revois, je la tue!

— On ne tue pas un être humain pour un chien!

Hubert se redressa, seul comme le premier homme sur la terre, face aux calamités qui perturbent l'existence.

— Il ne me reste plus rien! Mon enfant, ma femme, mon entreprise, mon argent, bientôt mon mariage, ma maison… Et maintenant, mon chien!

Elle n'osa lui faire observer qu'il lui restait la vie.

— Je commence à me demander si ton père n'a pas raison.

— À bien y penser, hasarda-t-elle, il te reste moi.

Il la pressa contre sa poitrine. Jeri, qui était une fille costaude, en fut étouffée.

* * *

Trois jours plus tard, Hubert consentait à vendre la General Lumber. C'était la dernière chose à laquelle s'attendaient sa femme et ses procureurs. Quand son avocat l'avait rejoint au téléphone pour préparer le terrain en vue d'une éventuelle rencontre avec le conseiller de Suzanne, Hubert l'avait d'abord laissé s'empêtrer dans ses précautions oratoires.

— Tu as refusé d'acheter la part de ta femme, avait commencé l'homme de loi. C'était ton droit. Aucun des deux associés ne peut se départir de ses actions sans le consentement de l'autre.

Hubert émettait des « hum… hum… » pour inciter son interlocuteur à continuer.

— Tu sais que ta femme songe à entamer des procédures de divorce, lui avait rappelé le légiste.

Hubert avait grogné un acquiescement.

— Tu sais aussi qu'en cas de divorce l'entreprise doit obligatoirement être vendue, pour que sa valeur soit partagée entre les actionnaires.

Hubert dodelinait toujours de la tête, au bout du fil.

— Avant d'en arriver là, il se pourrait que nous ayons trouvé une solution.

— Parle !

— Nous avons déniché un acheteur pour ta société.

— Ça change le portrait !

— Tu pourrais être plus clair ?

— Si le prix est bon, je vends.

L'acheteur était un homme d'affaires de Saint-Jérôme, qui faisait de l'effet avec ses cheveux blancs et ses doigts effilés. Il se tenait en face d'Hubert, de l'autre côté de la table, et regardait Suzanne à la dérobée. De toute évidence, ces deux-là avaient eu le temps de faire connaissance bien avant d'entrer dans ce bureau. Des signatures furent appo-

sées. Des chèques, où apparaissaient des montants sub-
stantiels, furent distribués, amputés cependant des frais,
honoraires et commissions appropriés. Hubert ne doutait
pas un seul instant que la part de Suzanne reviendrait à la
secte. Il prit sa femme à part pour évoquer cette éventualité et lui dire tout le mal qu'il en pensait. Une fois de plus,
Suzanne l'accueillit sèchement.

— Je fais ce que je veux de mon argent. À plus forte
raison maintenant.

Avant de le quitter, cependant, elle lui tendit une main
hésitante.

— Tu as eu ce que tu voulais? lui asséna Hubert.

Suzanne s'efforçait de ne pas répondre.

— Tu as fait le vide autour de toi.

Elle hochait la tête.

— Tu m'as volé la mort de notre enfant. Je n'ai même
plus le droit de souffrir sans me sentir coupable.

Elle se rebiffa.

— Si jamais tu te réveilles, dit-il, je souhaite que tu
souffres à ton tour, assez pour rattraper le temps perdu. Tu
verras, ça rend plus humain, la souffrance.

Il lui lâcha la main. Elle fit un pas de côté. Ils s'aperçurent que les autres ne les avaient pas quittés des yeux. Il
sortit sans saluer personne, comme il en avait l'habitude
depuis quelque temps.

* * *

— Je ne l'ai plus revu, murmura Suzanne. On peut
dire que sa malédiction s'est accomplie. Je me suis éveillée
en plein cauchemar.

Billy Memory l'enveloppait du regard. Au-dessus d'eux, la caverne avait pris sa grande respiration. Suzanne expiait sa faute, comme Hubert le lui avait prédit.

— J'en ai pour le reste de mes jours à regretter ce que j'ai fait.

— Tout va s'éclairer quand vous lui aurez pardonné.

— Lui pardonner à lui, je crois bien que c'est déjà commencé. C'est à moi-même que je n'arrive pas à pardonner.

Elle révéla à l'Indien que la General Lumber avait fait l'objet d'une nouvelle transaction, dans les jours qui avaient suivi. L'homme d'affaires qui avait acheté l'entreprise l'avait aussitôt revendue à l'Église de la réunion universelle. Suzanne avait cédé gracieusement sa part aux dirigeants de la CURE. Par l'intermédiaire de ce prête-nom, l'Église avait donc mis la patte sur l'ensemble de la General Lumber, pour la moitié de sa valeur. Hubert n'avait pas tardé à l'apprendre. Son avocat l'avait découvert en allant enregistrer des papiers. Il s'était empressé de le lui annoncer par téléphone.

— C'était convenu, cette stratégie? s'enquit Billy Memory.

— Oui. On m'avait démontré qu'en dépouillant Hubert je privais le diable de ses moyens.

— Ou vous lui donniez les pleins pouvoirs, si l'on considère que la CURE était l'une des incarnations du mal.

— Vous avez encore raison. En vendant du bois un peu partout dans le monde, la secte se donnait un alibi pour faire du recrutement là où les autorités limitaient ses activités.

— Autrement dit, la General Lumber était devenue le cheval de Troie de la CURE !

— Rien de moins ! acquiesça Suzanne.

L'Indien contempla la voûte de la caverne.

— Et moi, je venais de perdre un acheteur pour ma scierie. Hubert se désintéressait désormais de ce projet. Il réservait son argent à la poursuite de ses lubies. Il n'avait plus qu'une idée en tête…

— Se venger !

— Je dirais plutôt : survivre dans l'œil du cyclone.

* * *

Walter n'avait pas tardé à se mettre à l'œuvre. Il avait décidé de produire de l'astrolite G. L'une des formules de l'astrolite, l'A-1-5, est connue pour être l'explosif le plus puissant sur terre après l'énergie nucléaire.

L'astrolite G se compose essentiellement de deux ingrédients, le nitrate d'ammonium et l'hydrazine anhydre. Deux substances qu'il n'est pas facile de se procurer en grande quantité. Le nitrate d'ammonium entre dans la fabrication des fertilisants, l'hydrazine dans la composition des produits pharmaceutiques. Stan se mit en quête de nitrate d'ammonium. La recherche de l'hydrazine fut confiée au docteur Baldwin. Il s'agissait de ne pas laisser de traces, les fabricants et les distributeurs de ces produits étant tenus de fournir la liste de leurs clients à l'État.

L'approvisionnement en nitrate d'ammonium se révéla, de loin, le plus facile. Le cameraman avait des contacts en Ohio, avec des confrères qui le mirent en rapport avec certains individus qui se chargèrent de dévaliser les entrepôts d'un distributeur d'engrais. Quatre barils de la substance subtilisée furent expédiés à Albany, où Stan se chargea de les récupérer. Il les transporta à Central Valley à bord de la fourgonnette de la station de télévision pour laquelle il travaillait. Les lettres d'appel de la chaîne, ainsi que les phares gyroscopiques du véhicule, lui assuraient en quelque sorte l'immunité. On n'inquiète pas un représentant des médias.

La tâche du docteur Baldwin n'était pas simple. L'hydrazine anhydre ne se trouve pas facilement. Il entre dans la fabrication des propulsants solides de la NASA. Inutile de seulement songer à s'adresser à ce genre de fournisseur. L'industrie pharmaceutique l'utilise dans la préparation des produits contre l'hypertension et pour composer des substances antibactériennes. Là encore, c'est la chasse gardée d'un secteur jaloux de ses secrets. Des relations très spéciales furent appelées à la rescousse. Elles dénichèrent le précieux produit dans une usine de composantes de plastique en Caroline-du-Nord.

Walter se retrouva donc en possession de trente contenants de vingt-cinq litres d'une matière capricieuse et dangereuse. Il suffisait maintenant de procéder à un dosage rigoureux. Les alchimistes de l'apocalypse se contentaient d'affirmer que deux parties d'ammonium pour une partie d'hydrazine donnaient le meilleur résultat. Walter mélangea d'abord ses substances en infime quantité.

La préparation du détonateur fut ce qui l'inquiéta le moins. Il avait mis au point plus d'une dizaine de versions de ces mécanismes. Le chef des miliciens procéda à des explosions miniatures dans la solitude des collines. Les résultats dépassèrent ses attentes. Il s'employa donc à planifier la livraison de son engin de mort. Encore une fois, Timothy McVeigh avait montré la voie. Il s'agissait de louer une fourgonnette pour aller déposer le cadeau empoisonné à la porte du destinataire, sans négliger de quitter promptement les lieux. Walter Williams était maintenant convaincu que le sort de l'Église de la réunion universelle était entre ses mains noires de poudre.

Hubert avait été tenu à l'écart de ces démarches. Walter ne lui faisait nullement confiance. Il s'était contenté de lui réclamer les importantes sommes d'argent que ses approvisionnements requéraient. À deux reprises, Hubert avait franchi la frontière canado-américaine avec une mallette bourrée de dollars. Le produit de la vente de la General Lumber était employé, en partie du moins, à l'achat d'ingrédients devant servir à semer la mort et la dévastation.

* * *

Hubert était le seul à ne pas avoir vu les barils de nitrate d'ammonium et les contenants d'hydrazine. On l'avait simplement assuré qu'on les avait mis en lieu sûr. Cela l'avait fait réfléchir sur le degré de confiance qu'on lui accordait.

Les journées se déroulaient autour de la table du camp, devant un plan à grande échelle d'une partie de la ville de San Antonio. L'attention se concentrait sur l'une des agglomérations de sa périphérie, Universal City. C'était là que l'électricien illuminé avait établi le siège de son Église. On aurait dit que Jim White avait tout prévu pour faciliter la tâche de ceux qui lui voudraient éventuellement du mal.

Il avait érigé sa Cité des étoiles à moins d'un kilomètre de l'autoroute 35 qui rayait la ville du nord-est au sud-ouest. On pouvait atteindre la cible et regagner l'autoroute en trois minutes et demie, sans risquer d'être empêtré dans les bouchons de la circulation. Une vraie bénédiction.

Stan avait passé toute une soirée à parcourir Internet à la recherche de cette Cité des étoiles. Il en avait rapporté quelques images. Les concepteurs de la cité s'étaient ingéniés à lui donner l'apparence d'une colonie imaginaire implantée sur l'une ou l'autre des planètes d'une lointaine galaxie. L'ensemble paraissait sorti des mains d'un enfant que l'on aurait laissé jouer avec sa pâte à modeler.

Des champignons ocre, roux et orangés, de trois à quatre étages de hauteur, s'agglutinaient autour de la coupole d'un observatoire astronomique. Ces excroissances colorées étaient percées de trous, comme des fromages suisses, certains s'ouvrant sur l'azur, d'autres tenant lieu de portes. Rien de lisse. La matière rugueuse travaillée sommairement par des doigts enfiévrés. Çà et là, des palmiers. Un lierre furibond mangeait certains de ces globules. Le tout était posé sur un terrain marqué de collines et de dénivellations. Une véritable colonie des espaces sidéraux.

— Il y a plusieurs entrées, fit observer le docteur Baldwin.

— Tous les modules sont reliés entre eux! signala Walter.

— Les chemins sont en courbes, remarqua Stan.

— Heureusement, ils convergent tous dans la même direction, constata Walter avec satisfaction.

Hubert et Jeri se penchaient sur les photos en couleur, imprimées par les soins de Stan. Il essayaient de se faire une idée d'ensemble des lieux à partir de ces images fragmentaires. Ils ne perdaient pas de vue leur objectif secret : faire évacuer rapidement les habitants de la champignonnière dans les minutes qui précéderaient l'action dévastatrice de Walter.

Seul Mickey ne semblait pas s'intéresser au grand jeu qui se préparait. Il donnait des coups de tête pour rejeter les cheveux en arrière. Il comptait ses doigts. Il regardait par la fenêtre. Visiblement, il s'ennuyait. À la première occasion, Hubert demanda à Walter de lui expliquer pourquoi il laissait Mickey partager ainsi leurs secrets.

— S'il n'est pas ici, il est ailleurs, et s'il est ailleurs, il fait des bêtises.

— Tu ne crains pas qu'il parle ?

— Il est juste assez intelligent pour comprendre qu'il est aussi compromis que nous. Et puis il n'est pas du genre à aller trouver la police pour répéter ce qu'il a entendu. Il aurait bien trop peur qu'on l'arrête. Il a été vu en compagnie de tous les dealers d'Albany. L'immunité des témoins à charge, il n'a jamais entendu parler de ça. D'ailleurs, on va avoir besoin de lui. Il me faut quelqu'un pour emmener le véhicule de repli à proximité de la cible. Je vais employer Mickey au meilleur de ses compétences. Il est bien capable d'attendre sagement pendant qu'on fait notre affaire, et de remettre le moteur en marche en nous voyant accourir.

Ils avaient passé de longues soirées à répéter le scénario. Walter avait distribué les rôles. Tous les véhicules nécessaires à l'opération seraient loués à l'aide de fausses cartes d'identité et de crédit, à proximité de l'endroit où

335

l'action serait accomplie. On éviterait ainsi de répéter l'erreur de Timothy McVeigh qui avait laissé des traces derrière lui.

L'opération exécutée, on n'aurait plus qu'à rentrer à Central Valley en prenant des chemins détournés et en respectant les limites de vitesse. Pour plus de sécurité, on se serait procuré des billets au Atomic Blues Cafe d'Austin, où le groupe aurait présumément assisté, la veille, à la prestation du grand Willie Nelson. Alibi imparable, le chanteur country le plus prestigieux des États-Unis d'Amérique ! On venait des quatre coins de l'Union pour l'entendre. Walter s'enflammait :

— On va leur faire passer leurs mauvaises habitudes, une fois pour toutes !

Hubert essayait de tempérer son ardeur.

— Ou en faire des martyrs à la face de la nation.

* * *

Suzanne revivait les tourments qui avaient dû assaillir Hubert, à la veille du départ vers San Antonio. La caverne battait comme un cœur, au creux de la terre. La bouche sèche, l'estomac noué, la tête pleine de cris. Ce qu'on doit ressentir avant de sauter dans le vide. Ce qu'avait connu François…

— Je le connais ! J'ai vécu vingt-sept ans avec lui ! Il n'a pas pu envisager sérieusement d'anéantir des centaines de vies humaines !

— Dans les dernières années de sa vie, se remémora Billy Memory, mon père souffrait du cœur. Combien de fois je l'ai surpris, dans un coin, à se donner de grands coups de poing dans la poitrine pour faire taire la douleur !

— Pas Hubert !

— Il a été sauvé par la cloche, comme on dit. Au dernier moment, un événement inattendu les a fait bifurquer. Plutôt que de partir pour San Antonio, avec toute la bande, c'est à Albany que Walter a entraîné votre mari. À la recherche de Mickey, qui avait disparu, une fois de plus. Une fois de trop. Walter avait déclaré à Hubert : « Jeri était chargée de le surveiller. Elle l'a laissé filer, comme ta femme, l'autre jour. Ma fille a commis une erreur et c'est Mickey qui paiera. Toi, tu vas m'aider à exécuter la sentence. »

— La sentence ! s'indigna Suzanne. Cet homme-là n'était donc pas capable d'envisager la vie autrement que dans la peau d'un juge dans son tribunal !

*　*　*

Au sud d'Albany, dans l'angle formé par l'autoroute de contournement et la 87, subsistait un lacis de vieilles rues bordées de maisons basses, à l'ombre des piliers de béton. En entrant dans ce quartier perdu en compagnie de Walter, Hubert avait tâté son Beretta sous son blouson. Il le portait pour la première fois en mission. Il lui semblait que la forme du pistolet se dessinait sur son vêtement.

Les deux hommes consacrèrent presque toute la journée à la visite de chaque maison de chaque rue où Mickey pouvait avoir trouvé refuge. Ils inventorièrent tous les types de déchets de la société, yeux bouffis, cerveaux enfumés, filles à peine sorties de l'enfance et déjà accablées d'enfants, et autres épaves du naufrage collectif. Un peu partout, on les prit pour des policiers mal déguisés.

— Mickey, vous dites? Je ne connais personne de ce nom-là.

La loi du silence, dans les bas-fonds. Constatant, en fin d'après-midi, qu'ils risquaient de rentrer bredouilles, Hubert et Walter se séparèrent pour couvrir plus de terrain. Ils se partagèrent les deux côtés d'une rue. Après chaque inspection, l'un attendait l'autre pour lui faire part du résultat. Toujours négatif. Ils remontaient sur d'autres perrons, fouillaient des entresols encore plus sombres.

Vers quatre heures, Hubert gravit l'escalier d'un appartement aménagé sur le toit d'un appentis, derrière un immeuble aux ouvertures barricadées. Il poussa une porte dont la serrure ne fonctionnait plus. La pénombre et le désordre rendaient sinistre la pièce qui avait été une cuisine en des temps meilleurs. Hubert s'avança vers une chambre. Mickey reposait là, sur un matelas défoncé, enroulé dans une couverture répugnante, couché sur le ventre, l'un des bras replié dans une position inusitée, une mare de vomissure autour de la tête. Le malheureux semblait évanoui. Hubert s'approcha. Il respirait. Hubert se pencha sur lui. Mickey ouvrit des yeux chargés d'effroi. Il ne sembla pas le reconnaître. Hubert passa la main sur la repousse de la barbe de Mickey. L'autre enfouit la tête sous la couverture.

— Ne crains rien, Mickey, murmura Hubert.

Il se retira à reculons, comme pour éviter d'éveiller un dormeur. Il s'arrêta dans l'encadrement de la porte, jeta un coup d'œil dans la pièce adjacente, la traversa à petits pas et redescendit l'escalier extérieur. Remontant la ruelle, il se retrouva sur le trottoir. Walter l'attendait de l'autre côté de la rue, le menton en avant, comme pour une interrogation.

— Pas là non plus, l'assura Hubert.

* * *

— Votre mari venait de faire un beau geste! exulta l'Indien. Son contact avec Walter ne l'avait pas complètement pourri! Vous le voyez bien!

— Une action manquée, vous voulez dire! Il abandonnait Mickey à son sort.

— Je suis persuadé qu'il avait l'intention de revenir le chercher.

— Pourquoi ne l'a-t-il pas fait?

— Il n'en a pas eu le temps. Les événements se précipitaient.

— Votre Walter continuait de foncer les yeux fermés!

— Non, cette fois, c'est Hubert qui a entraîné tout le monde! À force de chercher une issue, il a fini par trouver un trou de souris.

* * *

L'automne se prolongeait en douceur.

Hubert officiait, en tablier jaune, devant un barbecue Sunbeam qu'il avait acheté la veille. La flamme bleue, alimentée par une bonbonne de gaz propane, chauffait une plaque d'acier sur laquelle coulait la graisse de deux douzaines de saucisses italiennes. Hubert avait installé l'appareil sur le gravier de l'allée de sa maison. Sur la pelouse, il avait disposé six chaises en demi-cercle, à côté d'une grosse table à pique-nique en bois, dont l'un des bancs montrait des signes de pourriture. Tout un attirail s'y étalait, des piles d'assiettes en carton, des verres en plastique, des couteaux et des fourchettes de même matière, des serviettes en papier, des caisses de bière, une bouteille de whisky et un cruchon de vin californien. De quoi passer une belle journée entre amis.

Walter et ses miliciens avaient accepté l'invitation en pensant qu'Hubert tenait à célébrer la poursuite de leur projet de raser le siège de l'Église de la réunion universelle. Seule Jeri savait qu'Hubert avait une autre idée en tête. Elle s'affairait autour de la table, redoutant l'instant où il ouvrirait la bouche, et admirative en même temps devant le courage dont il allait faire preuve. Une fois de plus, ce fut son père qui capta l'attention.

— L'enfant de chienne de Mickey a fini sa vie de misère.

La stupeur les saisit tous.

— Overdose ! prophétisa le docteur Baldwin.

— J'ai fini par mettre la patte dessus, annonça Walter.

Il se tourna vers Hubert.

— Curieusement, je l'ai trouvé dans une maison que tu avais visitée.

— Ces gens-là se déplacent ! balbutia Hubert.

Un malaise s'installait. Stan se risqua.

— Qu'est-ce qui lui est arrivé ?

— Il ne parlera plus.

Walter passa sa petite troupe en revue.

— Maintenant, on va pouvoir continuer de s'occuper de nos affaires.

Ils avaient tous compris que Walter avait éliminé Mickey. Ils en eurent le souffle coupé. Ils s'apprêtaient à sacrifier des centaines de vies humaines, au nom du bien commun, et voici que l'assassinat d'un des leurs, aussi paumé que pût l'être Mickey, ravivait en eux l'horreur du meurtre. Ils ne pensaient pas tant à la victime qu'à celui qui était capable d'accomplir un tel geste et d'en parler comme d'un fait divers lu dans le journal. Walter leur parut soudain dangereux. Taché de sang et menaçant. Au fond, c'était pour eux qu'ils craignaient. Personne, cependant, n'osa révéler le fond de sa pensée.

Jeri, plus que les autres, se désolait pour Mickey. Pour elle, il avait été, en quelque sorte, un frère handicapé. Elle s'inquiétait, en même temps, pour Hubert. Ce qu'il avait l'intention d'annoncer tombait maintenant comme de l'huile sur le feu.

— On va enfin pouvoir vérifier si je ne me suis pas trompé dans mes dosages de nitrate et d'hydrazine ! triompha Walter.

— Un instant ! réclama Hubert. Il faut d'abord que je te parle.

Coup de tonnerre. Le moment ne pouvait être plus mal choisi pour contrarier la détermination de Walter. Hubert s'éloigna de quelques pas. Walter n'eut d'autre choix que de le suivre.

Leur entretien fut violent comme les orages subits qui éclatent en fin d'après-midi en juillet. Les deux hommes gesticulaient et s'apostrophaient dans des poses théâtrales. On entendait leurs éclats de voix sans pouvoir distinguer ce qu'ils disaient. Peu à peu, la tension faiblit. On les vit pencher la tête l'un vers l'autre, pour échanger

341

des points de vue qui parurent les rapprocher. La claque que le milicien abattit dans le dos d'Hubert scella leur réconciliation.

— *Way to go!* s'exclama Walter en revenant vers les autres. *Way to go!*

Il se dirigea vers sa camionnette pour attraper son Uzi. Après avoir pris position, il tira une rafale en direction de la forêt qui bordait l'arrière de la maison. Puis, le dos courbé, il amorça une progression de commando vers une grange posée de guingois, à cent pas. Stan et le docteur Baldwin l'observaient sans comprendre.

— Qu'est-ce que vous attendez, vous autres? leur lança Walter. Il faut qu'on s'entraîne, si on veut être prêts, le jour où monsieur Hubert Gendron nous donnera le signal!

Stan et le docteur Baldwin échangèrent un regard ébahi tout en rejoignant leur chef. Walter tira une autre rafale sur la grange, avant d'en enfoncer la porte d'un coup de botte. Ils y pénétrèrent. On les entendit donner l'assaut aux fantômes du bâtiment. Pendant ce temps, Jeri s'était imperceptiblement rapprochée d'Hubert.

— Tu es le premier homme qui ait jamais imposé sa volonté à mon père, murmura-t-elle. Tu es très fort!

— Dis plutôt que je suis désespéré.

Elle se dirigea vers la maison, chargée d'assiettes et de verres. Hubert resta seul, en tablier jaune, devant son Sunbeam.

* * *

— Vous pouvez me dire, pour l'amour du ciel, ce qu'Hubert avait bien pu lui raconter ?

La caverne s'emplit de l'exclamation de Suzanne.

— Si vous avez jamais douté de la force de votre mari, déclara Billy Memory, sachez que, ce jour-là, il a accompli un véritable exploit. En quelques phrases, il est parvenu à convaincre Walter de laisser tomber le projet de faire sauter le siège social de la CURE.

— En échange de quoi ?

— Quelque chose de beaucoup plus dangereux pour Walter et ses miliciens.

— Pour lui-même, surtout !

— Évidemment !

QUATRIÈME PARTIE

Un terrier en forme de piège

L'ivresse d'être enfin dans un carnage éclatant.

ANDRÉ FRÉNAUD

Hubert grimaça, une barre de fer dans la colonne vertébrale. Il se frotta les yeux pour se soulager. Il frissonna. Le visage de François venait de se plaquer contre le sien.

Hubert examina, encore une fois, l'endroit où il se trouvait. Le réduit suintait l'humidité. C'était un puits de béton brut d'environ trois mètres sur trois, où se voyaient encore les attaches métalliques des coffrages. Au centre de l'espace, un panneau de contreplaqué reposait sur des chevalets. Une lampe de poche et des papiers y étaient disposés. Le long du mur, un sac de couchage bouchonné sur un matelas pneumatique. Un carton de pizza vide et des verres de polystyrène tachés de café avaient été jetés dans un coin. Une échelle de bois se dressait contre la paroi.

Depuis un peu plus de douze heures, Hubert se terrait au fond du puits d'ascenseur d'un édifice en construction, au cœur de Boston. La veille, vers minuit, il s'était introduit sur le chantier en même temps que ses compagnons, pendant la relève des gardiens. Dispersés selon un plan préétabli, les hommes de Walter avaient déposé leur matériel aux endroits convenus, avant de se diriger vers leurs

347

cachettes respectives. En ce moment, ils devaient réviser, comme lui, la procédure pour la centième fois. Seule Jeri était demeurée à l'extérieur. Elle leur tiendrait lieu d'yeux et d'oreilles.

Hubert rejeta la tête en arrière, la nuque appuyée sur ses mains jointes. Au-dessus de lui, le béton grondait sur six étages. Au sommet, on apercevait le bras de la grue qui élèverait l'immeuble, dalle après dalle, sur une trentaine d'étages encore. Hubert reprit sa position devant la table et se pencha sur quatre feuilles de papier réunies à l'aide de ruban adhésif. L'ensemble formait un tableau horizontal marqué par des traits jaunes, rouges et verts. Hubert suivit les tracés. Leur disposition correspondait en tous points au plan qu'il avait gravé dans son esprit. Rien d'étonnant à cela. Pendant une semaine, il avait lui-même contribué à décomposer en segments informatisés le coup d'éclat qu'il avait proposé aux miliciens de Walter.

Une semaine entière, pendant laquelle Stan avait offi-cié devant son Compaq portable, dans le camp de Central Valley. Le docteur Baldwin prodiguait des sarcasmes et fai-sait beaucoup de fumée. Walter réclamait qu'on réduise les temps. Jeri s'efforçait de prévoir l'imprévisible et Hubert transmettait à tous sa détermination.

Treize heures en ce congé du lundi 16 octobre commé-morant la méprise historique selon laquelle Christophe Colomb aurait *découvert* l'Amérique. La voix de Jeri se fit entendre sur la radio CB d'Hubert.

— Le bateau va quitter le port.

Hubert glissa les quatre feuilles de papier sous sa che-mise et entreprit de gravir l'échelle de bois qui lui permet-tait de sortir de son trou.

* * *

Jim White était vêtu de blanc. Son complet, taillé sur mesure, dissimulait son embonpoint sous un entrecroisement de tissu marqué de boutons tout aussi immaculés. Ses cheveux également blancs, et visiblement teints, de même que sa moustache lui donnaient un air de prophète. Des chaussures effilées, de cuir souple et blanchi, lui serraient les chevilles sur des chaussettes de fil fin. De chaque côté de l'escalier, des jeunes filles vêtues de tuniques liliales semaient des pétales de roses blanches devant ses pas. Les rapports sexuels répétés qu'avait eus Jim White, quelques heures plus tôt, avec trois créatures célestes l'avaient porté à un tel point d'emportement qu'il avait l'impression de flotter dans l'air. L'excitation le maintenait en érection. Il entrouvrait les lèvres sur un sourire de béatitude. Avant de sortir de l'édifice de la CURE, il avait retiré ses lentilles cornéennes. Sa myopie fondait la foule en une masse fervente. Il leva la main droite en signe de reconnaissance et s'abandonna à son délire.

La veille, son arrivée à Boston avait déjà donné lieu à des scènes de fanatisme. Sitôt son jet privé posé sur la piste de l'aéroport Logan, il avait franchi les portes automatiques devant quelques centaines de fidèles exaltés. Des femmes tendaient leurs enfants vers lui pour qu'il les touche de la main. D'autres dansaient sur place avec la spontanéité des âmes délivrées. Le service d'ordre serait bientôt débordé. On l'avait entouré comme un politicien pour le soustraire à l'enthousiasme de ses zélateurs.

Sitôt arrivé dans les locaux de la CURE, il avait présidé une séance de communion intersidérale. L'amphithéâtre

349

vibrait quand Jim White apparut sur une plate-forme suspendue au sommet de la voûte. Le prophète descendit parmi ses disciples, leur réitérant la promesse de la réunion universelle.

Ensuite, il avait dirigé une réunion de ses administrateurs. La progression du recrutement, l'écart entre les coûts et les revenus ainsi que les profits des sociétés affiliées avaient été examinés. Seule ombre au tableau, les autorités municipales cherchaient à taxer les entreprises subsidiaires de la CURE, comme Le Buisson ardent, dont les activités d'entretien paysager n'avaient rien de religieux. Les procureurs de la Cité des étoiles à San Antonio se chargeraient des contestations habituelles.

Jim White s'était ensuite retiré dans ses appartements, au dernier étage de l'immeuble de Boylston Street, une suite princière décorée de cuir souple, de velours tendre et de bois précieux. Dans l'intimité, le maître à penser écoutait de la musique country. Trois jeunes filles lui avaient servi son repas. Leur nudité figurait la fulgurance des astres. Jim White s'empiffra de frites à la sauce barbecue et d'un épais steak de bœuf bien rouge, le tout arrosé d'un litre de vin californien. Quand il eut tout englouti, il se laissa déshabiller par ses vestales, avala un comprimé et s'endormit sous des effleurements de seins satinés. On savait ses préférences. Jim White faisait l'amour le matin.

Il ne prit pas de petit-déjeuner. Il se contenta d'avaler trois des habituels comprimés qui contrecarraient l'effet de ceux de la veille. Et maintenant, il allait présider l'un des plus importants rassemblements que son Église ait tenus depuis sa fondation. En montant dans sa Cadillac blanche, il éprouvait une ivresse identique à celle que les cosmonautes devaient connaître en s'installant aux commandes de leur vaisseau spatial. L'un de ses gardes du corps referma la portière derrière lui et prit place à l'avant près du chauffeur.

La procession s'ébranla. La police municipale à cheval précédait la limousine qu'un fort contingent d'adeptes de la CURE entourait, pieds nus et tuniques blanches dansant dans la rue élevée au rang de voie sacrée. Le cortège avançait au pas. Il y avait moins d'un kilomètre à franchir avant d'atteindre le Common, où plusieurs milliers de sympathisants attendaient de s'abreuver de la parole du guide suprême.

Jim White n'ignorait pas que, le 1er octobre 1979, le pape Jean-Paul II avait célébré la messe en ces mêmes lieux, devant cent mille personnes. Un petit monument de granit gris rappelait l'événement. Le leader de CURE sourit pour lui-même en songeant aux catholiques désabusés que son organisation accueillait chaque jour. À travers la vitre de la Cadillac, il adressa un signe de la main à l'une de ses disciples, une grande jeune femme en tunique blanche dont les cheveux réunis en queue de cheval lui battaient les épaules. Jeri renvoya au gourou son geste de complicité.

* * *

Hubert parvint au rez-de-chaussée de la tour qu'il occupait. La forêt de poutres d'acier se dressait à l'ouest d'un chantier. Le projet prévoyait deux édifices de trente-six étages chacun, reliés par une aire sous laquelle s'enfonçaient huit niveaux de stationnement. Hubert savait que

Walter et Stan devaient avoir séquestré les gardiens de sécurité, quelques minutes plus tôt, conformément au programme des opérations.

Tout en gravissant les échelles reliant les planchers de béton, Hubert regardait à l'extérieur par les interstices des bâches qui tenaient lieu de murs au chantier. Il reconnut sans peine les principaux repères du quartier.

À mesure qu'il s'élevait dans les étages, Hubert pouvait apercevoir la silhouette du docteur Baldwin, imitant sa progression dans la tour voisine. La radio CB livra un deuxième message, toujours porté par la voix de Jeri.

— Le bateau arrive au port.

Hubert atteignit le toit provisoire de l'édifice. Une rambarde de bois brut en protégeait le périmètre. Hubert se pencha sur un sac de sport qu'il avait dissimulé plus tôt sous une pile de planches.

— Le bateau va s'amarrer, annonça Jeri sur la CB.

* * *

Dans sa limousine, Jim White se touchait le pénis par-dessus le tissu de son pantalon. La Cadillac venait de passer devant une caserne de pompiers de style prétentieux. Devant les grandes portes marquées « 15 LADDER 15 » et « 33 ENGINE 33 », une dizaine d'hommes en uniforme bleu avaient salué le prestigieux visiteur.

Le cortège longea le John B. Hynes Veterans Auditorium. Un peu plus loin, à droite, deux escaliers de béton à rampe de fer débouchaient sur une terrasse ouvrant sur un centre commercial. La foule s'y pressait derrière des barrières de sécurité gardées par des policiers.

La voiture roulait maintenant devant la statue que la ville de Boston avait élevée aux plus hautes aspirations de l'homme. *Quest Eternal* de Donald DeLue, un bronze de fonte italienne de 1966, représentait un homme tendant la main vers les cieux. Le personnage, dans toute la splendeur de sa nudité, reposait sur un socle aigu. Fort inconfortable position pour une hypothétique éternité, songea Jim White en découvrant des dents aussi blanches que sa moustache.

Quelques tours de roue encore, et le cortège ralentit devant la bibliothèque municipale. La cohue débordait dans la rue, malgré la largeur exceptionnelle des trottoirs à cet endroit. Prenant une attitude recueillie, le leader de CURE tendit le cou, comme s'il cherchait l'inspiration dans les cieux. Ce faisant, il put déchiffrer l'inscription qui ornait le fronton de l'imposant édifice : « THE COMMON-WEALTH REQUIRES THE EDUCATION OF THE PEOPLE AS THE SAFEGUARD OF ORDER AND LIBERTY ». White hocha la tête en signe de désapprobation. Le désarroi de la société montrait bien l'échec d'un système qui reposait sur d'aussi puériles maximes.

C'est alors qu'on entendit une explosion et que le ciel s'assombrit. La détonation semblait provenir d'un édifice en construction, de l'autre côté de la rue.

* * *

Du haut de leur tour respective, Hubert et le docteur Baldwin jetaient des grenades de gaz irritants dans la rue. Ils portaient chacun un masque protecteur à bidon, recouvert d'une visière leur dissimulant tout le visage. Ils

353

dégoupillaient en cadence des grenades contenant du CS, une substance très efficace employée par les forces de l'ordre pour réprimer les émeutes. Sans tarder, Hubert et le docteur Baldwin passèrent à d'autres grenades renfermant, celles-là, du HC, un composé fumigène à émission continue. Le bruit des explosions résonnait dans tout le quartier. Moins de vingt secondes après le début de l'intervention, on ne voyait plus rien dans la rue. En trente secondes, soixante-deux grenades avaient été lancées.

Dans la Cadillac, Jim White proféra un juron d'électricien. Il ouvrit la portière. Une âcre fumée lui brûla les yeux et le saisit à la gorge. Il referma la portière. Le chauffeur et le garde du corps se disputaient sur la conduite à tenir. Le garde du corps ordonna au chauffeur de foncer dans la foule. Celui-ci ne s'y résignait pas. Il alluma plutôt les phares. L'initiative fut sans effet. Il entreprit alors de faire reculer la voiture pour amorcer un demi-tour. Il allait monter sur le trottoir devant la Public Library. Un léger choc se produisit. La limousine du leader de l'Église de la réunion universelle venait de renverser une vieille dame. Le chauffeur s'immobilisa, cramponné à son volant. Malgré les invectives de son patron, il refusa de remettre le véhicule en marche. Il allait enfin obtempérer quand un bruit sourd leur parvint du toit de la Cadillac. L'instant d'après, les pneus de la limousine ne touchaient plus terre.

* * *

Dans la cabine d'une grue installée au sommet du chantier, Stan fixait un écran de télévision à travers la visière de son masque. Lui aussi était environné de fumée

354

comme s'il s'était trouvé dans le poste de pilotage d'un avion traversant les nuages. Cependant, la scène de la rue se reproduisait en noir et blanc sur son écran relié à une sphère de métal, deux fois grosse comme un ballon de football, fixée à la flèche de la grue. Il s'agissait d'une caméra à infrarouge de marque Flir, que l'armée et certains corps de police utilisaient pour effectuer des recherches, la nuit, dans la fumée ou dans les zones densément boisées.

Quand, depuis la rue, Jeri avait lancé son avertissement sur CB : « Le brouillard est tombé », Stan avait mis en marche le moteur principal de la grue pour en faire pivoter la flèche au-dessus de Boylston Street. Il avait appris à manœuvrer un tel engin à son arrivée aux USA.

Pendant ce temps, au niveau du stationnement, Walter mettait le contact d'une génératrice à essence. Deux paires de câbles la reliaient à la grue. Walter fit grimper les révolutions du moteur pour permettre à celui-ci d'atteindre sa puissance maximale, après quoi il se contenta d'observer les cadrans qui l'assuraient de son bon fonctionnement.

Au sommet, Stan ne détachait pas les yeux de son écran. La sueur mouillait son visage et ses aisselles. Bientôt, le téléviseur lui renvoya l'image d'un capot de voiture illuminé, ce qui indiquait que le moteur tournait. Tout autour se dessinaient des silhouettes en pagaille.

Stan laissa filer le câble pendant que la flèche achevait sa révolution. Un électroaimant y était suspendu, rond et plat, composé d'un alliage de fer et de silicium traversé par un courant alternatif dont l'alimentation était fournie par la génératrice que Walter venait de faire démarrer. Stan y fit monter l'induction au maximum, puis la réduisit pour éviter la surchauffe. Sur l'écran, l'électroaimant atteignit une brillance surpassant celle de tous les objets environnants. Stan descendit alors son électroaimant au-dessus de la voiture. Contact. Il accomplit aussitôt une manœuvre que les opérateurs de grues s'interdisaient : il imprima un mouvement de révolution à la flèche en même temps qu'il remontait son fardeau.

* * *

Vingt-cinq secondes plus tard, la Cadillac atteignait le niveau supérieur de la tour de l'est. Stan ralentit le mouvement de la grue pour permettre à deux personnages revêtus de combinaisons d'astronaute de prendre position sur le toit de la voiture. Chacun avait deux bonbonnes attachées sur le dos par des sangles. Le premier, Hubert, tenait une torche à acétylène allumée à la main. Le bec crachait un long jet de flamme bleue. Le second, le docteur Baldwin, disposait de deux petits réservoirs cylindriques, accrochés à sa ceinture et reliés à un objet ressemblant à un pistolet pneumatique muni d'un manomètre.

La Cadillac descendait vers l'aire de stationnement dans une profusion d'étincelles provoquées par la torche à découper qu'Hubert appliquait contre la partie avant du toit. À l'intérieur, les trois occupants s'étaient réfugiés sur la banquette arrière. Jim White jurait entre ses dents. Le chauffeur s'efforçait de conjurer le sort en écarquillant les yeux, cependant que le garde du corps pointait son .38 sur la gerbe d'étincelles qui jaillissait devant le pare-brise. Il n'osait tirer cependant. En ricochant, la balle pouvait atteindre n'importe lequel d'entre eux. Environ dix secondes plus tard, la garniture du plafond céda.

Un embout de métal fut introduit dans l'ouverture pratiquée dans le toit. Un sifflement s'en dégageait. Un gaz, sans doute. Jim White se lamentait : « Je ne veux pas mourir. » Le garde du corps entendait la voix de son patron comme si ce dernier s'était trouvé à des années-lumière de distance. En même temps, il éprouvait un vif état d'excitation qui l'incita bientôt à rire à gorge déployée. Consterné, il s'aperçut que les deux autres en faisaient autant. Jim White protestait de sa volonté de vivre tout en se tenant les côtes. Le protoxyde d'azote, un gaz utilisé autrefois en dentisterie, et connu sous le nom de gaz hilarant, faisait son effet. Le docteur Baldwin ne ména-geait pas la dose. Bientôt, les passagers de la Cadillac sombrèrent dans une délicieuse inconscience. La grue déposa la limousine aux pieds de Walter sur la dalle du stationnement.

* * *

En bas, l'apocalypse régnait. Aux détonations avait succédé la nuit soudaine, puis un poison était entré dans les poumons des milliers de personnes massées sur le pas-sage du cortège. Un mouvement de fuite s'était amorcé, mais trop de monde courait en même temps. La cohue s'installa. La rue s'était d'ailleurs subitement assombrie. On ne voyait plus le bout de son bras. Paniqués, les gens se mirent à l'abri derrière les voitures, les bancs et les pou-belles. Certains s'aplatirent sur l'asphalte. Ils partagèrent pourtant le sort commun. La fumée et les gaz irritants rasaient le sol. Les premiers touchés s'effondraient, les yeux brûlés, la gorge en feu, dans des convulsions. D'autres vomissaient, agenouillés sur le trottoir, les mains à plat de chaque côté d'une flaque de déjection. Des femmes hurlaient en faisant dans leurs vêtements. Quelques-uns tentèrent de fuir, se bousculant, se piétinant, s'agglutinant. Ceux qui eurent le réflexe de se précipiter dans les bâtiments qui bordaient Boylston Street les trouvèrent verrouillés, en ce jour férié. Le temps de secouer les portes et ils tombèrent à leur tour. Un petit nombre enfin finit par s'éloigner, en rampant ou en marchant à quatre pattes. Les cellules photoélectriques avaient allumé les réverbères. Les phares des voitures donnaient de la profondeur à la pénombre. En trente secondes, le chaos avait interrompu la marche des élus vers la réunion universelle.

* * *

Au moment où les premières détonations avaient éclaté, les policiers avaient compris que la menace venait des hauteurs du Eagle Center. Accrochés à leur radio, ils avaient eu le temps d'appeler à l'aide avant de succomber aux gaz comme les autres. Seuls deux policiers à cheval étaient parvenus à s'éloigner assez rapidement pour ne pas perdre leurs moyens. Ils rejoignirent les renforts aux abords du chantier. Les nouveaux venus disposaient de masques. Pendant que les policiers à cheval fuyaient ces lieux devenus insupportables, leurs confrères masqués se précipitèrent à l'assaut de la forteresse. Une clôture de fer, deux fois haute comme un homme et surmontée de six rangées de barbelés, en interdisait l'accès. Des cadenas fermaient les barrières. Deux agents étaient parvenus au sommet de la clôture en s'agrippant à ses mailles, mais les barbelés leur parurent infranchissables. Hurlant dans leur radio, ils réclamèrent au répartiteur qu'il appelle les pompiers. En attendant les échelles, ils demeurèrent suspendus à la clôture.

* * *

Walter sous son masque, Hubert et le docteur Baldwin revêtus de leur combinaison continuaient d'exécuter leurs fonctions avec une efficacité de robots, sur la dalle du stationnement. Hubert concentrait le feu de sa torche sur l'une des serrures de la Cadillac. Elle céda en dix secondes, révélant trois pantins désarticulés sur la banquette arrière. Jim White se reconnaissait à l'extravagance de son costume. Hubert et Walter le tirèrent à l'extérieur.

Pendant ce temps, une fourgonnette marquée « High Rise Engineering » s'avançait sur la dalle. Walter la conduisait. Un grand coffre d'acier gris occupait l'espace de chargement. On y déposa le leader de la CURE, qu'on dissimula sous des instruments d'arpentage. Entre-temps, Hubert et Baldwin étaient parvenus à se défaire de leur combinaison. On entendait des sirènes annonçant l'arrivée des pompiers et des renforts de police. Un hélicoptère approchait.

Stan et le docteur Baldwin coururent alors délivrer les gardiens de sécurité enfermés plus tôt dans l'une des remorques du chantier. Les deux hommes, un jeune et un vieux, osaient à peine respirer. Walter acheva de les terroriser.

— Tout va sauter dans trois minutes! Foutez le camp!

On les poussa dans une camionnette rouge dirigée vers la sortie, au sommet de la rampe donnant sur Boylston Street. Caché derrière l'écran de fumée, Hubert ouvrit le cadenas de la barrière, qui céda sous la poussée du véhicule. Walter avait eu le temps de jeter les appareils de radiocommunication des gardiens dans la cabine. Sitôt dans la rue, la camionnette fut empêchée d'avancer. Il y avait trop de fumée et, surtout, des gens partout. Les gardiens de sécurité saisirent alors leur radio pour annoncer l'explosion imminente. L'instant d'après, les forces de police concentraient leurs efforts sur l'évacuation de la foule.

*   *   *

— L'heure du lunch, annonça Walter sur sa radio.
— Je mets la table, répondit Jeri.
Le temps pour le groupe de monter dans la fourgonnette d'ingénierie, une épaisse fumée s'éleva aux abords de la barrière arrière du chantier. Walter serrait les mains sur le volant. Il fonça. Le portail métallique se rompit. Walter tourna à gauche, vers Newbury Street. À travers la fumée, il aperçut un policier masqué qui incitait les rares passants attardés de ce côté à quitter les lieux. L'agent fit signe au conducteur de la fourgonnette de dégager. Walter obtempéra.

Il s'éloigna dans Newbury Street, une rue bourgeoise bordée de commerces de luxe au rez-de-chaussée et d'appartements aux étages. Il parvint à l'angle de Hereford Street. Jeri attendait là, innocente citoyenne désorientée par les événements. La fourgonnette ralentit. Jeri y monta avant qu'elle ne fût immobilisée.

Walter traversa Commonwealth Avenue, à laquelle un panneau marqué « Busses Trucks Excluded » lui interdisait l'accès. Il poursuivit jusqu'aux abords de la Charles River où il s'engagea à droite dans Storrow Drive. C'était une ruelle longeant une voie rapide en bordure de la rivière. Walter l'emprunta jusqu'à ce qu'il soit en vue d'un camion vert chargé d'un conteneur sur lequel était inscrit « Northeast Refuse ».

En cent vingt secondes, la fourgonnette fut abandonnée, le coffre gris et tous les membres de l'équipe transférés dans le conteneur. Walter monta dans la cabine. Il s'était revêtu d'une salopette bleue. Sous le siège du conducteur, il ramassa un porte-documents écorné renfermant tous les papiers justifiant sa présence au volant du transporteur de rebuts, même en ce jour férié. Il mit le moteur en marche et rejoignit bientôt l'autoroute. La dernière étape de l'opération venait de s'accomplir.

* * *

— Enlever Jim White, c'était moins lâche qu'un attentat mais beaucoup plus risqué ! estima Billy Memory.

Qu'est-ce qu'Hubert pouvait bien avoir dit à Walter pour l'embarquer dans cette affaire ? se demanda Suzanne.

Les questions voletaient en tous sens, dans la caverne, à la manière des chauves-souris. Suzanne avait hâte d'en finir. Peur, en même temps, de ce qui l'attendait au dernier tournant. Elle s'en remit encore une fois à l'Indien. Il lui avait fait traverser une nuit semée d'embûches dans une relative sécurité émotive. La suite s'annonçait plus éprouvante. Elle le savait.

— Organiser un attentat terroriste, n'importe qui peut le faire, exposa Billy Memory. Il suffit d'avoir de bons moyens financiers et de la haine plein le cœur.

Suzanne superposait des événements d'ordre différent, mais dont les effets tout aussi dévastateurs s'enchevêtraient.

— Mais qu'est-ce que ça rapporte, en fin de compte ? continua l'Indien. La stupeur passée, la victime organise la riposte. C'est une spirale sans fin. Chacun durcit ses positions.

Il évoqua l'entretien qu'Hubert avait eu avec Walter Williams au cours du pique-nique qui avait précédé l'enlèvement de Jim White. Billy Memory s'était mis dans la peau d'Hubert. Il parlait en son nom, à la première personne.

— Souviens-toi de ce que tu me disais quand tu m'as présenté tes théories de milicien. Qu'il était urgent d'intervenir pour redresser ce qui est de travers dans la société. Je te propose d'être fidèle à toi-même et d'aller bien au-delà des actions d'éclat. T'imposer, aux yeux de l'histoire, comme celui qui aura réussi, au début des années deux mille, à demander des comptes aux puissants. Une démarche autrement plus héroïque que de mettre le feu à la baraque !

L'Indien s'enflammait comme s'il endossait les propos d'Hubert.

— Redonner sa noblesse au terme de justicier. Je veux bien croire que Jim White, ce n'est pas Rockefeller, mais considère l'opération comme une répétition. La prochaine fois, ce sera le président des États-Unis !

Suzanne lui opposait un visage partagé entre l'incrédulité et la l'indignation.

— L'énormité de la proposition n'avait pas paru décontenancer Walter Williams, poursuivit Billy Memory. Il flottait au-dessus de la réalité. Quant à Hubert, son passé expliquait sa démesure. Chacun de son côté, ils avaient la motivation suffisante pour faire sauter le monde. Ensemble, ils pouvaient bien envisager de le changer !

Billy Memory ôta ses lunettes. Il avait des yeux d'enfant. Quelques rides se dessinaient sur son visage. Il tourna vers Suzanne un regard que la myopie rendait attendrissant.

— C'est d'ailleurs exactement ce que je tente de faire. À ma façon.

* * *

En fin d'après-midi, la fourgonnette de la station régionale de télévision s'immobilisa devant le camp. Ils en sortirent tous ensemble, Hubert et Jeri, Walter et Stan ainsi que le docteur Baldwin. En cours de route, ils avaient transféré le coffre contenant leur otage du camion de rebuts à la fourgonnette de Stan. Cela leur permettait de passer inaperçus à Central Valley.

Ensemble, ils retirèrent le grand coffre d'arpenteur de l'espace de cargaison. Walter et Stan le transportèrent à l'intérieur. Le docteur Baldwin et Jeri les précédaient en ouvrant les portes. Hubert les suivait. Dernier entré, et pourtant l'initiateur de l'enlèvement. Walter l'avait assuré qu'il disposait d'une cachette imparable pour détenir leur otage. Hubert ne voyait pas comment le camp des miliciens pouvait constituer un lieu sûr. Il n'était pas au bout de sa surprise.

Jeri se pencha pour soulever un coin du tapis sur lequel reposait la table qui occupait le centre de la pièce principale. Elle actionna une manette encastrée dans le plancher. La table, les chaises et le tapis s'élevèrent d'environ quinze centimètres. En s'approchant, Hubert constata qu'une trappe, de même dimension que le tapis, était découpée dans le parquet. Ce plateau semblait fixé à des rails. Toujours à l'aide de la manette, Jeri le fit glisser, révélant une ouverture. Elle actionna un interrupteur. Hubert aperçut les premières marches d'un escalier.

D'un signe de tête, Walter invita Hubert à l'aider à introduire le coffre dans l'étroit escalier. Le poids combiné du coffre, du leader de la CURE et des outils d'arpentage sous lesquels il était dissimulé rendait cette tâche ardue. Il n'y avait d'espace dans l'escalier que pour un homme à la fois. Comme Walter était passé devant, Hubert dut s'échiner derrière, la poignée lui fendant la main, les reins tendus à en craquer. L'avant du coffre fut enfin posé par terre. Walter tira dessus pendant qu'Hubert faisait glisser l'arrière sur les marches, comme un traîneau. Son fardeau enfin déposé, il se redressa pour s'abandonner à son étonnement.

L'escalier débouchait dans le carré d'une caravane de voyage où Stan, Jeri et le docteur Baldwin venaient de les rejoindre. Walter actionna une manette fixée au plafond. La trappe se referma. On pouvait présumer que la table et les chaises avaient repris leur position, là-haut.

S'il s'était présenté quelqu'un dans le camp désert, nul doute qu'il se fût étonné de cet encombrement d'objets de la vie courante, verres, cendriers, radio-météo, à quoi se mêlaient des armes en quantité, mais il eût été loin de soupçonner l'existence d'une cachette souterraine, sous la pièce. Hubert le savait bien, qui avait plus d'une fois fréquenté les lieux sans rien deviner.

Walter compléta la manœuvre en soulevant l'escalier, qui se releva au plafond sous l'effet de charnières et de contrepoids. Hubert n'avait pas assez d'yeux pour tout découvrir en même temps.

— Je n'aurais jamais pu imaginer !

— C'est pour ça que c'est moi qui commande, ici ! lui répliqua Walter en lui servant un sourire effilé.

La caravane pouvait avoir huit mètres de long. Des affiches touristiques bouchaient les fenêtres, mer Égée, plage d'Hawaï, forêt d'Oregon et mont Blanc. Hubert souleva le coin de l'une d'elles. Derrière la vitre, une chape de béton encastrait la roulotte.

Pendant ce temps, Stan et le docteur Baldwin avaient traîné le coffre jusque dans la chambre. Hubert les y rejoignit.

Ils extirpèrent Jim White de son cercueil provisoire. Ils l'allongèrent sur l'un des lits jumeaux qui s'adossaient aux murs latéraux. L'espace était très étroit entre les deux lits. Pour circuler à l'aise, ils déposèrent le coffre vide sur le lit qui restait libre.

Clown tragique sous son accoutrement blanc, le leader de la CURE avait les yeux ouverts, la bouche de travers et les cheveux dans le visage. Il ne paraissait pas respirer.

— Tu es sûr que tu n'as pas forcé la dose ? s'enquit Hubert auprès du docteur Baldwin.

— Trop n'a jamais fait défaut, répondit le dentiste sentencieusement. Il va avoir la gueule de bois pendant au moins toute une journée.

Il tendit la main pour prendre un stéthoscope dans une des armoires suspendues au-dessus du lit.

— Maintenant, réclama-t-il, vous allez me laisser seul avec lui. Je vais lui chanter une berceuse pour l'éveiller.

Hubert et Stan allaient se retirer.

— Et débarrassez-moi de cette boîte.

Ils rapportèrent le coffre dans le carré. En les voyant venir, Walter ouvrit ce qui avait été la porte extérieure de la caravane. Elle donnait sur une pièce sombre, malodorante et bruyante. Il allongea le bras par-dessus l'épaule d'Hubert et tira sur une chaînette reliée à une ampoule. Hubert et Stan déposèrent le coffre désormais inutile dans cette chambre étrange.

Ils se trouvaient dans un réduit dont les murs de béton étaient recouverts de plomb, ce qui expliquait que ni les odeurs ni les bruits qui s'en échappaient ne parvenaient dans la partie habitable. Le long du mur, les fûts de nitrate d'ammonium et les contenants d'hydrazine reposaient dans l'ombre.

Le centre de cette pièce était occupé par une grande boîte d'environ trois pieds de haut, et d'un peu moins en longueur et en largeur. Des tuyaux et des conduits en sortaient de partout. Walter souleva le couvercle matelassé de laine de verre insonorisante. La lueur de l'ampoule révéla une jungle d'acier.

— Tu te souviens des autos de marque Pinto? Ce que Ford a fait de pire dans toute son histoire. Ces voitures-là étaient de vrais cancers. La rouille les mangeait en trois ans. Mais les moteurs étaient increvables. J'en ai transformé un en engin stationnaire. Tous les services de la roulotte sont raccordés à ce petit quatre cylindres.

Il en vanta tous les mérites, avec une fierté aussi évidente que s'il avait présenté son dernier-né. Électricité, climatisation, chauffage, eau fraîche et réfrigération, tout le confort de la petite habitation souterraine provenait de là. Walter souleva sa casquette, comme pour saluer sa propre ingéniosité. Hubert était déjà retourné dans la caravane. Walter le rejoignit, déçu de son manque d'intérêt.

Un divan et un fauteuil se faisaient face de part et d'autre d'un espace réservé à la circulation. La cuisinette, à l'avant, prolongeait la table disposée sous la fenêtre. Des panneaux de particules préfinis, imitant le bois précieux, lambrissaient les murs. Une moquette verte recouvrait le plancher. Les luminaires et le décor des portes d'armoires, vitraux colorés cerclés de plomb, rappelaient le style colonial américain. Des abat-jour orange contribuaient à l'ambiance lourde et sombre que l'éclairage des ampoules de douze volts n'avivait pas.

Hubert examinait les lieux en ravalant son étonnement. Walter l'entraîna de nouveau vers l'arrière. De chaque côté d'un étroit couloir se trouvaient un cabinet de toilette et un placard. Walter poussa d'abord la première porte. Tout y était, la cuvette, un petit évier et une douche. En face, le placard débordait de vieux vêtements de chasse et de travail. En cinq minutes, ils avaient complété la visite des installations. Ils prirent les deux seules places encore libres sur le divan. Jeri et Stan l'un devant l'autre, sur les banquettes de la table. Le docteur Baldwin avait quitté un instant son patient pour venir fumer une de ses cigarettes malodorantes dans le fauteuil.

— Et maintenant, lança Walter en défiant Hubert du regard, qu'est-ce qu'on fait ?

* * *

L'enlèvement du leader de la CURE et les moyens fantastiques déployés pour y parvenir avaient fait la manchette des bulletins de nouvelles de la radio et de la télévision ainsi que des quotidiens de tout le monde occidental. Première concernée, Suzanne n'en avait rien su. Billy Memory s'employa à lui faire partager l'incrédulité qui s'était répandue au lendemain des événements de Boston.

Comme d'habitude, la télé se refusait à toute analyse véritable. Les images spectaculaires lui suffisaient. La limousine de Jim White, abandonnée sur le béton de l'édifice en construction, avait pris la valeur d'une icône.

Quelques grands journaux, le *Boston Globe* et le *Washington Post* notamment, osèrent s'aventurer sur la piste des sectes. L'Église de la réunion universelle imposait à ses adeptes un régime de vie et de pensée qui les réduisait à l'état de larves. L'horrible autodafé auquel s'étaient livrés, ou avaient été contraints, certains dirigeants de l'Ordre du Temple solaire montrait à quelles abominations les excès des sectes pouvaient conduire. Qu'un survivant d'un de ces camps de concentration de l'âme ait décidé de se venger en s'en prenant au grand maître de l'organisation qui l'avait supplicié relevait presque de l'inévitable.

Le comportement des dirigeants de la CURE compliquait le travail de la police. Alléguant la confidentialité des renseignements qu'ils détenaient sur leurs membres, les responsables administratifs de la secte refusèrent aux enquêteurs l'accès à leurs dossiers. Il s'en était suivi une courte mais furieuse guérilla juridique. Forts de tout un arsenal de précédents, les juristes de la Cité des étoiles avaient arraché une série d'injonctions interlocutoires aux tribunaux. Les agents chargés de l'enquête s'étaient vus du même coup privés d'une de leurs principales sources de renseignements.

Réaction primaire, l'opinion réclamait de l'action. On attendait des forces de l'ordre qu'elles opposent rien de moins qu'un arsenal technologique équivalent, sinon supérieur, aux moyens déployés par les ravisseurs. Qu'une Cadillac blindée s'envole dans les airs appelait des méthodes à la *Star Wars*.

Le FBI épluchait en vain ses fichiers. L'agence nationale de sécurité se réfugiait derrière ses secrets. La CIA tentait, sans y parvenir, de faire des liens avec des organisations étrangères. De toute évidence, on était en présence d'un groupe bien constitué, riche et patient. Et qui se taisait…

— Qu'est-ce qu'il attendait? se désola Suzanne.

— Que Jim White ait touché le fond, suggéra Billy Memory.

* * *

Le leader de la CURE avait connu un réveil effroyable. Il se retrouvait dans un cercueil. La lueur mauve du plafonnier représentait, dans son esprit, l'œil implacable de Dieu regardant Caïn dans la tombe. Du ciment dans les poumons. Il s'était soulagé dans son pantalon. Une immense nausée lui soulevait l'estomac. Il voulut parler. Sa bouche pâteuse n'émettait plus que des grognements. Il dit toute son angoisse avec ses yeux. La grosse face rougeaude qui se penchait sur lui acheva de le terroriser.

— Il était temps que tu sortes des limbes, mon garçon! Ton juge t'attend.

Le gardien disparut, l'abandonnant à sa détresse. Jim
White ne savait plus qui il était. Encore moins ce qui lui
était arrivé. Un éclair de désespoir le déchira de part en
part. Il voulut saisir son pénis comme il l'avait fait avant de
perdre conscience. Ses mains ne lui obéissaient plus. Il finit
par se rendre compte que ses membres étaient attachés à la
couche sur laquelle il était étendu. Plus impuissant qu'un
nouveau-né, il poussa un cri qui lui renvoya l'écho des
derniers instants passés dans sa limousine.

— Je ne veux pas mourir!

Une autre personne se penchait maintenant vers lui.
Un homme qui lui parut moins mauvais que le précédent.

— Rassure-toi, je ne te ferai pas de mal. Mais nous
avons beaucoup de choses à régler avant que tu sortes d'ici.

Jim White dévisageait avec toute l'intensité dont il était
capable cet étranger dont dépendait son sort.

— Où suis-je?

— Je ne te le dirai pas.

Jim White promena son regard sur le plafond
ombragé de reflets mauves.

— Qu'est-ce que je fais ici?

— Nous allons conclure un marché. Tu te vantes
d'avoir un million d'adeptes. Tu leur as promis une vie
meilleure mais, dans les faits, tu te sers d'eux comme d'une
main-d'œuvre non rémunérée pour t'emplir les poches.
Nous allons leur rendre leur liberté. Quand ce sera fait,
tu recouvreras la tienne. Pas mal, hein? Un million de
personnes d'un côté, toi de l'autre. Ça prouve que tu as
du poids.

Les yeux exorbités, Jim White fixait toujours le plafond. Il ne semblait pas avoir suivi le raisonnement d'Hubert.

— L'Église de la réunion universelle, ça te dit quelque chose? Le paradis dans les étoiles? Un million d'esclaves pour satisfaire un seul homme. Tu te prends pour qui? Le pharaon d'Égypte?

Le leader de la CURE ne réagit pas encore.

— Tu as tout le temps d'y penser, conclut Hubert en quittant la chambre.

Deux heures plus tard, Jim White réclamait la présence de son accusateur.

— Tu vas me détacher!

— Pas avant que nous ayons conclu notre marché. On se concentre beaucoup mieux quand on est immobile.

* * *

Dans le carré de la caravane, on avait pris des dispositions pour la nuit. Le plateau de la table avait été descendu au niveau des banquettes pour former un lit. Stan et le docteur Baldwin y étaient allongés côte à côte, raides comme des momies. On avait déployé le divan. Walter le partageait avec Jeri. Ce qui laissait le second lit de la chambre à Hubert. Il avait été convenu qu'il tiendrait compagnie à l'otage jusqu'au moment où on le relâcherait. Comme Jim White était retombé dans le brouillard, Hubert était venu rejoindre les autres. Il était assis dans le fauteuil. Personne ne dormait. L'idée de s'abandonner, dans un tel état de promiscuité, leur répugnait. On avait laissé comme veilleuse la faible lumière de la hotte.

371

— Où en es-tu? demanda Walter.

— Ce n'est pas encore vraiment commencé.

— Ça pourrait prendre combien de temps?

— Ça dépend de lui.

— De toi, surtout! Arrange-toi pour en finir rapidement! À mon âge, on a moins besoin de sommeil, mais je ne me vois pas passer une autre nuit comme celle-ci.

— Et moi, grogna le docteur Baldwin, tu crois que ça m'excite de dormir aux côtés d'une brute pareille?

Il enfonça le coude dans le flanc de Stan. Les protestations du cameraman emplirent le carré.

* * *

Suzanne parlait d'une voix étouffée, comme si la caverne venait d'entrer dans la nuit alors qu'elle y baignait de toute éternité.

— Qu'est-ce qu'il voulait, au juste, Hubert? Se venger de la perte de la General Lumber?

L'Indien lui répondit sur le même ton.

— Vous savez bien que non!

— Alors, quoi?

— Il n'avait pas changé d'idée. Il voulait toujours vous libérer. Comme ça n'avait pas marché la première fois, il s'est dit que le meilleur moyen de vous sortir de là, c'était de détruire l'institution. De cette façon, il sauvait tous les autres en même temps que vous.

— Rien que ça!

Suzanne se replia en elle-même. Hubert l'avait aimée jusqu'au bout. D'un amour désintéressé, puisqu'il n'avait pas l'intention de reprendre la vie commune avec elle. Il l'avait aimée par pure humanité. Elle s'attendrit. Pour pouvoir affronter la suite, elle se raccrocha aux faits.

— Détruire la CURE, mais comment? En arrachant des aveux à Jim White? des révélations compromettantes?

— Les aveux, ça ne devait être que la première étape.

— Pour en arriver où?

— Au démantèlement de la CURE.

— Ça pouvait prendre des mois! Comment Hubert a-t-il pu faire accepter ça à ce Walter?

— Je suis persuadé qu'il ne lui avait pas présenté son projet dans ces termes.

— Vous voulez dire qu'ils avaient préparé l'enlèvement comme une intervention militaire et que la suite n'avait pas été planifiée avec autant de soin?

Elle s'animait comme si elle avait pu rectifier le cours de l'opération. L'Indien poursuivit son explication.

— Walter avait dû se dire que ce serait une belle occasion de mettre ses miliciens à l'épreuve. Il présumait qu'Hubert soutirerait des aveux à leur otage dès les premières heures de sa réclusion. Par la suite, on expédierait la transcription de sa confession aux journaux et on irait relâcher Jim White dans les plaines du Midwest, très loin de Central Valley. Selon Walter, une affaire de vingt-quatre, trente heures tout au plus.

Suzanne balbutia:

— Fallait-il qu'il m'aime!

Billy Memory acquiesça silencieusement.

* * *

Vers le matin, Jim White avait recouvré ses esprits. Il emplissait la chambre de ses revendications.

— Tu vas me détacher tout de suite! J'ai faim et je dois aller aux toilettes.

Hubert faisait non sans ouvrir la bouche. Jim White s'emporta.

— Qu'est-ce que je t'ai fait?

— Ce n'est pas surtout de moi qu'il s'agit, mais de tous ceux et celles qui entraient dans ton Église et que tu traitais comme du bétail!

— C'est faux! D'ailleurs, qu'est-ce que tu en sais?

— J'ai eu l'occasion de le vérifier.

— C'est bien ce que je pensais! Tu es un ancien de la CURE. Les brebis égarées deviennent féroces comme des lions.

— Épargne-moi ton cours de zoologie. Tu sortiras d'ici quand tu auras libéré ton troupeau.

— Jamais! s'insurgea Jim White. Ils sont un million qui suivent mes lumières. Je ne les abandonnerai pas.

— Je vois que tu n'es pas encore prêt, conclut Hubert en sortant de la chambre. Tu devrais faire vite! Ils ne sont pas très patients, mes amis, de l'autre côté. L'inactivité les rend nerveux.

* * *

Ils mangeaient dans le carré, deux de chaque côté de la table, Hubert sur ses genoux dans le fauteuil.

— Il doit commencer à avoir faim, ton gourou! lança Walter.

— Du riz, renchérit Jeri, ce n'est pas très soutenant.

374

— C'est de cette façon qu'il traitait ses disciples! expliqua Hubert. Suzanne me l'a dit.

— Quand vous aurez fini d'échanger vos recettes de bonnes femmes, grogna Walter, vous m'apporterez le dessert! J'ai hâte d'en finir, moi!

Hubert serra le poing sur sa fourchette.

— Ça prendra le temps qu'il faudra, décréta-t-il, deux jours, une semaine, un mois! Je le tiens! Je ne le lâche pas! Il sortira d'ici quand il aura démantelé son empire! Pas avant!

Walter se dressa lentement, la tête dans le dos pour faire face à Hubert qui s'était levé lui aussi, son assiette à la main. Les autres se taisaient.

— C'est moi qui mène ici! gronda Walter.

— Non. C'est lui, rectifia Hubert en faisant un signe de tête en direction de la chambre.

Walter bondit devant Hubert, le visage à quelques centimètres du sien.

— Écoute-moi bien! On s'est bien amusés! Maintenant, on passe aux choses sérieuses!

Il fit un pas en direction de la chambre. Allait-il s'en prendre à l'otage? D'un mot, Hubert le retint.

— Si tu fais ça, tu me trouveras toujours en travers de ton chemin!

— Tu crois que j'ai peur de toi?

— Tu devrais! J'en sais trop pour être innocent!

Walter se figea. L'indignation le paralysait.

— Je vais te montrer!

Il déploya l'escalier puis, avec de grands gestes mal contenus, il força les autres à s'y engager.

— Tout le monde en haut!

Il avait déjà le pied sur la première marche.

— Il n'y a qu'un chef ici! C'est moi! Et deux otages à présent!

Il posa le pied sur le plancher. Hubert pouvait l'apercevoir, penché sur lui dans l'ouverture.

— Tu sortiras de là quand tu auras réussi à faire parler ton pantin! On s'occupera de ton cas ensuite!

* * *

Captive du récit que l'Indien lui faisait, Suzanne se reprochait d'avoir poussé Hubert, même indirectement, dans ses derniers retranchements.

— Il était coincé entre l'otage et Walter! En fait, il était en plus mauvaise posture que Jim White! Il venait de se mettre à la merci d'un exalté!

Billy Memory se mâchouillait les joues, impuissant à la rassurer.

— En tout cas, il s'est montré fidèle à lui-même.

— C'est comme ça qu'on se retrouve seul, soupira-t-elle.

* * *

Cet après-midi-là, Jim White changea de ton.

— Je suis un homme puissant, tu sais.

Son état contredisait ce qu'il affirmait. Il enchaîna :

— C'est de l'argent que tu veux?

Hubert demeura impassible. Jim White continua.

— Si tu acceptes de l'argent maintenant, nous pouvons nous en tirer, tous les deux.

Hubert secouait toujours la tête.

— Si ce n'est pas de l'argent, qu'est-ce que tu veux ?

— Je te l'ai dit. Tu l'as déjà oublié ?

Le leader de la CURE se redressa sur le lit. Hubert avait relâché ses liens pour qu'il puisse bouger un peu sans quitter sa couche.

— Tu devrais faire attention ! Ils sont nombreux à me rechercher. Je ne parle pas seulement de la police. Nous avons un service d'ordre très imposant à la CURE. Quand ils m'auront délivré, tu comprendras trop tard à qui tu avais affaire.

Hubert laissa l'otage à son délire.

*　*　*

En haut, dans le camp, la nuit ne fit qu'accroître la tension des miliciens. Walter paraissait déterminé à ne plus jamais s'asseoir. Encore moins à s'allonger. Enfoncé dans un fauteuil, le docteur Baldwin vidait sa bouteille au même rythme qu'il emplissait son cendrier. Stan se faisait griller un steak, à minuit, tout en exécutant des mouvements d'aérobic, pour brûler à l'avance les calories qu'il allait absorber. Jeri semblait assoupie sur le divan. Elle bondit sur ses jambes et rejoignit son père à l'écart, devant une fenêtre muette.

— Je peux savoir ce que tu as l'intention de faire ?

— Ce n'est pas à moi qu'il faut le demander.

Walter s'inclina vers le plancher comme s'il pouvait apercevoir, à travers les panneaux de contreplaqué, Hubert et l'otage dans leur tête-à-tête infructueux.

— Tu le savais, toi, qu'il était aussi coriace ?

377

— S'il ne l'avait pas été, je serais encore dans le lit de Franka.

— Ne me pousse pas à bout, veux-tu!

— Ce n'est pas ce que tu es en train de faire avec lui?

* * *

— Ils sont restés combien de temps là-dedans? demanda Suzanne, impatiente.

— Dix jours.

— Je ne comprends pas. Chaque heure qui passait les rendait plus vulnérables. Depuis qu'il s'était installé à Central Valley, Hubert avait sûrement attiré l'attention de beaucoup de monde. On devait surveiller ses allées et venues. Peut-être même qu'on avait entendu parler de ce qui était arrivé à sa femme? Cette Église dont les fidèles étaient prisonniers. Quelqu'un pouvait faire le rapprochement.

L'Indien se pencha en avant, les coudes sur les genoux. Il s'efforçait de rapporter les faits sans attiser l'émotion de Suzanne.

— Walter pensait probablement comme vous. C'est pour ça qu'il avait demandé à ses miliciens de continuer à jouer leur rôle habituel pendant la journée. Stan courait les accidents et les incendies. Le docteur Baldwin arrachait les dents. Jeri ouvrait le garage de son père chaque matin. Mais ils revenaient au camp, le soir. Rien d'anormal là-dedans. Une bande d'originaux qui jouent aux cow-boys et aux Indiens dans le bois! Le contraire aurait surpris.

— Vous ne me rassurez pas!

378

— Vous avez raison, reconnut Billy Memory. Pour dire la vérité, je ne suis pas persuadé que Walter Williams tenait vraiment à ce que ça se termine en douceur.

* * *

Hubert surgit dans le camp, au petit matin du huitième jour, faisant jouer le mécanisme qui déplaça la table sur ses rouages. Pendant un moment, il ne parut pas reconnaître les lieux. En fait, il baignait son regard dans les fenêtres. Le soleil caressait les collines. Les feuillus s'allumaient. Octobre déployait tous ses moyens pour se survivre. La pièce sentait le feu de bois et la friture. Jeri courut vers Hubert.

— Il a parlé?

— Il vient de finir de se confesser.

— *Attaboy!* s'exclama-t-elle en défiant son père du regard. Je le savais qu'il en viendrait à bout!

— À bout de quoi? lui opposa Walter. Rien n'est réglé, à ce que je sache!

Jeri se tenait près d'Hubert, l'effleurant du coude et de l'épaule, un sourire admiratif sur le visage.

* * *

Il avait plu, cette nuit-là, pour la première fois depuis longtemps. Cela ne se percevait pas dans la caravane souterraine. L'absence de fenêtres et l'insonorisation abolissaient le temps.

Jim White avait une tête de clochard. Des cheveux de fou, hérissés sur la tête. La repousse noire de sa barbe révélait qu'il n'était pas celui qu'il prétendait. Un démon sous l'ange. Les poches sous ses yeux rougis lui donnaient un regard d'alcoolique. Le complet dans lequel il dormait depuis plus d'une semaine n'était qu'une guenille tachée et chiffonnée. Il regardait ses mains trembler comme des bêtes sauvages. Hubert l'avait autorisé à se lever et à s'attabler devant lui, dans le carré.

— Tu veux que je te raconte tout, depuis le début ?

Hubert marqua une affirmation dans l'air, avec la tête.

— On en a pour la nuit !

Hubert leva la main en signe d'acquiescement.

— Quand j'étais électricien…

Une petite lumière éclaira les yeux rougis de Jim White. Il avait été, en son temps, l'un des plus importants entrepreneurs électriciens de San Antonio. Il possédait une trentaine de camions. Il employait une centaine d'hommes. Il travaillait quinze heures par jour. L'argent rentrait, maison, chalet, piscine et voitures.

Une femme et deux enfants qu'il négligeait. Il quittait la maison tandis que tout le monde dormait encore. Le travail commence tôt sur les chantiers de construction et le patron doit arriver le premier pour planifier la journée. Quand il rentrait, tout le monde était couché. Une nuit, sa femme le surprit à regarder des films pornos au salon. Le pénis dans la main, comme de raison. Le lendemain, elle engageait une procédure de divorce.

« Carences affectives », avait plaidé son avocat. Il fut contraint de raconter au juge sa petite séance de branlette. Un journaliste qui passait par là s'était emparé de la nouvelle. « L'ÉLECTRICIEN BRANLEUR NE SATISFAISAIT PLUS SA FEMME ». Jim White n'avait même plus le courage d'aller prendre un café au restaurant du coin. Fini, lavé, anéanti.

Il errait dans la maison désertée par sa femme et ses

enfants. Il ne sortait que la nuit pour aller acheter des plats surgelés au supermarché. Il songea à se pendre. Il aurait pu devenir alcoolique. Il se désintéressa de son entreprise. Il lui restait assez d'argent pour vivre. Comme si le destin voulait l'achever, il découvrit, peu de temps après son divorce, que sa femme couchait depuis de nombreuses années avec le mari de sa sœur.

— Ça te suffit?

Hubert hocha lentement la tête de gauche à droite. Jim White avala une goulée d'air brûlant et poursuivit sa confession d'une voix que la gravité de ses propos rendait rauque.

Il s'était raccroché à la télévision, dix, douze heures par jour. N'importe quoi. Un soir, il tomba sur une émission de la série *Nova* à PBS. Les planètes, les galaxies, l'Univers si vaste qu'on ne pouvait même pas l'imaginer. Du coup, ses problèmes lui parurent bien dérisoires. Il se retrouva à la bibliothèque municipale. Il emprunta un livre de Carl Sagan. *Cosmos*. Une nuit, l'illumination lui vint comme un éclair. Il n'y avait pas de bon Dieu. Pas de force extérieure à nous, en tout cas. Dieu n'était rien d'autre que l'Univers en train de se parfaire.

Il se tut. Hubert soutint son silence. Jim White paraissait tirer un certain réconfort du récit de son malheur.

— Je continue?

Hubert ne broncha pas. Jim White ferma les yeux. Ses mains s'accrochèrent l'une à l'autre. Il expira une bouffée d'air amer.

Il lut tout ce qui lui tomba sous la main. Il griffonna tout ce qui lui passa par la tête. Après quelques mois de ce régime, il avait repris pied dans la vie. Une autre vie. Il voulut partager sa découverte. Il loua une salle, au-dessus de la bibliothèque, et plaça des annonces dans les journaux. Il ne tarda pas à s'apercevoir qu'il n'était pas le seul à ne plus trouver de réponses auprès des religions traditionnelles. De plus en plus de gens assistaient à ses conférences.

Il posa des mains de vieillard sur la table.

— Tu vois, c'est parti d'une bonne intention.

Hubert se leva.

— Je me suis retrouvé prisonnier de ma découverte, reconnut Jim White.

Hubert étira ses jambes dans l'allée.

— Tu vas me laisser partir maintenant?

— Il ne reste plus qu'une formalité, lui répliqua Hubert. Je te relâche dès que tu auras libéré tous ceux que tu retiens prisonniers.

— Comprends donc que c'est impossible! se lamenta Jim White. Ça va prendre un an! Ils ne m'obéiront pas!

— Tu n'auras qu'à faire exactement ce que je te dirai. Ensemble, on va y arriver!

* * *

— Je connais la suite! s'exclama Suzanne.

Billy Memory haussa les épaules.

— Évidemment! Comment pourriez-vous l'ignorer, maintenant que vous êtes sortie de là?

— Je l'ai su le jour même.

— Par télépathie? Les dirigeants de la CURE ont tout fait pour cacher à leurs adeptes que Jim White avait été enlevé.

— Je l'ai appris à cause d'une incartade d'un de mes confrères.

Suzanne avait connu une rapide ascension à l'intérieur de l'organisation. Ses compétences avaient été reconnues, en même temps que sa docilité. Elle était maintenant affectée au service de l'administration. Elle travaillait dans une petite pièce sombre, sur un ordinateur très puissant, à saisir des données dans un logiciel de comptabilité. L'écran couvert de chiffres ne lui permettait pas de s'évader très loin. Elle n'en aurait d'ailleurs pas eu envie. Elle s'enfonçait dans une routine rassurante.

Un garçon d'une vingtaine d'années lui tenait lieu d'assistant, ramenant et portant les dossiers aux étages supérieurs où se prenaient les décisions. C'était un jeune homme timide, à l'endroit de qui la vie s'était montrée ingrate. Pas très beau, sans grand esprit, il s'était réfugié à la CURE comme un bernard-l'ermite s'installe dans la première coquille qu'il trouve. Il ne s'autorisait qu'un vice : écouter de la musique country sur une petite radio clandestine qu'il dissimulait dans le tiroir de son bureau. Comme il maintenait le volume au plus bas, Suzanne ne s'en formalisait pas.

Après trois heures d'immobilité, son dos la faisait souffrir. Elle se rejeta en arrière. C'était l'heure du bulletin de nouvelles. Comme chaque fois, le garçon ouvrit le tiroir pour éteindre la radio. Il refusait d'entendre le murmure du monde. Mais l'attention de Suzanne avait été saisie par la nouvelle qu'on venait d'annoncer. Elle se leva, s'empara de la radio, qu'elle dissimula sous son vêtement, et sortit dans un bruissement de tunique. Le garçon ne comprenait rien. Suzanne courut aux toilettes. Assise sur la cuvette, elle colla l'appareil sur son oreille et écouta.

Les ravisseurs n'ont pas encore réclamé de rançon. Ils ont plutôt fait parvenir une cassette vidéo à la station WICS de Springfield, en Illinois. Voici un extrait de la bande sonore.

Suzanne reconnut sans peine la voix de Jim White, en anglais, à laquelle se superposait le chevrotement d'un interprète.

J'ordonne aux dirigeants de la Cité des étoiles de San Antonio de prendre des mesures immédiates pour mettre fin aux activités de l'Église de la réunion universelle. La production et la diffusion des émissions destinées au Transcendental Broadcasting Network doivent également cesser. Les avoirs de la CURE seront liquidés, et le produit réparti entre les membres en règle de l'Église. Enfin, il faut commencer dès maintenant à préparer nos fidèles à réintégrer la société.

L'arrivée d'une autre personne, dans les toilettes, força Suzanne à fermer la radio. Elle sortit, le cœur en feu, poignardée par ce qu'elle venait d'entendre.

* * *

À Lyon, c'était déjà le soir. Bertrand Ponsot, sa femme Constance et leurs deux filles regardaient le journal télévisé de vingt heures en mangeant à la cuisine. Le présentateur annonça qu'un développement spectaculaire était survenu dans l'affaire de l'enlèvement du leader de l'Église de la réunion universelle. Une cassette-confession était parvenue à une chaîne de télévision. On en présenta un extrait. Jim White semblait revenu d'un autre monde. Il lisait un document qui tremblait dans ses mains. Par moments, il levait la tête vers la caméra, comme pour réclamer du secours. Un homme défait.

J'ai décidé de mettre un terme à quinze années de mensonge. Je n'ai jamais eu de révélations. Je n'ai jamais été transporté dans de lointaines galaxies. Tout cela est le produit de mon imagination.

Constance et Bertrand avaient délaissé leur dîner. Les filles chahutaient, comme à l'accoutumée.

— C'est l'Église dans laquelle Suzanne est entrée! s'exclama Bertrand.

Constance mit la main sur le bras de son mari.

— Étrange coïncidence, murmura-t-elle sans aller plus loin.

* * *

À Central Valley, dans le camp des miliciens, la petite troupe se pressait devant le téléviseur. Walter tanguait sur ses jambes. Stan frappait du poing dans la paume de sa main. Le docteur Baldwin soufflait de longs jets de fumée par le nez. Un peu à l'écart, Hubert et Jeri fixaient l'écran comme s'ils n'avaient été qu'une seule personne. Jim White poursuivait ses aveux.

À une époque troublée de ma vie, j'ai cru détenir la vérité. J'ai souhaité en faire profiter les autres. Quelques dizaines de personnes m'ont suivi, puis des centaines, enfin des milliers. Un jour, je suis arrivé au bout de mes certitudes.

On réclamait d'autres révélations. Pour ne décevoir per-
sonne, j'en ai inventé. Aujourd'hui, je reviens à mon point de
départ et j'admets que je ne sais rien.

Il était assis sur un banc bas. La caméra le dominait. Par moments, il interrompait sa lecture. On pouvait craindre qu'il ne s'arrête là. L'éclairage trop cru mettait en évidence la chair molle de ses joues et de son cou, les poches sous les yeux ainsi que les rides creusées par l'ombre. Il n'y avait pas d'arrière-plan au tableau. Seulement un drap blanc.

— Je vous rappelle que c'est moi qui ai eu l'idée de le filmer sur un fond neutre! triompha le docteur Baldwin.

— Et qui s'est arrangé pour faire livrer la cassette à des centaines de milles d'ici? renchérit Stan.

— Le FBI va mettre des équipes de psychologues là-dessus, intervint Walter. Ils vont analyser chaque mot, chaque phrase, chaque silence. Faire appel à des voyants. Démonter la bande, image par image. L'analyser au spectroscope. Balayer le fond sonore. Essayer de découvrir où la scène a été tournée. Chercher les messages codés que Jim White pourrait y avoir insérés. Ça ne me fait pas peur. Ils ne trouveront rien. Mais je ne peux m'empêcher de penser que le temps est venu de passer à la prochaine étape.

Il se tourna vers Hubert.

— Maintenant que tu as eu ce que tu voulais, tu vas me laisser conclure l'affaire en beauté.

— Pas tout de suite, objecta Hubert. Je n'ai pas fini.

— Arrête de souffler, mon garçon, prévint le docteur Baldwin, tu vas crever ton ballon!

— On retourne la marchandise demain! trancha Walter.

* * *

En sortant des toilettes, Suzanne avait foncé droit devant elle, dissimulant la radio sous sa tunique. Elle avait traversé le grand salon où quelques fidèles méditaient sous la surveillance d'un Initié. Elle avait reconnu sa cousine Raymonde parmi les formes immobiles. Elle s'était accroupie à ses côtés. D'une voix à peine perceptible, elle lui avait révélé le terrible secret qui la rongeait. Contre toute attente, Raymonde s'était récriée. Cette agitation avait attiré l'attention. Suzanne s'était enfuie vers l'extrémité de la pièce en répétant que Jim White avait été enlevé.

Les garçons bien mis qui assuraient le service d'ordre dans l'établissement l'avaient alors rattrapée. Plus on essayait de la contraindre, plus Suzanne répétait les propos qu'on ne voulait pas entendre. Dans la bousculade, la radio était tombée par terre. On entraîna Suzanne à l'infirmerie, où on lui fit une injection.

* * *

À l'insu de ses adhérents, l'édifice de la CURE se lézardait. Les médias faisaient état de tractations au plus haut niveau de la hiérarchie de l'Église. CNN avait même révélé que des mouvements de capitaux avaient été effectués en direction des Bahamas. Les centres de recrutement n'admettaient plus de nouveaux adeptes et le Transcendental Broadcasting Network avait cessé de diffuser les ralliements télévisés mis en scène par la Cité des étoiles de San Antonio. Malgré tout, l'Église n'avait pas encore commencé à libérer ses fidèles, comme le réclamait son leader.

* * *

Walter s'approcha d'Hubert, qui le voyait maintenant venir avec suspicion.

— On est pareils, tous les deux.

Hubert n'en croyait pas ses oreilles.

— Quand tu m'as tenu tête, l'autre jour, j'ai cru que tout était fini entre nous. Je me suis ravisé. Tu es comme moi. Tu vas au bout de ton idée.

Hubert en demeura muet.

— C'est vrai ! Un homme digne de ce nom ne s'en laisse jamais imposer par personne. Même par quelqu'un de plus fort que lui.

Hubert dévisageait le père de Jeri.

— Tu es allé beaucoup plus loin que je l'avais imaginé. Enlever Jim White, ç'a été une partie de plaisir. L'emmener à se confesser publiquement, ça demandait beaucoup de psychologie…

— Du temps.

— *You've got brains !* Mais il y a une autre qualité dont un meneur d'hommes doit faire preuve. Il doit savoir décrocher, le temps venu.

Hubert durcit le regard.

— Maintenant, si tu es aussi fort que je le pense, tu vas me laisser conclure l'affaire en beauté.

Hubert recula d'un pas.

— Jamais ! Si nous le laissons partir maintenant, il s'empressera de déclarer que ses aveux lui ont été arrachés de force. Il suspendra toutes les directives que je l'ai obligé à donner. En un rien de temps, il remettra sa combine sur pied. Une partie de l'opinion publique se rangera de son côté et il en sortira plus fort qu'avant. On aura fait tout ça pour rien !

Walter regagna le pas perdu sur lui.

— Ce n'est pas une proposition que je te fais ! C'est un ordre !

— Je t'ai laissé organiser l'enlèvement à ta façon. Il a été réussi sur toute la ligne ! Bravo ! Maintenant, tu me laisses finir à ma manière ! Ça aussi, c'est un ordre !

Walter attrapa le dossier d'une chaise et la renversa.

— *You son-of-a-bitch !* vociféra-t-il en se dirigeant vers le coin opposé.

Jeri courut vers Hubert.

— Arrête ! Ça devient dangereux !

— Il gueule mais il n'explose pas !

— Arrête, je te dis ! On va tous y passer !

* * *

Allongés sur le divan, Hubert et Jeri reposaient dans les bras l'un de l'autre, les cheveux emmêlés. Au petit matin, Jeri tourna vers Hubert un visage ravagé par l'inquiétude. La proximité déformait ses traits, les yeux trop grands, la bouche de travers. Un portrait à la Picasso. *Couple au réveil.*

Walter avait laissé la radio ouverte toute la nuit. Le FBI venait d'indiquer qu'une étape importante avait été franchie dans l'enquête relative à l'enlèvement du leader de l'Église de la réunion universelle. De nouvelles informations permettaient de circonscrire les recherches dans un secteur précis que les autorités refusaient toutefois de révéler. Hubert se dressa sur un coude, entraînant Jeri dans son mouvement.

— Ils sont en train de calmer l'opinion publique, commenta-t-il.

— Qui te dit qu'ils ne sont pas sur notre piste?

Hubert se leva. Il boitillait. Il avait une jambe engourdie. Jeri aussi s'était relevée. Elle se dirigea vers la table, tira une cigarette de son paquet, l'alluma, en aspira deux ou trois bouffées puis l'écrasa dans le cendrier. Geste inhabituel chez une personne qui consumait cinquante cigarettes par jour. Hubert ne le remarqua pas. Jeri s'éloigna.

Son attention avait été attirée par des propos qu'on échangeait, de l'autre côté de la cloison, dans l'une des petites chambres de l'arrière. Walter discutait avec Stan et le docteur Baldwin. Le cameraman suggérait qu'on aille déposer l'otage à l'autre bout du pays, dans les montagnes du Montana ou dans le désert de l'Arizona.

— Il en restera étourdi jusqu'à la fin de ses jours!

Le dentiste proposait une issue autrement plus radicale : qu'on enterre Jim White au sommet de la colline. Les lynx le retrouveraient bien avant les hommes. Et le feraient disparaître à jamais dans leur estomac.

Désemparée, Jeri tourna le regard vers l'une des fenêtres de côté. Pendant la nuit, le vent avait fini d'arracher les feuilles des arbres. Le paysage s'en trouvait agrandi. La lumière, plus froide. La vue s'étendait maintenant jusqu'à la pente des collines. Une alarme retentit.

D'un bond, ils furent au centre de la pièce. Quelqu'un, ou quelque chose, avait franchi le périmètre de sécurité.

Walter se posta au périscope. La position élevée de cet instrument lui permettait de voir plus loin. Il crut apercevoir une silhouette, à travers les squelettes des arbres, dans la pente qui longeait la route débouchant sur l'aire. Presque en même temps, une seconde alarme se fit entendre. Son timbre différent indiquait qu'une des trappes, dissimulées dans le sol, s'était ouverte.

Tournant le périscope dans cette direction, Walter constata que des individus, quatre ou cinq, se penchaient sur la fosse. Leur uniforme bleu, véritable tenue de combat, et surtout les initiales ATF plaquées sur leur dos désignaient à l'évidence l'unité chargée de contrôler l'usage de l'alcool, du tabac et des armes. L'ennemi déclaré de tout ce qui se disait patriote aux États-Unis.

Les hommes de l'ATF étaient parvenus à retirer l'un de leurs collègues de la trappe. Ses jambes ne le portaient plus. Deux agents l'emmenèrent en arrière. D'autres demeuraient cependant inclinés au-dessus de l'ouverture. Un deuxième membre de l'unité s'était sans doute embroché sur les pointes acérées dont le fond de la fosse était garni. En même temps, une vingtaine de tireurs prirent position, de part et d'autre du piège, un genou à terre, le fusil-mitrailleur dirigé vers le camp. Il était sept heures vingt.

— Tout le monde en bas! ordonna Walter.

Il ne les avait pas suivis dans la caravane. Il avait refermé la trappe derrière eux. Il était demeuré seul, là-haut, dans le camp. Les vrais chefs n'agissent pas autrement, chez les miliciens du moins. En bas, le premier réflexe de Stan et du docteur Baldwin fut de s'en prendre à Hubert. Ils n'en eurent pas le temps, des coups de feu éclatèrent.

Dans le camp, Walter avait couru prendre son Uzi sur la table et il était venu se dissimuler dans l'angle du mur, près d'une fenêtre dont il brisa un carreau avec sa crosse. Il pointa l'arme et lâcha une volée de balles. Les ATF s'aplatirent autour du trou.

Ceux de leurs confrères qui étaient restés derrière criblèrent de balles le camp à leur tour. Des vitres volèrent en éclat. Walter ne fut pas touché. Le revêtement de contreplaqué de la cabane dissimulait un blindage d'acier. Pendant que d'autres combattants arrivaient en renfort, Walter finit de décharger son fusil mitrailleur semi-automatique, faisant trois victimes parmi les tireurs de l'ATF. Les survivants se replièrent derrière les arbres. Un silence effrayant s'ensuivit. Walter s'aperçut que le rottweiler avait cessé d'aboyer. Touché par les balles, sans doute.

* * *

— Pourquoi il a fait ça? se lamentait Suzanne.

Billy Memory haussa les épaules.

— Si Walter avait voulu que ça se termine dans le sang, il n'aurait pas agi autrement! poursuivit-elle.

— Quand on s'est préparé au pire, prononça Billy Memory, il faut bien que le pire arrive. Sinon, on se serait préparé pour rien.

* * *

Profitant du répit, Walter entrouvrit la trappe qui donnait sur la caravane souterraine. Les autres étaient agglutinés au pied de l'escalier. Quatre regards, comme un seul, dirigés vers lui. On entendait, venant de l'arrière, la voix de Jim White qui réclamait des explications, à cor et à cri.

— Que s'est-il passé? demanda Jeri à son père.

— Je leur ai souhaité la bienvenue!

— C'est toi qui as tiré le premier? suffoqua le docteur Baldwin.

— Ils avaient franchi les limites de ma propriété!

Hubert posa le pied sur la première marche.

— Tu me reprochais de nous mettre en danger parce que je refusais de prendre les grands moyens pour faire parler l'otage. Aujourd'hui, tu nous fous dans la merde parce que des gens habillés en bleu n'ont pas respecté ton écriteau! Es-tu bien certain de savoir ce que tu fais?

— Pourquoi ne leur as-tu pas ouvert la porte? s'indigna Stan. Ils auraient fouillé et ne nous auraient pas trouvés.

— Tu crois, toi, qu'ils n'auraient pas entendu votre mouton bêler à fendre l'âme? Commencez donc par le faire taire!

Jeri s'en fut dans la chambre pour bâillonner Jim White. Pendant ce temps, Hubert avait continué de monter lentement les marches.

— Je pense que tu as besoin d'aide.

Walter pointa son Uzi vers lui.

— Tu restes en bas! Vous autres aussi!

Et il referma brusquement la trappe.

Quelques minutes plus tard, le téléphone sonna. Ceux d'en face venaient d'établir le contact. Les réponses de Walter ne laissèrent subsister aucun doute sur ses intentions.

— Vous violez ma propriété. Je vous demande de vous retirer immédiatement, sinon je serai obligé de vous déloger par la force.

Langage étonnant pour un assiégé! Puis, après un échange serré d'arguments, le nœud de la question :

— Je suis chez moi ici! Je reçois qui je veux! Non, je n'ai pas l'intention de vous soumettre ma liste d'invités! Je vous demande une dernière fois de quitter ma propriété!

Enfin, la menace ultime fut prononcée :

— Si vous persistez, vous serez responsables de ce qui arrivera.

Un blindé venait de prendre position à l'entrée de la route menant au camp.

— *Holy shit!* sifflota Walter en soulevant sa casquette. Ces gens-là nous prennent au sérieux! Essayons de ne pas les décevoir!

* * *

Suzanne avait joint les mains sur sa poitrine.

— On étouffe ici!

— Ils devaient sûrement manquer d'air, eux aussi, en bas, soupira Billy Memory. Le pire, ce n'est pas d'être traqué, mais de ne rien pouvoir tenter pour en sortir.

— Ils étaient pris comme des lièvres au fond d'un terrier.

Elle voulut faire un pas et faillit perdre l'équilibre. L'Indien la rattrapa et l'entraîna vers le banc.

— C'est presque fini.

— Je ne le sais que trop!

* * *

Le siège dura toute la journée. Les médias avaient réussi à faire monter leurs cars de reportage sur une colline avoisinante. Leurs antennes à micro-ondes s'élevaient au-dessus des arbres. Tous les téléobjectifs étaient braqués sur le camp. En raison de la distance, on en tirait des images floues, qui montraient les hommes de l'ATF consolidant leurs positions.

Ils avaient cerné les lieux. On voyait leurs uniformes bleus circuler comme des fourmis, sous le squelette des arbres. Le blindé n'avait pas bougé de sa position, à l'entrée du chemin. Un hélicoptère survolait la scène. La cabane de Walter s'incrustait comme un nouveau repère marquant la transformation du rêve américain en cauchemar.

Pour gagner du temps, les autorités discutaient de points de droit avec Walter: abandon d'éventuelles procédures relatives à la commission d'actes de rébellion à l'endroit du gouvernement des États-Unis en échange de l'autorisation de procéder à une perquisition. Walter Williams se montrait intraitable. Il invoqua le droit sacré de tout citoyen à sa vie privée. En vertu de la Constitution, chaque Américain demeurait le maître absolu en son royaume. Assis devant la table, seul, Walter caressait son Uzi en durcissant un regard qui semblait percer les murs. Même les couillons de l'ATF n'osaient pas l'approcher. Il connaissait son heure de gloire.

Dans la caravane souterraine, le temps s'était arrêté. Toute référence à la réalité, abolie. Même pas un bruit à quoi s'accrocher. Ils étaient devenus des otages à leur tour. Prisonniers de la folie de celui qui prétendait les commander. Les condamnés, dans l'antichambre de la mort, ne devaient pas connaître des sentiments différents de ceux qu'ils éprouvaient.

Le docteur Baldwin se désolait d'avoir laissé sa bouteille dans le camp. La rage de Stan lui gonflait les muscles. Hubert et Jeri se tenaient à l'écart, dans la mesure où l'exiguïté des lieux le permettait. Victimes comme les autres, mais présumés coupables en même temps. Dans la chambre, Jim White grommelait sous son bâillon. On ne saurait jamais s'il se réjouissait de la tournure des événements ou s'il s'en désespérait. Peut-être s'attendait-il à ce qu'on le délivre enfin?

* * *

À la tombée du jour, les fédéraux crevèrent les projecteurs que Walter dirigeait sur eux. Ils avaient eux-mêmes pris les dispositions nécessaires pour éclairer le camp à l'aide d'instruments que les projectiles ne pouvaient pas atteindre. La cabane se découpait avec netteté sur la colline. Les forces de l'ordre assistaient à leur propre intervention comme à un spectacle.

La nuit venue, on coupa l'électricité du camp. Les fenêtres s'illuminèrent presque aussitôt. Les assiégés disposaient d'une génératrice à essence. Les assiégeants se réjouirent d'entamer les réserves de carburant de leurs vis-à-vis.

Au milieu de la soirée, dans la caravane, ils avaient envisagé toutes les stratégies. Jeri proposait une médiation auprès de son père. Le docteur Baldwin avait même suggéré qu'on descende Walter. Stan lui avait opposé qu'avec sa grande maîtrise des armes à feu Walter aurait le temps de les arroser tous, avec son Uzi, avant de tomber.

Tenter une sortie en s'abritant derrière Jim White ? On avait conclu qu'un même bain de sang s'ensuivrait. Ils en étaient réduits à s'accrocher au mince espoir que Walter serait abattu quand les forces de l'ordre tenteraient d'investir les lieux. Espérance vite abandonnée, car personne ne doutait que les ATF démonteraient la cabane, planche par planche, et finiraient par découvrir la cachette. Du moins, dans cette éventualité, resterait-on en vie !

Hubert et Jeri s'étaient réfugiés dans le couloir qui reliait le carré à la chambre. L'un face à l'autre, ils s'efforçaient de vivre en accéléré les années qu'ils ne connaîtraient pas. La scierie… la maison… Peut-être un enfant ? osa suggérer Jeri. Hubert refusa de la suivre jusque-là.

Quand Walter se présenta dans l'escalier, un lourd silence l'accueillit. Puis Hubert bondit à sa rencontre.

— Retourne en haut ! Ici, c'est pour les vivants ! Toi, tu es mort !

* * *

L'assaut se produisit au petit matin. Walter se précipita à la fenêtre. Le blindé venait de se mettre en marche. À sa silhouette, Walter le reconnut facilement. C'était un véhicule de fabrication suisse, que les polices des grandes villes occidentales utilisaient pour réprimer les émeutes.

L'engin venait droit sur le camp. Walter vida le chargeur de son Uzi sur sa carapace. Les balles tracèrent un feu d'artifice suivi d'un silence assourdissant. L'Uzi fumait. La pièce sentait l'enfer. Les projectiles avaient dû ricocher partout sur la colline. Le blindé s'était immobilisé. Intact. Il reprit bientôt sa progression.

Walter comprit qu'il n'arrêterait pas l'engin avec son fusil-mitrailleur. Il rejoignit les autres, en bas.

* * *

Suzanne était paralysée sur le banc. Le blindé fonçait sur elle. Elle ferma les yeux. Une déflagration l'assourdit à jamais. L'onde de choc la déchiqueta vivante. Elle était déjà inconsciente quand la boule de feu l'engouffra. Le courant ascendant emporta ses membres désarticulés. Des fragments d'os, de chair et de peau retombèrent, en même temps que des tonnes de débris, bois, acier, verre et béton, dans un rayon de cent cinquante mètres.

Elle s'étonna de ne pas souffrir. Elle ne savait plus si elle était morte ou vivante. Un silence d'avant le temps s'était établi.

Une image gravée à jamais dans son esprit : un champignon noir au-dessus du camp. Une certitude : l'explosion s'était produite quelques instants avant que le blindé eût commencé à pratiquer une brèche dans la façade du camp.

Elle renaquit à la souffrance. Hubert avait été anéanti, pulvérisé, expulsé de la vie. Ses restes, intimement mêlés à la terre, appartenaient désormais au règne végétal. Il n'existait plus ailleurs que dans la tête de ceux qui se souvenaient de lui.

Suzanne s'enfuit de la caverne. Elle courut sur la pierre rugueuse. Elle traversa la salle sonore et s'engouffra dans le boyau qui devait la mener dehors. Ses épaules heurtaient les parois. Elle se pliait en deux pour protéger sa tête. Billy Memory la rattrapa à l'instant où elle butait sur une bosse. Il la saisit aux épaules et la força à se retourner vers lui.

Elle se jeta dans ses bras. Des sanglots la secouaient. L'Indien mêla ses larmes aux siennes.

Ils se dirigèrent lentement vers la sortie. Il la tenait par l'épaule. Il essayait d'étouffer sa peine :

— L'explosion s'est produite à sept heures du matin. Seulement deux des victimes ont été formellement identifiées, Stan et Jim White. Les autres ont été portés disparus. La loi n'a pas pour fonction de confirmer les évidences.

— Ils n'avaient pas le droit de faire ça !

— Les autorités ont toujours soutenu qu'elles n'étaient pour rien dans l'explosion.

— Ils nous prennent pour qui ?

— On a retrouvé des traces de nitrate d'ammonium dans les débris.

— Les barils étaient entreposés dans le camp ! Vous me l'avez dit !

— L'enquête est toujours ouverte.

— Pour moi, elle est terminée. Ils ont tué mon mari. Ils ne valent pas mieux que ceux qui ont jeté mon fils en bas du pont.

Un cosmos intime

Ô mon Dieu se peut-il que je m'enfante et que je vive en moi comme un posthume enfant

RENÉ GUY CADOU

Ils émergèrent de la caverne par un interstice du temps, à l'heure où la lumière et les ténèbres se tiennent en équilibre. On savait déjà que le jour allait l'emporter. Quelques geais criailleurs donnaient de la profondeur à l'espace. L'air était plutôt frais. Suzanne et l'Indien se tenaient sur un plateau qui dominait la scierie. En bas, la lampe Sentinelle s'enveloppait de vapeurs.

Suzanne fit ses premiers pas. Elle s'accrochait au bras de Billy Memory. Il était le premier homme dont elle osait s'approcher depuis qu'elle avait rejeté Hubert hors de sa vie. L'Indien se défendait de trop s'attacher. Après leur traversée de la nuit, la tendresse et l'horreur conjuguées avaient tissé entre eux des liens de feu. Ils risquaient de ne jamais pouvoir les défaire. Suzanne se comporta comme si elle tirait les conclusions d'une transaction d'affaires. Cela sonnait faux. Elle en était consciente.

— Quand je suis arrivée dans votre roulotte, au début de la nuit, nous avons conclu une sorte de pacte. « Je vous raconte le début et vous me dites la fin. » Ça n'a pas été dit aussi clairement, mais c'était implicite. Vous avez rempli votre contrat. Je sais maintenant comment Hubert est mort. Je rentre à la maison.

L'Indien s'entêtait.

— Ce qui avait été entendu, c'était que je vous aiderais à vous pardonner d'avoir été si… dure avec Hubert.

— Vous n'y êtes pas parvenu. Je ne vous en veux pas. C'était impossible.

Billy Memory chercha le regard de Suzanne.

— Vous sautez trop vite aux conclusions.

La voix de Suzanne chevrotait. Billy Memory l'entendait à peine.

— Laissez-moi partir.

— Je ne vous ai pas encore dit l'essentiel.

— Je vous en prie. Ramenez-moi à ma voiture. Tout ce que je veux, maintenant, c'est une douche et un lit.

L'Indien chercha un argument dans la majesté du paysage.

— C'est comme si on avait fait un long voyage et qu'on s'arrêtait à quelques pas du but.

— Qu'est-ce que vous pouvez m'apprendre de plus ?

— Ce ne sera plus très long, affirma Billy Memory. Le jour se lève.

* * *

Il l'avait entraînée au bord du plateau. On y avait placé un tronc d'environ deux mètres de long, en guise de banc. Il la fit asseoir à ses côtés. Suzanne refusait toujours d'accorder quelque attention au spectacle de la vallée embrumée.

— Pour moi, anticipa-t-elle, il ne reste plus qu'un point à éclaircir : comment la police a pu découvrir que Jim White était séquestré dans le camp de Walter Williams.

Billy Memory haussa les épaules.

— Ce n'est pas le plus difficile. Je ne vois qu'une personne. Franka.

Suzanne écarquilla les yeux. L'Indien poursuivit.

— Souvenez-vous qu'elle avait étranglé le chien d'Hubert. Votre chien, en fait…

— Gremlin.

— Jeri avait balancé sa compagne de vie par-dessus bord, sans ménagement. Aucune explication. « Tu t'en vas ! » Franka ne pouvait en rester là. Avant de quitter Central Valley, elle avait eu le temps d'apprendre que la femme de son rival…

— C'est moi, ça ?

— … s'était réfugiée dans une secte. Or, le leader de la CURE venait d'être enlevé, à Boston, dans un feu d'artifice qui lui avait tout de suite fait penser au père de Jeri. Franka était beaucoup plus forte que Jeri en mathématiques des malices. Hubert plus Walter égalaient Jeri. Un coup de fil anonyme depuis une cabine téléphonique. Franka venait d'exécuter celle qui l'avait trahie.

Suzanne soupesa cette hypothèse avant de réagir.

— Vous avez peut-être raison. Si on s'en tient à votre version, Hubert a été victime d'une personne qui voulait se venger d'une peine d'amour.

— Entendons-nous sur ce point : la personne qui en voulait à Hubert avait le cœur déchiré.

— Ce pourrait tout aussi bien être moi ! fit valoir Suzanne.

Elle se résolut enfin à affronter le jour qui émergeait des collines.

— Pensez-vous que je suis beaucoup plus avancée? Hubert est mort par ma faute. C'est tout.

Elle fit un mouvement pour se lever. Billy Memory lui mit la main sur le bras.

— Quelques minutes! réclama l'Indien.

De toute la nuit, il ne s'était pas montré aussi insistant. Suzanne ne dissimula pas qu'elle était contrariée.

— Quoi encore?

— Nous y sommes presque. Il me manque juste un élément. Entre le moment où vous avez appris que Jim White avait ordonné que son Église soit démantelée, celui où vous avez compris qu'Hubert avait perdu la vie dans l'explosion du camp des miliciens, et celui où vous avez pris la décision de venir me rencontrer, il s'est écoulé près d'une année. Qu'est-ce que vous avez fait pendant tout ce temps?

— Je me suis éveillée par étapes, comme quand on sort d'une anesthésie.

Suzanne consentit à faire le récit de sa remise au monde.

* * *

La confession de Jim White, qui avouait avoir inventé un dieu plus grand que nature pour redonner un sens à sa vie gâchée, avait poignardé Suzanne. Une trahison! Deuxième coup mortel: les autorités avaient fait sauter le repaire des miliciens, à Central Valley, parce que les ravisseurs refusaient de libérer leur otage. Elle en perdit ses dernières illusions. La terre était peuplée de salauds. Suzanne était bien déterminée à ne jamais retourner vivre parmi eux.

Pour ajouter au pire, les dirigeants de l'Église de la réunion universelle se conformèrent aux dernières volontés de leur leader. Les responsables des sections locales informèrent leurs fidèles que les événements les obligeaient à fermer les portes. On les renvoyait, chacun et chacune, à leurs occupations d'autrefois. Suzanne était anéantie. Bertrand Ponsot et sa femme Constance s'étaient portés à son secours.

À cause de la distance, le couple d'amis français en était réduit à spéculer. On arrive souvent ainsi à des déductions qui dépassent la réalité. Ils n'avaient pu assister aux funérailles de François. Hubert ne répondait plus. Suzanne, pas davantage. Ils sautèrent dans le premier avion. Ils furent stupéfaits d'apprendre que la réalité dépassait toutes leurs suppositions.

Les dirigeants de la section de la CURE des Cantons-de-l'Est ne furent que trop heureux de leur confier Suzanne. Les Ponsot ne pouvaient plus rien pour Hubert. Ils emmenèrent Suzanne avec eux, à Lyon.

Ils ne songèrent pas un instant à lui arracher, une à une, les convictions qu'on lui avait implantées dans le cœur. Ils n'avaient pas la compétence nécessaire pour le faire. Pas la naïveté de croire que c'était la bonne méthode. Ils se contentèrent de lui dispenser beaucoup de tendresse.

Une période de convalescence commença, dont on ne pouvait prévoir la durée. Les Ponsot n'ayant pas assez d'espace chez eux pour y accueillir Suzanne, ils la confièrent à l'une de leurs amies, Brigitte, une costumière du Théâtre des Célestins.

Brigitte habitait rue Célu, dans l'arrondissement de la Croix-Rousse, dans une maison qu'elle restaurait à ses moments perdus. Elle y vivait avec ses deux filles en bas âge. Leur père était parti refaire sa vie en Italie. La costumière reporta sur sa protégée toute l'affection que, dans sa solitude, elle n'avait pu épancher.

Les premiers temps, Suzanne n'habitait plus son corps. Son esprit n'arrivait plus à se fixer, errant à la façon des spectres qui cherchent à s'incarner. Brigitte partait tôt le matin et ne rentrait du travail que vers les dix-neuf heures. Les filles revenaient de l'école à dix-sept heures. Brigitte avait donc chargé Suzanne de les accueillir. La recluse reprit peu à peu contact avec la vie, grâce aux enfants.

Après quelque temps, Brigitte prit Suzanne avec elle, à l'atelier de costumes du théâtre. L'édifice, à la fois classique et baroque, apparut à la Québécoise comme un palais enchanté. La vue qu'elle en eut, sous son éclairage resplendissant, la première fois qu'elle en sortit après la tombée de la nuit évoqua pour elle les âges où la civilisation donnait à voir son âme autant dans la pierre que dans la lumière.

La salle à l'italienne, véritable écrin rouge et or, lui rappela le film *Amadeus*. Les cintres, toujours actionnés manuellement, transportaient Suzanne sur le pont des navires qui avaient apporté la civilisation européenne en Amérique. Dans l'atelier, elle laissait son imagination donner vie aux pourpres, aux ors et à l'hermine des costumes, et il lui semblait qu'elle entendait les grands de ce monde discourir des routes maritimes à emprunter pour atteindre les Nouveaux Mondes.

Plusieurs fois la semaine, les Ponsot passaient prendre Suzanne chez Brigitte et l'emmenaient dîner chez eux. Les conversations se prolongeaient jusque tard dans la soirée. Constance et Bertrand orientaient finement la discussion, s'attachant à l'évocation des moments les plus heureux de sa vie passée. Même les frasques du chien Gremlin soulevaient des éclats de rire salutaires. Suzanne se réconciliait avec le présent en fréquentant les beaux souvenirs de son passé.

Après dix mois de ce régime, elle annonça qu'elle se sentait la force de rentrer à Longueuil. Dans la maison de la rue Grant, elle se retrouva cependant sans moyens de subsistance. La General Lumber ainsi que les valeurs mobilières que le couple Gendron-Demers avait accumulées avaient été transférées à la secte. Les assurances refusaient toujours de reconnaître qu'Hubert était mort. En l'absence de sa dépouille, leurs tergiversations pourraient durer des années. On s'en remettrait éventuellement aux tribunaux. Suzanne grattait les fonds de tiroir.

Ce fut, paradoxalement, l'Église qui l'avait détruite qui la tira d'embarras. Peu de temps après son retour au Québec, Suzanne reçut un chèque qui représentait sa part de ce qui avait constitué sa dot mystique. Les curateurs de l'Église de la réunion universelle exécutaient les dernières volontés de Jim White.

Libérée de ses soucis financiers, Suzanne chercha à redonner un sens à sa vie. Elle fit comme bon nombre de personnes qui ont vaincu une maladie mortelle : elle consacra toute son énergie à la lutte contre ce qui avait failli l'emporter. Elle mit bénévolement ses compétences au service de Sectaide, dont elle s'employa à rebâtir l'administration déficiente. Les gens généreux ne savent pas compter.

— Je me suis remise au monde en m'oubliant, conclut Suzanne.

* * *

— C'est ce que j'attendais! s'exclama fiévreusement Billy Memory.

Il marchait devant Suzanne en bordure du plateau. Ses yeux pétillaient. Sa natte sautillait sur le cuir de son blouson. Il ne semblait plus éprouver aucune fatigue. Bouillant de vivacité. Un revirement que Suzanne ne prévoyait évidemment pas.

— Maintenant, commença-t-il, vous allez m'écouter attentivement.

Suzanne ne s'était pas comportée autrement depuis le début de la nuit.

— J'ai cru que ce moment ne viendrait jamais! ajouta-t-il.

Suzanne ne trouvait plus de mots pour l'interroger. Il s'agenouilla devant elle, lui prit les mains et les secoua comme pour la rendre plus réceptive à ce qu'il allait lui révéler.

— Le jour va se lever! triompha-t-il.

* * *

Suzanne s'attendait à tout, sauf à ce que Billy Memory la ramène dans le camp des miliciens, à l'instant où le blindé avait avancé. Constatant que l'engin allait enfoncer la façade, Walter rejoignit les autres dans la caravane. Sa présence porta la tension à son paroxysme. Une seule parole, et l'anxiété se transforma en terreur.

— Ils arrivent!

Walter riva son œil à une extension du périscope relié à l'une des gouttières. Une vibration sembla monter de la terre. Walter jura. Son périscope ne lui renvoyait plus d'image. Sans doute la gouttière avait-elle été arrachée. Des craquements et des chocs leur parvenaient d'en haut. Il leur sembla que le blindé pénétrait à l'intérieur du camp. Puis on entendit l'engin reculer, et le calme qui s'ensuivit leur parut encore plus inquiétant.

Ils se tenaient tous les cinq dans le carré. Pressés les uns contre les autres, ils s'empoisonnaient avec leur regard. Dans l'affolement, le docteur Baldwin reçut l'un des coudes de Stan en plein visage. Il riposta aussitôt en enfonçant son poing dans le ventre du cameraman. Celui-ci saisit le dentiste à bras-le-corps et le serra à l'étouffer. Le docteur Baldwin gigotait et vociférait. Hubert intervint pour les séparer. Ils roulèrent tous trois sur le plancher. Jeri se pencha sur eux. Walter pointa son Uzi.

— *Freeze !*

Une seule décharge de cette arme, dans l'espace étroit où ils se trouvaient, en aurait touché plus d'un et les aurait à tout le moins tous rendus sourds.

— Vous n'allez pas mourir en vous chamaillant ?

En haut, le fracas reprit à cet instant. Le blindé poursuivait son entreprise de démolition. Sans se soucier de ce qui marquait la fin de leur résistance, Jeri entraîna son père à l'écart, dans le couloir qui menait à la chambre. Sans doute lui faisait-elle ses adieux. C'était touchant et désespérant à la fois. Leur entretien fut bref mais intense. Walter saisit sa fille aux épaules et son regard vrilla le sien. En deux enjambées, il vint se planter devant Hubert.

— Toi, écoute-moi bien !

Hubert mit quelques instants à réagir. Sitôt qu'il eut levé les yeux, Walter désigna Jeri d'un geste de la tête.

— Tu pars avec elle !

Il ouvrit la porte du placard et écarta les vêtements qui s'y trouvaient. En quelques gestes précis, il déverrouilla le panneau qui formait le fond du réduit. Celui-ci s'entrebâilla sur le noir. Walter saisit une lampe de poche déposée près de l'ouverture, l'alluma et l'agita devant un passage.

— *Get out !*

De sa main libre, il poussa Jeri. Le torse de la jeune femme puis ses jambes disparurent dans l'ouverture. Walter fit signe à Hubert de l'imiter, mais celui-ci ne broncha pas.

— *Move your ass !* vociféra Walter.

— Pas question !

Walter attrapa Hubert aux épaules et le poussa de toutes ses forces pour le contraindre à se courber.

— Que se passe-t-il ?

— Je t'expliquerai quand je serai dans l'autre monde ! grogna Walter.

Et il lui administra un coup de pied au derrière, qui le fit basculer dans l'ouverture. Hubert plongea tête première de l'autre côté. La lampe de poche que tenait Jeri l'aveuglait. Elle en détourna le faisceau. Hubert se redressa, se cognant la tête au plafond trop bas d'un tunnel qui s'ouvrait devant lui. Jeri le pressa en lui prenant la main.

— Vite !

Ils se mirent à courir l'un derrière l'autre, dans le boyau qui s'enfonçait sous terre.

* * *

— Qu'est-ce que vous me racontez là ?

Suzanne était hors d'elle-même. L'indignation crispait ses traits.

— Vous n'avez pas le droit de me faire ça !

Elle tenait son visage à quelques centimètres de celui de l'Indien. Son expression oscillait entre la colère et la souffrance.

— Je ne vous ai pas suivi jusqu'ici pour que vous me serviez un conte de fées en guise de conclusion !

Billy Memory voulut s'expliquer. Suzanne ne lui en laissa pas le temps :

— Je vous hais ! C'est dégueulasse ce que vous faites ! Essayez-vous de me faire croire qu'Hubert s'en est tiré ?

Billy Memory confirma de la tête.

— Comment le savez-vous ?

— J'étais dans le tunnel depuis plusieurs heures déjà.

Elle écarquilla les yeux et tourna lentement la tête en direction de l'entrée de la caverne, dont elle avait elle-même surgi quelques minutes plus tôt.

— J'ai aidé Walter à creuser ce tunnel, expliqua l'Indien. On ne le croirait pas, mais il n'y a pas plus d'un kilomètre entre l'endroit où s'élevait le camp de Walter et le fond de cette caverne. Par la route, c'est un trajet beaucoup plus long. On comprend mieux en regardant un plan. Les deux propriétés se touchent par leurs limites arrière.

Suzanne recula d'un pas, comme si elle voulait réduire la tension que son interlocuteur exerçait sur elle. Billy Memory replaça ses lunettes.

— Et qu'est-ce qu'elle avait tant dit à son père, cette Jeri, pour qu'il la pousse dans l'issue de secours avec Hubert ?

— Qu'elle était enceinte. Je l'ai appris en même temps que lui pendant que nous courions le plus vite possible pour ne pas recevoir la colline sur la tête si une explosion se produisait.

En fait d'explosion, Suzanne n'en avait jamais connu de plus intense. La nouvelle que non seulement Hubert était vivant, mais qu'il avait fait un enfant à Jeri lui faisait encore plus mal que l'ancienne certitude de sa disparition. Elle souffrait par les mille radicelles que la mort de François avait sectionnées en elle.

— Jeri était enceinte? répéta-t-elle pour s'en convaincre.

— Elle aura voulu partager ce secret avec son père à l'instant où elle croyait tout perdu.

— Et je peux vous demander ce que vous faisiez dans ce tunnel? continua Suzanne pour se remettre de sa surprise.

— J'attendais que quelqu'un s'y engage.

— Vous espériez que toute la bande l'emprunterait?

— J'étais plutôt convaincu que Walter ne refuserait pas un engagement qu'il avait lui-même provoqué.

— Même après avoir appris qu'il allait être grand-père?

— C'eût été donner un exemple de lâcheté à son petit-enfant.

— Et vous avez fui sans attendre de voir si quelqu'un d'autre n'allait pas en sortir?

— J'avais déjà trois vies sur les bras. Plus qu'une idée en tête : mettre Jeri, Hubert et cet enfant qui n'était pas encore né à l'abri de la catastrophe qui allait se produire d'un instant à l'autre.

414

* * *

Tandis qu'ils montaient dans la camionnette de Billy Memory, le battement de leurs cœurs résonnait aux oreilles d'Hubert et de Jeri. La nouvelle qu'il venait d'apprendre achevait de déconcerter Hubert. Il fuyait avec Jeri pour protéger ce germe d'enfant. Ils emportaient la vie comme les primitifs transportaient le feu loin de la scène des combats, pour le préserver.

Billy Memory avait contourné Central Valley par des chemins de traverse. C'est au beau milieu des collines qu'ils entendirent l'explosion. Qu'ils la ressentirent, plutôt. Le grondement, qui leur sembla surgir des entrailles de la terre, leur traversa le corps avant de se dissiper dans l'air. Ils demeurèrent muets devant l'évidence. Seul subsista le rugissement du moteur de la camionnette que l'Indien poussait aux limites du raisonnable.

* * *

— C'est la police qui a fait sauter le camp? demanda Suzanne.

— Je ne crois pas, affirma Billy Memory. Ça ressemble trop à un geste qu'aurait pu signer Walter Williams. J'ai toujours pensé qu'en voyant partir Hubert et Jeri le docteur Baldwin avait eu le réflexe de sauver sa peau, lui aussi. Walter l'a probablement descendu au moment où le dentiste enjambait l'ouverture, au fond du placard. Que restait-il au milicien? Stan et Jim White. Le cameraman était sans doute saisi de stupeur. Le leader de la CURE devait pousser des cris muets, sous son bâillon. Walter a probablement déclenché l'explosion des barils de nitrate d'ammonium destinés à la Cité des étoiles. Il aura mis un terme à une opération qui n'avait plus de sens, en l'absence du principal intéressé.

Dans le silence du petit matin, la quiétude des collines opposait l'indifférence de la nature aux soubresauts des hommes. Leur agitation n'entamait pas sa pérennité. Déjà, avant l'apparition du premier homme sur la terre, le jour se refaisait chaque matin, et le phénomène se perpétuerait après la disparition du dernier représentant de l'espèce. La vie ne privilégie pas l'humanité.

Suzanne était debout, face au brouillard qui s'effilo-chait maintenant sur le flanc des collines. Son cœur battait pour ceux qui n'en avaient plus, tout autant que pour ceux qui vivaient encore. Il lui fallait faire de la place à tout ce monde confondu. Même à cet enfant nouveau, dont elle n'osait encore s'enquérir.

— Pourquoi ne me l'avez-vous pas dit plus tôt ? murmura Suzanne.

— J'attendais que vous soyez prête à l'entendre.

* * *

La camionnette de Billy Memory bifurqua sur la route 30 qui serpente entre les lacs et les falaises des Adirondacks. Après Gloversville, la nature primitive se referma sur eux. La route contournait des collines peuplées de forêts touffues. Après Blue Mountain Lake, Billy chercha une station-service. Les hameaux qu'ils traver-saient vivaient de leur vie tranquille. La nécessité de faire le plein s'imposa aux abords de Tupper Lake. Le pompiste accueillit le conducteur de la camionnette avec un « Vous avez appris la nouvelle ? ».

Le plein fait, la Sierra reprit sa traversée de l'improbable. Jeri s'était enfoncée au plus profond de sa douleur pour bercer la mémoire d'un père qui avait donné sa vie pour elle et son enfant. Hubert en faisait autant de son côté. Il avait rejoint François dans les méandres de sa conscience pour lui annoncer la venue prochaine d'un frère ou d'une sœur. Billy se contentait d'être l'instrument de leur survie.

La matinée était déjà bien avancée quand ils entrèrent dans St. Regis, une localité qui ressemblait à toutes les agglomérations d'Amérique du Nord, avec sa rue principale, ses enseignes et ses commerces.

— Ici, expliqua Billy Memory à ses passagers, nous sommes nulle part, c'est-à-dire chez les Indiens.

La réserve mohawk de St. Regis présente la particularité de se situer à un point de rencontre entre les États-Unis et le Canada. Trois unités administratives se la partagent, l'État de New York, la province de Québec et celle d'Ontario. En vertu des droits et des traités ancestraux dont ils se réclament, les Mohawks ne reconnaissent pas les frontières entre les pays, les États et les provinces. Il suffisait donc de mettre le pied sur la réserve de St. Regis pour se retrouver ailleurs qu'aux États-Unis, ailleurs que dans la province de Québec et ailleurs que dans celle d'Ontario, au Canada. Un *no White man's land*.

— Aucun policier blanc ne vient jamais fourrer son nez ici, affirma Billy Memory.

Il emprunta une rue secondaire, bordée de maisons de planches, et s'arrêta devant l'une d'elles pour aller frapper avec insistance à sa porte. Il en revint en compagnie d'un gros homme au visage bouffi de contentement. Il le présenta à ses passagers.

— Mark Hunter. Il va s'occuper de vous.

Ils se firent de brefs adieux devant la camionnette. Billy mit la main sous sa chemise et en retira un talisman en forme de tortue, suspendu à un lacet de cuir. Son visage s'emplit de gravité lorsqu'il le passa au cou d'Hubert.

— La terre est une tortue. Elle a le dos rond. Si tu marches assez longtemps, tu me retrouveras.

Ensuite, il remonta dans sa Sierra et s'éloigna à grande vitesse. Jeri n'avait eu que le temps de lui effleurer le bras avec la main, en guise de serment de fidélité.

* * *

— De retour chez moi, conclut Billy Memory en descendant de ma camionnette, au milieu de l'après-midi, j'ai aperçu l'oiseau sur un piquet de clôture.

« Quel oiseau ? » demanda Suzanne avec ses yeux.

— L'oiseau de Timothy McVeigh. J'étais devant mon téléviseur le jour où ils l'ont exécuté. Bien entendu, la caméra n'avait pas été autorisée à montrer la scène. Pendant que ce crime se produisait, des commentateurs donnaient à entendre la réaction d'un peu tout le monde. Plusieurs manifestaient en faveur de la peine de mort et se réjouissaient que l'auteur de l'attentat qui avait coûté la vie à cent soixante-huit personnes paie enfin pour son crime. D'autres, moins nombreux et tenus à l'écart, soutenaient qu'on n'arrangerait rien en faisant une cent soixante-neuvième victime. On a senti que le journaliste qui se tenait parmi eux était ému. La caméra nous a montré un oiseau qui s'était posé sur le bras d'une manifestante, à l'instant précis où l'exécution par injection létale commençait. Le commentateur allait s'étendre sur le sujet lorsque sa voix a chevroté. Il nous a brusquement annoncé qu'il cédait l'antenne à l'un de ses confrères, et on n'est jamais revenu sur la scène. J'en ai déduit que les responsables de la programmation n'avaient pas apprécié l'incident. Trop ésotérique pour eux ! Le moment était mal choisi pour révéler aux téléspectateurs que Timothy McVeigh avait une âme !

Suzanne resta sans voix.

— J'ai passé une grande partie de la matinée à chercher la trace de l'événement sur Internet, enchaîna Billy Memory. Rien ! Encore une fois, on niait l'évidence. Et cet après-midi-là, tandis que je descendais de ma camionnette, l'oiseau de Timothy McVeigh est venu m'annoncer qu'Hubert et Jeri étaient maintenant en sécurité. Cet oiseau ne ment jamais, vous savez, même si la télévision refuse toujours de reconnaître son existence.

* * *

Suzanne était assise sur son tronc d'arbre, et regardait la lumière surgir du brouillard. Un vent léger donnait du souffle aux collines. La forêt lançait toutes ses couleurs avant de se dessécher. Billy Memory s'éloigna de quelques pas et laissa Suzanne prendre pied dans la réalité qu'il venait de lui dévoiler. Le temps n'est jamais pressé. Certains Indiens le savent.

— Vous croyez que cet oiseau, c'est François qui revient ? demanda-t-elle soudain.

Il mâchouilla sa réponse avant de la lui proposer.

— Je ne le pense pas. Même les bouddhistes affirment que nous nous réincarnons dans des entités distinctes.

— Alors, pour vous, François est vraiment mort?

Il leva les yeux vers les cieux. La lumière écartait le voile de la nuit. Le bleu du firmament apparaissait. Sa profondeur insondable touchait les confins de l'univers.

— Je vais vous le dire, moi, ce qui est arrivé à votre François.

Suzanne ramena ses mains contre sa poitrine.

— Il a remis le monde au monde. Vous ne me croyez pas? Écoutez bien. Au commencement, l'humanité vivait dans les étoiles. C'était au temps où la vie s'étendait sur des éternités enroulées sur elles-mêmes. Autrement dit, avant le temps. Il y avait des hommes, des femmes, des vieillards et des enfants qui vivaient en harmonie sur une lointaine étoile. La mort n'avait pas encore été inventée. Mais les enfants ne sont jamais prudents, même dans l'au-delà. Un garçon et une fille jouaient sur le bord de l'étoile. La fille perdit pied. Le garçon se pencha pour la rattraper. Ils tombèrent en même temps dans le vide infini. Ils déboulèrent pendant une éternité. Ils traversèrent les couches les plus éthérées de l'atmosphère terrestre. Ils se retrouvèrent bientôt au-dessus de l'océan primitif car, en ce temps-là, notre planète était entièrement recouverte d'eau. On peut présumer qu'ils tentèrent de s'accrocher aux nuages. Peine perdue. Ils allaient se noyer. C'est alors qu'un remous se produisit à la surface des eaux. Pressentant le drame, la tortue mère émergea des profondeurs et les deux enfants atterrirent sur sa carapace. Ils étaient sains et saufs, mais ils se trouvaient bien isolés dans leur île minuscule. C'est alors que les autres animaux qui peuplaient la planète entrèrent en action. La loutre, le huard et le castor plongèrent tour à tour pour remonter un peu de terre du fond de l'océan. En vain. Ils ne pouvaient survivre à de telles profondeurs. Le rat musqué se proposa enfin pour accomplir cet exploit. Quand il refit surface, ses poumons avaient éclaté sous l'effet de la pression. Il était mort à son tour, mais il tenait une petite quantité de terre entre ses pattes. Les enfants la recueillirent et la déposèrent sur le dos de la tortue. Aujourd'hui, cette tortue a pris des proportions gigantesques. Elle forme ce que nous appelons l'Amérique du Nord. La terre de la tortue.

Suzanne parvint à se lever.

— Vous voyez? conclut Billy Memory. Il faut parfois que des enfants perdent pied pour que la vie continue. Votre François, c'est l'enfant tortue. Hubert est tombé à son tour. La planète tortue de François a été son salut.

Suzanne fit ses premiers pas sur cette terre inconnue.

* * *

Suzanne s'apprêtait à partir. Elle avait tant à accomplir dans cette vie où il lui faudrait tout réapprendre.

— Il reste encore une chose, intervint Billy Memory. J'ai eu des nouvelles d'Hubert et de Jeri. Ils vivent quelque part au Canada, je ne vous dirai pas où, sous une identité qu'ils se sont fabriquée. Et ils ont eu leur enfant. C'est un garçon.

Suzanne eut soudain cent ans.

— Ils n'ont rien dit pour moi?

— Ils ne pouvaient pas savoir que je vous ren-
contrerais.

Elle se mit à marcher comme une vieille dame qui erre
sans destination. Elle jeta sur Billy Memory un regard
d'une tristesse infinie.

— J'étais venue vous demander de me raconter ce qui
est arrivé à Hubert. Vous m'en avez appris plus que j'espérais. Comment je vais faire, maintenant, pour vivre avec
toutes ces révélations?

Il vint vers elle, les mains tendues. Elle ne répondit pas
à son invitation.

— Vous vous rappelez, quand vous êtes entrée dans
ma roulotte, c'est déjà hier, vous m'avez demandé ce que
je faisais avec tous mes livres, mes papiers et mon ordinateur? Je vous ai répondu: « J'ai fait une découverte
extraordinaire. Maintenant je passe mon temps à essayer
de voir comment elle pourrait s'appliquer à ma vie de
tous les jours. » Si vous voulez, je peux vous confier mon
secret.

Il ouvrit devant elle les paumes de ses mains pour la
mettre en garde.

— Oh! ce n'est pas un remède miracle! Ce serait plutôt une formule dans laquelle il faut mettre un peu plus de
soi qu'on n'en reçoit. Une sorte de quête permanente, qui
ne résoudra jamais le mystère, mais qui permet de l'affronter sans perdre le goût de vivre.

Elle lui adressa un sourire timide pour l'inciter à continuer.

— Une sorte de grand sac dans lequel j'ai ramassé ce
qui me paraissait l'essentiel pour finir le voyage.

Il leva une fois de plus la tête vers les nuages.

— Il n'y a rien, là-dedans, qui m'appartient en propre. Ce sont des idées que j'ai grappillées à gauche et à droite. Mon seul mérite, c'est de les avoir rassemblées. Après avoir bien brassé le tout, je me suis aperçu que ça prenait la forme d'un art de vivre.

Suzanne s'approcha pour marquer son intérêt.

— La première idée, c'est que nous venons des étoiles !

Elle inclina la tête de côté pour attendre la suite.

— La terre elle-même, les pierres, l'eau, l'air, mes os, notre sang et tout ce que nous fabriquons avec les matériaux que nous avons sous la main, les maisons, les autos, les fusées et les ordinateurs, tout vient des étoiles ! Et ce sont les explosions initiales des astres primitifs qui ont fourni les ingrédients de la vie.

Il s'arrêta pour laisser ses paroles se déposer dans la conscience de Suzanne. Elle s'aperçut qu'il s'était mis à ramasser des pierres, sur le plateau, tout en parlant.

— Il faut se le rappeler quand nos malheurs prennent des proportions qui nous cachent l'univers.

Elle approuva de tout son être.

— La seconde idée nous concerne de plus près. Elle se rapporte, en fait, à ce que nous faisons de notre planète. Vous avez sûrement entendu mille fois répéter qu'il faut se remettre en harmonie avec la nature, vivre selon les règles de la nature, rétablir l'équilibre entre l'homme et son environnement naturel. Eh bien ! c'est une erreur monumentale qui risque de nous entraîner dans de terribles catastrophes.

Billy Memory avait commencé à disposer ses pierres en cercle, sur le sol.

— Nous avons commis, depuis longtemps, l'imprudence de contredire les lois de la nature. Si nous avions continué de nous y conformer, nous laisserions les vieillards mourir de faim et nous jetterions aux cochons les enfants qui naissent avec des déficiences. Les lois de la nature sont dépourvues d'humanité. Nous sommes condamnés à vivre en conformité avec les exigences de la conscience que la poussière d'étoiles a engendrée dans nos têtes.

Suzanne constata que les pierres de l'Indien formaient à présent un cercle d'environ quatre mètres de diamètre. Il lui tendit la main pour l'inviter à y pénétrer. Elle s'exécuta en levant les pieds comme si elle franchissait un fil invisible.

— Pour se contraindre à vivre en harmonie avec ses idéaux, l'homme a inventé Dieu. Une idée grandiose qui expliquait tout, nos faiblesses comme nos actions les plus nobles.

L'Indien s'était mis à bourdonner entre chacune de ses paroles. Un murmure dans sa bouche fermée. Une vibration de la poitrine.

— Chacun s'est fait son Dieu, plus ou moins vengeur selon les latitudes où il sévissait, des conquistadors à l'Islam, en passant par l'Inquisition. Quand les philosophes se sont mis à comparer les religions, ils ont constaté que tous ces dieux répondaient fidèlement à nos carences. Puis les scientifiques ont donné d'autres noms à cette notion. Dieu s'est appelé successivement évolution et big-bang.

Tout en continuant de bourdonner, Billy Memory avait commencé à tourner en rond dans son cercle.

— Aujourd'hui, les nouveaux philosophes s'ingénient à nous faire entrer dans le crâne que l'Homme est Dieu.

C'est une erreur aussi grande que la précédente! Le grand mal de notre époque, c'est d'avoir perdu son âme.

Il interrompit son manège pour saisir Suzanne par les coudes et enfoncer son regard dans le sien.

— Je ne veux pas vous faire de peine, mais je vais vous poser une question brutale pour bien me faire comprendre. Auriez-vous pu affronter la mort de votre enfant avec des certitudes scientifiques ou en vous accrochant à des possessions matérielles?

Il la relâcha, sans reprendre encore son mouvement dans le cercle. Suzanne se laissait étourdir d'idées et d'émotions, sans trouver encore la force de réagir.

— En apprenant la mort de François, ce n'est pas votre tête qui a souffert! Pas votre cœur non plus! Pas uniquement votre corps! C'est votre âme! Votre souffrance vous a révélé que vous aviez une âme! Mais comment prendre soin de cette âme sans la gaver de nourriture divine?

Il se mit à chanter. Cela ne ressemblait à aucun air connu. Sans doute une incantation indienne. Des mots hachés, scandés de *a* et de *o* sonores. Billy Memory reprit Suzanne par les épaules et l'entraîna dans des mouvements du corps qui faisaient penser aux balancements initiaux que durent accomplir les premiers humains quand ils se dressèrent sur leurs pattes de derrière. Leurs pieds demeuraient cependant rivés au sol. L'Indien haletait en formulant les débordements qui lui remontaient de l'âme.

— J'ai fait une découverte extraordinaire: la poésie peut remplacer la religion.

Suzanne ouvrit démesurément les yeux. Elle ne voyait pas comment les poèmes pouvaient réconcilier l'absence de Dieu et la détresse humaine.

— Je ne parle pas uniquement des poèmes qu'on trouve dans les livres, insista Billy Memory, mais de l'état auquel on accède quand on se sent en harmonie avec l'univers. Reconnaître qu'il y a des esprits dans l'eau qui coule. Que les arbres sont aussi vivants que nous, mais dans une dimension différente de la nôtre. Qu'il y a des paradis dans les brins d'herbe et que le pain qu'on porte à notre bouche nous aime. Cela donne du poids à tout ce que l'on fait. Un fardeau lourd comme l'amour.

Il avait lâché les épaules de Suzanne et lui avait pris la main. Lentement, presque au ralenti comme au cinéma, il leva une jambe, puis la reposa sur le sol. Puis l'autre. Des premiers pas qui entraînèrent Suzanne à sa suite. Leurs mouvements du torse, de l'avant à l'arrière, finirent par ressembler à de grandes salutations qu'ils auraient adressées à la terre. Comme l'Indien lui tenait toujours la main, Suzanne était plus ou moins forcée de l'imiter. Ils s'étaient mis en branle dans le cercle magique.

— Réenchanter la vie! proclamait Billy Memory.

Leurs pas les enlevaient dans une célébration du mystère.

— Réensorceler le monde!

Le soleil venait d'apparaître derrière l'épaule de la colline. Un jour nouveau se levait. Suzanne dansait.

Nicolet, novembre 2001

Table des matières

MISE EN PAGES ET TYPOGRAPHIE :
LES ÉDITIONS DU BORÉAL

ACHEVÉ D'IMPRIMER EN FÉVRIER 2002
SUR LES PRESSES DE TRANSCONTINENTAL IMPRESSION
IMPRIMERIE GAGNÉ, À LOUISEVILLE (QUÉBEC).